톨스토이 공원의 시인

길산

도서출판 길산

The Poet of Tolstoy Park

a novel

SONNY BREWER

톨스토이 공원의 시인

초판 1쇄 인쇄 2005년 8월 18일
초판 2쇄 발행 2005년 9월 15일

지은이 소니 브루어
옮긴이 이은정
발행인 이종길
펴낸곳 도서출판 길산
디자인 신성희
교 열 주영하
마케팅·관리 송유미, 이선경

ADD 경기도 고양시 덕양구 화정동 970-2
TEL 031.973.1513
FAX 031.978.3571
E-mail keelsan@keelsan.com
http://www.keelsan.com
ISBN 89-91291-03-1 03800

값 15,000원

The Poet of Tolstoy Park
Copyright ⓒ 2005 by Sonny Brewer
Korean Translation Copyright ⓒ 2005 by Keelsan Books

This Translation published by arrangement with Ballantine Books,
an imprint of Random House Publishing Group, a division of Random House, Inc.
Korean edition is published by arrangement with
Ballantine Books through ShinWon Agency.

이 책의 한국어 판권은 신원 에이전시를 통한
Ballantine Books사와의 독점계약으로 '도서출판 길산'이 소유합니다.
저작권법에 의하여 한국 내에서 보호를 받는 저작물이므로
무단전재와 복제를 금합니다.

파본은 구입처나 본사에서 교환해 드립니다.

나이를 먹는다는 게
감았던 태엽을 서서히 푸는 일을
의미하지 않는다는 사실을 일깨워 준,
고마운 네 명에게 이 책을 바칩니다.

◆ ◆ ◆

헬렌 "내니" 프라도스는 92세가 될 때까지, 그리고 93세의 나이에도, 여전히 일주일에 두 권의 책을 읽습니다.

윈디 존스톤은 80세 나이에도 페어호프 요트 클럽에서 어린이들에게 윈드서핑을 지도하고 있습니다.

레이 팜리는 지난 25년 동안 42피트짜리 외 돛단배를 탔으며, 80대에는 쿠바까지 항해를 했답니다.

그리고 내 어머니 닐렌 에스테스는 신의 축복을 받아 의사가 회복될 수 없을 거라던 뇌졸중을 극복하고 73세인 지금도, 말처럼 강인하게 살고 있습니다.

The Poet of Tolstoy Park

나는 해묘가 의식이 끝난 뒤, 이곳 운디드니 강가와 그래스 강가 사이에 삶의 터를 잡고, 나중에 합류한 사람들과 작고 잿빛을 띤 네모반듯한 통나무집을 지었다. 하지만 네모는 힘을 담을 수 없어 사는 집으로는 좋지 않다. 알다시피 인디언들이 만든 것은 모두 둥글다.

세상의 힘은 언제나 원형에 깃들어 있고, 삼라만상도 둥글어지려는 본능이 있다. 나 역시 하늘과 땅이 공처럼 둥글다고 들어왔다. 별들도 마찬가지다. 바람도 회오리칠 때 가장 강력한 힘을 발휘한다. 새들도 둥지를 둥그랗게 짓는다. 우리와 같은 믿음이 있기 때문이다…

사람의 일생도 원을 그리며 어린아이에서 시작해 다시 어린아이로 돌아오고, 삼라만상의 모든 기운도 같은 방식으로 움직인다…

그러나 에이스쿠스(백인들)는 네모난 상자 안에 우리를 가두었다. 우리의 기는 소멸했고, 그 때문에 우리는 서서히 죽어가기 시작했다… 이곳에서 우리는 전쟁포로일 뿐이다. 하지만 저 너머에는 또 다른 세상이 있다.

오그랄라 수우 족의 예언자, 검은 고라니

존 G. 나이하트가 쓴 《검은 고라니는 말한다》에서

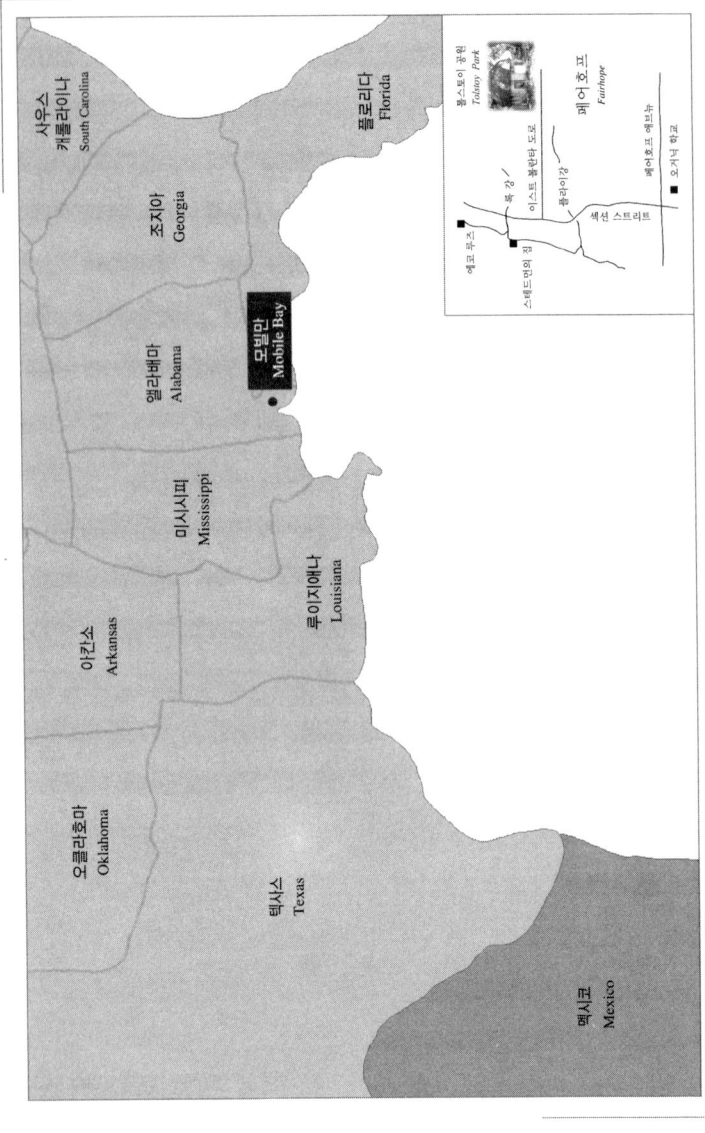

> "볼드윈 카운티에 사는
>   현대판 소로우를 발견하다"
>
> •
>
> 방랑자 리포터, 밀포드 W. 하워드

 이 이야기는 1929년 3월 19일, 앨라배마 주 페어호프에서 시작한다. 이곳 페어호프의 톨스토이 공원을 찾으면 둥근 지붕을 얹은 작은 벽돌 오두막에 살고 있는 현대판 소로우를 만날 수 있다. 여러분 중 몇몇은 그에 대한 소문을 들었을지 모르지만, 멀리 떨어진 알프스에서나 있을 법한 일이라 여겼을 것이다. 집 현관만 나서면 그에 대한 이야기를 얼마든지 들을 수 있는데도 말이다.

 모르긴 몰라도 이 페어호프에서 가장 먼저 그와 친구가 된 사람은 나의 아내 비비안일 것이다. 아내 이야기만 듣자면 그 노인은 무척 신비로운 사람 같았다. 몇 올 남지 않은 머리칼에 인디언 족장처럼 맨발을 하고 희끗한 수염까지 길렀다니!

 물론 아내의 열렬한 찬양을 곧이곧대로 믿었던 것은 아니다. 하지만 그의 이름이 평범하기 짝이 없는 헨리 제임스 스튜어트라는 사실을 알고나자 그나마 품고 있던 환상마저 깨져버렸다. 시카고의 유명한 변호사 클라렌스 대로우가 현대판 소로우 추종자 모임에 두 번째로 참석했다는 기사를 전한 사람이 다름 아닌 나였는데도 말이다. 아무튼 나는 운 좋게 현대판 소로우의 별난 오두막에서 그와 대화를 나누며 소박한 삶의 철학을 배울 기회를 얻었고, 그 이야기를 이렇게 독자들에게 전하게 된 데 기쁨을 표하고 싶다.

그 노인이 어떤 사연으로 숲 속에 벌집 모양의 집을 짓게 되었는지는 확실히 모른다. 다만 그 집은 부지런히 일하고 생활하는 사람에게는 최적의 장소였다.

그는 벽돌로 담을 쌓은 다음 마당에 흙을 깔아 철마다 맛 좋은 딸기와 채소를 길러 먹었다. 또 직접 만든 콘크리트 수조에 풍차 옆 우물에서 길어온 물을 채우고, 가물 때면 파이프로 그 물을 끌어와 텃밭에 주었다. 집 안에는 시멘트 바닥에 깊이 30센티미터가량 구덩이를 파고 러그 짜는 베틀을 놓았는데, 그의 집을 방문한 사람은 가장 먼저 그 안에서 아름다운 러그를 짜고 있는 그의 모습을 보게 된다. 가만히 보면 천장에서 2미터 정도 내려온 공중에 나무로 틀을 짜고 범포를 씌운 침대를 매달아 그 아래 베틀을 놓았음을 알 수 있다.

그는 지금까지 약 50장의 러그를 손수 짰는데, 그 작품들을 눈앞에 펼쳐놓을 때마다 비비안은 기대에 찬 얼굴로 아름다운 형용사를 총동원해 찬사를 퍼부었다. 또 마음 같아서는 러그를 열개 쯤 사들이고 싶어 했지만, 얄팍한 주머니 사정 때문에 하나로 만족해야 했다. 그리고 그때 비비안이 산 러그는 아직도 내 집 벽면을 장식하고 있는데, 나는 그걸 볼 때마다 이 숨가쁜 세상이 찾지 못했던 진리를 발견한 그 위대한 노인과의 만남을 오래도록 상기하게 된다.

물론 그 소박한 오두막에도 작은 화덕이나 식기쯤은 있으리라 짐작했다. 그러나 최신 타자기는 의외의 물건이었다. 한참 후, 새벽 4시 "벌들도 날개를 펴기에 이른 시간"에 일어나 썼다는 아름다운 글귀를 받아본 뒤에야 그가 타자기를 능숙하게 다룬다는 것을 알게 된 것이다. 알고 보니 헨리는 이미 몇몇 신문과 잡지에 다양한 글을 기고해 재주를 인정받고 있었다.

나는 소박한 실내 오목한 벽면에 나란히 꽂힌 책들을 흘끔흘끔 바라보았다. 역시나 톨스토이의 책들은 가장 좋은 자리에 꽂혀 있었다. 바로 옆에는 월트 휘트먼의 《풀잎》, 오스카 와일드의 《옥중기》, 데이빗 그레이슨의 《모험은 값지다》 같은 책들, 여러 권의 시집들이 꽂혀 있었다. 또 디킨슨과 위고, 발자크의 작품을 비롯한 고전들도 있었다. 아마 헨리 제임스 스튜어트는, 이제껏 써온 글들, 그가 사랑해 마지않는 시집들, 문학을 소중히 여기는 마음만 봐도, 일흔 가까운 나이에도 박식하고 호기심 많고 반항적인 기질을 잃지 않은 멋쟁이 노인임이 틀림없었다.

언젠가는 내 부탁으로 자신의 하루 일과를 적은 편지를 보내주기도 했다. 나는 편지를 읽으며 참 특이한 사람이구나 생각했다. 편지에는 이런 글귀들이 적혀 있었다.

최근에 두세 번인가 맨발로 몬트로즈까지 걸어가 돌 무더기를 가져왔습니다. 앞으로도 몇 번은 더 그래야 할 것 같습니다. 9일에는 록 강을 찾아 제법 센 물살 속으로 뛰어들었죠. 60년 전 오하이오의 작은 시냇가에서 댐을 쌓고 놀던 어린 시절로 돌아간 느낌이었습니다.
지금 나는 도시에서는 맛볼 수 없는 단순한 생활 속에서 기쁨을 느끼고 있습니다.

. . .

나는 이곳 록 강 웅덩이에 서면 톨스토이 공원의 내 땅에 있을 때보다 은밀한 감정을 느낍니다. 빽빽한 숲길은 사람 발길이 드물기 때문이죠.
웅덩이 한쪽 가장자리에는 커다란 소나무와 유칼리나무 뿌리가 서로 얽혀 있고 또 다른 쪽에는 겨울에도 무성한 푸른 잎들이 보입니다.
그곳에서 멀지 않은 곳에 아름답고 커다란 호랑가시나무가 있고, 살짝 후미진 곳에는 단풍나무와 떡갈나무, 포플러 나무가 있는데, 그늘 때문에 한여름에도 시원합니다.
이런 곳을 모른 척하다니 말도 안 되는 얘기지요.

. . .

나는 아주 단순한 생활을 하고 있습니다. 몇 년째 아침식사 식단도 거의 바뀌지 않았습니다. 필요할 때마다 직접 갈아 만든 옥수수 가루와 밀가루를 반반씩 섞어 신선한 반죽을 만듭니다. 그걸 한 면이 노릇노릇해지게 굽는데, 기름은 한 숟가락 이상 두르지 않지요. 그리고 그 위에 달콤한 맛이 나는 차를 부어 따뜻할 때 먹습니다. 나머지 차는 토스트나 빵과 함께 마시고요. 총 합쳐봐야 3센트 정도 드는데, 이렇게 든든하게 먹고 나면 이따금 아침만 먹고도 하루 종일 일할 수 있습니다.

· · ·

저녁은 보통 야채를 곁들이죠. 직접 가꾼 타로 토란이나 고구마, 거기에다 빵 또는 토스트에 꿀을 발라 먹습니다.

· · ·

최근에는 한동안 설탕을 넣고 굳힌 우유와 빵을 먹었습니다. 가끔 전맥으로 만든 크래커도 먹는데, 내가 먹는 건 순수한 밀가루 반죽에 가깝습니다. 배 같은 과일은 한꺼번에 통조림으로 만들어 놓고 가끔 거한 저녁을 먹고 싶을 때 빵이나 토스트에 곁들여 먹죠.

페어호프에 나가면 하루 지난 빵을 한 덩이에 6센트 주고 살 수 있습니다. 그게 없는 날은 직접 굽기도 하죠. 빵이 넉넉할 때 미리미리 토스트를 만들어놓기 때문에 그런 경우는 거의 없지만요. 보통은 전맥빵을 사지만 그렇지 못할 경우에는 호밀빵을 사죠. 흰빵을 사는 일은 거의 없습니다.

. . .

생활비가 모자라도 별로 걱정하지 않습니다. 대신 아픈 곳은 없으니까요. 왕성한 식욕에 허기도 쉽게 느끼는 편이지만, 저녁식사는 얼마든지 미룰 수 있습니다. 어떤 때는 아예 굶기도 하죠.

. . .

소로우는 친구들에게 버터밀크와 야채만 먹는다고 조롱을 당했습니다. 하지만 나는 아직 그 경지에는 이르지 못했죠. 다만 이 단순한 생활은 사람들이 기적이라 생각하는 일들을 이루도록 도와주었습니다.

그렇다, 그것은 기적이었다!
현대판 소로우의 놀라운 삶을 목격한 "수많은 사람들"이 그의 집

대문 안쪽에 놓인 방명록에 흔적을 남기기 시작했다. 만일 건강한 젖소와 닭이라도 몇 마리 있었다면, 그는 세상 그 어떤 부자도 부럽지 않았을 것이다. 지금도 나는, 오래 전 땅거미가 질 무렵 아내와 그 집을 나설 때, 문가에 서 있던 헨리의 모습을 떠올리곤 한다. 그때마다 존 휘티어의 시 〈모드 멀러[1]〉가 떠오른다. 막 걸어온 오솔길을 내려다보던 판사가 맨발로 건초 더미 위에 서서 자신을 바라보는 모드 멀러를 발견했을 때, 지금 내 심정이었으리라. 그리고 우리의 헨리는 지금도 우리 쪽을 바라보며 서 있다.

---

1. 어느 한여름 날, 한 판사가 시골길을 말 타고 달리다가 들판에서 건초를 말리는 아름다운 처녀를 만난다. 말에게 먹이려고 처녀에게 물을 청하는데, 맨발에 허름한 옷차림의 처녀는 자신의 몰골을 부끄러워하며 판사를 보고 "저런 부자와 결혼하면 어떨까" 상상하고, 판사 또한 "저런 시골 처녀와 결혼해 전원생활을 하면 얼마나 좋을까" 상상한다. 그러나 두 사람 다 현실을 깨닫고 갈 길을 간다는 내용의 시

프롤로그

 클라렌스 대로우는 길을 걷다가 걸음을 멈췄다. 풀숲에서 나뭇잎 굴러가는 소리 사이로 발자국 소리를 들은 것 같았다. 키 큰 소나무와 구부러진 목련 나무 그늘 밑, 이따금 우람한 떡갈나무 곁을 지나오는 동안 한 번도 오가는 사람을 만나지 못했다. 심지어 지금 찾아가고 있는 집 쪽 길에도 인적은 없다.

 사실 그 집은 집이라고 하기에는 좀 그런, 둥근 돔형의 지붕에 아이비와 인동덩굴로 뒤덮여 아래쪽만 살짝 맨살을 드러낸, 마치 한 채의 작은 성과 같은 고색창연한 오두막이었다. 오늘 도착한다면 그 오두막은 정말 고성古城처럼 그에게 위안과 휴식을 줄 것이다.

 변호사 대로우는 예전에도 재판 문제로 종종 협박을 받았지만, 뭐랄까, 보복을 하겠다는 식의 말을 들은 적은 없었다. 그러나 등 뒤에서 나는 저벅거리는 낙엽 소리가 가뜩이나 민감해진 상상력을 부추기고, 이성도 그가 신중하게 선택한 투쟁 결과에 대한 확신을 자꾸 무너뜨리고 있었다. 그러면서도 대로우는 성주이자 이 숲의 신령인 수염을 길게 기른 노인, 맨발의 헨리 스튜어트가 이 사건에 대해 적절한 분석을 해줄 거라는 기대를 저버리지 않고 있었다. 대로우의 강연 소식은 페어호프와 모빌 일간지에 상세하게 소개되었다. 심지어 버밍햄 주 지역 신문도 시카고의 변호사가 "미국 사법 시스템의 인종적 차별"이라는 강연을 할 것이라는 기사를 실었다. 그리고 오늘 아침 대로우는, 모빌 만이 눈 아래 펼쳐지는 콜로니얼 여인숙 방 문 앞에서, 또 다시 협박조의 쪽지가 못에 걸려있는 것을 발견했다.

깜둥이들이 북부를 지지한다는 식으로 지껄여대면 트렁크에 갇혀 배를 타고 집에 돌아갈 줄 아시오.

모빌 법정에서도 마찬가지였다. 일부 사람들은 대로우의 강연이 지역 사회에 격렬한 반발을 일으킬 것이라 우려했다. 대로우는 신변의 위협을 느끼고 있었지만, 혹시 폭력을 당하더라도 감수하기로 했다.

대로우는 걸음을 멈추고 앞으로 약간 기울어진 나무에 손을 얹었다. 셔츠 아래로 땀이 흘렀고 이마에도 작은 땀방울이 맺혔다. 연한 손바닥이 나무껍질에 긁히고 손가락 사이로 개미가 기어 들어왔다. 지금껏 세 번이나 이 '몬트로즈 숲의 은둔자'를 방문했지만, 이 작은 언덕을 올라오는데 지금처럼 숨이 찬 적이 없었다. 그는 숨을 고르며 지난 1년 반의 세월을 떠올렸다.

어쩌면 시간이 그리 쏜살같이 지나갔을까?

대로우는 머리카락이 가늘어지고 정수리가 하얗게 샐수록 세월이 빨리 흐르는 듯 느껴지는 건, 나이가 들수록 세월의 속도를 더 잘 느끼기 때문이라고 생각했다. 7살 아이에게 1년은 평생 살고 경험한 시간의 7분의 1일이다. 하지만 70살 노인의 1년은 그가 이 지구상에서 존재해 온 세월의 70분의 1인 것이다.

그는 헨리가 '신념'에 대해서도 이런 식으로 곧잘 비유했으며, 자신이 그 말에 깊이 동감했던 것을 떠올렸다. 헨리는 오후부터 저녁이 될 때까지 아무리 고상한 신념을 쫓아도, 늦은 밤이 되면 언제나 하품을 하게 된다고 말했다. 바로 이런 재치가 그를 좋아할 수밖에 없게 만드는, 헨리 제임스 스튜어트만의 매력이었다.

대로우가 헨리를 처음 만난 건 페어호프의 학교 기금을 마련하기 위해 마련된 강연회에서였다. 그때만 해도 낯설게 느껴졌던 헨리는 대로우에게, 생명력이 넘치는 색깔의 실로 손수 짠 자그마하고 귀한 러그를 선물해 주었다. 노인이 손수 짠 것이라 믿기 어려울 만큼 아름다운 러그였다.

대로우는 방문 앞에 걸려 있던 쪽지를 접어 셔츠 주머니에 넣었다. 잉크 펜으로 증오에 찬 글귀를 휘갈겨 쓴 집요한 추적자가 그 냄새를 맡을 거라고 생각하자, 대로우는 한시라도 빨리 친구로부터 위안을 얻고 싶었다.

아마 헨리는 그의 손에서 쪽지를 건네받을 것이다. 지난번 톨스토이 공원(헨리는 자신의 10에이커 땅을 그렇게 불렀다)에서 만났을 때보다 더 심하게 손을 떨면서 말이다. 그리고는 한동안 쪽지를 들여다보다가 천천히 도로 접어 건넨 뒤, 그 손을 자기 가슴으로 가져가 셔츠의 열린 틈으로 비져나온 하얗게 센 곱슬 털을 만지작거릴 것이다. 집게손가락으로 그 길고 부드러운 털을 배배 꼬며 생각에 잠겼다가 어느 순간 손가락을 넣어 헤쳐 놓으리라.

그리고 나면 마침내 대로우가 기다렸던 순간이 올 것이다.

헨리는 지적이며 영리해 보이는 동시에 작은 불꽃이 튀는 눈동자로 대로우를 노려보며, 인디언처럼 툭 불거진 광대뼈와 입가가 바짝 치켜 올라가도록 크고 따뜻한 미소를 지으리라. 그리고 입을 열리라.

"음, 그랬군요."

그리고 고개를 돌려 대로우를 바라보며, 눈도 깜빡하지 않고, 천천히 고개를 끄덕이며 말하리라.

"그럼 이 문제에 대해 얘기해 볼까요."

1장

The Poet of Tolstoy Park

진료실을 나오자 헨리의 희끗희끗하고 숱 적은 머리카락 위로 후두둑 빗줄기가 쏟아졌다. 비는 어느새 머리를 적시고 등줄기를 서늘하게 타고 내렸다. 헨리는 모자를 쓰는 대신 손바닥으로 이마의 물기만 털어냈다. 의자 끝에 앉자 금세 엉덩이가 젖어들었다.

헨리는 두 손을 마주 비벼 관절을 풀어준 뒤 왼발 부츠 뒤축을 힘껏 잡아 당겨 벗었다. 이어서 등을 곧게 펴고 심호흡을 하고 오른쪽 다리를 들어 한쪽 부츠를 마저 벗었다.

헨리는 이참에 부츠를 버릴 생각이었다. 어디까지나 그의 자유였다. 그는 의자 위에 부츠를 가지런히 올려놓았다.

발가락 사이로 철벅대는 진흙 소리를 들으며 빗속을 걸어본

게 언제던가. 그때 검은 고라니, 아니면 시애틀의 족장이 했던 말이 떠올랐다. 늘 가죽 신발을 신고 다니는 사람은 대지가 가죽으로 뒤덮여 있다고 믿게 된다고 했다.

헨리는 물끄러미 부츠를 바라보며 저게 얼마나 오래 저 자리에 놓여 있을 수 있을까 생각했다. 틀림없이 누구든, 아직 멀쩡해 보이는 이 최고급 웰링턴 부츠를 벨톤 씨 병원 앞 의자에서 발견하게 된다면 깜짝 놀랄 것이다.

헨리는 손바닥으로 축축한 갈색 능직 바지 무릎께를 문지르다가 이윽고 몸을 일으켰다. 곧이어 발바닥도 진흙으로 뒤덮인 대지의 감촉을 즐기게 될 것이다.

고개를 숙여 주름이 가고 땀에 절은 펠트 모자를 벗으려고 할 때, 누군가 헨리의 이름을 불렀다. 저만치 판자를 깐 보도 위로 마차 한 대가 덜컹거리며 다가오고 있었다.

이곳 아이다호 냄퍼는 벌써 20년 전에 자동차가 오가기 시작했지만, 1925년인 지금도 몇몇 고집쟁이들은 마차를 몰고 다녔다. 마차 위에 앉은 윌리엄 웹 목사도 그런 사람들 중에 하나였다. 윌리엄은 마부석에 홀로 앉아 장갑 낀 손으로 긴 가죽 고삐를 부여잡고 잿빛 아팔루사 얼룩말의 걸음을 멈추더니 왼손으로 제동장치를 힘껏 뒤로 밀었다.

"워어! 워어! 저기서 돌자."

윌리엄이 소리쳤다. 급정거를 하는 바람에 말굽이 진흙 깊이 파묻힐 정도였지만, 말은 헨리의 코앞에서야 간신히 걸음을 멈추었다. 이 길은 냄퍼에 남아 있는 네 개의 비포장 도로 중 하나로, 닥터 벨톤의 소유지였다. 몇몇 환자들이 흙먼지와 진흙이 위생에 좋지 않다는 하소연을 했지만, 닥터 벨톤은 병원 주변 한 블록을 마음껏 관장할 권리가 있는 데다 자동차를 좋아하지 않았기 때문에, 시 의회는 하는 수 없이 다른 지역부터 포장 작업을 시작해야 했다. 덕분에 이 길은 자동차가 몇 대나마 덜 다녀 매연 냄새도 덜했다.

"어이, 윌리엄 웹 형제, 잘 지냈나?"

헨리는 마차에 앉은 남자를 보며 고개를 끄덕이더니, 모자를 들어 셔츠 소매로 천천히 이마의 땀을 닦고 다시 모자를 썼다. 힘이 빠진 듯 손가락이 맥없이 늘어졌다.

"자네가 비를 내려 달라고 기도했나?"

헨리는 다가오는 상대의 걸음을 조금이라도 늦추려는 듯 말을 걸었다. 하지만 저 사람은 지난 40년간 온갖 부류의 사람들을 상대해 온 윌리엄 웹 목사가 아닌가.

헨리는 목사의 눈빛에서 그 역시 자신의 병과 관련된 소식을 알고 있음을 깨달았다. 아마 헨리의 두 아들이 아버지가 의사로부터 좋지 않은 결과를 들었다고 넌지시 얘기했는지도 모른다. 두 아들은 목사의 교회에 다녔고, 특히 큰 아들 하비는 주일을 어기는 법이 없었으니까. 헨리는 될 대로 되라는 듯 솔직히 말하는 게 낫겠다고 생각했다.

"헨리!"

목사가 모자챙에서 빗물을 떨구며 그의 이름을 불렀다.

"토머스와 하비가 그러더군. 자네한테 안좋은 일이 있는 것 같다고 말이야. 기침이 심하고 각혈까지 해서 오늘 아침 의사를 만나러 갈 거라고 하던데. 그래서 자네가 병원 들어가는 걸 보고 지금까지 노상강도처럼 잠복하고 있었지."

"닥터 벨톤 말이 폐가 병들었다는군."

헨리는 담담하게 말했다.

"폐결핵 말일세. 앞으로 1년밖에 못 산다고 하네. 어쩌면 그보다 짧을 수도 있고 좀더 길 수도 있고."

헨리는 은행 창구 앞에 참을성 있게 줄을 선 사람처럼 두 팔을 옆구리에 붙이고 섰다. 180센티미터가 넘는 키와 탄탄한 체격, 강인한 어깨와 곧은 허리는 어디를 봐도 중병을 앓고 있는 사람처럼 보이지 않았다. 본래 나이는 67세였지만 50세라고 해도 믿길 정도였다.

헨리의 맑고 푸른 눈과 모자챙에 가려 더욱 짙어 보이는 윌리엄 목사의 검은 눈동자가 잠시간 마주쳤다. 윌리엄은 고개를 몇 번 내젓다가 이내 떨구더니 잠시 후 다시 고개를 들고 물었다.

"정말 안됐군, 헨리. 그래, 얼마나 충격이 큰가."

그는 제동장치 둘레 고삐를 잡고 젖은 좌석 뒤쪽으로 엉덩이를 밀어 자세를 고쳤다.

"괜찮다면 자네를 위해 기도를 하고 싶은데, 잠깐 하나님 말씀을 들어보겠나?"

그때였다. 말이 소스라치며 앞으로 뛰쳐나갔다. 제법 큰 사냥개 한 마리가 의자 밑에서 기어나오는 것을 보고 놀란 것이다. 갑작스레 마차가 끌려가자 목사는 풀쩍 뛰어올랐다가 쿵 하고 엉덩방아를 찧고 말았다. 윌리엄이 소리쳤다.

"워워, 이봐, 자네가 저 녀석을 숨겨둔 게로군!"

그 말에 헨리는 입가에 웃음을 띠었다.

"어서 자리에 앉게나, 목사 양반."

늙은 개는 느릿느릿 도로를 가로질러 맞은편 골목길로 사라졌다. 손님들이 아침에 먹다 남긴 빵 조각이나 얻을까 해서 멜톤 호텔 뒤편으로 향하는 모양이었다. 날이 점차 어둑어둑해지면서 시내 동쪽 언덕에서 낮은 천둥 소리가 들려왔다. 이윽고 빗줄기가 굵어지자 헨리는 옷깃을 세웠다.

"웹 형제, 자네 뜻은 고맙지만 기도가 필요하게 되면 그때 알려 주겠네."

"그럼 동네까지 태워 주는 건 마다하지 않겠지? 신발이 흙투성이가 될 테니 말일세."

목사는 말을 마치고 천천히 시선을 아래로 향하더니 이윽고 헨리의 맨발에 눈길을 멈췄다.

"이런, 자네 다시 신발 신기로 한 것 아니었나? 마침 그 방향으로 갈 일이 있긴 했지만, 이거 대문까지 태워 주게 될 줄은 몰랐는걸."

"아닐세, 정 그러고 싶다면 펄리 게이트까지만 태워 주게. 윌리엄, 난 자네를 오랫동안 알아왔어. 자네에겐 포기란 없지. 설교 때마다 대여섯 번은 제단초청[2]을 하는 사람이 아닌가."

"자네의 목마른 영혼을 하루 빨리 구원하려면 앞으로는 대여섯 번 기도할 시간도 없을 것 같네."

웹 목사는 부츠 신은 발을 마차의 운전석 앞 판자 위에 쿵 소리가 나도록 올려놓더니, 헨리의 얼굴을 더 잘 보기 위해 비에 젖어 무거워진 모자챙을 뒤로 젖혔다.

"자네는 요즘 교회 앞에 격리 표시라도 붙여놓은 것처럼 교회를 멀리 하더군. 정말 걱정스럽네, 헨리. 자네 아들들은 제집 드나들 듯 오지 않는가. 몰리도 자네가 아이들과 함께 교회에 가길 바라지 않겠나?"

헨리는 어깨에 잔뜩 힘을 주고 두 손을 마주 잡았다.

"물론 그랬지. 그리고 난 아내를 기쁘게 해주려고 기꺼이 나갔고 말일세. 하지만 그녀는 3년 전에 세상을 떠났네. 그리고-"

"그 뒤로는 한 번도 교회에 발걸음을 하지 않았지."

"앞으로도 그럴 걸세. 윌리엄, 다시는 이런 얘기 하지 말자구, 알겠나?"

"자네도 얼마 안 있으면 신을 만나게 될 걸세. 두렵지 않은가?"

목사는 허리를 곧게 펴며 내려앉은 모자챙을 다시 위로 올렸다.

---

2. 복음주의에서 목사의 설교 후에 신도들이 제단으로 나와 믿음을 맹세하는 일

"난 한 번도 하나님을 외면한 적이 없네, 하나님의 말씀에 귀를 막은 적도 없고. 부디 자네가 나와 내 하나님 사이에 서 있다고 생각지 말게, 윌리엄. 물론 이런 말이 건방지게 들리겠지."

웹 목사는 진흙 묻은 바닥에 발을 내려놓고 고삐를 풀기 위해 몸을 앞으로 기울였다.

"헨리, 자넨 아이다호에서 가장 고집불통일 걸세. 자네가 염소 뿔이라도 자를 테니 제발 하늘의 명부에 이름 좀 올려 달라고 애걸복걸하게 해 달라고 기도하겠네."

그 순간 빗줄기가 약해지더니 거의 멎었다. 두 남자는 비가 갑자기 멈춘 이유를 알아보기라도 하려는 듯 하늘을 올려다보았다.

"자네가 오늘 아침 일을 알아버렸으니 하는 말인데, 우리 잠깐 얘기 좀 하세."

헨리는 숱 많은 희끗한 눈썹을 찡그리며 말했다.

"사실 나는 태어나 죽을 때까지 모든 사람의 이름이 자네가 말하는 그 하늘나라 명부에 영원히 기록된다는 말을 믿을 수가 없네. 한 생명이 탄생했다고 쳐 보세. 만일 조물주가 그 생명을 자기 양이라 선포하고 정식으로 생명의 책에 기록하면, 그 어린 생명이 적도 군대도 어쩌지 못하는 신성한 존재가 되기라도 한다는 건가?"

헨리는 다시 궁금한 것을 물으려는 듯 손을 올렸다.

"자네는 목회자면서도 신의 피조물은 모두가 영원히 신께 속한다는 사실을 모른단 말인가? 거기에 애당초 조건이나 단서 따원 존재하지 않네. 그것이야말로 단순한 진리인 셈이지. 우주의 창조력을 거스르는 건 있을 수 없네, 윌리엄. 아마도 자네는 자네가 있는 곳을 떠나봐야 지금 자네가 어디서 있는지 볼 수 있을 거야. 바로 이게 자네와 자네 신도들이 내 말을 이해 못하는 이유라네. 내가 왜 교회의 가르침을 필요로 하지 않는지 말이야."

"이게 자네의 '모든 사람은 하늘로 돌아간다'는 강연 내용인가? 나도 소문은 들었네만."

양손에 고삐를 쥔 목사는 두툼한 허벅지에 팔을 올려놓고 몸을 앞으로 기울였다.

"그렇지만 헨리, 자네 대체 무슨 소릴 하는 건가. 도대체 마운트 유니온 신학교에서 어떻게 자네 같은 학생한테 졸업장을 줬는지 모르겠군. 신학교에 다녔던 1년 동안, 그 잘난 침례교인들이 자네를 느슨하게 만든 게 틀림없어."

헨리는 고개를 저으며 미소를 지었다. 헨리가 처음으로 자신의 이론을 윌리엄에게 털어놓은 건, 로웰 호수에서 낚시를 했던 어느 날 오후였다.

그날은 헨리도 잘 아는 알두스 샌싱이라는 사람이 강도가 쏜 2연발 권총에 맞아 일요일 아침에 정식으로 '주님을 뵙지도 않은 채' 죽어버린 얼마 뒤였다. 공교롭게도 알두스는 결혼식이나 장례식 때조차 교회에 발을 들여놓은 적이 없는 사람이었다.

어쨌든 살인자는 곧 붙잡혔다. 그는 형을 집행받기 전 교도소에 수감되었는데, 그 동안 올렌 이스테스라는 목사가 그의 구명

활동을 펼치기 시작했다.

이 소식을 들은 헨리는 씁쓸한 기분이었다. 정작 착하게 살다가 무참하게 살해당한 사람은 지옥에 간다는데, 그 살인자는 신을 믿는다는 이유 하나로 천국에 갈 수 있다니 어린아이가 봐도 잘못된 논리라고 생각했다.

그 일로 헨리는 어떤 통찰을 얻게 되었다. 만일 이번 생 너머 '다음 세상'이라는 것이 정말 존재한다면, 모두 똑같이 그곳에 갈 수 있는 권리를 가져야 한다는 것이다.

헨리는 오랜 세월을 통해 세상만사가 어떻게 돌아가는지를 훤히 꿰뚫고 있었다.

예를 들어 한 소년이 있고, 그의 삶을 상자라고 생각해 보자.

일찌감치 술과 쾌락을 배운 소년의 상자에는 문제아라는 낙인이 찍힌다. 하지만 그럭저럭 세월이 흘러 그 상자에 다시 "사랑스런 남편/좋은 아버지"라는 푯말이 붙을 수도 있다. 물론 그 사랑스런 남편, 좋은 아버지가 이듬해 이웃집 여자와 눈이 맞아 달아날 수도 있다. 하지만 이런 건 그다지 중요하지 않다. 만사는 때가 되면 이치와 순리대로 굴러가게 마련이다.

헨리는 자신의 믿음이 더없이 자연스럽다고 생각했지만, 장남 하비는 늘 그에게 지옥에 떨어질 거라고 말했다. 하비뿐만 아니라 절친한 친구이기도 한 윌리엄 목사조차, 아무리 영겁을 지나도 인간은 완전한 영혼을 얻을 수 없다는 단순한 진리를 받아들이려 하지 않았다. 또 창조주를 반대하고 공격하는 악마는 애초에 존재하지 않는다는 말도 이해하려 들지 않았다.

헨리는 그쯤에서 논쟁을 그만 두었다. 어쨌든 자신은 이 세 사람 중에 종교의 본질을 발견한 첫째 사람이 된 것 같았다. 더구나 윌리엄의 얼굴 가득 떠오른 슬픔과 분노를 목격하는 것만으로도 충분했다. 헨리는 얼른 톨스토이를 생각했다.

헨리는 20대 후로 톨스토이의 소설을 수차례 읽었고, 몇 번인가 에세이도 깊이 연구한 적이 있었다.

톨스토이는 매우 영적인 사람이었지만 러시아 정교회에서 파면되어 장례식조차 교회 식으로 치르지 못했다. 생전에 종교를 제도화된 조직체로 간주하고 반감을 품었던 톨스토이. 그로 인해 그가 다녔던 교회 신도들이나 가족, 친구들은 얼마나 큰 고통을 겪었을까?

웹 목사는 마차 좌석 한쪽으로 엉덩이를 옮기더니, 방금 비운 자리를 손으로 털었다.

"자, 어서. 부츠를 신고 올라오게, 헨리. 집에 가는 동안 얘기나 하세. 다시 비가 오기 전에 어서. 자네의 시커먼 마음에 대고는 한 마디 설교도 안 할 테니 걱정 말게."

목사는 과장되게 한쪽 눈을 찡긋해 보였다.

"대신 마차를 타고 가는 동안, 그 병이라든지 자네 머릿속을 채우고 있는, 자네를 죽일 수도 있는 어리석은 생각들을 털어놓지 않겠나?"

윌리엄은 비에 젖은 오른쪽 장갑을 벗고 손을 내밀어 친구가 마차에 오르는 것을 도와주려 했다.

"전염되는 건 아니겠지? 병 말일세."

헨리는 피식 웃으며 고개를 저었다.

"전염되는 병은 아니라네."

그리고 손짓을 했다.

"아니, 나는 걸어가겠네. 물론 부츠는 신지 않을 걸세. 맨발로 구름 위를 걸으려면 이보다 좋은 연습이 어디 있겠나. 어쨌든 자네 친절은 고맙네."

"어허, 이 오만한 자가 대체 누군고? 자네가 걸어갈 길이 시뻘겋게 달아오른 석탄 길이 아니라고 누가 장담하는가? 저 아래로 떨어질지도 모르지 않나!"

웹 목사가 엄지손가락을 땅쪽으로 가리키자, 두 남자는 잠깐 웃음을 터뜨렸다.

그때 헨리가 갑작스레 기침을 시작했다. 헨리는 재빨리 가슴 단추를 풀고 깨끗한 손수건으로 입을 가렸다가, 잠시 후 숨결이 다시 차분해지자 손수건을 바지 뒷주머니에 넣었다. 표정을 감출 새도 없이 목사의 눈가와 입 언저리가 무거워졌다. 슬픔의 빛이 역력했다.

"오, 미안하네, 헨리. 정말 미안해."

윌리엄은 왼손으로 고삐 두 개를 한꺼번에 그러쥐더니 오른손을 친구에게 내밀었다.

"헨리, 하나님의 가호가 있길 빌겠네."

헨리는 걱정 말라는 듯 모자에 손가락을 댔다. 윌리엄은 마지막으로 또 한번 옆자리에 앉으라는 손짓을 했지만, 헨리는 끝내 고개를 저었다. 윌리엄은 하는 수 없이 고개를 끄덕이며 고삐를 당겼다.

헨리는 질척한 흙탕길을 달리는 마차와 차가운 빗물에 몸을 웅크린 윌리엄을 지켜보며 한숨을 내쉬었다.

"웹 형제, 자네에게도 신의 가호가 있길."

2장

The Poet of Tolstoy Park

결국 헨리가 벨톤 씨 병원 앞에 놓고 온 부츠는 아베 메칼리스터의 딸 루스가 발견해 돌려 주었지만, 헨리는 시내까지 나가는 먼 길까지도 맨발로 다니기 시작했다. 서늘한 9월 무렵, 가을 바람이 불어와 나무를 휘감자 노랗게 물든 나뭇잎들이 가장 먼저 떨어졌다.

헨리는 옷장 서랍을 열어 스웨터와 두꺼운 긴 소매 옷을 꺼냈다. 태양은 지난 여름날의 위력은 잃어버렸지만 여전히 대지를 밝게 비추고 있었다. 헨리는 발가락과 발바닥 깊숙이 흙의 따스함을 느꼈고, 종아리와 허벅지를 타고 올라온 대지의 따뜻한 기운이 폐부를 파고들어 어깨와 목까지 감싸 안았다. 덕분에 바람이 불어도 옷깃을 여밀 필요가 없었다.

헨리는 평생을 이곳 아이다호에서 살았다. 그러나 종종 봄까지 계속되는 늦가을과 겨울 추위가 건강을 망가뜨릴 위험이 있었으므로, 이제는 좀더 따뜻한 곳을 찾을 필요가 있었다. 그런 곳에서라면 남은 시간을 좀더 편안하게 보낼 수 있을 것이라는 의사의 권고 때문이었다. 지난 2주 동안 헨리는 냄퍼 우체국을 통해 여러 지역에, 거주지 안내 팜플렛을 보내달라고 청해놓은 차였다. 그 중 남부 캘리포니아의 몇몇 도시와 시골에서 보내온 팜플렛들은 실감나는 사진들과 미사여구로 치장되어 있어, 보는 것만으로도 날씨를 느낄 수 있을 정도였다.

닥터 벨톤으로부터 폐결핵 진단을 받은 지 고작 한 달이었다. 하지만 헨리는 더 시간을 끌 필요가 없다고 생각해 겨울이 시작되기 전에 떠나기로 다짐했다. 그 동안은 샌디에고를 점찍어두었는데, 헨리는 오늘 마지막으로 또 한 통의 편지를 기다리고 있었다. 항구 도시 모빌로부터 12마일 떨어진 앨라배마 페어호프의 피터 스테드먼이라는 사람으로부터 올 세 번째 편지였다. 먼저 온 두 통의 편지를 보면서 헨리는 어느덧 그곳에 새로운 터를 잡기로 마음을 굳히고 있었다.

사실 헨리에게 모빌 만灣 동부 해안에 있는 절벽 마을을 알아보라고 권유한 사람은 다름 아닌 윌리엄이었다. 그곳을 다녀온 자신의 신도가 "마음을 홀랑 빼앗겼다"는 말을 전해들었던 것이다. 윌리엄은 이 말을 전하면서 그 신도한테 얻은 페어호프 안내책자를 주었는데, 그 안에는 페어호프 마을과 해안가를 지상낙

원처럼 설명한 피터 스테드먼의 글귀가 적혀 있었다.

> 여러분, 페어호프는 단일 조세 구역[3]이며 천국 못잖은 아름답고 목가적인 자연 환경을 자랑하는 곳입니다. 게다가 동부 대도시에 비견할 만큼 풍부한 문화 환경을 갖춘, 최적의 휴양지입니다.

헨리는 과대선전이 아닐까 의심했지만 무엇보다 단일 조세 구역이라는 말에 호기심이 생겼다. 그래서 그는 스테드먼에게 자세한 문의 편지를 띄웠고, 곧 답장이 왔다.

편지를 받자마자 헨리는 선 채로 봉투를 뜯었다. 우체부 제레미아는 창구에 앉아 음정도 맞지 않는 콧노래를 흥얼대며 편지들을 아무렇게나 우편함에 쑤셔 넣고 있었다. 편지를 읽는 헨리의 눈동자가 빠르게 움직였다. 특히 1894년, 이 마을을 세운 사람들이 헨리 조지[4]의 자유로운 사상을 좇는 추종자들이라고 설명한 글귀에서는 가슴이 뛰기 시작했다.

---

3. 지대地代를 전액 세금으로 환수하면 다른 세금은 모두 폐지해도 성장이 가능하다는 이론으로, 그 근본을 보면 빈곤의 원인을 토지사유제에서 찾고 있음을 알 수 있다.
4. 19세기 미국의 경제학자이자 사회개혁론자. 토지 공유를 설파하고 모든 지대를 조세로 징수하여 사회복지 등의 지출에 충당해야 한다고 주장했다. 이러한 그의 사상은 19세기 말 영국 사회주의 운동에 커다란 영향을 끼쳐 '조지주의 운동'이 확산되기도 했다.

톨스토이 또한 헨리 조지의 토지와 부에 대한 신념을 찬양하지 않았던가. 스테드먼의 편지에 의하면, 이 토지를 구입한 사람은 무분별한 토지 투기와 미국의 지나친 경쟁사회에 반감을 가진 E.B.가스통이라는 사람이었다. 그는 "성공에 대한 정당한 희망"과 혁신적인 공동체를 만들겠다는 포부를 안고 28명의 아이오와 출신 남녀, 어린아이들과 함께 이 토지를 사들였다고 했다.

편지를 손에 쥔 헨리는 우체국 창구 뒤에서 얼굴만 빼꼼 내밀고 있는 제레미아에게 고맙다고 소리쳤다. 그러자 제레미아는 "천만에요. 당연히 해야 할 일인 걸요"라고 답했다.

헨리는 제레미아가 수다를 늘어놓기 전에 재빨리 우체국을 나섰다. 팔을 휘두를 때마다 페어호프에서 온 편지가 손끝에서 펄럭였다. 집에 도착한 헨리는 요란스럽게 현관문을 열고 곧장 서재로 들어간 뒤, 편지를 책상 위에 던져놓고 톨스토이 전집을 가지런히 정리해 놓은 책장에서 《부활》을 꺼내 들었다. 그리고 채 5분도 안 돼 헨리 조지에 대해 언급한 2권 1장을 찾아냈다. 거기에는 이렇게 씌어 있었다.

> 대학생이 된 네흘류도프는 언젠가 때가 되면, 자신이 헨리 조지의 사상에 심취했다는 사실을 고백하고 그의 가르침에 따라 아버지로부터 물려받은 땅을 농부들에게 양도하겠다고 마음먹었다.

이어서 2장에는 이렇게 씌어 있었다.

> 네흘류도프의 마음속에 또다시 헨리 조지의 근본적인 신념이 생생하게 떠올랐다. 그는 한때 자기가 그의 사상에 얼마나 매료되어 있었는지를 기억해냈다. 그 동안 잊고 지냈다니 놀라울 뿐이었다.
> "토지는 누군가의 소유물이 될 수 없다. 물이나 공기, 햇볕처럼 사거나 팔 수 없다. 인간은 누구나 이 혜택을 누릴 권리가 있다."

9장에도 역시 톨스토이의 신념이 드러나 있었다.

> 고무된 네흘류도프는 헨리 조지의 단일 조세 제도를 설명하기 시작했다.
> "토지는 인간의 소유물이 아닙니다. 그것은 신의 소유물입니다."

《부활》에는 이 토지 공개념에 관한 내용이 여러 차례 언급되어 있었고, 헨리는 한 시간도 안 돼 톨스토이의 일기까지 뒤적여 다음과 같은 구절을 찾아냈다.

1906년 4월 2일

사람들과 대화를 나누다가 헨리 조지가 주장한 제도에 관해 논쟁이 벌어졌다. 그의 제도도 완벽한 것은 아니지만(물론 나는 그보다 더 좋은 제도는 알지도 못할 뿐더러 상상조차 못한다) 토지가 만인 공통의 소유물이라는 개념을 확립했다는 점에서 가치가 있다.

헨리는 책을 덮어 다른 책들과 함께 책장 가운데로 밀어놓은 뒤, 쏜살같이 달려오느라 미처 다 읽지 못한 편지를 집어 들었다. 그는 몇 번 눈을 깜빡거리더니 뒷장을 뒤적였다.

스테드먼의 말에 따르면, 이 작은 도시는 험난한 여정을 거쳐 왔지만 전국 각지 수많은 노동자들에게는 여전히 매력적인 곳이었다. 게다가 지식인들과 무정부주의자, 예술가, 작가, 공예가들도 아름다운 자연 환경과 이곳 사람들이 일종의 민주적 공동체를 실현하고 있다는 점에 매력을 느꼈다고 했다. 그리고 얼마 안 가 이곳은 그 열정들을 온건하게 나눌 수 있는 새로운 장이 되었다고 씌어 있었다.

실제로 업톤 싱클레어[5]나 셔우드 앤더슨[6], 헨리 포드[7], 클라렌스 대로우[8] 같은 유명한 작가들조차 자신들의 작품 안에서 페어호프를 방문했던 이런저런 사실들을 자랑처럼 늘어놓곤 했다.

헨리는 편지를 봉투에 담아 셔츠 주머니에 넣었다. 그리고 문득 우체국에서 돌아올 때 쌀쌀했던 공기가 떠올라 옷걸이에서 두터운 양모 조끼를 집어 걸쳐 입었다. 헨리는 잠시 모자걸이 옆에 세워둔 부츠를 바라보다가 "안 돼"라고 중얼거리며 윌리엄을 만나기 위해 현관문을 나섰다.

교회에 도착해 보니 윌리엄은 일요일 설교를 준비하는지 책상 앞에 앉아 있었다. 책상 위에는 뿌연 유리 등피 안에서 노란 불빛을 내뿜는 석유램프가 놓여 있고, 그 옆에는 성경책과 색인집, 노트 따위가 있었다. 헨리는 윌리엄이 안경 벗을 틈도 주지 않고 앨라배마 마을에 얽힌 헨리 조지와 레오 톨스토이의 인연에 대해 늘어놓기 시작했다. 그러다가 돌연 말을 멈추고 윌리엄에게 혹시 톨스토이를 향한 자신의 각별한 감정을 아느냐고 물었다. 윌리엄은 큰 소리로 웃었다.

"이 사람아, 난 나한테 중요한 복음서 비유조차 잘 모른다네. 그런 내가 자네가 좋아하는 그 러시아인을 자세히 알고 있을 거라고 생각하다니, 물 위를 걷는 것보다도 터무니없는 상상일세."

---

5. 1878-1968, 미국의 소설가이자 사회비평가. 사회악을 고발하는 소설을 발표하고 정치 활동에도 관여했다.
6. 1876-1941, 미국의 소설가. 플롯 중심에서 탈피한 새로운 형식과 청교도적인 금욕주의에서 벗어난 새로운 단편소설로 미국 문학사에 새로운 변혁을 일으켰다.
7. 1863-1947, 자동차 왕이라 불리는 세계적인 자동차 제작회사 포드의 창설자
8. 1925년 7월 10일부터 25일까지, 진화론을 가르친 죄로 기소된 교사 스콥스를 재판한 테네시 주의 재판에서, 성경에는 오류가 없다는 성경무오설과 근본주의자들에 대항해 스콥스의 변호를 맡았던 명망 있는 변호사

"어쨌든 자네가 내게 그 팜플렛을 준 건 신의 뜻이네."

헨리는 손가락으로 윌리엄의 책상을 톡톡 치면서 "클라렌스 대로우나 업톤 싱클레어가 이 페어호프에서 일어나고 있는 일에 관심을 가졌다면, 나 역시 그럴 걸세"라고 말한 뒤, 윌리엄의 책상 뒤로 걸어가 그의 어깨를 툭 쳤다.

"윌리엄, 이 목숨이 다하기 전에 살 곳을 찾는데 자네 공이 컸어."

"그보다도 나는, 자네가 죽은 뒤에도 잘 살 수 있는 좋은 곳을 말해 주고 싶네."

윌리엄은 흰 이가 드러나도록 활짝 웃었지만, 눈에는 머지않아 친구를 잃게 되리라는 우울함이 배어 있었다. 헨리는 윌리엄의 등을 가볍게 두드렸다.

"자네도 나와 함께 페어호프에 간다면 편히 눈감을 수 있을 텐데."

그리고 지금 집으로 돌아가 피터 스테드먼에게 답장을 쓰려고 하는데 나중에 함께 편지를 부치러 가지 않겠느냐고 물었다.

"그에게 페어호프 근처에 땅을 조금 구입하도록 중개해 줄 수 있는지 물어볼 참이네."

그러자 윌리엄은 대답했다.

"편지를 부치러 갈 준비가 되면 들르게. 나도 산책은 환영이니까."

그 후 헨리와 스테드먼은 연달아 두 통의 편지를 더 주고받았고, 열흘 전 드디어 스테드먼으로부터 마음에 들어 할 만한 땅을 발견했다는 소식이 날아들었다. 모빌 만 동쪽 초승달 모양 지역에서 가장 높은 언덕에 있는 10에이커[9] 땅이었다. 이제 남은 일은 그 땅을 얼마에 살 수 있을지를 알려주는 답장을 기다리는 것뿐이었다.

스테드먼은 그 땅이 만에서 1마일 정도 떨어진, 페어호프 시내에서 북쪽으로 걸어 한 시간 거리인 몬트로즈 지역이라고 설명해 주었다. "소나무 숲으로 둘러싸인 고지대의 메마른" 10에이커의 그곳에는 작은 헛간 하나와 옥외 화장실, 그리고 50년 전 격렬한 전투 와중에 연합군이 머물며 마셨던 차고 맛좋은 물이 흘러나오는 깊은 우물도 하나 있다고 했다. 설명을 들은 헨리는 가격만 맞으면 당장 구입하겠다고 마음 먹었다. 물론 스테드먼을 통해 페어호프 시내에 있는 집단촌 내 부지도 임대할 수 있었지만, 그 이상적인 제도를 잘 경영하고 관리할 수 있을까 하는 의심이 들어 결국 포기하고 말았다.

그는 톨스토이의 열정이 어떻게 톨스토이 식 운동으로 발전했는지 책을 통해 알고 있었다. 1900년경 처음으로 톨스토이 이념을 실천하기 위한 집단농장이 생겨났지만, 4반세기 동안 성공 사례는 한 건도 없었다. 반면 수우 족이나 포니 족, 샤이엔 족, 푸에블로 족같은 인디언 종족은 공동체 생활을 하며 작업 계획

---

9. 1에이커는 약 1200평

도 함께 세웠다는 내용이 있었다. 그리고 이 부분이 오히려 문명의 발전에 방해가 되었다는 사실을 깨달은 헨리는, 구체적으로 어떤 부분이 장애가 되었는지 궁금해졌다. 아마 개인의 문제는 돌아보지도 않고 집단 행위로 빠져들거나, 집단의 일원으로서 개인의 결함을 고치기 전에 집단부터 고치려 드는 방식 때문이었을 것이다. 헨리는 자신이 완벽해야 인류도 바꿀 수 있다고 굳게 믿는 사람이었다. 닥터 벨톤의 말처럼 그가 앨라배마에 머물 수 있는 시간은 그리 길지 않을 것이다. 그 동안 그는 자신의 영혼에 쌓인 먼지를 닦아내며 하루하루를 보내기로 결심했다.

지금까지 그는 어떤 집단에도 소속된 적이 없었다. 그럼에도 단일 조세 지역은 여전히 그의 호기심을 자극했고, 그 지역이 톨스토이와 관련 있다는 사실도 흥미로웠기 때문에, 이것저것 알아보고 연구하는 동안 열정과 기운이 솟았다. 심지어 언제 다가올지 모르는 죽음까지 잊을 정도였다.

물론 죽음이 두려운 건 아니었다. 그러나 어쨌든 죽음이란 신경 쓰이는 일임은 틀림없었다. 헨리는 죽음의 미스터리를 캐고자 했던 많은 시인들, 작가들, 사상가들의 전철을 밟고 싶지 않았다. 그들도 결국은 죽음이 가진 진정한 의미를 모른 채 같은 문 안으로 들어서지 않았던가.

톨스토이가 죽음에 강박관념을 가졌다는 사실은 흥미로웠다. 어린 시절 톨스토이는 인간의 삶처럼 경외롭고 아름다운 순간에 비극적인 종말이 깃들어, 누구나 언젠가는 숨을 가르랑거리며 죽게 된다는 사실에 적잖은 두려움과 혐오감을 갖고 있었다. 그러나 그는 죽음에 대해서는 우울증 환자 같은 반응을 보이면서도 삶의 목적에는 열정적이었던 터라 오랫동안 강렬한 호기심을 유지할 수 있었다. 헨리 역시 천성적으로 삼라만상의 움직임은 물론, 서서히 죽어가는 자기 몸에까지 관심을 두고 있었다. 따라서 자신과 마찬가지로 호기심 때문에 페어호프에 정착한 사람들과 교분을 나누며 지낸다는 것은, 과연 이 작은 공동체가 그들에게 더 나은 삶을 열어 줄 수 있을까 하는 헨리 자신의 호기심까지 충족시켜 줄 수 있을 것 같았다. 앨라배마 페어호프에는 틀림없이 삶과 죽음이라는 심각한 문제를 순간 순간 잊게 해줄 놀라운 영혼들이 살고 있으리라.

헨리는 냄퍼 우체국으로 향하는 넓은 인도로 올라섰고, 가게 두 개를 지나쳤다. 가게 안 사람들은 그를 흘긋대며 이렇게 수군거리고 있을 게 분명했다.

헨리 씨가 정말 마을을 떠날까? 아버지라는 사람이 자식 떠나 낯선 남부에서 쓸쓸히 죽을 것 같아?

헨리는 손잡이를 돌려 우체국 문을 밀었다. 녹슨 경첩에서 삐거덕 소리가 났다. 하나뿐인 창문을 통해 들어온 햇살이 두껍게 니스 칠한 바닥 위로 쏟아져 내렸다. 햇볕 속에는 작은 벌레 같은 먼지들이 떠 다녔다.

우체국 직원 제레미아는 헨리가 고대하던 편지를 손가락 사이에 끼운 채, 접수창구 회색 대리석 책상에 팔꿈치를 괴고 앉아 있었다. 제레미아는 눈 아래까지 눌러 쓴 초록색 모자챙을 눈썹 위로 밀어 올릴 때를 제외하고는 자세를 바꾸지 않았다.

"기다리시는 대답이 이 편지에 들어 있는 거죠?"

제레미아는 지금이야말로 중요한 순간이라는 것을 강조하듯 자리에서 일어서며 말했다.

"스튜어트 씨, 짐작은 하셨겠지만, 마을 사람들도 당신이 어딘가로 떠날 거라는 사실을 알고 있어요."

제레미아는 헨리에게 편지를 건넸다.

"모르실까 봐 드리는 말씀인데요. 사람들은 지금 남의 모험에 대리 만족을 느끼고 있다고요. 모두들 당신이 그토록 먼 남쪽으로 행선지를 바꿨다는 사실을 몹시 흥미로워하고 있죠."

편지 내용이 궁금했던 헨리는 접수 창구에서 두어 발자국 뒤로 물러나 편지를 뜯으며 건성으로 "그래?" 하며 고개를 끄덕였다. 헨리는 편지 첫장을 열고 서둘러 읽어 내려갔다.

"앨라배마에서는 땅 10에이커에 150달러는 줘야 한다는군."

헨리는 편지와 편지봉투를 나눠 쥔 두 손을 아래로 떨어뜨리며 말했다.

"그렇다면, 정신이 멀쩡한 나로선."

헨리는 잠시 말을 멈추곤, 바보처럼 보이기 위해 눈을 멍하게 뜨며 외쳤다.

"당연히 그 땅을 사야겠지!"

제레미아는 발끝으로 서서 손뼉을 두 번 친 다음 곧장 가로대를 밀치고 뛰어나와 헨리의 어깨를 잡았다.

"그럼 굉장히 싸게 사시는 거죠! 맞죠?!"

헨리는 눈빛에는 섭섭함이 가득하면서도 다른 사람들처럼 자신을 말리지 않는 제레미아가 고마웠다.

"제레미아, 그만 돌아가서 짐을 싸야겠네."

헨리는 환하게 웃으며 말했지만, 이내 혼란스러워졌다.

"어쩌면 사람들 말이 맞을지도 모르지. 이것도 일종의 모험이거든. 앨라배마의 아름다운 해안가에 작은 땅뙈기를 사서 이사하겠다는 계획은 사실 이 늙은 몸에 건강한 피와 온기가 다시 돌기를 바라면서 저지르는 모험일 수도 있지. 사람들은 이해하기 힘들겠지만 말이야."

"예, 어떤 사람들은 죽어도 이해할 수 없을 걸요."

제레미아는 자기는 그런 사람들과 다르다는 듯한 눈빛으로 헨리를 바라보았다.

"하지만 제가 그 사람들한테 잘 말해볼게요. 하지만 그 맨발은… 잘 설명할 수 있을지 모르겠어요."

"애써 줘서 고맙네, 제레미아."

헨리는 창구 사이에 놓인 가로대 너머 손을 내밀며 미소를 지었다. 제레미아는 헨리의 손을 꽉 잡았다. 잠시 후 손을 놓은 헨리는 마지막 편지를 셔츠 주머니에 쑤셔 넣은 다음, 감옥에 갇힌 죄수처럼 가로대를 움켜쥐었다.

"자, 난 좀 쉬러 가야겠네!"

헨리는 좌우를 번갈아 두리번대더니 빠른 걸음으로 우체국 계단을 내려갔다. 밖으로 나와 인도로 뛰어내려 도로 한가운데 서자 발바닥에 차가운 포장도로가 닿았다. 그는 일부러 활기차게 걸었다. 오늘만큼은 이 길이 벽돌 바닥일까 시멘트 바닥일까, 아니면 아스팔트일까 하는 생각은 접어 두기로 했다. 곧바로 은행으로 달려가 150달러를 스테드먼에게 송금한 다음, 지금 당장 땅을 구입해 달라고 부탁할 생각뿐이었다.

닥터 벨톤의 병원이 있는 시내 끝자락의 복잡하고 지저분한 거리로 들어서자 걷기도 한결 쉬웠다. 헨리는 곧장 병원을 지나치려다 걸음을 멈추고 병원 문이 닫혔나 슬쩍 살펴보았다. 그리고 그 자리에서 시내 끝자락까지 뻗은 거리를 내려다보았다. 동쪽 샐먼 리버 산 쪽으로는 낮고 완만한 언덕이 펼쳐져 있고, 그 너머에는 경계를 이루는 보랏빛 로키 산이 높이 솟아 있었다. 헨리는 고개를 숙이고 자신의 맨발을 바라보았다. 굵고 푸른 정맥이 발가락까지 불거진 창백한 모양새였다.

그는 허리를 펴고 어깨를 뒤로 젖혔다. 이번에는 마냥 죽음을 기다리는 환자가 아닌, 새 삶을 시작하는 모험가로서 닥터 벨톤을 찾아볼 작정이었다. 병원에 들어가면 일단 자리에 앉아 차례를 기다릴 것이다. 그리고 닥터 벨톤에게 질병이 몸에 어떤 변화를 가져올 것이며, 최악의 시기는 언제쯤일지 물어보리라.

헨리는 자신이 어떻게 죽게 될지 알고 싶었다.

3장

The Poet of Tolstoy Park

집 근처에 다다를 때까지 닥터 벨톤이 설명해 준 증상들이 머릿속을 떠돌았다. 헨리는 길 건너 잘 가꿔진 잔디밭이 펼쳐진 자기 집을 바라보다가, 작은 앞마당을 빙 두른 흰색 말뚝 울타리 쪽으로 건너갔다. 그 옆에 있는 목초지 뒤로는 숲이 이어지고, 언덕을 넘으면 우묵한 분지가 있는데, 그곳에 가면 유난히 물이 찬 얕은 젠트리 강이 북서쪽으로 흐르고 있었다.

헨리는 어린아이처럼, 뾰족한 담장 말뚝을 긴 손가락 끝으로 톡톡 치며 걷다가 문 가까이에서 걸음을 멈추고 말끔한 잔디밭 뒤에 서 있는 집을 바라보았다. 푸르던 잔디는 이제 누런빛으로 물들었고 집 둘레에는 가을꽃과 함께 황금빛 꽃들이 뺑 둘러 피어 있었으며, 적당한 키로 손질된 사철 관목들은 넓은 자갈길을 양팔로 감싸듯 삥 둘러 심어져 있었다. 오래 전 헨리는 아담한 마당을 원했던 아내 몰리를 위해 이곳을 마련했다. 그러자니 자신도 뿌리라도 내릴 듯 마당에 붙어 살아야 했지만 말이다.

헨리는 몰리를 만나기 전에는 견문을 넓히기 위해 전국을 떠돌며 여러 직업을 전전했다. 원래는 신학도였지만 워싱턴 D.C.에서는 호텔의 보일러 배관공 일을 했고 아버지의 기대에 따라 전신電信기계 작동법을 배우기도 했다. 그 후에는 남편이 되고 아버지가 되고 교수가 되었다. 대학에서는 젊은 교사 지망생들을 가르쳤는데, 집값과 땅값을 갚자마자 곧바로 은퇴했다.

"이건 너한테 주겠다, 하비."

헨리는 큰 소리로 혼잣말을 하며 흘러내린 흰 머리칼을 귀 뒤로 넘겼다.

"그리고 이 땅은 네 것이다, 토머스."

장남 하비는 결혼을 앞두고 이제 막 자신의 성을 따서 창업한 스튜어트 상사에서 예비 신부와 함께 일하고 있었다. 성격이 예민하고 하비보다 두 살 어린 둘째 토머스는 프랭크 맥거피 제재소 주임으로 열심히 일하고 있었는데, 아직은 자유롭게 살고 싶다며 여자도 사귀지 않았.

헨리는 부엌으로 들어가 주전자에 찻물을 받았다. 선반에서 몰리가 '매일 쓰는 접시'라고 불렀던 무늬 없는 흰빛 도자기 찻잔과 받침도 꺼냈다. 그리고 서랍에서 은제 차 망을 꺼내 향긋한 갈색 이파리를 채워 빈 찻잔에 넣은 뒤, 사슬처럼 생긴 섬세한 줄을 찻잔 밖으로 늘어뜨렸다. 물이 끓어 쉿쉿 소리가 나기를 기다리는 동안 헨리는 마호가니로 만든 서가를 둘러보았다. 책상 오른쪽 벽에 1988년 마운트 유니온 신학 대학에서 받은 학위증서가 걸려 있었다. 그는 틀 속의 학위증서에 적힌 이름을 읽으며 잠시 아련한 향수에 젖어들었다. 문득 하비가 자기 물건들 중에서 어떤 걸 얼마나 빨리 다락방으로 치울까 궁금해졌다. 그는 갑작스레 찾으려던 물건이 생각난 듯 책장을 뒤져 청록색 천으로 제본한 책등에 금박 활자가 새겨진, 1923년에 초판을 낸 뒤 2년도 안 돼 품절된 라이너 마리아 릴케의 시집 〈오르페우스에게 바치는 소네트〉를 꺼내 들었다.

헨리는 목차를 찾아 검지손가락을 끼워 덮은 다음 커튼 없이 빛이 쏟아져 들어오는 커다란 창 아래로 걸어갔다. 헨리는 그곳에 서서 다시 책을 펼친 다음 목차를 손가락으로 짚어 내려가다가, 시 첫 구절이 "모든 이별에 앞서…"로 시작하는 2부 13장에서 손길을 멈췄다. 그리고 짧은 시를 단숨에 읽어 내리더니, 다시 윗줄로 시선을 옮겨 심호흡을 하고 큰 소리로 낭송하기 시작했다.

모든 이별에 앞서 가라, 막 지난 겨울처럼
마치 그 이별이 네 뒤에 있는 것처럼 여기고
그 많은 겨울들 중에 하나가 끝없는 겨울이라,

겨울을 나며, 네 마음은 그저 견뎌내야 하리라
언제나 에우리디케 안에 죽어 있어라, 노래, 노래하며,
더욱더 칭송하며 순수한 연관 속으로 들어가라
이곳, 사라지는 것들 속에, 쇠락의 영역 속에 있어라
울리는 유리잔이 되어라, 소리를 내며 깨져버리는

존재하라 - 그리고 동시에 비존재의 조건을 알라,
너의 깊은 흔들림의 그 무한한 근거를 알아보라
그러면 너는 그것을 단 한번에 해낼 수 있으리라

가득 찬 자연의 써버린 나머지뿐만 아니라
묵묵히 말 없는 나머지, 그 헤아릴 수 없는 총합에
환호하면서 너를 더하고 숫자는 없애버려라

 주전자 물 끓는 소리가 적막한 집 안에 울려 퍼지자 헨리는 부엌으로 가 식탁 위에 시집을 놓고 차를 준비했다. 설탕을 한 숟갈 타고 휘휘 젓는 동안에는 릴케의 "낡고 쓸모없어진 모든 것들에게"라는 시구를 떠올렸다. 그때 뒷문에서 노크 소리가 났다. 현관 유리창을 보니 윌리엄이 서 있었다. 헨리는 찻잔을 내려놓았다. 작은 찻잔에서 덩굴줄기처럼 고집스럽게 피어오르는 김 때문에 방문객까지 잠시 잊고 말았다. 모락모락 피어오르는 김

은 어느 순간 단단히 뭉쳐 올라가리라는 것을 알기라도 하듯 느릿느릿 움직였다. 헨리가 자리에서 일어서기도 전에 윌리엄이 뒷문을 열고 들어왔다.

"나도 한잔 줄 텐가?"

윌리엄 목사는 테이블 위의 찻잔을 가리키며 물었다.

"잠깐이면 되네. 자리에 앉게."

윌리엄에게서는 바람과 함께 묻어 온 흙과 돌, 풀과 나무 냄새가 났고, 자리에 앉아 모자를 벗을 때는 차가운 공기와 바깥 향기가 감돌았다. 헨리가 차를 만드느라 분주한 사이, 윌리엄은 테이블 위의 시집을 집어 들더니 책장을 넘겼다. 책에는 헨리가 기억하고 싶어 표시해 둔 흔적들이 있었다.

윌리엄이 설탕이나 크림을 좋아하지 않는다는 것을 잘 아는 헨리는 찻잔만 받침에 놓아 친구에게 건넨 다음 다시 시집을 펼쳤다. 윌리엄에게 시를 읽어주고 그에 대한 생각들을 나누고 싶었다. 윌리엄도 손님이 마음의 평화와 조언을 구하고자 할 때면 성경책을 펼쳐 적당한 구절을 큰 소리로 읽어주곤 했다.

"시를 읽어줘도 되겠나, 윌리엄?"

"물론일세."

헨리는 릴케의 시를 한 줄 한 줄 천천히, 어떤 구절에서는 잠시 쉬어가며 낭송했다.

"자네한테는 어떤 느낌으로 다가오지?"

말을 마친 헨리는 돌연 기침이 시작되자 양해를 구한 뒤 손수건으로 입을 가리고 테이블에서 돌아 앉았다. 잠시 후 헨리의 숨결이 가라앉자 윌리엄이 말했다.

"몇 몇 구절은 마음에 와 닿네."

윌리엄은 커다란 두 손으로 찻잔을 쥔 채 홀짝거리며 마셨다.

"하나는 '무한한 근거를 알아보라'는 구절. 그건 내 직업과 관련 있는 말이 아닌가. 그리고 '우린 그 근거에 동의해야 한다'는 말은 내가 끊임없이 주장하는 바이기도 하고."

"맞네, 이 시는 우리에게 많은 것을 시사해 주지, 또 우리가 원하는 것을 찾게 될 거라고 말하고 있네."

헨리는 창문 너머 어렴풋이 보이는 언덕을 응시했다.

"헨리, 자넨 여기서 무얼 찾았는가?"

윌리엄이 작은 초록색 책을 가리켰다.

"몰리가 세상을 떠나자마자 그걸 읽었는데, 마치 시인이 조언을 해주는 것 같았네. 아내를 잃은 상실감 속에서 느낀 새로운 감정들을 어찌나 아름답고 명료하게 표현했는지, 정말 놀라웠네."

두 남자는 동시에 찻잔을 들어 한 모금 마셨다. 윌리엄은 헨리가 다시 입을 열기를 기다렸다.

"여기 이 독일 사람은 말일세. 운명을 따르다 보면 끝없는 겨울처럼 혹독한 시기가 있는데, 그걸 마음으로 미리 겪어두면 나중에 닥쳤을 때 가혹함을 덜 느끼게 된다고 말하고 있지."

헨리는 고개를 가볍게 흔들었다. 푸른 눈에 슬픔이 가득했다.

"이상하게도 몰리가 죽기 전에, 그러니까 아무도 아내가 아프다는 사실을 몰랐을 때 일이네. 어느 날 아침 일찍 젠트리 강가에 갔다 오는데 몰리가 나보다 먼저 죽으면 어쩌나 하는 생각이 들더군. 아마 내 곁을 떠나리라는 사실을 예감한 것 같네."

"그러니까 그처럼 마음으로 먼저 겪었기 때문에, 몰리가 세상을 떠났을 때 혹독한 절망의 겨울을 지나지 않아도 되었단 말인가?"

헨리는 맞장구를 치며 생기가 넘쳐 말했다.

"그렇다고 상실감을 전혀 느끼지 않았던 건 아니라네. 그건 불가능하지만, 어쨌든 슬픔을 덜어준 건 사실이었지."

헨리는 잔을 내려놓고 단호하게 탁자를 손으로 짚었다.

"그래서, 나는 이제 명상과 사고를 통해 내 죽음을 미리 방문할 걸세. 말하자면 '모든 이별을 미리 겪는' 거지. 심지어 나 자신과의 이별까지도 말이야. 그렇게 하면 분명 두려움 없이 익숙하게 죽음을 받아들일 수 있을 거야."

불을 지펴 훈훈해진 부엌 전체로 윌리엄의 기나긴 침묵이 퍼져나갔다. 이윽고 윌리엄이 입을 열었다.

"헨리, 두려운가?"

의자에서 일어난 윌리엄은 방을 가로더니더니, 벽 위에 살짝 기울어진 액자를 바로 잡았다. 액자에는 털실로 〈몰리네 부엌에 오신 것을 환영합니다〉라는 자수가 놓여 있었다. 윌리엄은 뒤로 몇 걸음 물러나 액자가 똑바로 걸렸는지 확인했다. 그리고 만족스러운 표정을 지으며 다시 참나무 원탁으로 돌아왔다.

"아닐세. 하지만 닥터 벨톤 말대로 통증이 심해지고 죽음이 가까워지면 두렵겠지. 아마 고통이 심할수록 두려움이란 녀석이 내 이성의 자리를 차지하고 말 거야."

다시 침묵이 찾아들고, 헨리는 마루 위 어느 한 지점을, 윌리엄은 방금 손 본 액자를 한참동안 바라보았다. 내실로 들어가는 문 근처 벽난로 위 시계만 짹깍짹깍 댈 뿐 집 안은 온통 정적으로 가득 했다. 마침내 윌리엄의 부드러운 음성이 침묵을 깨뜨렸다.

"자네에게 남은 삶이 힘을 줄 거라 상상하고, 그걸 적극적으로 믿는다면 꼭 그렇게 될 수 있을 걸세. 자, 우리 함께 시작해 보세. 내가 무얼 도와주면 좋겠나?"

두 남자는 열린 자루에서 곡식이 쏟아지듯 많은 이야기를 나누었다. 여러 가지 의견들이 물 위로 떠올랐다 가라앉고, 이따금 목소리가 높아지고, 심장 박동이 빨라졌지만, 다툼이나 불일치는 없었다. 그들은 각자 차를 두 잔씩 더 마시며 릴케의 시를 함께 읽고, 새겨 읽을 만한 시구들을 모았다. 그렇게 해서 두 사람은 다음과 같은 결론을 얻었다.

헨리는 생이 남아 있는 한 더 나은 삶을 지향할 것. 헨리는 직면한 현실에 만족할 것. 헨리는 하늘이 불공평한 이유를 나열하지 말 것. 헨리는 앨라배마에서 이따금 신나는 기행奇行을 벌일 것.

헨리는 식어버린 차를 마지막으로 한 모금 마셨다. 세 잔째 우려낸 차인데도 여전히 향긋했다. 그는 냅킨으로 입가를 닦으며 말했다.

"물건은 몇 가지만 가지고 갈 거라네. 물론 이 시집은 가져 가야지. 그리고 러시아 작가의 책도."

러시아 작가란 다름 아닌 레오 톨스토이를 말하는 것이었다.

헨리는 부엌에 서서 윌리엄을 바라보며 미소를 지었다.

"레오는 남부 대평원에서 길을 밝혀줄 테니 당연히 모셔 가야지."

"자네 정말 나를 두고 여길 떠날 작정인가? 자네의 그 불경한 머리가 벼락을 맞아 숯덩이가 되는 꼴은 보고 싶지 않네."

윌리엄은 얼굴 가득 미소를 지었지만, 분명 꾸짖는 투였다.

"헨리 자네도 그가 교회에서 파면당했다는 사실을 알고 있지 않나? 톨스토이는 이교도의 그늘을 벗어나지 못한 채 죽었네."

"윌리엄, 자네는 대체 그런 이야기를 어디서 들었나? 맞네, 그건 사실이야. 레오 톨스토이는 교리의 속박에서 벗어나 자유로운 마음으로 죽음을 맞이했네."

헨리는 몸을 일으켜 창문이 있는 뒷문으로 걸어갔다. 창문에는 몰리가 생전에 만들어놓은 푸른빛 줄무늬 커튼이 커다란 무명 매듭으로 매여 있었다. 헨리는 유리창에 이마를 대고 서서, 정성껏 가꾼 정원에 남은 여름의 마지막 흔적을 바라보았다. 콧김이 유리창을 뿌옇게 흐려 놓았다. 이 길이 결코 쉽진 않겠지, 헨리는 다시금 되새겼다. 질병이 적당한 때 왔다고 생각한 헨리는, 은퇴하길 얼마나 잘했나 절감했다. 학생들에게 학기 끝까지 강의를 계속할 수 없다고 말하는 건 참 곤란한 일이었다. 하지만 마당에 심은 꽃과 나무들, 과실수, 포도나무들, 이제껏 가꾸고 돌봐왔던 저 식물들은 떠나려는 이유를 설명하거나 사과를 하라고 요구하지 않을 것이다. 저 초록빛 생명들은 헨리 스튜어트가 없더라도 불평 없이 자신들의 운명을 받아들이리라.

고개를 들자 헨리의 눈동자가 푸른 얼음 조각처럼 반짝거렸다.

"수첩도,"

헨리가 중얼거리자 윌리엄이 물었다.

"방금 뭐라고 했나?"

"수첩도 가지고 간다고. 가죽으로 제본한 새건데 줄이 쳐 있지 않아 좋고 셔츠 주머니에도 꼭 맞네. 토머스가 생일 선물로 준 거지. 낯선 숲에 가게 되면 무릎을 꿇고 앉아 토양을 자세히 관찰할 걸세. 그리고 연필을 들어 수첩에 처음 보는 나뭇잎이나 나뭇가지, 산딸기, 동물 발자국 같은 걸 그릴 거야."

헨리는 페어호프 시내 도서관에 가서 자신이 그린 동식물의 이름을 찾아보고, 그림 옆에 간략한 설명도 적겠다고 말했다. 그리곤 친구를 스쳐 서재로 들어가 책상 서랍을 열더니 수첩이 잘 있는지 확인했다.

그는 손끝으로 수첩을 쓸어보며 생각에 잠겼다. 이 수첩과 잘 써지는 연필 몇 자루만 있다면, 멀리 떨어진 언덕 위 낯선 집에 익숙해지까지 좋은 시간을 보낼 수 있으리라.

4장

The Poet of Tolstoy Park

스테드먼의 편지에는 토지 구입 등 모든 준비가 끝났으니 서류에 서명을 해서 보내주면 앨라배마 주 볼드윈 카운티의 검인재판소에 정식으로 등기를 해놓겠다고 적혀 있었다.

"그렇게 되면 이제 정식으로 토지 소유주가 되시는 겁니다."

스테드먼은 계속해서 덧붙였다.

"제가 무엇을 더 도와드리면 되겠습니까?"

헨리는 책상 앞 회전의자에 앉아 편지를 조심스럽게 접은 다음 펜과 종이를 꺼내 답장을 쓰기 시작했다. 토지의 소유권을 취득하는 데 괜히 시간을 끌고 싶지 않다, 두 가지만 더 도와준다면 은혜를 잊지 않겠다고 썼다. 하나는 자신이 모빌에 도착하는 날 기차역에 마중 나와 몬트로즈까지 안내해 달라는 것이었고,

하나는 전신환을 보낼 테니 다음과 같은 품목을 하루빨리 구입해 주기 바란다는 내용이었다.

- 30×180센티미터 짜리 소나무 판자 100장
- 흰색과 검은색 페인트 각각 1통
- 대, 중, 소 규격의 페인트 붓과 광물성 주정제
- 16페니짜리 못 4킬로그램
- 망치와 톱, 목수용 자
- 도끼
- 반 인치 굵기의 면 로프 50개와 삼실 한 뭉치
- 장작용 나무 한 짐
- 조그만 무쇠 난로와 연통
- 손전등과 석유 연료
- 성냥
- 양모 담요 2벌과 나무로 만든 간이침대
- 두꺼운 범포 4야드와 가위, 바늘과 실
- 금속으로 만든 컵과 접시 각각 3개
- 프라이팬 큰 것, 작은 것 1개씩, 주전자
- 7리터짜리 양동이
- 칼, 포크, 숟가락 각각 3개
- 차, 옥수수가루, 쌀, 귀리, 밀가루, 설탕, 꿀, 소금, 후추

"스테드먼 씨, 너무 폐를 끼치는 게 아닌가 걱정이 됩니다만," 헨리는 몇 단어 쓰고 나서 펜 끝을 잉크 병에 담갔다.

> 이 물품들을 제 땅까지 운반해 주셨으면 합니다. 사례는 하겠습니다. 괜찮으시다면 이 물품들을 저의 집 창고에 보관해 주십시오. 그곳에 순조롭게 정착하는 데 큰 도움이 될 것 같군요. 저는 일단 창고에 기거하면서 다음 할 일을 결정하려고 합니다.

헨리는 펜을 내려놓고 의자를 돌려 창밖을 바라보았다. 안개 낀 산기슭을 향해 굽이치듯 펼쳐진 여윈 나무들은 어느덧 나뭇잎을 떨구었고, 드문드문 난 풀들도 수확기 밀 색깔을 띠고 있었다. 아마도 도착하자마자 작업을 시작해야 하리라, 겨울이 오고 있으니 창문 많고 비바람에도 끄덕 없는 단단한 오두막집을 지으리라.

헨리는 그렇게 먼 남부는 살아보기는커녕 여행 한 번 가본 적 없었고, 멕시코 만 연안에 닥치는 겨울이 얼마나 추울지도 짐작할 수 없었다. 다만 마음속으로 구상하고 있는 오두막 정도면, 적어도 아이다호의 집만큼은 되리라는 확신이 들었다.

헨리는 '어쨌든 곧 알게 되겠지' 생각했다. 그는 의자를 다시 돌려 편지를 마무리 지었다.

냄퍼에서의 가격을 기준으로 한 물품 구입비에서 조금 더 부치겠습니다. 스테드먼 씨, 다시 한번 고맙다는 말을 전하며 은혜에 보답할 날이 곧 오기 바랍니다.

헨리는 편지를 부치기 전에 다시 물품 목록을 점검했다. 이 정도면 큰 문제는 없겠다 싶어 만족스러웠다. 그러면서 혹시 손님이 찾아오면 접시가 더 필요하지 않을까 하는 즐거운 상상도 해 보았다. 페어호프로 물건을 배달시키면서 헨리는 지금 일어나는 모든 일들이 현실이라는 것을 새삼 깨달았다. 그는 약이며 세면용품, 옷가지 등 냄퍼에서 몬트로즈로 가져갈 짐 목록을 만들고, 실제로 가져갈 것들을 생각했다. 또 될 수 있으면 꼭 필요한 것만 챙겨 가볍게 떠나리라 다시 한 번 결심했다.

지난 여름 어느 토요일 저녁, 헨리는 네스퍼스 족[10] 오두막에서 열린 한 강연에 참석한 적이 있었다. 그때 천주교로 개종한 독실한 신자이자 오그랄라 수우 족의 주술사인 검은 고라니가 몇몇 청중을 앞에 두고 강연을 했다. 그는 자신이 새로 믿게 된 종교에 대해 말하고, 성령이 임해, 그의 종족들을 가르쳤던 것처럼 백인들도 가르치라는 사명을 주었다고 덧붙였다.

검은 고라니에 의하면, 그들 종족은 봄마다 버리기 의식을 행한

---

10. 미국 북서부의 아이다호 주에서 워싱턴·오리건 두 주에 걸쳐 스네크강 하류 부근에 살고 있는 북아메리칸 인디언의 한 부족. 프랑스어로 '구멍뚫린 코'라는 뜻

다고 했다. 먹다 남은 페미칸[11]이라든지 여벌의 모피, 남아도는 말 등을 없거나 모자란 사람들에게 선물하는데, 좋은 물건을 선물할수록 더 깊은 충만감을 느낀다고 했다. 이유인 즉 "물건이란 소유주의 정신을 빼앗는다. 더군다나 좋은 물건에는 더 많은 정신이 소모된다. 따라서 이런 물건들을 선물하다 보면 결과적으로 더 넉넉한 정신과 육체의 힘을 얻게 된다"고 검은 고라니는 말했다.

헨리는 서재 책장에 꽂힌 수백 권의 책들과 톨스토이의 작은 청동 흉상, 그리고 네 권짜리 《사무엘 페피의 일기》를 둘러보았다. 바로 옆에는 셰익스피어의 책이 일종의 칸막이 역할을 해주고 있었다. 그에게 이 책들은 스승이자, 그가 좋아하는 이 방에서 동고동락해 온 오랜 친구였다. 그는 이 책들을 토머스에게 물려 줄 생각이었다. 토머스는, 위스키와 싸움을 싫어하는 샌님과는 거리가 먼 저돌적인 성격으로, 여자를 좋아하지만, 동시에 책도 좋아했다.

한번은 점심시간에 맞춰 토머스가 일하는 제재소를 찾아간 적이 있었다. 아들은 뜨거운 햇살 아래 톱질 받침대 위에 점심 도시락을 올려놓고, 손에는 책을 펼쳐 들고 있었다. 토머스가 작은 신문사에 자주 글을 기고한다는 것을 알고 있었던 헨리로서는, 그런 토머스에게 서재 전체를 물려줄 수 있어 더할 나위 없이 기뻤다. 더구나 집안의 가보는 하비에게 물려주기로 한 뒤였기 때

---

11. 마른 쇠고기에 지방이나 과실을 섞어 굳힌 인디언 음식

문에 충분히 공평한 분배라고 생각했다. 하비에게는 책들을 물려줘봤자 조만간 창고에 처박아 버릴 게 뻔했다. 그러나 토머스의 손에 들어가면 책들은 계속해서 그 열렬한 사상을 토해낼 것이며, 주인의 마음을 끊임없이 점화할 것이다. 한편으로 헨리는 이 책들을 버림으로써 자신의 영혼에 강력한 힘이 깃들기를 바랐다. 그는 염원하듯 두 손을 모았다가, 여느 가톨릭 신자와 마찬가지로 두 손을 모아 기도하는 검은 고라니의 모습을 상상하다가 슬며시 웃고 말았다.

헨리는 토머스라면 감상적이면서도 현실적이라 책과 아버지의 유산을 보관할 공간을 따로 마련하려 들 테고, 그러다 보면 자연히 집도 짓고 가정도 꾸리게 될 거라는 생각이 들었다. 그러자 문득 풍요로운 햇볕과 물을 먹고 묘목처럼 마음 깊은 곳에서 무럭무럭 자라나는 그리움을 주체할 수가 없었다. 아직 태어나지도 않은 손자손녀들(그들은 그 그리움의 원천이었다)이었지만, 언젠간 그들도 자신들을 잉태한 무한한 우주 속으로 다시 되돌아갈 것이라는 생각이 머릿속에 맴돌았다.

생명은 여기로 오게 되리라. 그리고 어디에 안착하든, 처음 자신의 영혼이 꿈틀거리며 태동한 태초의 강줄기를 따라 유유히 떠다니게 되리라. 헨리는 스테드먼에게 쓴 편지를 책상 덮개 아래에 넣고, 오른쪽 맨 위 서랍에서 꺼낸 줄 쳐진 편지지에 가져갈 물건 목록을 작성하기 시작했다. 가볍게 떠나자고, 그는 다시 자신을 일깨웠다. 바지 두 장, 무명으로 된 것과 갈색 능직으로 만든 것(두 장이어야 하나를 빨아서 말리는 동안 깨끗한 것으로 갈아입을 수 있을 것이다), 셔츠 네 장(두 장은 여름용, 두 장은 겨울용), 멜빵 하나, 손수건 네 장… 이 정도면 충분했다, 아니 충분하고도 남았다. 구두나 부츠, 모자 따위는 필요 없었다. 다만 호사를 부리자면 몇 년간 즐겨 입었던 검정색 양모 조끼 두 벌 정도였다. 헨리는 몰리가 손수 떠준 커다란 스웨터도 가지고 가기로 했다. 너무 커서 입으면 두꺼운 원피스처럼 어깨가 축 늘어졌다. 그는 단지 표현이 서툴 뿐, 그 스웨터가 정말로 마음에 든다는 걸 보여주기 위해 아내 앞에서 여러 번 입었다. 언젠가는 이렇게 말하기도 했다.

"남자는 이런 스웨터만 입고도 살아갈 수 있지."

하지만 그것은 적당한 찬사가 아니었다. 아내가 정말 듣고 싶었던 건 스웨터가 마음에 든다는 한마디였다. 몰리는 서운했던지 눈물을 비쳤다. 그 후로 헨리는 더 이상 스웨터 얘기를 꺼내지 않았지만, 스웨터를 입을 일이 생기면 반드시 그것만 입었다.

어느 날 헨리가 참나무 조각을 대패로 밀고 있을 때였다. 아내가 몰래 등 뒤로 걸어와 부드럽게 그를 껴안았다. 그리고 몇 발자국 물러나 말없이 소매에 붙은 대패밥을 털어주더니 그를 혼자 남겨둔 채 집으로 돌아갔다. 두 사람 사이엔 어떤 말도 없었다.

짐 목록 만들기는 계속되었고, 마침내 책만 빼고 목록이 끝났다. 책은 마지막으로 몇 권만 골라 책가방에 넣을 작정이었다. 이윽고 공책과 펜을 치우고 있을 때 현관 바닥을 울리는 둔탁한 발자국 소리가 났다. 거의 3주째 맨발로 지내온 헨리로서는 가죽 부츠 뒷굽과 밑창 소리가 얼마나 큰지 잊고 있던 차였다. 책상에서 일어나기도 전에 하비의 목소리가 적막을 뚫고 날아왔다.

"아버지, 계세요?"

목소리가 발자국 소리보다 가깝게 들려왔다. 아마도 카펫 위를 걷고 있는 듯했다.

"들어와라, 하비. 서재에 있다."

헨리는 창밖에 시선을 고정시킨 채 말했다.

"아버지, 여기 계셨네요."

하비는 코트 단추를 풀며 아버지의 커다란 책상 맞은편 가죽 등받이 의자에 몸을 기댔다. 그리고 아버지가 의자를 돌려 자신을 쳐다볼 때까지 잠자코 기다렸다. 헨리는 천천히 의자를 돌리며 팔걸이를 짚었다.

"아니, 일어나시지 마세요. 잠깐이면 돼요."

하비는 다리를 꼬고 자신의 부츠를 바라보았다.

"웹 목사님이 말씀하시지 않으셨어요?"

헨리는 의자에 편안하게 몸을 기댔다. 아들 입에서 무슨 이야기가 나올지 알 것 같았다.

"물론 지나는 길에 들렀길래 안부는 나눴다. 별다른 얘긴 없었던 것 같은데. 그 친구가 특별히 날 찾아올 이유라도 있었던 거냐?"

"아무 말도 못하신 게 틀림없군요. 그럴 줄 알고 제가 직접 왔어요. 저흰 아버지 생각에 찬성할 수 없어요. 왜 그렇게 서두르시는 거죠? 캘리포니아로 떠나시는 줄 알았는데, 이제 와서 앨라배마에 땅을 사시다니요? 캘리포니아라면 우리도 이따금 만나러 갈 수 있어요. 하지만 앨라배마라니요? 맙소사, 그럼 아버지와 연락이 끊길지도 모른다구요."

헨리는 미소를 지었다.

"네가 나와 함께 요단강을 건너지 않는 한 어쩔 수 없는 일이다, 그렇지 않니?"

"꼭 그렇게 신파극 주인공처럼 굴고 싶으세요? 아버지, 제발 이성을 찾으세요."

"하비, 네가 말하는 이성은 네 이성이지 않니. 토머스는 함께 못 가서 미안하다고 하던데. 그리고 앨라배마가 살기 좋다는 걸 일러준 사람은 바로 네가 존경하는 웹 목사님이시다."

"전,"

하비는 눈썹을 치켜뜨고 말했다.

"그런 엉터리 같은 조언을 듣자고 일요일 아침에 두 번이나 십일조를 내진 않았어요."

하비는 꼬았던 다리를 풀며 발을 쿵 하고 바닥에 내려놓았다.

"아버지, 토머스는 지난 3주 동안 두 번이나 예배에 빠졌어요. 제가 그렇게 교회로 인도하려고 진땀을 뺐는데도요. 앞으로 토머스가 어떻게 나올지 금방 감이 잡혀요. 믿음을 포기한 이유를 모두 아버지가 냄퍼를 떠난 탓으로 돌릴 거라구요."

"아니면 토머스 혼자서 영적 미스터리를 깨달을지도 모르지."

헨리는 책상에서 연필을 꺼내면서, 이렇게 가벼운 물건이 생각을 표현할 수 있는 놀라운 도구라는 점에 새삼 감탄했다.

"하비, 윌리엄은 어떤 한 가지만 진실이라고 고집하지 않는단다. 너도 그걸 알 게다. 진실이란 건물에 설치된 도관을 왔다갔다 하는 것처럼 일직선으로 움직이는 게 아니지. 윌리엄도 그걸 알고 있고, 다그치면 그 점을 인정할 거야."

"하지만, 아버지."

하비는 단호하게 고개를 끄덕이며 눈을 크게 떴다.

"곧 죽게 될 걸 알면서 앨라배마에 10에이커의 땅을 사들인다는 건 그야말로 바보 짓이라고요."

하비는 의자에서 일어나 아버지를 뚫어지게 바라보며 코트 단추를 잠그기 시작했다.

"폐결핵과 기침이 아버지 몸을 갉아 먹으면, 그땐 누가 그곳에 가주죠? 아버지 몸이 불덩이가 되면, 누가 아버지 이마에 찬 수건을 놓아줄 수 있죠? 물 한잔 마시고 싶어도 침대에서 일어날 수 없을 정도로 아플 때는요? 아버지 결정은 아버지가 존경한다는 톨스토이의 어리석은 야반도주를 병적으로 모방한 것에 지나지 않는다고요."

순간 헨리의 푸른 눈이 금방 붉어지더니 눈물이 그렁그렁 맺혔다. 눈을 깜빡이자 눈물이 뺨을 타고 흘러 내렸다. 하비는 아버지가 의자에서 일어나는 모습을 바라보며, 혹시 다가와 손을 잡거나 얼싸안지 않을까 생각했다. 그러나 헨리는 묵묵히 창가의 따사로운 햇살 속으로 걸어 들어갔다. 고마운 햇볕을 놓치기 싫어 종종 이런 햇살 아래서 책을 읽곤 했다. 뒷짐을 지고 발을 벌리고 선 헨리는 중요한 전투를 앞두고 작전을 구상하는 장군 같은 표정으로 앞을 바라보았다.

"하비."

그는 아들의 얼굴을 돌아보았다.

"누구도 나를 이 집에 건강하게 웃고 즐기던 시절로 되돌려 보내주지 못한단다. 건강했을 때 나는 토머스와 네가, 지나는 길에라도 들러 차 한잔 하면서 담소라도 나누길 간절히 바라곤 했다. 그러나 너희 엄마가 죽고 나자 그런 일이 다시는 일어나지 않았지. 그런데 내가 누구로부터 떠난다는 게냐? 대체 존재하지도 않았던 것들로부터 떠날 수나 있는 거냐?"

하비는 시선을 떨군 채 교장 선생님으로부터 나가도 좋다는 허락이 떨어지기만 기다리는 학생처럼 안절부절못했다. 하비는 한동안 할 말이 없을 것 같았다. 이윽고 헨리는 고개를 들고 확신에 찬 음성으로 말했다.

"내가 안 보이면 너희들 마음도 편해질 게다. 그걸 알고 깜짝 놀라게 되겠지만."

하비는 눈을 치켜뜨고 뭔가 말하려 했지만 헨리가 말문을 막았다.

"아무 말 마라. 윌리엄도 내 계획을 바꿀 순 없어. 선택은 내가 하는 거다."

헨리는 책상에서 스테드먼에게 보내는 편지를 집어 들었다.

"내 계획은 진행 중이다. 난 일주일 안에 떠날 거야. 오늘 밤 내 물건들을 어떻게 처리할지 결정하고 유서를 작성할 게다. 그리고 내일 너와 토머스를 서재로 부를 작정이다. 너희들에게 내 유서를 읽어줄 생각이니까. 윌리엄도 참석해 달라고 할 참이야. 난 내 유언이 정확히 전달되기를 바란다."

"아버지, 전-"

헨리는 회전의자에 앉아 아들의 얼굴을 뚫어지게 바라보았다. 헨리의 푸른 눈은 맑았고, 얼굴 표정은 편안했다.

"용서해라, 하비. 충분히 이해한다, 네가 날 걱정하고 있다는 것도. 아버지로서 너와 토머스랑 부엌에서 차 한잔 같이 하지 못했구나. 우리 둘 다 힘들겠지만, 나로선 떠나는 게 좋단다."

헨리는 부자 간의 깊은 유대감이 담긴 눈빛을 원했지만, 하비는 고개를 숙인 채 코트의 단추를 목까지 채우더니 코트 단을 잡아당겨 주름을 폈다.

"그러죠. 다시 올게요. 수요일 저녁 여섯 시라고 하셨죠?"

아들은 끝내 아버지와 눈도 마주치지 않고, 대답을 기다리지도 않고, 부리나케 서재를 빠져나가 조용히 현관문을 닫았다.

5장

The Poet of Tolstoy Park

"제레미아, 자네가 먼저 뜯어 볼 텐가?"

헨리는 스테드먼의 편지를 손에 든 채, 웃음 띤 얼굴로 말했다.

"어차피 내가 자네에게 편지 내용을 모두 말해줄 테니."

하지만 제레미아는 몸을 일으켜 창구 칸막이에 바짝 붙어섰다.

"아닙니다, 그럴 수야 없죠. 안 될 말이죠."

제레미아는 고개를 저으며 발갛게 상기된 얼굴에 손 부채질을 해댔다. 제레미아는 좌우를 살피더니 칸막이 너머로 시선을 고정시키고 은밀하게 속삭였다.

"하지만 듣는 건 좋죠. 앨라배마의 신사 양반이 이번에는 우리한테 어떤 소식을 전해줄까 궁금한데요?"

제레미아는 숨죽여 흐흐 웃었고, 헨리는 '우리' 라는 말에 기분이 좋아졌다.

"자, 어디 볼까?!"

헨리는 펼쳐 든 편지를 눈으로 대충 읽어 내려갔다.

"음… 모빌 기차역까지는 마중이 힘들고… 몬트로즈의 내 땅까지는 차로 태워다 줄 수 있다는구먼. 모빌 만 서쪽 해안에서 동쪽 해안으로 가는데, 북쪽이 삼각주 지대라 자동차로 가면 여러 시간이 걸린다는데…."

헨리는 좀더 읽어내려 갔다.

"모빌 관공서 거리 아래쪽에서 *베이 퀸*이라는 증기선을 타고 400미터 정도 가면 페어호프의 시영 선착장에 닿게 되는데… 그곳으로 마중 나오겠다고 하는구먼. 오, 스테드먼 씨가 선착장 사진 엽서를 함께 보냈군."

그는 엽서를 찬찬히 살펴본 다음 제레미아에게 건넸다.

"와, 정말 아름다운 곳이네요. 배들이랑 수영객, 선착장을 한가롭게 산책하는 사람들 좀 보세요. 모두들 흰색 수제 밀짚모자로 한껏 멋을 냈어요. 양산 쓴 여자들 좀 보세요. 천국 같아요! 저도 스튜어트 씨 트렁크에 몰래 숨어서 밀항할까요?"

제레미아는 킥킥대며 웃었다. 그러자 헨리는 진지한 표정으로 말했다.

"만일 트렁크를 들고 여행한다면 얼마든지 편안하게 모시고 싶네만, 사실 이번에는 이 왼손도 책 보따리를 들게 됐거든."

헨리는 왼쪽 손가락을 둥글게 말아 짐 드는 시늉을 하고 오른

손도 들어올렸다.

"명색이 여행인데 오른손에도 묵직한 트렁크를 들어야 하지 않겠나. 이 늙은이가 들 수 있는 짐 무게를 생각해 보게. 모두 내 힘으로 옮겨야 하거든. 하지만 제레미아, 원한다면 방문은 언제든 환영이네."

두 남자는 거의 동시에 고개를 들고 서로의 눈을 바라보았다. 두 사람 다, 헨리에게 아이다호에서 홀로 찾아올 손님을 환영할 만큼 충분한 시간이 남아있지 않다는 것을 떠올리고 있는 게 분명했다.

좁은 우체국 안에 한동안 침묵이 흘렀다. 마침내 헨리는 그만 가봐야겠다고 말하며 앞으로 편지는 기껏해야 한 통, 아니면 두 통 정도 더 도착할 것이라고 덧붙였다.

"다음 주 목요일 아침 일찍 떠날 계획이라네. 하지만 스테드먼 씨가 아무것도 모르는 여행자를 위해 마지막까지 조언을 보내올지 모르니 매일 아침 우체국에 들르지."

헨리가 자리를 떠나려고 몸을 돌리는 순간, 제레미아가 열쇠꾸러미 짤랑대는 소리와 함께 나무 칸막이를 열고 뛰쳐 나와 헨리에게 손을 뻗으며 말했다.

"그쪽에선 모든 준비가 끝난 겁니까?"

그때 헨리의 맨발을 본 제레미아는 민망한 듯 잠시 문을 바라보다가 다시 헨리를 응시했다. 헨리는 미소를 지으며 제레미아의 손을 잡았다.

"그렇다네, 여기, 편지를 마저 읽어 보게."

헨리는 편지를 제레미아에게 건넸고, 제레미아는 빠르게 편지를 훑어 내려갔다.

"걱정해줘서 고맙네, 제레미아."

헨리는 창문 밖으로 시선을 옮겨 거리 양쪽에 늘어선 건물들을 바라보았다.

"그보다 더 중요한 건 내가 진정으로 앨라배마로 떠날 준비가 됐는가 하는 걸세."

이제 두 사람에게 '앨라배마'는 더 이상 지도상에 표시된 이름이 아니었다. 그곳은 닥터 벨톤이 말했듯이, 병든 자의 여생을 위해 준비된 곳이었다.

헨리는 그곳의 경계선은 어떻게 그려졌는지, 여행자를 위해 어떤 안내판들이 붙어있는지, 사소한 것 하나조차 불확실한 이 여행에 제레미아가 기꺼이 동참해 주었다고 느꼈다.

6장

The Poet of Tolstoy Park

"아버지와 아들이 가는 소풍 길에 나까지 신발을 벗어야 하나?"

웹 목사가 뒷문을 닫으며 헨리에게 물었다. 접은 손수건을 입 근처에 대고 있던 헨리는 기침이 가라앉자 사과나무 아래에서 대화를 나누고 있는 토머스와 윌리엄 사이에 끼어들었다. 사과나무에서 2, 3미터 떨어진 곳에는 긴 집 그림자가 메마른 잔디를 덮고 있었다. 헨리는 옷깃을 세우고, 맨발을 쭉 뻗어 햇빛 비치는 쪽으로 내밀었다. 9월 아침, 서리는 걷혔지만 그늘진 곳에는 아직도 차가운 성에 흔적이 남아 있었다. 바람은 햇살에 그린 목재 냄새와 갓 벤 건초 냄새가 뒤섞여 알싸하고 향기로웠다. 마른 잎사귀들이 발 근처 땅 위를 빙글빙글 날아다니다가 세 사람 곁을 잽싸게 스쳐 지나갔다.

"여보게, 영영 신발은 안 신을 작정인가?"

윌리엄이 고개를 저으며 물었다.

"그 앙상한 발가락을 보기만 해도 한기가 느껴지네."

"원래 목만 따뜻하게 해주면 발은 거의 계절을 안 타지."

"그런가. 자네 발만 안 볼 수 있다면 내 목도 따뜻할 것 같네만."

세 남자는 어깨를 나란히 하고 걸었다. 모두들 말이 없었다. 발 아래 빛바랜 잔디가 바람에 헝클어지는 소리만이, 그들이 어딘가로 걷고 있음을 알려 주고 있었다.

"젠장!"

토머스가 갑자기 소리쳤다.

"믿을 수가 없다고요!"

토머스가 두 손을 주머니에 찔러 넣으며 아버지와 윌리엄을 차례로 바라보았다.

"닥터 벨톤은 어떻게 아버지가 1년 밖에 살지 못한다는 걸 안다는 거죠? 어디에 타이머라도 부착되어 있대요?"

토머스가 헨리의 가슴을 가리켰다.

"그래서 그걸 읽고 폐병이라는 사실도 알았대요? 그 사람은 콘트라베이스 소리에 놀라서 황소 엉덩이를 총으로 쏠 사람이라고요!"

"하지만 토머스, 의사들이란 공부한 게 다 그런 것들 아니냐?

이런 저런 추정도 터무니없는 것만은 아닐 것 같구나."

윌리엄이 말했다.

"토머스, 난 내 병에 대해 닥터 벨톤과 오랫동안 얘기해왔다."

헨리는 대화에 끼어들어 두 남자의 앞을 가로막고 섰다가 이내 한 발자국 물러섰다. 그리고 아들의 얼굴을 바라보며 걸음을 멈췄다.

"나도 내가 어떻게, 어디서 폐결핵에 걸렸는지 알고 싶었단다. 여러 원인이 있을 수 있겠지. 그래서 벨톤에게 병이 어느 정도 진행되었고, 내가 곧 죽게 되리라는 걸 어떻게 확신하느냐고 물었더니, 아주 구체적으로 그리고 명쾌하게 설명해 주더구나."

헨리는 눈앞에 펼쳐진 가시나무 울타리 너머 풀밭을 향해 손짓을 했다. 손에는 여전히 손수건이 들려 있었다.

"그래서요?"

아버지의 다음 말을 기다리던 토머스가 물었다.

"그래서라니?"

"어떻게 벨톤 씨 같은 늙은 의사가 아버지 생명이 얼마나 남았는지 알았냐고요."

토머스가 물었다.

"내가 기침할 때 피를 토하는데, 그것만 봐도 알 수 있다고 하더구나."

토머스와 윌리엄은 헨리를 배려해 그와 속도를 맞춰 걷고 있었다. 그 길은 짧은 잔디가 깔린 완만한 초원이라 나란히 걷기가

톨스토이 공원의 시인

쉬웠다. 저 멀리 낮은 산들은 말뚝처럼 박힌 높은 봉우리를 향해 굽이치듯 펼쳐져 있고, 봉우리 위 푸른 하늘에는 옅은 흰 구름이 유유히 흘러가고 있었다.

"닥터 벨톤은 내게 의학 서적 내용을 일일이 읽어주며 어떻게 그런 결론을 내리게 되었는지 설명해 주었단다."

"결론이라니요?"

토머스가 격앙된 목소리로 외쳤다.

"대체 누구에 대한 결론을 내렸단 말이죠? 그 사람이 그럴 듯하게 내린 결론은 자기가 아니라 바로 아버지에 대한 거라고요!"

"토머스, 네 생각처럼 닥터 벨톤이 아버지한테 괜한 겁을 주려고 그런 말을 한 건 아닐 게다."

목사가 말했다.

"하고 싶은 말이 뭐니, 토머스?"

헨리는 주먹 쥔 왼손을 오른손으로 감싸고 뒷짐을 졌다. 손끝에 흰 손수건이 비죽 빠져나와 있었다. 토머스는 헨리의 오른쪽을, 윌리엄은 왼쪽을 감싸고 조금 앞서 걸었는데, 세 남자는 부채살처럼 떨어져 걷다가도 어느 순간 속도를 맞춰 다시 모이곤 했다. 그때 갑자기 나타난 메추라기 떼 날갯짓 소리에 소스라치게 놀란 세 사람은, 이내 자신들의 호들갑스러운 행동에 마주보며 웃음을 터뜨렸다.

"제 요점은 단순해요."

토머스는 울퉁불퉁한 나뭇가지를 줍더니 바지자락을 톡톡 치기도 하고, 낫처럼 풀을 내려치기도 하면서 말을 이었다.

"누가 아버지한테 그 선고를 그대로 믿으라고 했나요? 혹시 오진일 수도 있다는 의심은 전혀 안 하셨어요? 사실 아버지가 그렇게 떠나겠다고 고집을 부리시는 데는 병을 거부하는 마음도 있다고 봐요."

윌리엄은 토머스의 말도 일리가 있다는 듯 멍하게 고개를 끄덕였다. 몇 발자국 더 걸을 때까지 헨리가 아무 대답을 않자, 이번에는 윌리엄이 입을 열었다.

"정말 그럴까?"

"물론 두 사람은,"

헨리는 정면으로 부딪쳐오는 산들바람을 피하며, 다소 귀찮다는 투로 말했다.

"내가 셔츠 자락을 열어 사신死神의 칼날에 가슴 드러낼 일이 없을 거라고 확신하는 모양이군. 어떻게 그런 추측을 할 수 있는지 대담하다는 생각이 드는데."

헨리가 걸음을 늦추며 주머니에서 두 손을 빼자, 윌리엄과 토머스도 걸음을 멈춰야 한다는 것을 깨달았다. 잠시 후 헨리는 몇 걸음 더 걷다가 몸을 돌려 두 사람을 응시했다.

"난 내 병을 피부로 느끼기 시작했어. 폐결핵은 소모성 질병이라고 하지 않던가. 이제 병마가 서서히 내 몸을 좀먹을 거야. 사실 지난주에 비해 기력이 떨어진 걸 느끼네. 허세란 사실, 자기 과신으로 포장하고 싶은 약점이 있음을 반증하는 거지."

헨리는 토머스의 어깨에 손을 얹은 채 발걸음을 돌려 젠트리 강가 가느다란 버드나무가 늘어선 곳을 향해 천천히 걷기 작했다. 토머스는 아버지 곁에 바짝 붙으며 어깨에서 느껴지는 무게를 음미했다. 또 손을 올려 아버지 손을 잡으려 했지만 가볍게 스치기만 하는 바람에 헨리는 아들의 손이 잠시 올라왔다는 것조차 깨닫지 못했다.

"토머스, 너나 윌리엄이나 모두 시계의 초침이 째깍거릴 때마다 한 발자국씩 죽음으로 다가서고 있단다. 그건 부인할 수 없는 이치지."

헨리는 두 사람에게 바위 위에 앉으라고 권하고 입을 열었다.

"옛날 어느 날, 시애틀 족장이 워싱턴 정가의 거물들에게 이렇게 물었다고 하더구나. 당신들이 뭐길래 이곳이 인디언 땅이다 아니다 하는 토지 증서를 나눠 주느냐고 말이다. '우리가 어떻게 우리 어머니에게 권리를 부여할 수 있느냐'는 거지. 이제 그 의미를 알 것 같군."

헨리는 가슴을 두드리며 말했다.

"왜 우리 스스로 우리 몸을 소유할 수 없는 건지 말이야. 쉽게 믿을지 모르겠지만, 이제 나는 내 의지에 따라 이 몸을 포기하기로 했네."

윌리엄과 토머스는 강가 한쪽 높이 솟아오른 절벽을 응시했다.

"두 사람 다, 내가 죽음을 두려워하지 않는다는 걸 믿어 주었으면 하네. 내게 이 순간은, 죽음을 앞둔 수우 족 전사가 하루하루를 기쁜 마음으로 지내는 것과 같으니까."

세 사람은 말없이 젠트리 강가 바위에 앉아 있었다. 이윽고 먼저 일어난 토머스가 아버지에게 다가가 어깨에 손을 얹더니, 다른 한 손으로 계곡 언덕배기에 박힌 납작하고 작은 돌을 가리켰다.

"아버지. 하비 형과 전 가끔씩 저 바위에 앉곤 했어요. 수영을 하고 나서 오후 햇살에 몸을 말렸죠."

토머스가 모자를 벗자 곱슬거리는 검은 머리칼이 바람에 흐트러졌다. 헨리를 닮은 푸른 눈이 계곡 쪽을 응시했다. 잘생긴 녀석이야, 헨리는 속으로 되뇌이며 토머스의 등에 차분히 손바닥을 얹었다. 토머스는 다시 모자를 쓰고 허리를 구부려 달걀만한 매끄러운 회색 돌을 집더니, 포수의 신호를 기다리는 투수처럼 돌멩이를 쥔 채 팔을 아래로 늘어뜨렸다. 토머스는 아버지가 곧장 볼 수 있는 계곡 어딘가를 노려보았다.

"아버지도 아셔야 해요. 지금 저는 아버지가 돌아가시도록 내버려두고 있다는 사실이 두려운 게 아니에요."

토머스는 갑자기 계곡 반대편 가장자리에 걸쳐 있던 통나무 조각이 급류에 휘말려 들어가는 지점을 향해 돌을 던졌다. 돌이 풍덩 소리를 내며 계곡으로 떨어지자 물보라가 튀어오르면서 햇살을 받아 보석처럼 반짝거렸다.

"아버지께서 그렇게 떠나신다고 하시니, 윌리엄 목사님과 형과 저 모두 섭섭할 수밖에 없어요. 이런 감정만은 아버지도 이해해 주셔야 해요."

　토머스는 엉덩이에 양손을 얹고 아버지를 바라보았다. 옆 바위에 앉아 있던 윌리엄이 물었다.

"어떤가, 헨리. 이만하면 공평한 거래 아닌가?"

헨리는 고개를 끄덕이며 미소를 지었다.

"정말 공평하군."

　잠시 후 계곡 물 소리와 버드나무에 휘감기는 바람 소리만 잔잔히 메아리치는 순간, 헨리가 말했다.

"고맙구나, 토머스."

7장

The Poet of Tolstoy Park

책을 담아가기로 한 범포 책가방은 20년 전 몰리가 처음 선물했을 때와 다름 없이 거의 새것이었다. 헨리는 현관 베란다에 무릎을 꿇고 버클을 열었다. 런던 월터 스코트 출판사 책으로, 고급 일제 종이에 찍어 붉은 가죽으로 제본한 레오 톨스토이 단편선을 마지막으로 넣을 참이었다. 이 책은 손바닥 만한 크기에 《사람은 무엇으로 사는가》, 《사람에게는 얼마 만큼의 땅이 필요한가》 두 작품으로 구성되어 있었는데, 헨리는 《사람은 무엇으로 사는가》 쪽이 더 마음에 들었다.

'이 책을 산 게 벌써 20년 전이란 말인가?'

헨리는 생각했다. 아마 1901년이나 1902년이었을 것이다. 교사가 된 지 3년째 되던 해였으니 말이다. 당시 조그만 라노 서점에서 그 책을 발견했을 때, 헨리의 가슴은 두근거렸다. 가격은 꽤 비쌌지만 헨리는 군말없이 돈을 지불했다. 금전 등록기에 매상이 기록되는 땡 소리가 나고, 서점 주인이 갈색 종이로 포장해 줄까 묻는데도 얼른 거절하고 받아들었다. 그리고 집으로 돌아가는 길에 세 페이지나 읽어 버렸다. 멍청히 걸어가다가 어떤 여인과 부딪쳐 갓 구운 빵과 패스트리 바구니를 떨어뜨리는 바람에 흠씬 욕을 얻어 먹었지만 말이다.

오랜 세월이 흐른 지금, 책등 끝 부분이 약간 닳았고, 금박을 입힌 제목도 광채가 사라지고, 제본도 헐거워졌다. 그러나 책 모서리에 부착된 24캐럿 금은 여전히 반짝거렸으며, 인간의 조건을 이해하고 인류가 처한 곤경을 해결하고자 했던 열정이 고스란히 엿보이는 글귀 또한 여전히 헨리의 마음에 빛이 되어주고 있었다. 헨리는 책을 덮어 톨스토이의 말년 작품 《지혜의 달력》 러시아어 판을 맨 위에 올려놓은 뒤 가방 뚜껑을 닫고 버클을 채웠다.

전날 저녁 헨리는 윌리엄에게 톨스토이의 《전쟁과 평화》 첫 영역판을 선물했다. 헨리가 마운트 유니온 신학대학을 졸업할 때 어머니가 선물해준 여섯 권짜리 전집이었다. 아들에게 특별한 졸업 선물을 주고 싶었던 어머니는, 이 전집이 처음 영어판으로 출간된 1886년, 헨리가 이 책들을 무척 갖고 싶어 했다는 것을 기억해냈다. 그리고 2년 후 이 책은 헨리의 손에 들어와 그 후 40년간 애지중지 서재 한켠을 차지했다가, 이제 윌리엄의 서가에 놓이게 된 것이다.

"나도 이 사람 글에서 자네를 그토록 매료시켰던 무언가를 발견하게 될지 모르지."

윌리엄은 그 책들이 전시용으로 먼지나 뒤집어쓰지는 않을 것임을 암시하듯 말했다.

"이 악명높은 러시아인을 순순히 내 집으로 들이는 게 썩 내키지는 않지만 말일세."

헨리는 이 책 말고 그 뒤로 소장하게 된 28권짜리 《톨스토이 선집》은 토머스에게 물려줄 계획이었다.

"음, 내 경우는 《전쟁과 평화》에 매료된 게 아니었네. 그보다는 그의 논픽션과 《부활》이라는 작품…."

"자네가 말해주질 않으니 나야 그런 것밖에 모르지 않나."

윌리엄이 얼굴 가득 웃으며 말을 자르자, 헨리는 손가락 끝으로 윌리엄을 가리키며 말을 이었다.

"그렇지 않아도 얘기해 줄 참이었네. 자넨 그렇게 열심히 매너를 지켜야 한다고 말하더니 정작 자기는 그러지 않는군. 안 그런가, 목사 양반? 토머스한테 다른 작품들까지 빌려보면, 아마 자네도 그 러시아인에 대한 내 사랑을 더 잘 이해하게 될 거라는 사실을 이야기하고 싶었네. 자네도 곧 알게 되겠지만, 이 용감한 백작은 일기에서 '사회주의는 절대 가난과 불평등, 재능의 불평등을 퇴치할 수 없다'고 말했지. 사실 머리 좋고 힘 가진 사람이 우둔하고 약한 사람을 이용할 수밖에 없는 게 우리 현실이네. 즉 정의와 부의 평등은 기독교뿐만 아니라 그 어떤 것으로도, 설령

이기심을 버리고 자기 삶의 의미를 인식하고 남을 위해 봉사해도 얻을 수 없다는 거지."

"톨스토이가 그런 말을 했는지는 몰랐는걸."

윌리엄은 진심으로 놀라는 듯했고, 헨리는 조금이나마 친구에게 톨스토이를 이해시킨 것이 기뻤던 나머지, 톨스토이가 교회를 인정하지 않았다는 불편한 얘기 대신, 좋아하는 작품 이야기를 해주기로 마음먹었다. 헨리가 제일 사랑하는 작품은 독서광이었던 톨스토이가 성서나 경전, 위대한 시인이나 작가, 사상가들의 작품에서 발췌한 경구를 1년간 하루에 한 편씩 적은 《지혜의 달력》이었다.

"이 책은 영혼을 살찌우고 영감을 준다는 점에서 성경과 비견할 만하다네."

"헨리, 자네 설마, 아직도 내가 자네의 찬양에 동참하길 원하고 있나?"

윌리엄은 못마땅한 표정이었다.

"천만에. 자넨 러시아어를 모르지 않나. 그 책은 아직 영역본이 없다네."

"그렇다면 괜한 걱정을 했군."

윌리엄은 헨리가 그저 순수한 마음으로 몰랐던 것을 가르쳐주는 것이라 이해한 다음, 평소 궁금했던 질문을 던졌다.

"그럼 자네는 러시아어를 할 줄 아나?"

"물론이지. 톨스토이의 작품을 그 나라 언어로 읽고 싶었거든."

헨리는 친구에게 동의를 구하려는 듯 눈썹을 치켜 올렸다.

"자네가 성경을 공부하려고 그리스어와 아람족[12] 언어를 배우는 것과 비슷하지."

"그럼, 모스크바Moscow에서 배웠겠군?"

윌리엄이 히죽 웃었다.

"아이다호의 모스코Moscow말일세."

윌리엄은 스스로 한 농담이 즐거운 듯 큰 소리로 웃었다. 헨리 역시 미소를 지으며 말했다.

"아니, 대학 시절에 배웠네. 그렇지만 이후로도 일리비치 부인이라는 러시아 출신 분이 마을 어귀에 살았는데, 러시아어로 대화를 즐기고 싶어 곧잘 방문하곤 했지."

두 남자는 저녁 내내 차와 비스킷을 먹으며 이야기를 나누었다. 그리고 헨리는 윌리엄에게 그 책의 한 구절을 읽어주기 위해 책장을 오갔다.

밤이 늦어 윌리엄이 집에 돌아가려는 순간, 문가에 서 있던 헨리가 말했다.

"시간이 후딱 가 버렸군."

윌리엄은 고개를 끄덕이고 동감하듯 갈색 눈동자를 빛내며 헨리의 어깨에 손을 얹었다. 그리고 헨리의 손을 잡고 작별 인사를

---

12. 셈 셈계에 속하는 민족. 처음에는 유목 생활을 하였으나 BC 14세기 초에 이르러 메소포타미아 북부에서 시리아에 걸친 지역에 정착했다.

건넸다.

다음날, 구름 한 점 없이 청명하고 고요한 아침이 찾아왔다. 간밤에 기온이 영하로 떨어지는 바람에 찬 기운이 감돌았다. 계곡의 엷은 안개는 북풍을 타고 물러갔고, 색색의 주택과 빌딩들이 냄퍼 언덕 아래로 물결처럼 굽이치고 있었다.

현관에 서 있던 헨리는 발을 내밀어 책이 담긴 가방을, 튼튼하고 커다란 가죽 옷가방 옆으로 넘어지지 않게 살짝 밀었다. 모서리를 동으로 장식한 이 옷가방도 루이스톤 노멀 스쿨에서 전임교수로 승진했을 때 몰리가 선물해 준 것이었다. 몰리는 남편이 출장이나 강연을 많이 다니자 옷가방 하나와 책가방 다섯 개로 구성된 세트 제품을 사주었다. 소포로 도착한 선물을 열었을 때, 그녀는 발끝으로 깡충깡충 뛰어오르고 손뼉을 치며 좋아했다. 헨리는 자기가 마침내 이것을 사용하게 된 걸 알면 몰리가 아주 기뻐할 것이라고 생각했다.

헨리는 두 손을 망원경처럼 둥그렇게 말아 눈 위에 올리고 시내를 내려다 보았다. 다가오는 자동차는 없고 작은 토끼 한 쌍만 귀를 쫑긋 세우고 황금빛 들판으로 뛰어들고 있었다. 순간 헨리는 암수 토끼가 평생 해로하는 동물이던가 생각했지만 잘 기억이 나지 않았다. 만일 윌리엄에게 브리태니커 백과사전 11판을 넘기지 않았더라면, 당장 서재로 뛰어 들어가 찾아 보았을 것이다.

간밤에 윌리엄은 참고 서적들은 상자에 넣어 한쪽 구석에 놓아두고 가죽 제본의 가벼운 소설들만 가지고 갔다. 나머지는 오늘 아침 차로 실어갈 예정이었다. 헨리는 나중에 궁금한 것이 생기면 윌리엄에게 부탁해 정보를 찾아보고 편지할 때 알려 달라 해야겠다고 생각했다. 헨리의 기억으로 아마 토끼는 평생 한 마리와 해로한다고 했던 것 같았다. 그러나 확실한 기억은 아니었다. 요즘 들어 그 동안 알고 있었던 사실들, 시구, 날짜, 이름 따위가 얼른 기억나지 않아 애를 먹었다. 그중에서도 이름을 기억 못할 때 가장 곤혹스러웠다.

폐결핵이 몸보다 기억력을 먼저 소진시킨 것은 아닐까? 이건 닥터 벨톤이 자세히 열거한 증상에도 포함되어 있지 않았다. 이것도 백과사전에서 확인해야 할 또 한 가지 의문이었다.

헨리는 문득 책들이 많이 그리워질 것 같았다. 동시에 소유물을 남에게 줌으로써 진정한 힘을 느끼게 된다는 검은 고라니의 가르침을 아직 깨닫지 못한 것 같다는 생각이 들었다. 간밤에는 물건들을 제대로 처리했다는 안도감 비슷한 감정이 솟아나더니, 막상 책들을 주려고 하니 상실감만 밀려오지 않는가. 만일 볼드윈 카운티에 도착해 숲 속 오솔길을 처음 걷게 된다면, 그것은 아마 마을 도서관을 찾기 위해서일 것이다. 그곳에서는 책을, 사는 대신 빌리겠지만 말이다.

헨리는 한 번 더 길을 내려다 본 뒤 현관 베란다 끝 흔들의자에 앉았다. 이 의자는 그가 손수 만든 것이었다. 헨리는 팔걸이를 문지르다가 천천히 뒤로 젖혔다. 그리고 오래 전 교직을 그만두었을 때, 은퇴 기념으로 질 좋은 물푸레나무로 가보가 될 만한 흔들의자를 만들겠다고 몰리에게 말했던 것을 떠올렸다. 그때 특히 다리 밑 둥근 받침대를 튼튼하고 부드럽게 깎아, 서로 비밀을 속삭이는 것처럼, 마루에 닿았을 때 삐걱대거나 서로 상처내지 않는 의자를 만들겠다고 장담했다.

흔들의자를 만들 무렵, 헨리는 나른한 오후부터 땅거미가 질 때까지 현관 앞 아내 곁에서 책을 읽는 자신을 상상했다. 이를테면 두 사람은 대화를 나누고 서로 글귀를 읽어줄 것이며, 이따금씩 조용히 집안으로 들어가 차를 준비할 것이다. 그러면 아내는 전날 저녁 만들어 둔 스콘[13]을 내오리라. 두 사람은 책을 덮고 언덕 뒤로 지는 석양을 말없이 바라보다가, 몰리가 먼저 그의 손등을 두드리며 그만 들어갈 시간이 되었다고 말할 것이다. 그러면 헨리는 고개를 끄덕이며 곧 따라 들어가겠다고 말하고, 아내는 그의 이마에 가볍게 입을 맞추고 부엌으로 가 두 사람을 위한 저녁을 지으리라. 그리고 그들은 정말 그렇게 했다.

늦은 오후와 저녁 무렵 사용했던 그 흔들의자는 몇년 동안 잠깐 앉으면 잠깐 앉는대로, 오래 앉으면 오래 앉는대로, 끊임없이 흔들 흔들 리듬을 타왔다. 하지만 헨리는 몰리가 죽고 난 뒤로는 이 의자를 거의 사용하지 않았다. 그리고 자신을 위해 만들었다고 생각했던 의자가 실은 자신과 몰리(그녀는 비록 한 번도 앉지 않았지만) 두 사람을 위한 것이었음을 깨달았다.

---

13. 핫케이크의 일종

이윽고 헨리는 몰리에게 부엌 싱크대 바닥에 깔면 좋을 것 같다며 손수 짠 선물했던 부드럽고 촘촘한 러그도 짐 가방에 넣었다. 이 러그는 헨리가 은퇴한 뒤 짠 수많은 러그들 중에서도 특히 아름답고 독특하며 화려했다. 설거지를 좋아하는 몰리를 위해 일부러 선명한 빛깔이 나는 실로 짠 것이었다. 몰리는 이 러그를 부엌에 깔고 나니, 가족을 위한 의무였던, 그녀의 표현을 빌자면 가족을 먹이기 위해 어쩔 수 없이 하던 설거지가 영혼의 일처럼 느껴진다고 털어놓았다. 또 몰리는 싱크대 위 창문을 통해 새와 토끼, 꽃, 바람에 흔들리는 나무를 보는 일도 즐거워졌다고 했다. 헨리가 창문 아래에 선반을 만들어 아내가 사시사철 꽃을 기를 수 있도록 해준 것이다.

이제 이 러그를 가져가면, 바닥에 까는 대신 벽에 걸어 둘 생각이었다. 그리고 창문 선반이 몰리에게 기쁨을 주었듯, 이 러그 또한 바라볼 때마다 그의 영혼에 생기를 불어넣어 줄 것 같았다.

현관 앞에 놓인 가방들은 이미 주인과 떠날 준비가 되어 있었다. 모두 몰리에게서 선물로 받은 가방이었다. 역까지 배웅을 나가기로 한 토머스는 간밤에 아버지로부터 나머지 가방들을 물려받자 무척 기뻐하는 눈치였다. 그렇게 해서 윌리엄은 책을, 토머스는 가방을 가져갔다.

하비는 아버지가 토머스에게만 가방을 주자 팔짱을 낀 채 동생을 바라보며 툴툴거렸다.

"앞으로 몇 달간은 여행 스케줄이 빡빡하겠군."

그때까지 헨리는 하비가 집과 6에이커의 토지를 받게 되리라는 사실에 대해 입 다물고 있었기 때문에, 그 무렵 최고의 상은 토머스와 윌리엄에게 돌아간 셈이었다. 그래서 하비는 헨리가 큰 소리로 목록을 읽을 때마다 관심 없는 척 부루퉁한 표정으로 방 안만 둘러보았다.

"내 애장품을 처분하려고 이 앞에서 연극을 할 생각은 없네."

헨리가 서재에 모인 세 사람에게 말했다.

"개의치 않는다면, 사실 이 의식은 나를 위한 거니까 말일세."

일단 헨리는 자신의 물건을 남에게 줌으로써 영혼을 갱생시킬 수 있다고 이야기했다. 그리고 물건 이름을 하나하나 부르고 그 물건이 자신에게 어떤 의미를 지니고 있는지 간단히 상기함으로써, 그 힘을 다시 돌아오게 하고 싶다고 말했다. 하비는 호기심이 가득 담긴 눈빛이었고, 윌리엄은 고개를 내저었다. 마지막으로 토머스는 어깨를 가볍게 으쓱하고 살짝 고개를 끄덕인 뒤, 양옆의 두 남자에게 미소를 지어 보였다.

그리고 이윽고 헨리가 집과 6에이커의 땅을 하비에게 물려주겠다고 발표하자, 하비는 두 발로 마루를 구르며 두 손으로 무릎을 탁 치더니 자리에서 벌떡 일어섰다. 하비는 웃음기를 감추지 못하며 재빨리 말했다.

"아버지, 고맙습니다. 집도 잘 관리할게요."

"우리 모두 지금부터는 이 집을 네 집이라고 생각할 게다, 하비."

헨리는 미소를 지으며 말했고, 이어서 토머스에게 나머지 33

에이커의 땅을 주겠다고 말했다.

 그 말을 듣자마자 자리에서 일어난 토머스는, 마루를 가로질러 다가가 헨리의 회전의자를 돌리더니 아버지를 일으켜 두 팔로 꼭 껴안았다. 토머스는 울음을 참으려 애쓰지도 않고 울먹이는 목소리로 외쳤다.

 "이 따위 건 필요 없다고요! 아버지 목숨 값으로 받게 될 땅이잖아요!"

 하지만 토머스는 곧 무례를 사과했다. 그리고 내일 아침 8시 전에 다시 찾아와, 보이아즈에 새로 개통한 유니온 퍼시픽 철도역까지 배웅하겠다고 말한 뒤, 요란한 발소리를 울리며 방을 나가버렸다.

 "어쨌든 우리 일은 거의 끝마친 셈이군."

 헨리는 담담하게 말했지만 토머스가 불쑥 가버린 일이 한동안 마음에 걸렸다. 그는 책상 위에 팔꿈치를 괴고 두 팔을 포갠 후, 아주 중요한 걸 생각하는 듯 멍하게 나무 책상 위를 응시했다. 이윽고 그는 길게 숨을 내뱉으며 천천히 고개를 들어 윌리엄과 하비를 차례로 바라보았다. 헨리는 헛기침을 한 다음 입을 열었다.

 "내가 처분해야 할 게 하나 더 있네. 바로 돈일세. 여기 두 사람에게 말할 내용은 이미 친필로 작성해서 프런트 가의 홀론 변호사에게 송부했다네. 나 스스로 결정한 일이고 만일의 경우 내 유언은 법적인 보호를 받을 걸세."

 하비는 이쯤에서 그만 돌아가야 할지 말아야 할지 결정하자는 듯 윌리엄을 바라보았고, 윌리엄은 그런 하비에게 눈을 치켜뜨고 입술을 오물거리며 알 수 없는 신호를 보냈다.

헨리는 미동 없이 눈도 깜빡거리지 않고 말을 이었다.

"나는 몇 달간 쓸 돈보다 조금 더 많은 액수를 페어호프의 은행에 송금시켜 두었네. 부동산을 양도하는 데 필요한 등기 비용과 혹시 필요한 부수적인 비용을 빼고 남는 돈은 모두 윌리엄 웹, 자네에게 줄 걸세."

"이보게, 자네 완전히 정신이 나갔구먼!"

윌리엄이 의자에서 벌떡 일어났다. 하비는 이 뉴스의 결말이 어떻게 정해질지를 기다리며 윌리엄과 아버지를 차례로 바라보았다.

"자넨 일요일 아침에도 교회 쪽으로는 눈길도 주지 않았던 사람이었네. 그런데…."

"난 자네 교회에 기부하는 게 아닐세. 그저 자네에게 주는 거야. 게다가 많은 액수도 아니고, 여기서 10년 정도 더 살 생활비쯤이니 부담 갖지 말게. 어쨌든 적당하다고 생각하는 곳에 써주기 바라네. 아무 조건 없는 돈이야."

"헨리!"

"웹 목사님."

하비는 여전히 꼿꼿이 앉아 손가락을 만지작거리며 말했다.

"아버지께서 고민 끝에 내리신 결정일 거에요. 저는 이견이 없습니다. 토머스도 마찬가지일 거고요."

헨리는 자신의 말에 쐐기를 박으려는 듯 책상을 탁 치며 일어나, 단호하게 말했다.

"그럼 우리 그만 헤어지고 아침에 우체국에서 만나기로 하지."

이것으로 모든 게 끝났다. 하비는 목사와 악수를 나누고, 헨리는 두 사람에게 작별 인사를 고했다. 윌리엄은 헨리와 포옹을 나누면서, 받은 돈을 교회를 통해 지역 사회 여러 곳에 유용하게 쓰겠다며 고마움을 전했다.

"자네 원하는 대로 하게나."

헨리는 피곤하니 내일 여행을 앞두고 푹 자고 싶다고 말했다.

"내일 제레미아의 우체국에서 보세."

내일이면 윌리엄, 토머스, 하비 외에 그를 배웅하러 나온 다른 마을 사람들과 냄퍼 우체국 앞에서 작별 인사 시간을 가질 예정이었다. 윌리엄과 닥터 벨톤이 마을 사람들에게 슬쩍 언질을 준 것이다.

하지만 막상 떠날 아침이 되자 마음이 달라졌다.

헨리는 흔들의자에 앉아 의자 다리가 회색 페인트를 칠한 현관 마루 위를 구르는 소리를 들으며, 우체국 앞 환송 행사를 거절하지 않은 것을 후회했다. 작별 인사가 마치 공개처형처럼 떠들썩한 볼거리가 되는 게 싫었기 때문이다.

헨리는 팔걸이를 단단히 쥐고 눈을 들어, 푸른 하늘에서 빙글빙글 돌며 맹렬하게 날갯짓을 하는 매 한 마리를 주시했다. 그때 갑자기 터져나온 기침이 가슴과 목구멍을 뒤흔들었고, 매는 날카로운 부리로 산비탈의 돌무더기를 헤쳐 놓더니 헨리까지 덮칠 기세로 힘차게 날기 시작했다.

헨리는 흔들의자를 멈추고, 입술을 벌려 숨을 들이마셨다. 그렇게 한 차례 숨을 더 들이쉬고, 피처럼 붉은 장미 향기가 풍길 듯한 거친 날숨을 천천히 내뱉었다. 이윽고 날뛰던 피가 잠잠해지고, 목의 근육이 맥없이 풀리며 절로 고개가 수그러들어 언뜻 기도하는 자세가 되었다.

"그곳에 가보지도 못하고 죽을 순 없어. 내 환송 무대를 만들어야지. 이 짧은 드라마는 나를 위한 거야."

헨리는 낮게 중얼거렸다. 그리고 눈을 감고 아들을 기다렸다.

8장

The Poet of Tolstoy Park

헨리의 가슴을 가로지른 가방 끈 밑 셔츠 주머니에는 몬트로즈에 장만한 10에이커 토지 측량 지도가 반듯이 접혀 들어 있었다.

어색한 침묵이 흐르는 기차역에서 헨리는 차마 앞에 서 있는 세 남자를 태연히 마주볼 수가 없었다. 그들의 침묵은, 보이즈에서 남쪽과 동쪽 대륙을 횡단하는 열차를 타려는 여행객들의 말소리, 사람 부르는 소리, 호각 소리, 동鋼으로 만든 거대한 엔진의 피스톤 밸브에서 뿜어져 나오는 쉬익 하는 증기 소리, 쿵 하고 수하물 내려놓는 소리, 천둥소리 같은 기차 바퀴 소리 따위와 뒤섞여 있었다.

헨리가 가져온 옷가방은 유니온퍼시픽 철도회사 소속 트왈라이트 리미티드 호 화물칸에 안전하게 실어 놓았다. 잠시 후면 차장이 나타나 그 구성진 목소리로 "승객은 모두 탑승하여 주십시오!"라고 외칠 것이다.

플랫폼에 서서, 헨리는 부츠를 신은 발을 내려다보았다. 간밤에 하비가 붉은 기가 도는 갈색 가죽 부츠를 찾아 번쩍 번쩍 닦더니, 오늘 아침에는 꼭 신발을 신어야 한다고 어찌나 고집을 피우던지 헨리도 어쩔 수 없었다.

"여기요."

아침에 하비는 헨리에게 부츠를 건네며 말했다.

"새것처럼 좋아 보이네요. 전혀 후줄근하지 않아요."

"네가 직접 광을 낸 거냐?"

헨리가 하비에게 물었다.

"네, 아버지. 제 생각엔-"

그러나 하비는 차마 말을 잇지 못하고 이해하기 쉽게 구두 닦는 시늉을 했다.

"괜한 짓을 한 거죠?"

"기차를 타는 동안은 신발을 신어야 한다고 생각한 게로구나. 그래, 신어야겠지. 고맙구나."

헨리는 이어서 토머스에게 몸을 기울여 어깨를 토닥였다.

"토머스, 고맙다. 새 모자를 선물해 줘서. 아주 좋고 편안해 보이는구나."

헨리는 시선을 돌려 하비를 바라보았다. 냄퍼에서 자동차를 타고 나올 때부터 하비는 옆자리에 등을 꼿꼿이 세우고 앉아 있었다. 아침 기차역을 향해 수 마일을 달려오는 동안, 헨리는 부츠 안에서 계속 발가락을 꼼지락거렸다.

우연히 시선이 멈춘 윌리엄의 뒤통수는 창문을 통해 들어오는 바람 때문에 숱 많은 잿빛 곱슬머리가 빳빳한 제복 칼라 위를 스치고 있었다.

헨리의 눈길은 다시 운전석에 앉아있는 토머스에게로 향했다. 깨끗하게 면도한 뺨과 아래턱에 난 사마귀, 말끔한 귀, 긴 매부리코와 강인해 보이는 이마 선, 커다란 핸들을 쥔 두 손.

헨리는 다시 팔꿈치가 거의 닿을 듯한 거리에 앉아 있는 하비를 흘긋 훔쳐 보았다. 하비는 열린 창문 너머 광경을 바라보고 있었다.

기차 플랫폼에 선 헨리는 집에서 이곳 보이즈 기차역까지 25마일 정도 달려왔던 동안의 일을 골똘히 생각했다. 차를 타고 오는 내내, 광택 낸 부츠에서 풍기는 향긋한 구두약 냄새가 코끝에 감돌았다.

차창 밖 풍경이 수 마일이나 펼쳐지는 동안 차 안의 네 남자는 거의 입을 꾹 다물었다. 그저 땅이나 하늘 또는 동물들을 말없이 바라보다가 몇 마디 불쑥 던지고 다시 차창 밖으로 시선을 향했다. 한번은 핸들을 잡고 있던 토머스가 도로 위를 굴러다니는 잿빛 덤불을 장난꾸러기 쿠거cougar인 줄 알고 재빨리 피하며 이렇게 말했다.

"차를 세워서 저 도망치는 덤불을 태웠다면 정말 우스웠겠죠?"

그 말에 분위기가 순식간에 바뀌었다. 헨리는 피식 웃고 윌리엄은 어린아이처럼 천진한 미소를 지으며 뒷좌석의 헨리를 쳐다보았다. 눈이 마주치자 둘은 동시에 웃음을 터뜨리고 말았다.

이어서 토머스가 몸을 숙이고 계기판을 치며 박장대소를 하다가 어깨 너머로 형을 바라보았지만, 그때까지도 하비는 어리둥절한 표정이었다.

하지만 얼마 지나지 않아 하비도, 손으로 입을 가린 채 반쯤은 웃고 반쯤은 기침하는 아버지를 보다가 마침내 킥킥 웃음을 터뜨렸다. 그 뒤로는 모두들 기차역에 도착할 때까지 쉽게 대화를 이어갔다.

홀연히 네 사람 사이에 무거운 침묵이 내려앉았다. 기차역에 도착한 순간부터 20여 분간 주문에 걸린 듯했다.

헨리와 윌리엄, 하비와 토머스는 되도록 개찰구 가까운 곳에 자리를 잡고 둥근 원을 그리며 서 있었다. 손을 뻗치면 서로의 어깨를 잡을 수 있을 만큼 가까운 거리였지만, 그런 일은 일어나지 않았다.

그들은 각각 외딴 섬인 동시에 하나의 섬, 흥분과 소란으로 가득 찬 역이라는 바다 가운데 고요와 신비로 둘러싸인 하나의 섬과 같았으며, 구경꾼들은 저마다 호기심 가득한 눈길로 그들을 바라보며 갖가지 억측을 하고 있는 듯했다.

'엄숙한 표정으로 서 있는 저 사람들에게는 대체 어떤 사연이

있는 걸까?'

분명 친한 사이인 것 같은데 모두 서로를 쳐다보고 있지 않았기 때문이다.

이제 헨리는 저들을 한 번도 쳐다보지 않고, 몇 분 후면 기차에 올라 자갈 깔린 철로를 따라 사라질 것이다. 그와 그의 동행인들로부터 말을 빼앗아버린 아침의 영원 속으로 말이다. 그러나 다만 그들은 더 이상 할 말이 없었을 뿐이다.

문득 헨리는 오스카 와일드[14]가 《옥중기》에서 자식들과 헤어지는 순간을 "무한한 고통과 슬픔의 근원으로… 인간미를 느낄 수 있는 아름다운 연결고리를 잃어버린 채, 자식들이 살아있음에도 우리는 고독할 수밖에 없는 운명이 된다"라고 묘사했던 것을 기억하고 있었다.

와일드는 두 딸 시릴과 비비안을 다시 만나게 되면 분명 상처투성이 마음에 위안을 얻고 고통스러웠던 영혼도 편안해질 거라고 믿었지만[15] 반대로 헨리는 하비와 토머스를 떠난다고 생각하자 마음이 편해지는 것을 느꼈다. 그러자 문득, 자기 혈통을 유지하기 위해 무리 안의 다른 새끼들을 죽이는 수사자가 떠올랐다. 이제껏 자신의 혈통은 육체가 아닌 영혼의 영역으로 이어져 왔다는 생각이 들었다.

---

14. 1854-1900,아일랜드 더블린 출신 소설가, 극작가, 평론가, 대표작을 《행복한 왕자》, 《살로메》 등이다.

하지만 자신에게 수치심과 죄책감 같은 어두운 마음이 전달되는 것을 막을 수는 없었다. 이제 웬만한 냉혈인간이 아니면 얻을 수 없을 마음의 위안을 죄책감과 수치심 속에서 찾으리라.

사실 헨리로서는 아버지가 죽어가는 걸 지켜봐야 하는 자식들의 고통을 덜어주기 위해 떠난다고 생각하는 것이 옳았다. 평화롭게 죽고 싶다는 생각만 컸다면, 이렇게 쉽게는 떠나지 못했을 것이다.

나는 어쩌다 동쪽으로 가는 기차에 몸을 실으려 했을까?

헨리는 신학교를 다니던 시절, 마음에 담고 있던 생각의 갈피를 샅샅이 뒤졌다. 왠지 예수가 최후가 임박했을 때, 자신을 찾아온 어머니에게 했던 말에서 그 대답을 찾을 수 있을 것만 같았다. 그때 예수는 이렇게 되물었다.

"도대체 누가 나의 어머니고, 누가 나의 형제란 말인가?"

헨리는 그 순간 자신에게 물었다. 진정 누가 아버지고 누가 아들이란 말인가?

---

15. 더글러스와의 동성연애로 파문을 일으켰던 오스카 와일드는 d어느 날 더글러스의 부친 퀸즈베리 후작으로부터 〈남색한을 자처하는 오스카 와일드에게〉라는 쪽지를 받는다. 격노한 와일드는 퀸즈베리 후작을 고발하지만 그 고발은 패소했고, 도리어 와일드는 체포되어 제1회 재판에서는 보석, 제2회 재판에서는 징역 2년의 유죄 판결을 선고 받는다. 파산 선고와 동시에 처자까지 잃게 된 것이다. 그리고 이 때문에 와일드의 두 딸은 '와일드' 성을 버리고 '홀랜드'라는 성을 따라야 했다. 이후, 와일드는 가장 큰 슬픔은 자식을 **빼앗긴** 것이라고 말하곤 했다.

헨리는 심호흡을 했다. 폐가 주인을 대신해 단호한 부정을 하고 있었다. 차가운 공기는 대장장이의 풀무처럼 켜켜이 검은 석탄이 쌓인 그의 가슴에 부채질을 했다. 헨리는 치통을 앓을 때처럼 숨을 죽였다.

"여기 있는 세 사람이…"

헨리는 고개를 들어 하비와 토머스, 윌리엄을 차례로 바라보았다.

"내게 있어 누구보다도 중요한 이 세 사람이, 만일 계속해서 나를 사랑해 주고 기도할 때마다 나를 떠올려 준다면, 마지막 작별 인사를 하는 이 순간 내가 원했던 모든 걸 주는 것과 마찬가지일 게야."

그들은 지금까지 그러지 못했고 앞으로도 그러지 못할 것이라는 듯, 일제히 고개를 젓거나 눈을 깜빡거리며 서로의 얼굴을 바라보았다.

그러나 헨리는 손수건을 입에 댄 채, 어떤 반대 의사를 물리치기라도 하듯 나머지 한 손을 내저었다. 그리고 고개를 돌려 조용하게 기침을 하다가 기침이 가라앉자 다시 입을 열었다.

"하비, 토머스, 나도 언제 처음으로, 내가 부모님 소유가 아니란 걸 깨달았는지 기억할 수 없구나."

그는 고개를 저었다.

"어느날 에피파니epiphany[16]가 왔다기 보다는, 동이 트듯 서서히 깨닫게 되었던 것 같다. 게다가 그 깨달음은 안개 장막에 가려져 있어 더욱 설레었지."

헨리는 고개를 끄덕이며 입가에 미소를 지었다.

"감격해서 가슴이 두근댈 정도였다."

헨리는 계속해서, 자신은 젊은 시절 '신과 나 사이'를 가로막 거나 흥정하는 사람이 없음을 서서히 깨달았다고 말했다.

"사실 너희들이 조물주의 규율을 어떻게 이해하든, 그걸 가지고 이러쿵저러쿵 할 수 있는 권리를 가진 사람은 없다."

"아버지, 왜 우리가 지금 그런 식의 강의를 들어야 하죠? 아버지도 알다시피 전-"

하비의 말투는 신경질적으로 변해 있었다.

"하비, 아버지가 이제 요점을 말씀하실 게다."

윌리엄은 확인을 구하려는 듯 헨리를 바라보며 눈을 찡긋했다.

"여보게 그렇지? 요즘 젊은이들이 알아둬야 할 지혜의 조언이라도 한마디 해주지 않겠나."

윌리엄이 싱긋 웃었다.

토머스는 다른 쪽 발로 체중을 실어 옮기며 얼굴을 찡그렸다.

"아버지, 하비 형 말고 저도 있어요. 제발 더 이상 이런 일로 얼굴 붉히지 않을 순 없나요? 전 아직도 환자를 가족으로부터 수천 마일이나 떨어진 곳으로 내쫓은 훌륭한 의사를 납득할 수가 없어요. 그런데 대체 이런 논쟁이 무슨 소용이 있죠?"

---

16. 사물이나 본질에 대한 직관. 순간적으로 진리를 깨닫는 것. 급작스런 정신적 현시

"이 여행은 너희들이 내게 속해 있다는 환상을 버리는 데 도움이 될 게다, 토머스."

헨리는 슬픔을 내쫓고 권위를 되찾으려는 듯 허리를 곧게 펴고 당당하게 앞을 바라보며 덧붙였다.

"아니면 내가 너희들에게 속해 있었다거나."

스스로 그렇게 믿었는지는 확신할 수 없지만, 어쨌든 내뱉은 말이었다. 사실 자식들 곁을 떠나며 할 말은 아니었다.

"모두 성姓이 같다는 이유로 애써 가까이 살아야 할 필요는 없다. 사랑은 공유하는 거지. 물리적 거리가 멀다고 사라지는 것도 아니고, 시간이 흐른다고 약해지지도 않는다. 너희들이 내가 떠난다고 화를 내지만, 그렇다고 사랑이 증오로 바뀌지는 않을 게다."

헨리는 자식들에게 다가가 손을 내밀었다. 윌리엄은 다른 곳을 보는 척했다. 토머스는 아버지의 손을 잡았지만, 하비는 고집스럽게 서 있다가 토머스가 재빨리 노려보자 그때서야 한 대 맞기라도 한 듯 손을 내밀었다. 헨리는 천천히 두 아들의 얼굴을 번갈아 바라보며 미소를 지었다.

"너희는 이렇게 잘 차려입은 애비 모습을 오랫동안 기억하게 될게다. 자 봐라, 하비, 이렇게 부츠까지 신고 말이야. 눈을 부릅뜨고, 말도 또박또박 하는 이 모습을 마음속에 소중히 간직하렴. 나도 너희들 모습 하나 하나를 마음 깊이 간직할 거다."

그때 어디선가 날아온 분홍색 비닐 공이 헨리의 허벅지에 맞고 떨어졌다. 이어서 공을 쫓아온 아이들의 떠들썩한 소리에 헨리는 하려던 말을 잊어버리고 말았다.

어른들 틈으로 뛰어든 아이들은 자기들이 누군가를 방해했다고는 생각지 못하는 것 같았다. 아이들은 모두들 푸른색 줄무늬 천으로 만든 옷을 입고 있었는데, 남자아이는 무릎까지 내려오는 반바지를, 여자아이는 밑단에 레이스가 달린 드레스를 입고 있었다.

공을 쫓는 아이들의 광택 나는 검정색 구두의 딱딱한 뒷굽이 플랫폼 바닥에 부딪칠 때마다 탭댄스를 추는 듯한 소리가 났다. 헨리는 아들들의 손을 놓고 허리를 굽히더니 오른손을 고양이 발처럼 구부려 공을 잡아챘다.

"아하!"

헨리가 외쳤다.

"길버트 경 가라사대, '굴러라, 그대, 공이여, 계속 굴러라, 길도 없는 곳으로 계속 굴러가라!' 결국 우리의 별볼일 없는 드라마와 상관없이 공은 그렇게 굴러가리라."

그때 토머스가 미소를 지으며 외쳤다.

"아버지! 그거예요! 그게 바로 제가 원하는 아버지 모습이라고요. 바로 그 모습이요!"

토머스는 헨리가 소년에게 공을 던져주려고 하자 팔로 아버지를 제지했다. 헨리가 다시는 이렇게 장난감 놀이를 즐기지 못하리라는 건 너무도 분명한 일이었다. 헨리는 결국, 먼저 나서서 소년에게 공을 던져주고 돌아온 아들을 힘껏 껴안았다.

팔을 풀었을 때, 토머스는 울고 있었다. 그는 얼른 등을 보이며 돌아섰지만 곧장 기차 쪽으로 가지는 않았다. 하비도 손을 뻗어 아버지의 어깨를 잡았다. 그리고 토머스의 어깨에도 팔을 얹더니 낮은 목소리로 "너도 아버지의 어깨를 잡아드려" 하고 말했다. 두 젊은이는 또렷한 눈빛으로 아버지를 바라보다가 이내 몸을 돌렸고, 그렇게 아버지와 영원히 작별했다.

"승객 여러분은 전원 탑승하십시오!"

차장의 목소리가 터져나왔다. 볕에 그을린 검은 얼굴에 안경을 쓴 깡마른 차장은 기차 바깥쪽에 설치된 짧은 수직 손잡이를 잡고 몸만 밖으로 내민 채였다.

그가 헨리에게 어서 타야 한다는 듯한 눈길을 보냈다. 윌리엄이 고개를 끄덕이며 헨리에게 기차 출입문을 가리키자, 모두 열차 쪽으로 발걸음을 옮기기 시작했다. 윌리엄은 마지막으로 헨리의 어깨에 손을 얹었고, 헨리는 휴식 중인 병사가 다시 무기를 잡듯 가방 끈을 그러쥐었다.

"나흘이나 타고 갈 거니 그 가방에 든 책은 다 읽을 수 있겠지?"

윌리엄이 헨리의 어깨를 더욱 단단히 쥐었다.

"몇 권 안 되는 이 톨스토이 전집도, 사실 나한테는 평생 읽을거리가 될 것 같네."

헨리는 윌리엄에게 눈을 찡긋하며 말을 받았다.

"괜한 말장난은 아니야. 누가 알겠나. 토머스 말이 옳고 닥터 벨톤 말이 틀릴지. 아마 이 많은 걸 다 읽으려면 더 오래 살아야 할 걸세."

"만일 닥터 벨톤이 틀리게 되면, 착한 소년이 돼서 곧장 집으로 돌아올 텐가?"

윌리엄이 물었다. 하지만 헨리는 아침 면도 뒤 차가운 세숫물에 손을 담글 때처럼, 무슨 일이 있어도 아이다호로 되돌아오지 않으리라는 것을 확실하게 깨달았다. 처음에는 막연히 떠나고 싶다는 생각이었지만, 돌이켜 보면 모두가 충분히 생각하고 내린 결정이었다.

순간 헨리는 말년에 집을 떠난 톨스토이를 생각했다. 노인이 되어서야 해결점을 찾은 톨스토이는 인간 조건에 대한 오랜 분석 결과를 종합하겠다는 의지를 품고 가족을 떠나 금욕적인 방랑생활을 시작했다. 그리고 한 달도 못 채우고 세상을 떠났다. 하지만 얼마나 더 살았는가는 중요하지 않았다.

'그래봤자 한 달'이라는 비난도 수도자 톨스토이가 택한 순례의 미덕을 깎아내리지 못했다. 그는 그저 때가 되어 홀연히 떠난 것뿐이다.

하지만 헨리는 달랐다.

그는 어린아이처럼 집을 떠나야 할 구실을 찾기 위해 진단서를 받아두었다. 톨스토이보다 용기가 부족한 게 분명했다. 게다가 친구에게 상처가 될까, 진실조차 털어놓지 못하고 있었다.

헨리는 이러한 상념들을 떨쳐내며 장난스럽게 대꾸했다.

"내가 학교 다닐 때는 착한 소년 아니었나? 그건 자네가 더 잘 알 텐데!"

윌리엄은 헨리의 말을 귓전으로 흘려 들으며, 열차 입구까지 남은 몇 발자국이나마 더 함께 하기 위해 헨리의 어깨에 팔을 둘렀다.

"헨리, 모두들 이 순간이 정말 힘들게 느껴질 걸세. 가만히 놔 둬 주게. 굳이 주의를 돌리려고 애쓰지 말란 말이네."

윌리엄은 헨리가 걸음을 멈추고 자신의 얼굴을 바라보자, 가방 끈을 잡고 있던 헨리의 손을 잡아 빼더니, 나머지 손까지 함께 잡아 손등 뼈 하나하나에 입을 맞추었다.

이어서 헨리의 손을 쥐고 반걸음 뒤로 물러선 윌리엄의 눈에는 그렁그렁 눈물이 맺혀 있었다. 순간 헨리는 울컥하며 목이 메는 것을 느꼈지만 울지는 않았다. 다만 두 팔을 크게 벌려 윌리엄을 꼭 껴안았다.

기차 머리 쪽 엔진이 회전하기 시작하면서 치익 하는 소리가 잦아들자 증기 밸브가 힘차게 연기를 뿜었다. 동륜의 긴 축이 한 번 작동하자 기차가 몸서리를 치듯 흔들렸다. 차장은 헨리 일행 쪽을 보면서 다시 한 번 "모두 탑승 바랍니다" 하고 외친 뒤 차장실 안으로 몸을 감추었다.

"헨리, 정말 보고 싶을 거야."

윌리엄의 뺨 위로 하염없이 눈물이 흘렀다. 헨리는 가방 끈을 쥐고 눈을 깜빡거리지 않으려 애쓰면서 고개를 끄덕였다.

"그래, 자네와 난 형제야."

헨리는 기차에 올랐다.

9장

The Poet of Tolstoy Park

해질녘에 출발한 유니온 퍼시픽 철도회사의 트왈라이트 리미티드 호는 예정대로 장밋빛 여명 무렵 목적지에 닿기 위해, 엄마 손을 잡고 걷는 아이처럼 뒤뚱대며 은빛 철로 위를 달렸다. 헨리는 차가운 유리창에 이마를 대고 있었다. 기차가 흔들리는 바람에 계속해서 유리창에 가볍게 머리를 찧었다. 부츠를 신은 발뒤꿈치와 발바닥이 회색 페인트를 칠한 금속 바닥에 부딪힐 때마다 얼얼한 기분이었다.

"손님, 괜찮으십니까?"

카펫이 깔린 객차 복도를 서성이던 차장이 헨리 쪽으로 몸을 기울이며 공손하게 물었다. 희끗희끗한 염소 수염이 빽빽한 건장한 체격의 흑인이었다. 헨리는 고개를 들고 꼬깃꼬깃 쥐고 있던 흰 손수건으로 입가를 닦은 뒤 무릎에 내려놓았다. 가슴이 답답하고 숨을 들이쉴 때마다 가는 휘파람 소리가 났다. 헨리는 대답 대신 고개를 끄덕였지만, 차장은 걱정이 되는지 헨리의 옆을 지키고 서 있었다. 잠시 후 헨리가 물었다.

"지금 어디쯤 가고 있소?"

"방금 오세올라를 통과했고, 곧 멤피스에 도착할 예정입니다."

차장은 가슴께에 있는 조끼 주머니에서 사슬로 된 줄을 잡아당겨 금빛 월댐Waltham 회중시계를 꺼냈다.

"정확히 1시간 36분 뒤에 도착합니다."

"그렇게 정확하게 도착합니까?"

"돈 받고 하는 일인걸요. 기관사인 로이스 씨는 0.5초도 늦는 법이 없죠."

차장은 헨리에게 행선지를 물었다.

"앨라배마 주 모빌에 갑니다."

헨리가 대답했다.

"거기라면 내일 오후 3시 24분에 닿겠군요. 다행히 제가 특별 근무 중이라 손님을 걸프, 모빌 앤 오하이오GM&O 역까지 모실 수 있을 것 같습니다."

차장은 내일 도착 시간을 미리 확인하려는 듯 손목시계를 들여다보았다.

"집에 돌아가시는 겁니까?"

"사실은… 그렇소. 집으로 가는 거요."

헨리는 사탕수수 당밀처럼 촉촉하고 깊은 차장의 눈동자에서 시선을 돌려 밋밋한 천장을 바라보았다. 그리고 친구 윌리엄이 '집으로 돌아가는 자들'을 위해 얼마나 많은 장례식을 치러냈는지를 헤아렸다. 잠시 후 헨리는 다시 차장을 바라보았다.

"며칠 전에 그곳에 땅을 샀다오. 그러니 이제 그곳이 집이지요."

헨리는 셔츠 주머니를 더듬어 잘 접은 지도를 꺼냈다.

"이 도면을 한번 보겠소?"

헨리는 사방 30센티미터가 넘는 지도를 펼쳐 무릎 위에 조심조심 펼쳐놓았다. 차장은 모자를 벗고 지도 가까이 몸을 기울였다.

"내 옆에 앉겠소?"

헨리는 차장이 앉을 수 있게 창 쪽으로 몸을 바짝 붙였다.

"그럴까요?"

차장은 좌우를 조심스레 살핀 다음 좌석 끝에 엉덩이를 걸쳤다.

"여기 남북으로 구불구불 난 선이 이 만의 해안선이라오."

헨리는 목과 어깨를 구부려 눈을 지도 가까이 가져간 다음 검지손가락 끝으로 육지와 바다가 만나는 수직선을 따라 내려갔다.

"이곳이 록 강, 여기서 남쪽으로 흐르는 이곳이 플라이 강이라오. 그리고 이 두 강 사이에서 동쪽으로 1마일도 안 되는 곳, 바로 여기…."

헨리는 점선으로 표시한 직사각형 모양을 손가락 끝으로 두드렸다.

"내가 산 10에이커의 땅이 있다오."

"틀림없이 아름다운 곳이겠군요."

차장은 지도를 뚫어지게 바라보았다. 마치 시공時空을 넘나드는 창문 너머 헨리의 새 집 전경을 바라보는 듯한 눈빛이었다.

"영감님 가족도 그곳에 있습니까?"

차장은 모자를 다시 쓰고 자리에서 일어나며 물었다.

"그곳에는 가족도 친지도 없다오."

헨리는 기대에 부푼 듯 한결 생기를 띠었다.

"내겐 모험이나 다름없소."

헨리는 지도를 다시 셔츠 주머니에 넣고 주머니 덮개를 반듯하게 내린 다음 차장에게 미소를 지어 보였다. 차장은 잠시 후 조심스러운 투로 다시 물었다.

"그럼 떠나오신 곳에는 가족 아니면, 누구라도 계신가요?"

헨리는 창문 쪽으로 시선을 돌렸지만 이미 어둠이 내려앉아 아무것도 보이지 않았다. 헨리는 풍경 대신 유리창에 반사된 자신의 모습과 질문을 해놓고 대답을 기다리는 차장의 숱 많은 흰 눈썹을 응시했다.

"미안하오. 여태 당신 이름표도 못 봤소. 이름이?"

커다란 덩치의 차장은 헨리가 제복 쪽으로 몸을 기울이자 가슴을 내밀었다.

"로렌스라고 하지요. 로렌스 워싱턴, 테네시 멤피스 출신입니다. 13년 동안 열차를 탔죠."

"난 헨리 스튜어트라고 하오."

그는 차장에게 손을 내밀었다. 로렌스는 그의 손을 잡고 천천히 악수를 했다. 두 사람은 눈을 마주보며 무언의 공감대를 형성한 뒤 짧게 고개를 끄덕였다.

"이렇게 물어봐 줘서 고맙소이다. 아이다호에 하비와 토머스라는 아들 둘이 있지요. 교회에 나가지 않는 내 영혼을 불쌍히 여기는 절친한 목사 친구도 있고."

그 말을 언젠가는 즐거운 마음으로 그곳에 돌아가겠다는 뜻으로 이해한 차장은 "모두들 그곳에서 영감님이 돌아오기를 기다리고 있겠군요"라고 말했다. 헨리는 대답 대신 고개만 끄덕였다.

"한동안 떠나 있다가 이렇게 잘 차려입고 당당하게 돌아가시면, 친구 분들도 영감님이 어디에서 무엇을 했는지 궁금해 하실 겁니다."

그 말을 듣자 헨리는 퍼뜩 부츠를 벗어야겠다고 생각했다. 잠시 후 헨리는 로렌스에게 남은 시간 동안 부츠와 양말을 벗고 맨발로 다녀도 괜찮냐고 물었다.

"아이고, 영감님. 금속 마루라 10월 밤에는 너무 차지 않을까요."

차장은 휘둥그레진 눈으로 빙긋 웃었다.

"하지만 그러지 말라는 규칙은 없죠."

로렌스는 고개를 설레설레 저었다.

"제 마누라 루신다는 제가 낡은 신발을 질질 끌고 집에 가면 머리를 한 대 쥐어박죠. 냄새나는 더러운 발로 어딜 들어오느냐고 현관 밖으로 내쫓는답니다."

"아마 루신다는 내 아들 하비와 잘 지낼 것 같군요. 하비는 내가 맨발로 시내에 나갔던 사실을 알면 질겁할 거요. 아무래도 그 애는 편협한 예절을 중시하는 영국 출신 제 할아버지를 그대로 빼다 박은 게 틀림없소."

"그러고 보니 영감님도 영국식 말투가 남아 있군요."

차장의 말에 헨리는 영국에서 태어나 열 살이 될 때까지 살았다고 답했다.

"그렇군요. 제가 족집게죠?"

로렌스는 주섬주섬 부츠를 벗는 헨리를 지켜보았다.

"고향에서도 그렇게 맨발로 다니셨습니까?"

"물론이오. 신발을 벗으면 그렇게 편하고 좋을 수가 없소."

"부츠를 벗으셨으니, 이 로렌스의 기차에서도 편하게 지내십쇼."

그때 헨리의 세 칸 뒤에 앉아있던 여인이 차장을 호출했다. 로렌스는 자세를 가다듬고 모자를 바짝 눌러 쓰더니 그만 가보겠다고 인사를 했다.

"시간 내줘서 고마웠소. 너무 오래 붙들고 있었던 건 아닌지 모르겠소."

헨리가 말했다.

"아, 천만에요. 승객의 안전을 살피는 게 저희 일인 걸요. 그럼, 안녕히 주무십시오. 특별히 보살펴 드리라고 조지에게 말을 해놓지요."

"참, 한 가지 더. 내 부츠를 당신에게 주고 싶은데 괜찮겠소? 다시는 이걸 신지 않을 생각이오."

"오, 아닙니다."

로렌스가 단호하게 대답했다. 잠시나마 마음을 터놓았다고 생각했던 헨리는 약간 당황했다. 그러나 차장은 갈색 광대뼈가 두드러지도록 활짝 웃으며 재빨리 말을 이었다.

"조지가 그런 광택 나는 부츠를 좋아하죠. 발 크기도 비슷하고 아마 녀석에게 잘 어울릴 겁니다. 제가 곧 그 녀석을 이리로 보내겠습니다. 만일 고맙다는 인사를 안 하면 제가 불알을 훑어버립죠."

가볍게 모자에 손을 붙였다 뗀 로렌스는 저만치 가더니 잠시 뒤돌아보며 눈을 반짝이며 동그랗게 떴다.

"어쨌든 고맙습니다. 저한테 그 부츠를 주시려 했으니까요. 아주 좋아 보이던 걸요."

헨리는 별을 볼 수 있을까 기대하며 차창으로 시선을 돌렸다. 지난 이틀 밤낮을 구름이 두둥실 떠 있는 평온한 하늘 아래 철로 위에서 보낸 것이다. 객차 안 불빛 너머 깔린 짙은 어둠이 유리창을 거울로 만들어 얼굴을 비춰볼 수 있었다.

헨리는 객차와 객차 사이 좁은 승강 계단에 서서 검정색 주단 같은 밤하늘에 뜬 별을 바라보며 지쳐버린 폐에 조금이나마 신선한 공기를 불어넣고 싶었다. 그는 자리에서 일어나기 전에 부츠를 좌석 위에 올려놓고 양말을 벗었다. 로렌스의 말대로 바닥은 차가웠다. 한기가 등줄기를 타고 목덜미까지 퍼졌다. 헨리는 반사적으로 움츠러든 어깨를 펴고, 한껏 신선한 공기를 들이마셨다. 그렇게 잠시 있으려니 달아났던 온기가 돌아온 것 같았다. 헨리는 그렇게 한동안 앉아 있었다. 그때 왼쪽 어깨 너머 들려오는 우렁찬 목소리에, 헨리는 깜짝 놀라 눈을 깜빡거렸다.

"그 부츠, 손님이 버리신 겁니까?"

헨리는 고개를 돌려 눈앞에 서 있는 깡마른 남자를 보았다. 로렌스가 말한 조지라는 사내 같았다. 헨리는 아무 말 없이 고개를 끄덕였다. 부츠에는 하비가 사용한 향기로운 구두약 냄새도 남아 있고, 광택도 여전해 객차 전등 빛을 반사할 정도였다.

"고맙습니다, 손님."

"천만에요."

짐꾼은 기쁜 듯 웃다가 돌아서서 가버렸다. 헨리는 자리로 돌아와 좌석 등받이에 한 손을 대고 거의 텅 빈 객차를 둘러보다가 아름다운 여인과 나란히 앉은 정장 차림의 젊은 남자에게서 목례를 받았다. 헨리는 마주 목례를 한 뒤 객차 뒤편 출입구로 걸어갔다. 젊은 남자의 시선이 그의 맨발을 따라오는 것이 느껴졌다. 헨리는 언젠가 그런 시선들에 대해 신경쓰지 않게 될 날이 오리라 믿었다.

10장

The Poet of Tolstoy Park

흔들리는 기차 리듬에 따라 깊은 잠에 빠진 헨리는, 꿈속에서 헝겊을 씌운 의자에 앉아 왼발을 허벅지 위에 올려놓은 채 가까이 오라고 손짓하는 아버지를 보았다.

노인은 자신의 바지 단을 걷고 부츠를 보여주면서 길고 가느다란 손으로 고급 가죽을 하염없이 쓰다듬고 있었다. 헨리는 어느새 소년처럼 수줍은 모습으로 아버지 앞에 서 있었다.

헨리는 아버지와 눈을 마주치려고 기다렸지만 아버지 월터 제임스 스튜어트는 고개를 숙이고 앉아 있어 얼굴이 제대로 보이지 않았다. 아버지의 무성한 흰 눈썹 아래 시선은 부츠를 바라보고 있는 것이 분명했다. 잠시 후 아버지는 부츠 바느질이 꼼꼼하다고 칭찬하더니, 뒤꿈치 근처에 상처가 왜 생겼는지 모르겠다며 중얼댔다.

몇 분이 흘렀을까, 방 장식과 벽과 문, 창문이 오래 전 살았던 집으로 변해 있었다.

헨리는 주마등처럼 펼쳐지는 배경에 이따금 눈길을 주었지만 관심은 온통 아버지에게 쏠려 있었다.

노인은 아직도 고개를 들지 않고 있었다. 헨리는 어떻게든 아버지의 주의를 끌고 싶은 마음에 발바닥으로 바닥을 긁으며 두 손을 뒤로 가져가 허리 뒤에서 맞잡았다(헨리는 편안히 설 때면 자주 그런 자세를 취했다).

그때 다른 방에서 딸깍딸깍하는 금속성 전보기 소리가 띄엄띄엄 울려오기 시작했다. 고개를 든 노인은 아들과는 눈도 마주치지 않고 전보기 쪽으로 가보라고 손짓을 하더니, 열심히 전보기 자판만 두드렸다.

헨리는 열려 있는 이중문을 지나 아담한 장미목 책상으로 걸어갔다. 짙은 빛깔에 우아한 모양새를 가진 이 책상은 아버지가 영국에서 가져온 것으로, 아버지는 미국에서 이사를 다니는 내내 이 책상을 소중히 간수했다.

아버지의 손때가 묻은 이 책상은 생전에도 그랬지만, 꿈속에서조차 전신업이라는 아버지의 직업과 썩 어울려 보이지 않았다.

전보기는 까다로운 젊은 주인이 돌아오기 전에 은밀한 목적을 달성하기 위해 안달이 난 장난감 새처럼 톡톡 소리를 내며 전보를 쪼아대고 있었다.

잠시 후, 전보기는 갑자기 짙은 빛깔을 가진 살아있는 생물체로 모양을 바꾸더니, 까악까악 까마귀 울음소리를 냈다.

헨리는 겁에 질려 아버지가 있는 곳으로 시선을 돌렸다. 그때 아버지가 드디어 숱 많은 눈썹 아래 눈으로 아들을 바라보았다. 그토록 기다렸던 따뜻하고 아름다운 미소였다. 그 미소가 어찌나 부드럽게 느껴지던지 헨리는 자신도 모르게 두 손을 모아 가슴에 댔다.

이윽고 잠잠해진 전보기는 다시 비둘기로 변했다. 헨리를 바라보는 한쪽 눈동자가 흑진주처럼 반짝이는가 싶더니, 비둘기는 부리를 벌려 여자 목소리를 내며 러시아어로 된 노래를 부르기 시작했다. 그 노래 가사는 톨스토이의 《지혜의 달력》에 나오는 한 구절이었다.

    그대의 삶을 물질이 아닌 정신을 좇는 것으로 바꾸면

    죽음에 대한 공포가 사라지리라.

장미목 책상 뒤쪽 벽에 걸린 유달리 커다란 달력에는 2월 2일이라는 날짜가 적혀 있었다. 그 순간, 아버지가 옆으로 다가와 벽에 걸린 달력을 떼어 헨리에게 건네 주었다. 두 사람은 서로 마주보며 섰고, 아버지는 손을 들어 헨리의 뺨을 어루만졌다. 아버지의 손은 무척 따뜻했다.

잠시 후, 밤을 가르는 트왈라이트 리미티드 호의 긴 기적 소리에 잠에서 깬 헨리는 뺨에 아직도 아버지의 온기가 남아 있음을 느꼈다.

11장

The Poet of Tolstoy Park

1925년 10월 16일 오후 3시 14분 정각, 로렌스 워싱턴이 말한 시간이 가까워졌을 무렵, 유니온 퍼시픽 사의 트와일라이트 리미티드 호는 앨라배마 모빌 역으로 다가가고 있었다.

지난밤부터는 이상하게 습한 열기가 느껴지더니 심지어 발 아래 금속 바닥까지 따뜻하게 느껴졌다.

처음에는 지난 3개월처럼 열이 나는 건 아닐까 했는데, 으슬으슬 한기와 눈이 후끈거리는 증상이 없는 것으로 보아 몸의 열이 아니라 바깥 온도 때문이라는 것을 알아차렸다.

헨리는 처음에는 조금 당황했지만 곧 고개를 끄덕이며 미소를 지었다.

헨리는 땀으로 후줄근해진 셔츠 주머니에서 펜을, 책가방에서는 수첩을 꺼내 다음과 같이 쓰고 종이를 찢어냈다.

> 조지, 부츠와 함께 내 모자까지 선물로 받아주기 바라오. 채 10분도 쓰지 않은 새것이라오. 만일 마음에 들지 않거든 다른 사람에게 주어도 좋소. 족히 몇 년은 더 쓸 수 있을 거요. 헨리 스튜어트.

그는 종이를 무릎 위에 내려놓고, 창밖을 바라보았다. 텐소 강의 습한 땅과 강물은 열차보다 뒤쪽으로 흐르고 있었으며, 참나무 침목 위 가지런한 철로는 모빌 시내 근방 단단한 진흙 땅에 놓여 있었다.

언젠가 헨리는 몰리와 서로 책을 읽어줬던 부엌 식탁에 앉아, 모빌 시와 모빌 만, 그리고 그 근처 동부 해안에 대해 몇 시간이고 연구한 적이 있었다.

헨리는 모자 밴드 뒤에 쪽지를 끼운 다음, 좌석 맞은편에 올려놓았다. 이 두 개의 긴 좌석은 아이다호를 떠난 헨리에게는, 여행 대부분을 보낸 벽난로이자 집이었다.

이 좌석은 총 네 명이 앉을 수 있었는데, 지난 닷새간 아무도 앉지 않았다. 헨리는 여행 내내 유일한 동반자였던 최신 갈색 실크 밴드가 달린 세련된 펠트 모자를 바라보며 고개를 끄덕였다. 입가에 씩 하는 미소를 띠자 얼굴이 한층 밝아졌다.

"이보게, 땅딸막한 친구, 가끔 그리울 거요."

헨리는 모자를 보며 중얼거렸다.

"우리가 함께 한 여행은 좋았소. 댁은 가장 마음에 드는 친구였소. 좀 따분하긴 하지만 다투지도 않고, 사실 그런 친구도 드물지."

근처에서 누군가의 시선이 느껴졌지만 헨리는 작별 인사를 마쳤다.

"계속해서 즐거운 기차 여행을 하고, 조지와 멋진 여생을 보내시오."

그는 몸을 구부려 모자 테를 쓰다듬어 준 다음 다시 창밖 풍경에 시선을 돌렸다. 넘실대는 숲 너머, 건물들과 창고, 자동차와 트럭, 행인들, 사방으로 뻗어있는 전깃줄들이 빠르게 지나갔다. 트왈라이트 리미티드 호는 이제 곧 앨라배마 모빌 시에서 가장 빼어난 풍경을 자랑하는 모빌 앤 오하이오 역에 도착할 예정이었다.

긴 열차가 역으로 진입하며 고삐를 늦추자 요란스런 증기관 소리가 울려 퍼졌다.

헨리는 자신도 모르게 심장 박동이 빨라지는 것을 느끼며 분주하게 주변을 둘러보다가, 옆자리에서 책가방을 들어 무릎 위에 올려 놓았다. 그리고 시내 전경이 한 눈에 들어오자 두 손으로 가방을 감쌌다.

그때 헨리는 객차 안으로 들어온 로렌스 차장과 눈이 마주쳤다. 로렌스는 이내 헨리 뒤쪽에 앉은 누군가에게 고개를 끄덕이며 다른 손님들에게 시선을 돌렸다.

"스튜어트 씨."

차장이 광택이 흐르는 검정 모자챙 위에 검지를 대며 말을 걸었다. 헨리는 고개를 끄덕였다.

"긴 여행이었죠. 이제 이 덜컹거리는 곳에서 해방이십니다."

"조금 뻐근하긴 하지만 덕분에 편하게 왔소."

헨리는 목이 답답한 듯 셔츠 칼라를 잡아당겼다.

"떠나온 곳에 비하면 정말 따뜻하군요. 앨라배마는 10월도 이렇게 따뜻합니까?"

"그럴 때도 있고, 그렇지 않을 때도 있죠. 여긴 수온에 따라 기온이 좌우되기 때문에, 얼마나 내려갈지 예측할 수가 없답니다. 이틀 내에 다시 추워지지 않아도 저는 전혀 놀라지 않죠. 보통 때 같으면 다시 더워져서 추수감사절에도 반소매 셔츠가 필요할 걸요. 저 아래 변덕스러운 바다 때문에 그런 것 아닐까요?"

"미안하지만 잘 모르겠소, 로렌스. 하지만 시간이 허락한다면-"

헨리는 차장에게서 시선을 돌려 무릎 위 책가방과 창 밖을 차례로 바라본 뒤 다시 차장과 눈을 맞췄다.

"시간만 허락된다면 내가 살게 될 이 새로운 곳에 대해 모든 걸 배우고 싶소."

그 순간 헨리는 깜빡 잊고 가져오지 않은 짐이 생각 나 말끝을 얼버무리고 말았다. 차장이 헨리에게 내릴 준비를 하라고 권한 뒤 복도로 내려섰지만 그 말도 귀에 들어오지 않았다. 아이다호에서 꼭 가져왔어야 할 물건이 이제야 생각나다니!

뒤늦게 실수를 깨달은 헨리는 토머스에게 전보를 쳐서 러그 베틀을 보내 달라고 할 작정이었다. 러그 짜는 일은 숲 속 생활을 더욱 풍요롭게 만들어 줄 테니 말이다.

헨리는 무릎 위 책가방을 손가락으로 톡톡 치며 차장으로부터 잠시 시선을 돌려 먼곳을 바라보았다. 헨리 데이빗 소로우[17]의 이야기가 떠올랐다.

소로우는 숲 속 오두막에서 집들이를 했을 때, 선물로 들어온 러그를 거절했다. 소로우는 급사를 시켜 둥그렇게 만 깔개를 되돌려 보내며, 자신은 산만한 일과를 줄이기 위해 이곳에 온 만큼 계단을 청소하며 러그 터는 일까지 하고 싶지 않다고 덧붙였다. 어떤 장소에서 두 가지 일을 하면 그만큼 일도 고민도 많아지기 때문이리라.

하지만 헨리는 러그 짜는 일에 정신을 쏟으면 피 속에 생기가 돌 것이라 믿었다.

교수직을 은퇴한 헨리에게 러그 짜는 일은 더없이 중요한 소일거리였다.

---

17. 1817-1862, 미국 초절주의 문학의 대표적 작가, 대표작 《월든》, 《시민불복종》 등

헨리는 언젠가 아이다호 주 박람회에서 나이 많은 나바호 족 여인이 아름다운 무늬가 새겨진 깔개를 짜는 모습을 본 뒤 자신도 해보고 싶다는 강렬한 욕구를 느꼈다.

그는 오전 내내 꼼짝 않고 여인의 곁에 서서, 염색실들이 베틀의 세로 줄 속에서 다양한 빛깔의 정교한 무늬로 변해가는 모습을 지켜보았다.

여인의 갸름한 왼손 약지에 낀 도톰한 옥색 반지와 은반지를 보자니, 검정색과 흰색 건반 위에서 춤추는 피아노 연주자의 손가락이 떠올랐다. 헨리는 두 시간이 넘도록 말 없이 그녀를 지켜보았다.

"정말 특별한 재주를 가졌군요."

마침내 헨리가 조용한 여인에게 말을 건넸다. 여인은 한참 동안 헨리 쪽은 쳐다보지도 않다가 이윽고 입을 열었다.

"내가 가진 재주란 타고난 인내심뿐이죠. 이 일은 인내심만 있으면 되니까요."

그녀는 말을 마치자마자 다시 러그에 눈길을 돌렸고, 헨리는 입을 다문 채 한 시간이나 그 모습을 더 지켜보았다. 그리고 이상하게도 처음부터 러그 짜는 일이 수월하게 느껴지더니, 결국 아이다호 주 러그 박람회 최종 심사에서 푸른색 리본을 수상했다.

풀어 헤치면 실 길이만 300미터가 넘는, 너비 1미터, 길이 1.5미터의 러그를 짜는 동안, 헨리는 스스로의 인내심에 깜짝 놀랐다. 식물성 염료로 실을 물들이는 과정부터 하나의 러그를 완성할 때까지의 긴 시간이 짧게만 느껴졌다. 하지만 왠지 완성한 러그를 전시하는 것은 내키지 않아 두 번 다시 박람회에 참가하지 않았다.

대신 나바호 족의 직조 기술자들을 찾아 애리조나, 뉴멕시코 같은 남부 지방으로 한 달 넘게 여행을 하면서, 기술과 예술성을 넓혀나갔다.

냄퍼에서는 헨리의 러그 소문이 자자했기 때문에 이따금 팔기도 했지만, 그보다는 선물할 때 더 큰 기쁨을 느꼈다.

5년 전이었던 1920년, 인구 조사서가 날아왔다. 헨리는 처음에는 직업난에 "전직 대학 교수"라고 적으려 했지만, 이내 싱긋 웃으며 연필심을 꾹꾹 눌러 "러그 직조 기술자"라고 적었다. 그때 느꼈던 흐뭇함은 지금 떠올려도 즐거웠다.

그때 기차 바퀴가 금속 레일과 마찰을 일으키며, 요란한 굉음을 냈다. 목적지에 도착한 것이다.

승객들을 안내하기 위해 복도로 내려온 차장은 헨리를 보며 눈을 찡긋하고는 풍부한 저음의 목소리로 "모빌입니다! 앨라배마 주 모빌 시입니다. 신사 숙녀 여러분! 모빌로 가시는 분 모두 안전하고 즐거운 귀가길 되시기를 바랍니다!"라고 외쳤다. 그리고는 마침 복도 가운데 서서 가방 끈을 메고 있던 헨리를 돌아보았다. 그리곤 더욱 큰 소리로 승객들을 향해 외쳤다.

"승객 여러분은 모빌 시와 역사적인 대도시 볼드윈 카운티에 도착하셨습니다. 페어호프! 페어호프에 오신 것을 환영합니다!"

헨리는 고개를 끄덕이며 미소를 지었고, 차장은 몸을 돌려 객차를 내려가기 전에 모자챙에 살짝 손가락을 대 보였다.

12장

The Poet of Tolstoy Park

부두 외곽에 있는 모빌 앤 오하이오 역은 10월 중순 늦은 오후의 긴 그림자 속에서도 활기를 띠고 있었다. 너무 조용해 단조롭기까지 했던 트왈라이트 리미티드 호를 빠져나와 왁자지껄하고 바쁜 일상 속으로 들어오자 마치 긴 터널을 지나온 느낌이었다.

터널 입구에는 고즈넉한 겨울 산과 시내, 아이다호 캐년 카운티의 배경을 이루는 자줏빛 산들이 있었고, 반대편 터널 끝에는 후텁지근한 강둑 위에 즐비한 창고와 건물들, 그 위로 비죽 솟은 동화에나 나올 법한 어슴푸레한 빛을 발하는 흰빛 성, 발이나 바퀴로 작동되는 갖가지 교통수단으로 시끌벅적한 모빌 시내가 펼쳐져 있었다.

안개 깔린 수 마일의 저지대를 뚫고 달려온 은빛 철로는 시내 동쪽 경계선인 모빌 강을 가로질러왔다. 이 강줄기를 따라가 보면 면화 선착장, 여객선 선착장, 바나나 선착장, 목재 선착장, 화물선 선착장, 수산물 선착장들이 줄지어 선 채 활발하게 돌아가고 있었다. 모자를 쓰고 소매를 걷어 올린 사내들이 종종걸음으로 이곳저곳 휘저으며 큰 소리로 외쳐대고, 거기에다 종 소리, 자동차 경적 소리, 호각 소리까지 소음을 더했다.

스타피쉬 앤 오이스터 회사 소속의 옥외 어시장 쪽에는 붉은 도미가 담긴 양동이가 가득했다. 저만치에는 검은 장화를 신은 뱃사람들이 내일 아침 어획량을 논하고 있었고, 굴 따는 소형어선들의 정박용 밧줄이 미풍에 날려 부대꼈다. 굴을 까거나 생선 다듬는 사람들은 연신 곁눈질을 해가며 열심히 손을 놀렸다.

비린내와 바다 내음, 기름과 석탄 냄새가 뒤섞인 이 지역 특유의 강렬한 냄새가 풍겨왔다.

"이봐, 늙은이!"

누군가 헨리를 불렀다. 하지만 이를 알아듣지 못한 헨리는 뒤돌아보기는커녕 무거운 옷가방과 작고 납작한 트렁크를 든 뚱뚱한 흑인 짐꾼의 뒤만 따랐다.

짐꾼은 하역 인부답게 건장한 체격이었는데, 아까 기차역 안에서 그 날의 마지막 배 *베이 퀸* 호를 기다리는 승객들을 향해 뭐라 뭐라 외치며 손님을 끌어모았다.

"이봐,"

앞서 그 목소리가 다시 헨리를 불렀다.

"이봐, 늙은이. 맨발 멍텅구리!"

그때서야 헨리는 걸음을 멈추고 뒤를 돌아보았다. 허름한 옷에 푹 꺼진 모자를 쓴 청년은 함께 기차를 타고 온 승객 중 하나였다. 어렴풋이 그가 기차에 오르던 모습과, 객차 복도를 거닐며 휴대용 물병을 홀짝거리던 모습이 기억났다.

청년이 터벅터벅 걸어오자 헨리는 무언가 위협적인 냄새를 맡은 개처럼 반사적으로 목덜미 털이 곤두서는 것을 느꼈다.

헨리는 다시 짐꾼을 따라갔지만 청년이 어떤 행동을 할지 몰라 불안했다. 예상한대로, 어느 순간 청년은 헨리의 옆까지 따라붙었다.

"이보쇼, 마실 거라든지 땅콩 같은 군것질거리 없어?"

비틀거리는 몸에서는 지독한 술 냄새가 풍겼고, 더러운 모자 아래 구불거리는 머리카락에는 기름기가 흘렀다.

"이봐, 난 당신처럼 점잖게 마시진 못하지만 말야, 모자랑 이야기를 나누고 깜둥이에게 부츠를 벗어주는 짓 따윈 하지 않아."

청년이 헨리의 어깨를 툭 쳤지만, 헨리는 턱에 힘을 주고 앞만 바라보고 걸으며, 소로우의 짧은 시구를 생각했다.

거래가 오고가는 번잡한 거리,
남자는 진짜 짐꾼 아니면

허세만 부리는 불량배
법적인 형제만 친형제라고
그 누가 말할 수 있겠는가

하지만 헨리는, 이런 불량배에게는 법이나 피를 나눈 형제들조차 형제애를 느끼게 해줄 수 없으리라 생각했다.

그때 거대한 체격을 가진 흑인 짐꾼의 발걸음이 조금씩 느려졌다. 헨리는 혹시 이 술주정뱅이가 짐꾼에게 행패를 부려 백인들 얼굴에 먹칠이나 하지 않을까 하는 걱정에 청년의 주의를 돌리기로 했다.

"어제 기차에 오른 친구구먼. 미시시피였던가?"

헨리는 청년과 짐꾼 사이의 거리를 띄워 놓기 위해 걸음을 멈추었다. 가방을 든 짐꾼은 이미 부두에 도착해 있었다.

"미시시피가 아니라 테네시였어. 그리고 난 당신 친구가 아냐."

젊은 사내는 헨리의 어깨를 다시 툭 쳤다.

"우리한테는 깜둥이한테 적선 따위를 하는 부류들을 처리하는 나름의 방법이 있지."

"내가 자네의 규칙을 위반했다면 미안하군."

헨리는 걸음을 멈추고 술주정뱅이를 똑바로 쳐다보았다. 짐꾼도 저만치 떨어진 곳에서 걸음을 멈췄지만, 옷가방과 트렁크를 든 채 미동도 하지 않았다.

"만일 내 사과를 받아준다면 자네 곁에 얼씬도 않겠네."

"내가 당신을 물 속으로 밀어 버린다면 어쩌지? 수영할 줄 아슈, 노인 양반?"

"할 줄 아네."

"하긴 부츠도 벗어 버렸으니. 하지만 당신처럼 늙은 염소는 그 어깨에 있는 가방까지 벗겨 줘도 저런 찬물에선 2,3분밖에 못 견딜걸?"

청년의 시선을 느낀 헨리는 앞가슴의 가방 끈을 꽉 잡았다. 그때 멀리 서 있던 짐꾼이 거대한 회색곰 같은 몸을 천천히 돌렸다. 그러나 그는 발걸음을 떼는 대신 손끝 하나 움직이지 않고 청년을 매섭게 노려보았다.

양철 냄비처럼 둥글고 검은 얼굴에서 눈동자만 검은 불처럼 이글이글 타올랐고 찌푸린 이마는 홈이 파인 흑요석처럼 보였다. 그러다가 어느 순간 짐꾼이 도금한 앞니를 드러내고 씩 웃었다. 순식간에 그 얼굴이 악마처럼 돌변했다. 입술 사이에서 휑하니 빠진 앞니 하나가 비쳤다.

청년은 움찔하더니 뒷걸음질쳤다.

"나는 검둥이 따위는 무섭지 않아! 그리고 당신 같은 늙은이는 눈도 깜짝 않고 강물에 던질 수 있다고."

그 말을 듣는 순간, 헨리는 수피의 우화가 생각났다. 어떤 왜소하고 늙은 성자가 골목길에서 칭기즈칸과 마주쳤다. 그때 말을 탄 칭기즈칸이 성자의 앞을 가로막으며 물었다.

"내가 누구인지 아는가?"

성자는 아무런 미동도 없이 나지막하게 말했다.

"당신은 황제시오."

이어 칭기즈칸이 고삐를 잡아당기고 거대한 칼을 휘두르며 다시 물었다.

"내가 눈 깜짝하지 않고 너의 목을 베어 버릴 수 있다는 사실도 알고 있느냐?"

그러자 성자는 고개를 들어 황제의 얼굴을 똑바로 쳐다보며 답했다.

"그렇다면 황제께서는 제가 눈도 깜짝 않고 제 목을 베도록 허락할 수 있다는 걸 아십니까?"

칭기즈칸은 성자의 평온한 얼굴과 짧은 대답에 담긴 진리에 감동받아 큰 칼을 휘둘러 도로 칼집에 넣었다. 그리고 두 손으로 고삐를 잡은 채 잠시 눈을 감고 목례를 한 다음 갈 길을 갔다.

만일 성자가 조금이라도 억지웃음을 지었다면 어땠을까? 아마 그의 목은 날아갔을 것이다.

그리고 자신은 아직 얼굴 한 번 찡그리지 않고 "날 물 속에 던져도 눈도 깜짝 않는다"고 으름장을 놓을 만큼 통달하지 못했음을 깨달았다.

그리고 짐꾼이 마침내 그 불한당을 혼내주기 위한 마지막 행동을 취했을 때, 수피의 성자가 했던 말을 내뱉고 싶은 유혹을 거두었다.

짐꾼이 가방을 내려놓고 주먹을 불끈 쥐었던 것이다.

그뿐이었다. 하지만 청년은 비틀거리며 몇 발자국 뒷걸음질치더니 몸을 돌려 부리나케 도망갔다.

헨리는 그 해 여름 4만 명의 **KKK** Ku Klux Klansmen[18] 단원들이 워싱턴 D.C.에서 시위를 벌였다는 신문 기사를 떠올리며, 불꽃을 일으킬 만한 바람조차 없는데 어떻게 개인적인 생각이나 편견이라는 부채가 인간의 마음에 증오의 불꽃을 활활 타오르게 만드는지 알 수 없다고 생각했다.

헨리가 고맙다는 인사를 하려는 순간, 짐꾼이 야구 글러브만 한 손으로 헨리를 밀쳤다.

순간 접시만큼 크고 가장자리가 톱니처럼 깔깔한 굴 껍데기 하나가 날아와, 헨리를 스쳐 짐꾼의 어깨를 치고 튕겨 나와 발밑에서 산산조각 났다.

"큰일 날 뻔했어요. 하마터면 영감님 귀가 날아갈 뻔했어요."

뒤를 돌아보자 청년이 부두 아래로 줄행랑치고 있는 것이 보였다. 두 사람은 청년이 굴 껍데기 까는 사람, 생선 다듬는 사람들 속으로 사라질 때까지 그 뒷모습을 지켜보았다.

---

18. 백인우월주의를 내세우는 미국의 극우 비밀결사단. 철저한 위계질서를 가지고 얼굴을 흰 두건으로 가린 채, 공갈과 협박, 폭력으로 흑인들을 억압하고 백인의 지배권을 회복하려 했다.

헨리는 짐꾼에게 손을 내밀었다. 당황스러울 정도로 큰 손이었다. 손아귀 힘도 대단해 보였지만, 다행히 세게 잡지는 않았다. 군데군데 못이 박힌 투박한 손바닥은 생각보다 따뜻했다.

"고맙소."

헨리가 말했다. 짐꾼은 헨리의 눈을 똑바로 바라보았지만 입을 열지는 않았다.

헨리는 짐꾼의 머리 너머, 저녁 햇살에 물든 구름을 바라보았다. 강둑 위 회색 갈매기와 갈색 펠리컨들이 어시장에서 나오는 생선 토막이나 물고기를 나꿔채려고 이따금씩 물 속으로 뛰어들고 있었다.

헨리는 바다 새들에게 한눈을 파는 대신, 무언가를 찾으려는 듯 다채로운 물감을 짜놓은 팔레트 같은 하늘을 뚫어져라 바라보았다.

헨리가 불쑥 중얼거렸다.

"수피의 성자를 구한 건 솔직함이었어. 그뿐이야. 난 지금까지 그걸 몰랐어…."

"네?"

헨리는 다시 정신을 차렸다.

"아, 아무것도 아니오. 참, 실례가 안 된다면 이름을 알고 싶소. 나는 헨리 스튜어트라고 합니다."

"사람들은 저를 뮬Mule[19]이라고 부르죠."

"그럼, 어머니는 뭐라고 부르오?"

"어머니는 내 이름을 부르지 않아요."

짐꾼은 잠시 고개를 갸우뚱하며 대답했다.

"돌아가셨거든요."

그리고 짐꾼은 헨리를 슬쩍 바라보며 말을 이었다.

"영감님은 제가 뮬이라는 이름 때문에 골치 좀 썩겠다고 생각하시겠죠? 그런데, 꼭 그렇지만은 않더군요. 누구든지 나한테 까불면 이 튼튼한 발에 엉덩이를 채일 거라는 사실을 암시하는 이름이거든요."

짐꾼은 또 한 번 금니가 드러나도록 히죽 웃었는데, 그의 웃음은 앨라배마에 처음 도착한 헨리에게 안도감을 안겨 주었다. 짐꾼은 *베이 퀸* 호가 언제 도착하든 바로 탈 수 있도록 서둘러 가방을 선창가까지 옮겨야겠다고 말했다.

"증기선 회사에서 일하시오?"

짐꾼에게 헨리가 물었다.

"아뇨. 그냥 여기 나와서 마을 사람들을 위해 짐꾼 노릇을 하고 약간의 돈을 받죠."

"그렇군요."

헨리가 말했다.

그리고 잠시 뒤 헨리는 다시 *베이 퀸* 호가 부두에 얼마나 정박

---

19. '노새', '고집불통'이라는 뜻

해 있을지를 물었다.. 짐꾼은 약 한 시간 동안 화물과 승객들을 싣고 5시 30분이면 출발할 거라고 대답했다.

"오늘 마지막 뱁니다. 아침, 점심, 저녁으로 와서 사람들을 태우죠. 저기 배가 들어오네요. 전 말은 그만 하고 짐을 옮기렵니다. 말 한다고 돈을 더 주는 건 아니니까요."

헨리는 얼른 사과했지만 짐꾼은 대꾸 없이 성큼성큼 저만치 앞서 걸어갔다.

헨리는 편안한 자세로 가방 끈을 다시 메고 뒤를 따랐다. 그리고 하역소 앞에 다다르자 콜타르가 깔린 부두 뒤 풀이 나지 않은 검은 진흙을 찾아 발을 딛고, 저 멀리 이층 갑판을 가진 *베이 퀸* 호의 거대한 뱃머리가 다가오는 모습을 지켜보았다.

베이 퀸 호의 갈색 외륜선이 강 표면에 흰 물보라를 일으키며 이쪽으로 돌고 있었다.

그때 갑판 위에 서 있던 승무원들이 밧줄을 잡아당길 준비를 마치고 부두쪽 인부들에게 무슨 말인가를 큰 소리로 외쳤다.

베이 퀸 호 중앙에 불쑥 솟은 투박한 기관 통이 노을 진 하늘로 검은 연기를 뿜어냈다.

갑판원과 인부들의 외침소리가 선장의 조타실 위에서 나는 증기 굉음에 묻혀 희미하게 들려왔다.

헨리는 손등으로 턱과 뺨의 짧고 희끗한 수염을 비비면서, 거대한 배가 요란하게 부두를 향해 다가오는 모습을 지켜보았다. 물론 그들이 각자 맡은 일을 열심히 수행하고 있다는 것은 알았지만, 구경꾼의 입장에서 그들의 목소리며 행동은 거슬릴 만큼 소란스러웠다.

 노력은 하고 있지만, 헨리는 아직 자신이 방관자라는 생각에서 벗어나지 못하고 있었다. 심지어 이 도시의 바탕인 땅 위에 맨발로 서 있는데도 말이다.

 이 도시의 공기는 오로지 만들고, 사고, 움직이고, 말하는 쪽으로만 흘러가고 있어 자기성찰은 지극히 불가능한 듯했다.

 기차에서 내렸을 때는 마치 터널을 빠져나온 기분이었는데, 터널 입구에 전원의 고요함이 있었다면, 그 출구에는 환상적인 서커스의 짜릿함과 느슨해진 나사 탓에 위험하기 짝이 없는 자동차들이 뿜어내는 매연이 있었다.

 헨리는 모빌 앤 오하이오 역사의 내실을 나설 때부터 뭔가 낯설고 동떨어진 느낌에 휩싸였다. 그리고 승객용 통로를 한 걸음 한 걸음 빠져나오면서, 뚜벅뚜벅 바닥을 울리는 덩치 큰 사내의 부츠 소리를 따라 부두로 걸어가면서, 더더욱 가슴이 죄는 듯한 느낌이었다.

 주정뱅이 청년과 맞닥뜨렸을 때 느꼈던 불길한 예감이 서서히 정체를 드러내고 있는 듯했다.

 베이 퀸 호의 기적이 또 한 번 울렸다. 부두에 닿아 배꼬리가 내려갈 거라는 신호였다.

 여기저기 흩어져 배를 기다리던 승객들이 기둥 사이 사이, 동銅 방울 달린 줄 손잡이를 잡고 배에 오르기 시작했다.

누런 풀로 뒤덮인 땅에 책가방을 내려놓고 가부좌를 튼 헨리는 이 모든 모습들을 지켜보며 불확실성으로 가득 찬 마음과 싸우고 있었다.

13장

The Poet of Tolstoy Park

헨리는 거의 마지막으로 배에 올라 항구가 보이는 쪽 이층 갑판에 자리를 잡았다. 등 뒤에 있는 짧은 사다리를 타고 올라가면 3층 갑판이 있고, 선장은 그곳의 조타실에서 모빌 만을 가로질러 남동쪽으로 배를 몰고 있었다.

헨리는 직사각형 갑판 둘레를 에워싼 스파 배니쉬 도장의 매끈매끈한 마호가니 목재 난간을 붙들고 서 있었다. 흰색 페인트를 칠하고, 화려하게 장식된 난간이 위로 쭉 뻗어 있었다. 이런 증기선이나 비슷한 강 배들은 대개 외관이 화려했다. 모두 어느 조선造船 건축가의 취향을 모방한 것 같았다.

발바닥 아래 갑판이 진동하고, 배꼬리 끝, 지평선을 따라 펼쳐진 모빌 시의 부드러운 노란 불빛들이 깜빡였다. 태양은 배가 출발하기 20분 전 쯤 이미 도시 너머로 기울어졌다.

증기선 엔진 소리와 거대한 베어링 사이로 회전하는 구동 소리는 바람 소리에 묻혀 버리고, 얼굴에 부딪치는 바람 소리와 춤추는 뱃머리에 와 닿는 쏴아 하는 파도 소리만이 귓전을 울렸다. 헨리는 손바닥으로 뺨에 돋은 짧고 부드러운 수염을 쓸어 보았다. 어렸을 때 토머스는 헨리가 세면대 앞에서 면도를 할 때면 목욕탕으로 들어와 자기 뺨과 턱에도 따뜻한 비누 거품을 묻히며 이렇게 물었다.

"아빠 면도를 왜 해?"

그러면 헨리는 얼굴을 매끈하고 깨끗하게 만들기 위해서라고 대답했다. 그리고 이 순간, 혹시 어린 토머스의 마음에 "왜 아빠 매끈한 얼굴을 좋아할까?" 하는 또다른 궁금증은 없었을까 생각했다. 솔직히 지금이라면 얼굴을 매끈하게 할 이유가 없었다. 그냥 수염이 자라도록 내버려 두리라. 면도는 어쨌든 성가신 일이었다.

구름 한 점 없는 황혼녘이 짙어지면서 바닷물도 보는 각도에 따라 자듯빛으로, 포도줏빛으로 변했다. 어둑한 하늘에 막 떠오른 별들이 반짝거리자 소년처럼 마음이 들뜨면서, "별이 반짝, 별이 반짝, 난 오늘 밤 첫 별을 보았다네" 하는 노래 구절이 떠올랐다. 헨리는 문득 오늘 밤엔 무슨 소원을 빌까 하다가, 불확실한 미래에 대한 그 어떤 걱정도 마음을 차지하지 못하게 하리라 결심했다. 오로지 이 순간, 이곳에만 전념하리라. 드넓은 모빌 만의 파도, 잔잔하고 풍부한 잔물결, 왈츠 스텝으로 경쾌하게 흔들리는 *베이 퀸* 호만 생각하리라. 뱃머리가 부드럽게 올라올 때마다 마음이 부풀었다. 아름답고 상쾌한 밤이었다. 반세기도 더 전인 1869년에 영국에서 대서양을 건너온 후로, 이렇게 큰 배를 탄 건 처음이었다. 배 여행이 얼마나 편안하고 익숙한지, 기분이 얼마나 좋아지는지 스스로도 놀랄 정도였다. 만을 가로지르는 이 여행은, 우울한 마음을 쉽게 치료해 주었다는 것만으로도 오랫동안 소중한 기억으로 남을 것 같았다.

"정말 아름다운 저녁이죠?"

생각에 잠겨있던 헨리는 바로 옆에서 들리는 여자 목소리에 깜짝 놀랐다.

"배에서 가장 좋은 자리를 고르셨네요."

30대 즈음인 듯한 여인은 퍽 매력적인 분위기에 저녁 햇살을 받아 갓 거둔 밀처럼 윤기가 흐르는 풍성한 곱슬머리를 핀으로 느슨하게 묶은 모습이었다. 여인은 손으로 짠 듯한 고운 색의 두터운 양모 숄을 한 손으로 목까지 끌어올리고, 다른 한 손으로는 헨리 근처의 난간을 잡았다. 해가 지자 공기가 쌀쌀해졌지만, 오히려 상쾌한 기분이었다. 게다가 정오 이후로는 기침을 한 번도 하지 않아, 정말로 몸이 튼튼해진 건 아닐까 하는 생각이 들었다. 헨리는 여인에게 가벼운 목례를 하며, 이곳이 배에서 가장 좋은 자리라는 말에 수긍했다.

"저도 여기 서볼 수 있는 특권을 누려도 될까요?"

여인은 말을 하면서도 시선은 바다 위 어딘가를 향하고 있었다. 뱃머리에서 6미터 쯤 위에 걸려있는 유니온 잭 깃발이 바람에 미친 듯 펄럭였다.

"물론이죠."

"전 케이트 앤더슨이라고 해요."

케이트는 손을 내밀어 헨리의 손을 꽉 잡았다. 헨리도 악수를 나누며 자신을 소개했다. 케이트는 생동감 넘치고 호기심 가득한 표정이라 절로 호감이 갔다. 역시나 케이트는 이것저것 질문 공세를 펴기 시작했다. 헨리는 그녀가 자신의 이야기에 관심을 보이고 있음을 알고 깨닫고 아마 그녀라면 대부분의 사람들에게 그럴 거라고 생각했다. 케이트에게는 상대로 하여금 마음을 열고 기꺼이 자기를 드러내도록 만드는 놀라운 능력이 있는 것 같았다. 헨리 스스로도 이렇게 쉽게 마음을 터놓을 수 있다는 것이 신기할 따름이었다.

헨리는 그녀에게 의사의 권유로 아이다호에서 왔고, 앨라배마는 한 번도 온 적이 없지만 페어호프에 10에이커의 땅을 사두었으며, 이제 한 시간만 있으면 선착장에 마중나와 있을 피터 스테드먼 씨를 만나게 될 것이며, 자신은 그와 편지만 주고 받았노라고 말했다. 그러자 케이트는 개인적으로 잘 아는 건 아니지만, 스테드먼 씨는 마을에서 매우 명망 있는 인사라고 알려주었다.

케이트가 그곳에서 무엇을 할 거냐고 묻자, 헨리는 거처부터 지을 생각이라고 답했다. 그녀는 그 땅이 아직 집 한 채 없는 허허벌판이라는 이야기를 듣자 "그건 모험이나 다름없어요"라며 매우 놀라워 했다. 헨리는 일단 따뜻하고 안락한 거처가 완성되면 "소로우 선생이 그랬던 것처럼" 책을 읽거나 글을 쓰고 산책을 많이 하고 싶다고 말했다. 그리고 소로우는 오전에는 산책을 하고 오후에는 글을 썼는데, 때때로 아침 산책을 거르면 오후 글쓰기에 애를 먹었다는 일화를 들려 주었다.

"나야 책을 쓸 필요는 없지만 산책은 좋아하죠. 그리고 러그를 짤 겁니다."

"어머나, 러그를 짜신다구요?"

케이트가 물었다.

"아이다호에 있을 때 자주 짰죠. 베틀이 도착하면 앨라배마에서도 할 겁니다."

"그렇게 짠 러그는 어떻게 하죠? 파시나요?"

케이트의 호기심은 호기심 이상이었다.

"저도 손으로 짠 제품을 좋아하거든요."

그녀는 자신의 숄을 만지작거렸다.

"안 그래도 당신 숄이 눈에 띄었소."

헨리가 잠시 말을 멈췄다.

"실은 러그를 짜면서, 그걸 어떻게 할지 생각해 본 적은 없습니다."

헨리는 생각에 잠긴 듯 턱을 들고 수평선 어딘가를 바라보다가 다시 케이트에게 시선을 돌렸다.

"당신도 숄 같은 걸 직접 짜시오?"

"아니오, 선물로 받았어요."

케이트가 대답했다.

케이트는 화젯거리를 더 찾으려는 듯 한동안 말이 없다가 불쑥 이렇게 말했다.

"참, 스튜어트 씨, 맨발인 걸 봤어요."

헨리는 당황했지만 재빨리 답했다.

"난 당신이 맨발이 아닌 걸 보았소."

그리곤 자신의 재빠른 역습에 잠시 놀라며 미소를 지었다. 하지만 왠지 그 말이 시시덕대는 것처럼 느껴져, 조금 뒤로 물러나 그녀의 구두를 짐짓 진지한 표정으로 바라보았다. 발가락 부분이 뾰족하고 발목 쪽에 레이스가 달린 목 높은 구두였다.

"동양 속담에 이런 말이 있소. '멋진 신발은 지옥이다.' 그 말이 사실이라면 신발을 신지 않는 게 천국이겠지요."

"그 속담이 사실이라면 그거 문제네요."

케이트는 장난스럽게 손가락을 흔들었다. 헨리는 발가락을 오므렸다. 배의 진동이 발과 다리를 고스란히 타고 올라왔다. 날은 점점 어두워졌지만 하늘색은 연한 자줏빛 섞인 푸른색으로 짙어졌고, 배 가장자리를 따라 날아다니는 갈매기도 여전히 잘 보였다. 이 세상 그 무엇이 저 갈매기보다 자유로울 수 있을까?

헨리는 서슴지 않고, "꼭 맞는 신발보다 우리를 구속하고 성가시게 하는 게 또 있을까요?"라고 물었다. 그리고 나서 케이트를 돌아보며 말을 이었다.

"중국 어느 지방에는 아직도 여자아이의 발을 조그맣고 예쁘게 만들려고 묶는 전족 관습이 남아 있다고 하더군요."

"그런 관습과는 상관없지만, 사실 제 신발도 좀 조이기는 해요. 하지만 제 발은 적어도 어머니 말씀에 의하면 별로 예쁘지는 않죠."

케이트는 손가락을 자신의 턱에 갖다댔다.

"하지만 어쨌든 전 신발에는 별로 관심이 없어요. 아니, 발가락에 대한 배려가 없죠. 그저 저기 아래에 있구나, 심지어 발이 아파도 '쉿! 조용히 입 다물고 신발 속에서 네 할 일이나 해'라고 생각하죠."

케이트가 킥킥 웃었다. 그리곤 계속해서 대화를 나누다가 자신은 교사 일을 하고 있다고 덧붙이며, 난간을 쥐었던 손을 입으로 가져갔다.

"참, 텍사스의 교육청에서 교사들에게 진화론을 가르치는 걸 금지시켰다는 기사 보셨어요?"

"아, 그랬군요. 요즘 통 신문을 못 봐서 말이오."

헨리는 눈살을 찌푸렸다. 헨리도 많은 사람들이 이른바 스코우프스 원숭이 재판[20]이라고 불리는 지난 여름의 대사건에 관심

---

20. 1925년 미국의 테네시 주의 데이턴이라고하는 작은 시골 도시에서 한 공립학교 교사인 스코우프스가 수업 중에 진화론을 가르치자 반 진화론자인 기독교인들의 고소로 시작된 재판. 결국 스코우프스는 유죄 판결을 받음

을 쏟고 있다는 걸 알고 있었다.

케이트는 고개를 저으며 크게 한숨을 내쉬었다.

"만일 대로우 씨와 브라이언 씨가 그 재판을 통해 유명해지고 싶은 마음에 그런 연기를 펼치지만 않았어도, 성경을 곤봉처럼 휘두르는 사람들에게 대항할 수 있는 중요한 기반이 마련되었을 거예요."

또 케이트는 텔레비전이라는 놀라운 발명품에 대한 기사도 읽었다며, 이 새로운 물건이 사람들의 무지를 줄이는 데 도움이 될 것 같냐고 물었다. 헨리는 그 무지가 영원히 사라지지 않을까 봐 걱정이라고 답한 뒤, 화제를 돌렸다.

"그럼, 교직에 몸담은 지는 오래 되셨소?"

"거의 6년이 다 되어가죠."

이어서 케이트는 마리에타 존슨[21]의 교육 방식과, 자신의 학교가 숙제와 시험 없이도 어떻게 한 명의 낙오자도 내지 않았는지를 열심히 설명했다.

"한번은 뉴욕의 존 듀이 박사가 학교를 시찰하러 온 적도 있어요."

케이트가 열띤 손짓을 해가며 말했다.

---

21. 존 듀이의 교육 철학에 영향을 받아 앨라배마 페어호프에 오거닉 학교를 설립하고, 유명한 유기적 교육(Organic Education: 어린이의 몸과 정신과 영혼에 생명을 불어넣어 완전한 유기체로 성장시킨다는 교육) 이념을 토대로 시험도 숙제도, 실패도 없는 학교 교육을 지향

"그분은 오랫동안 우리 학교에 머물면서 〈내일의 학교Schools of Tomorrow〉에 우리 학교를 소개하기도 했죠. 손수 존슨 여사의 사진을 찍어 가기도 했고요."

헨리는 시들지 않은 열정을 가진 교사를 만났다는 생각에 흐뭇했다. 자신은 왠지 학기가 지날수록 열정이 퇴색하지 않았던가. 케이트는 점점 활기를 띠며 말했다.

"열네 살 된 박사님 아들도 크리스마스를 앞두고 일주일 동안 제 반에서 수업을 들었답니다. 정말 사랑스러운 아이였죠."

케이트는 검지를 들어올리며 헨리에게 물었다.

"저희 학교의 진짜 특별한 점이 뭔지 아세요? 아마 분명 마음에 드실 거예요."

그녀는 대답도 하기 전에 이렇게 단정했다.

"글쎄요. 케이트 앤더슨 양이 그 학교 교사란 사실을 빼고는 아무것도 상상할 수 없군요."

"놀리지 마세요, 스튜어트 씨."

케이트가 샐쭉한 표정을 짓자, 헨리는 짐짓 생색 내는 것처럼 보였나 싶어 쑥스러웠다. 케이트도 지지 않으려는 듯 장난스럽게 말했다.

"스튜어트 씨, 그 특별한 점이란 우리 아이들도 학교에 올 때 신발을 신지 않아도 된다는 거예요. 사실 많은 아이들이 그렇게 하고 있고요."

"정말입니까?"

헨리는 놀란 동시에 무척 반가웠다.

"요즘 같은 시대에 그런 학교가 있다는 게 믿어지지 않는군요. 내 반드시 마리에타 존슨 여사를 만나야겠소!"

케이트는 난간 손잡이를 잡고 헨리 쪽으로 더 가까이 다가왔다.

"심지어 저희 반에 폴이라는 아이는 일 년 내내 신발을 신지 않겠다고 친구들과 내기를 걸었죠."

케이트의 말을 듣자, 맨발을 한 아이들로 가득 찬 학교 운동장이 떠올랐다. 케이트가 다른 얘기를 하려다 말고 갑자기 손가락을 들어 뱃머리 너머 무언가를 가리켰다.

"저것 좀 보세요!"

그녀가 숨을 죽였다. 헨리도 그쪽을 바라보았다. 멀리 동쪽으로 펼쳐진 지평선 위로 이제껏 본 적 없는 노란빛의 둥근 곡선이 떠오르고 있었다. 달이었다. 달은 곧 커다란 모습을 완전히 드러내며 빠르게 해안 위로 솟아올랐다. 햇살이 아직 완전히 사라지지도 않았는데 달이 뜨다니!

그들은 5분가량 황금빛 보름달이 눈처럼 깨끗한 은빛으로 바뀌는 장관을 말없이 지켜보았다. 다른 승객들도 이 모습을 보기 위해 난간으로 나와 있었다. 고요한 침묵 속에 바람 소리와 부드럽게 울리는 배 엔진 소리만 들려왔다.

케이트는 다시 헨리에게 동쪽 해안가에 펼쳐진 시커먼 수림樹林 안에 화가가 붓으로 찍어놓은 듯한 붉은색 점을 가리켰다. 달은 더욱 교교한 빛을 발하며, 주홍빛으로 수평선을 물들였다.

"저기 보이는 게 뭐죠, 앤더슨 양?"

헨리가 물었다.

"'에코 루즈Ecor Rouge', 그러니까 붉은 색 절벽이라 불리는데, 옛날 뱃사람들 길잡이 역할을 했죠."

듣자 하니 붉은색의 높은 절벽이라 쉽게 눈에 띄어, 특히 동쪽 절벽은 북쪽에서 모빌 만으로 들어오는 뱃사람들에게 이정표가 되었다는 것이다.

"심지어 이 만에 설치한 어뢰를 저주했던 데이비드 패러깃[22] 장군도 전세를 파악하고 지상으로 도주하는 적들을 막을 때 에코 루즈의 도움을 받았죠."

또 케이트는 많은 사람들, 특히 메인 주의 관광객들은 이 붉은 절벽이 메인에서 텍사스 주에 이르는 해안선 절벽 중에서 가장 높다는 걸 잘 믿지 않는다고 덧붙였다. 헨리는 케이트가 교사라는 것을 실감했다. 그녀에겐 무언가 가르치려는 습성이 배어 있었다.

헨리는 어느새 케이트의 강의 대신, 죽음과 인생의 아름다움에 대해 생각하기 시작했고, 다른 승객들이 곁을 스칠 무렵에야 그 생각에서 빠져나와 다시 입을 열었다.

"저기 솟은 붉은 절벽에 서면, 마치 하늘을 날 수 있을 것만

---

22. 1801-1870, 남북 전쟁 때 북군 해군을 이끌고 여러 차례 승리를 거둠. 특히 모빌 만 전투에서 "빌어먹을 어뢰, 전속력으로 진격하라"는 유명한 말을 외치며 승전을 거둠

같소."

 헨리는 머리를 흔들며 가슴의 막힌 곳을 뚫듯, 깊이 숨을 들이쉬었다. 이제 그도 내년 10월 보름달이 뜰 때쯤이면 이 아름답고 섬세한 별에서 사라질 것이다. 헨리는 자신도 모르게 마음속 생각을 불쑥 말해버렸다.

 "하지만 그건 그때 일이고, 지금은 지금이죠. 이 벨벳처럼 부드러운 바람과 은색 달빛을 받으며 실컷 이 순간을 실컷 음미할 거요. 왠지 이곳이 고향처럼 느껴지는군요."

 헨리는 여인의 어깨에 가볍게 손을 올려놓으며 친밀감을 표현했다. 케이트가 자신의 마음을 어느 정도 깊이 이해해 주었으면 했다.

 "앤더슨 양, 이 잔잔한 파도가 나를 집에 데려다 주는 것 같소."

 헨리는 이렇게 말한 뒤 깊은 침묵에 빠져들었다. 케이트도 더 이상 말이 없었다. 하지만 자연은 두 사람이 말하지 않고 남겨둔 것을 달콤한 침묵의 언어로 말하고 있었고, 두 사람은 기꺼이 그 속삭임에 귀를 기울였다.

14장

The Poet of Tolstoy Park

헨리는 저 멀리 선착장 앞에 왔다 갔다 하는 사람이 피터 스테드먼일 것이라고 확신했다. 선착장 흐릿한 전구 아래 보이는 스테드먼은 키가 크고 말랐으며, 수염과 머리칼에도 흰 터럭 하나 없이, 아무렇게나 걷어 부친 소매 아래 팔뚝도 튼튼해 보였다. 헨리가 배에서 내리자 피터는 어두운 불빛에 무성한 수염 아래 흰 치아가 고스란히 드러날 만큼 환한 미소를 지었다.

"성함을 여쭤 볼 필요는 없겠죠, 헨리 스튜어트 씨? 전 피터 스테드먼입니다."

그는 손을 뻗어 악수를 청했다.

"이웃을 맞이하게 되서 반갑습니다. 사람들 속에서 당신을 딱 찾을 수 있을 거라고 생각했지요. 편지를 읽으면서 목소리와 얼굴을 상상했거든요. 근데 정말 상상했던 것과 똑같군요."

피터는 헨리의 맨발에도 서슴없이 관심을 표했다.

"그런데 제 상상으로는 신발을 신은 신사 양반이었는데… 누가 신발을 훔쳐갔나요, 스튜어트 씨?"

"아닙니다. 오는 길에 기차 안에서 조지라는 짐꾼에게 벗어 주었죠."

헨리는 더 자세히 말할까 하다가 그만 두었다. 나머지 판단은 상대에게 맡기고 싶었다. 그때 피터의 눈길이 헨리 뒤에 서 있던 케이트에게 향했다. 그동안 케이트는 그들의 대화를 귀담아 듣고 있었다.

"스튜어트 씨, 이 아름다운 숙녀 분은 누구시죠? 마을에서 본 것도 같은데, 정식으로 소개받은 적이 없군요."

헨리는 갑작스러운 상황에 어리둥절했지만 이내 대답했다.

"이쪽은 케이트 앤더슨 양입니다. 페어호프의 오거닉 학교 교사지요. 그녀의 학생이 되지 못한 게 못내 아쉽지만 말입니다."

헨리는 케이트를 바라보며 말했다.

"혹시 학생들이 뭐라고 부르나요? 앤더슨 양인가요, 아니면 앤더슨 부인?"

"앤더슨 부인이에요, 스튜어트 씨."

케이트는 피터에게로 시선을 옮기며 말을 이었다.

"안녕하세요, 스테드먼 씨?"

그녀는 다시 헨리를 바라보았다.

"스튜어트 씨는 신발을 신지 않으시니 지옥 가실 일은 없으실 거예요, 그렇죠, 스튜어트 씨?"

"하하, 둘만 아는 이야기가 있는 것 같은데, 쉽게 털어놓지 않으실 모양이군요. 참, 내 누이의 아들 녀석도 오가닉 학교에 다니는데, 학교를 아주 좋아한다더군요. 무슨 비결이라도 있는 겁니까? 나는 어릴 때 학교 가는 걸 무척 싫어했죠."

"대부분의 아이들이 그럴 겁니다. 그런데도 아이들이 정말로 가고 싶어 하는 학교가 있다니 사정이 된다면 꼭 한 번 방문해 보고 싶군요."

헨리가 거들었다.

"앤더슨 부인께서는 워낙 친절하신 분이시라 제가 마을 건너올 때 처음으로 친구가 되어 주시고, 학교 이야기도 들려 주셨소."

헨리는 케이트를 바라보았다.

"언제 부인의 교실을 방문해서 그 친절에 보답할 수 있다면 영광이겠소. 교사 자격증은 말소되었지만 아직은 아이들한테 나누어 줄 만한 게 조금은 있을 거요."

"그렇게 해주신다면 고맙지요. 기억하고 있을게요. 저야말로 스튜어트 씨와 함께 강단에 서게 된다면 더할 나위 없이 기쁠 것 같은데요."

케이트는 이어서 피터를 돌아보았다.

"스튜어트 씨는 정말로 훌륭하게 살아오셨어요."

케이트는 숄을 두르고 머리카락을 매만졌다.

"그럼 전 그만 가보겠어요. 스튜어트 씨도 피곤하실 테니까요. 긴 기차 여행에 시달리셨으니 오늘 밤은 푹 쉬셔야죠."

케이트는 두 사람에게 작별 인사를 한 뒤 단단한 구두굽을 또각거리며 선착장 아래로 내려갔다.

그곳에는 멋을 부려 모자를 비뚜름하게 쓰고 검은 정장을 입은 케이트 또래의 남자가 서 있었다. 남자는 방금 배에서 내린 케이트를 향해 손을 흔들다가, 케이트의 어깨에 다정하게 팔을 두르고 전구의 노란 불빛을 벗어나 선착장 끝 어둠 속으로 사라졌다.

헨리는 선착장 근처에 시커먼 물체가 서 있는 것을 보았다. 바다에서 보았던 절벽의 커다란 등성이가 선착장 양 끝으로 솟아 있었다. 가만 보니 북쪽이 더 튀어나온 듯 보였다. 밤하늘 보름달은 전깃불 때문에 아까처럼 밝지는 않았다. 그때 *베이 퀸* 호 뒤쪽 낮은 어둠 속에서 "클클" 하는 소리가 들려왔다. 헨리가 재빨리 고개를 돌리자, 피터는 청왜가리 소리라고 귀띔해 주었다.

"이 선착장 주변에 솔로몬이라는 커다랗고 비쩍 마른 청왜가리 한 놈이 있습니다. 내가 선착장을 관리하면서부터 쭉 살았죠."

피터는 새 이야기를 더 할까 하다가 그만 두는 게 나으리라 생각했는지 이내 화제를 돌렸다.

"헨리 스튜어트씨, 다시 한번 앨라배마에 오신 것을 환영합니다. 곧 집처럼 느껴지실 겁니다."

헨리는 짐을 들어주겠다는 피터의 말에, 짐이라고는 옷가방 하나뿐이라고 답했다. 그러자 승객들 화물과 짐꾼들이 있는 하역소로 향하던 피터가 뒤돌아보며 말했다.

"가뿐하게 여행하셨군요."

증기선 기관 통에서 넝쿨줄기 같은 연기가 창백한 별들을 향해 모락모락 피어오르고, 엔진은 여유롭게 돌고, 밧줄은 단단한 말뚝에 팽팽하게 매여 있었다.

승무원들은 승객들과 수하물이 모두 배 밖으로 빠져나가자 굵은 밧줄을 거둬들일 채비를 했다. 또 선장으로부터 명령이 떨어지면 곧바로 남쪽 3마일 정도 떨어진 페어호프 항구로 떠나야 했기 때문에, 담배를 피우거나 잡담을 나누면서도 연신 위층 갑판 조타실 쪽을 살피고 있었다.

피터는 헨리에게 보낸 편지에서, 어둠이 깔린 페어호프 항구에 도착하는 모습은 별로 극적이지 못하니 선착장에서 기다리겠다고 했지만, 사실 오랜 기차 여행을 한 헨리로서는 극적인 상황 따위를 생각할 처지가 아니었다. 헨리는 나흘 동안 함께 했던 책가방을 톡톡 치며 말했다.

"책과 옷입니다. 사람에게 뭐가 더 필요하겠소?"

"음… 신발 정도 아닐까요."

피터가 씩 웃었다.

"차를 타고 가면서 그 천국과 지옥 얘기, 그리고 맨발 얘기도 들려주십시오. 참, 그리고 제가 당신 창고에 쌓아둔 공구나 일용

품도 꼭 필요할 것 같군요."

피터가 말했다.

"아, 부탁한 걸 해주셨군요. 정말 고맙소."

하지만 헨리는 물건들이 창고에서 주인을 기다리고 있다고 생각하자 마음 한구석이 무거워졌다. 검은 고라니 말이 옳았다. "소유물을 만들지 말라, 소유한 자는 자기 것을 지키기 위해 무기를 들게 되고 전쟁의 씨앗을 뿌리게 된다"는 성 프란치스코의 말이 떠올랐다.

하지만 헨리는 세속적 부를 완전히 포기하는 것만이 올바른 삶의 원칙이라고 생각하지 않았다. 톨스토이는 82살의 나이에도 자신이 불행하다고 생각했다. 소원대로 재산을 가족들에게 모두 넘기고 농부들과 하루 종일 들판에서 일하고 난 뒤에도, 여전히 자신이 올바른 삶을 살고 있지 못한다고 한탄했다.

그러나 헨리는 그럼에도 많은 사람들이 톨스토이의 노력에 깊은 감명을 받았다는 것을 잘 알고 있었다.

그리 오래 전의 일도 아니다. 헨리는 독일의 유명한 철학자 루드비히 비트겐슈타인[23]이 톨스토이의 《요약복음서》를 읽고, 전쟁터에서 돌아와 선친에게서 물려받은 막대한 재산을 포기했다는 기사를 읽은 적이 있었다. 헨리도 톨스토이에게 깊은 영향을

---

23. 1889-1951, 오스트리아 태생 영국 철학자. 20세기의 언어철학, 분석철학의 발판을 놓았다.

받았지만, 사실 톨스토이의 계몽운동은 포용하기 힘들었다. 젊은 신학도였던 그는 오히려 마태복음에서 심오한 사상을 발견했다.

"아리마태에서 온 요셉이라는 부자가 스스로 예수의 제자가 되어" 빌라도를 찾아가 예수의 시신을 달라고 요구했을 때, 빌라도는 순순히 그의 요구를 들어 주었다. 그때부터 부자는 예수를 따랐지만, 그렇다고 자신의 부를 포기하지는 않았다. 헨리는 마지못해 재산을 포기하는 건 영혼에 더 큰 부담을 주는 일이라고 생각했다.

마운트 유니온 신학대학교에 다니던 시절, 한 친구는 아브라함과 이삭에 대해, 하나님이 아브라함에게 원했던 것은 아들을 제물로 바치는 행위가 아니라 기꺼운 마음이었다고 주장했다. 헨리는 그 시절 종종 친구들과 논쟁을 벌이곤 했는데, 당시에도 재물을 포기하기 싫다면 그냥 부자인 채 살아가는 게 더 바람직하다고 주장했다.

"대신해 물건을 산 건 별 큰 일이 아니니 그렇게 고마워 하실 필요는 없습니다."

피터는 이렇게 말하며 헨리의 어깨를 툭툭 쳤다.

"어차피 난 다른 사람 돈 쓰는 걸 즐기는 편이죠. 이제 내 집으로 갑시다. 아내가 당신을 위해 따뜻한 방을 준비하고, 음식을 데우고 있을 겁니다. 레디는 요리를 잘하죠."

"좀 즉흥적으로 들리겠지만, 혹시 내 땅을 둘러 갈 시간이 있겠소? 부인의 기분을 상하게 할 마음은 없소만, 오는 내내 그 새로운 보금자리에 대한 생각을 지울 수가 없었소."

"해드리다 말고요. 전 다른 사람 말을 들어주는 걸 좋아한답니다. 아직도 가끔씩은 크리스마스를 기다리는 어린아이가 되지요. 그럴 때마다 레디는 어이없어 하지만요. 스튜어트 씨 땅은 여기 선착장 북쪽에서 카운티 도로 가는 거리밖에 안 됩니다. 큰 도로로 달리면 5분, 우리 집에선 트럭으로 10분도 채 안 걸리죠."

피터는 헨리의 옷가방을 들어 올리다가 잠시 얼굴을 찌푸리며 말했다.

"그나저나 신발도 없이 그곳 땅을 걸을 수 있을지 걱정이군요."

"헨리 소로우는 밖에서 보름달을 바라보는 즐거움도, 달빛을 받으며 걷는 일에는 비할 수 없다고 했죠. 전자가 달을 음미하는 거라면 후자는 포식하는 거죠."

"그렇다면 실컷 즐겨봅시다. 집으로 돌아가기 전 잠깐이라면 집사람도 이해할 겁니다."

피터는 지붕이 높은 포드사의 T 모델 트럭 쪽으로 앞서 걸어가더니, 트럭 발판에 한 발을 올려놓고 헨리의 옷가방을 뒤에 실었다. 이어서 책가방에도 손을 뻗었지만, 헨리는 "아니오. 무릎 위에 올려놓겠소"라고 답했다.

"나한테는 돛이 없다보니 균형을 잡으려면 이 가방이 필요하죠. 이게 없으면 옆으로 떨어지거나 밤에 정처 없이 떠도는 운명에 처할 거요."

헨리는 어물쩍 넘긴 뒤, 좌석으로 기어올라 책가방을 무릎 위에 놓았다. 가죽 커버를 씌운 의자는 딱딱했다. 피터는 시동을 걸고 기어를 바꿔 선착장 뒤쪽의 짧은 언덕을 올라가더니, 교통량이 많은 2차선 해안 도로를 따라 남쪽으로 달리기 시작했다. 이스트 볼란타 비포장 도로를 얼마나 달렸을까, 트럭은 딱 한 번 움푹 파인 곳을 피하느라 옆길로 샜을 뿐, 줄곧 바퀴 자국을 따라 빠른 속도로 내달렸다.

"위험을 무릅쓰지 않으면 비스킷도 없다!"

피터가 칠흑같이 깜깜해진 차창 밖을 보면서 크게 웃었다. 헨리는 트럭이 갑자기 속도를 줄이며 엔진 소음도 잠잠해지는 것을 느꼈다.

몇 초 후 달빛 어린 바깥 풍경에 눈이 익숙해질 즈음 트럭 앞 비포장 도로가 희미하게 떠올랐다. 피터는 다시 속도를 내며 껄껄 웃었다.

"이게 밤 드라이브의 묘미인 것 같군요. 달빛에 의지해서 말입니다."

포드 사의 트럭으로 즐기는 밤 드라이브는 예상도 못했지만, 핸리는 어두운 트럭 안에서 자신도 모르게 입이 벙긋해지는 걸 어쩔 수 없었다. 헨리는 맘씨 좋은 운전수를 훔쳐 보며, 피터 스테드먼은 좋은 사람일 것이라고 결론을 내렸다.

그때 피터가 주차할 곳을 찾으려는 듯 다시 헤드라이트를 켰다. 그는 누런 금작화의 억센 가지 위를 지나 적토가 깔린 넓은 갓길로 트럭을 몬 다음 시동을 껐다. 그리고 두 손을 핸들 위에 올려놓고 한동안 꼼짝도 하지 않았다.

두 사람이 밤의 침묵이 트럭 위에 내려앉고 달빛이 주변에 뻗은 나무들을 은빛으로 물들일 때까지 잠자코 기다렸다. 헨리의 눈에는 곧게 뻗은 키 큰 소나무만 보였다. 그는 운전석을 바라보며, "내가 도울 일은 없습니까?" 물었다.

"당신은 어디까지나 승객이십니다."

피터는 숲의 속삭임을 들려주려는 듯 왼손을 뻗어 차창을 열며 말했다.

"당신이 구입한 10에이커 땅은 이 볼란타 도로와 접해 있고 트럭 뒤에서 왼쪽으로 50야드 정도 떨어진 곳에서 시작됩니다. 우리 앞쪽으로 한참을 내려가다가 저 오르막 너머에서 딱 끊기고 다시 옆으로 수백 야드가 이어지죠. 거의 직사각형 모양인데, 제가 보내드린 지도를 보시면 아실 겁니다."

"지금도 셔츠 오른쪽 주머니에 있소."

헨리는 책가방을 내려놓고 오르막까지 잠시 다녀오겠다고 말했다.

"맨발로 이 앨라배마의 땅을 느끼고 싶군요. 땅 냄새부터 마시고 싶소. 혼자 갔다 와도 될까요, 스테드먼 씨?"

"물론이죠, 이제부터 피터라고 불러주십시오. 전 그냥 울타리 옆에서 당신이 돌아올 동안 파이프나 한 대 피우죠."

피터는 손을 들었다.

"아, 방금 쏙독새 울음 소리를 들으셨습니까?"

"네, 정말 슬픈 목소리군요."

헨리는 잠시 침묵을 지키며 앉아 있었다. 두 남자는 다시 밤새의 노래 소리를 기다렸지만, 소나무 가지를 희롱하는 바람의 부드러운 숨 소리만 들려왔다.

"금방 돌아오겠습니다."

헨리는 문을 열고 발을 내딛다가 운전석을 돌아보았다.

"고맙소."

헨리가 트럭 문을 톡톡 두드리며 말했다.

땅에 두 발을 딛고, 아이다호를 떠난 뒤 처음으로 책가방 없이 허리를 쭉 펴자 발바닥으로 찌릿찌릿한 전류가 흘러들었다. 도착한 지 한 시간밖에 지나지 않았는데, 이곳이야말로 정말 자신이 살 곳이라는 확신이 들었다.

그때 가슴을 쥐어짜는 듯한 쏙독새의 구슬픈 울음 소리가 다시 들려오더니 헨리가 발걸음을 떼기 직전 마지막으로 한 번 더 들려왔다.

"그래, 네 동무가 되어주려고 왔다."

헨리가 나직하게 중얼거렸다. 그는 약한 오르막 경사에서 몸의 균형을 잡기 위해 허리를 약간 구부렸다. 언덕에 오르자 숨이 찼다. 폐가 몸부림을 치고 있었다.

헨리는 숨통을 쥐어짜고 눈앞을 아득하게 만드는 기침이 터지기 전에 어서 빨리 피터의 시야에서 벗어나고 싶었다. 그리고 이윽고 기침이 터지자 그는 삽자루만한 소나무 묘목을 잡고 몸을 숙였다.

경련이 일어날 때마다 몸 속 공기가 빠져나가는 듯했다. 얼마 후 구부린 몸이 거의 겹쳐질 정도가 되어서야 헨리는 간신히 최악의 고비를 넘겼음을 깨달았다. 그는 땅바닥에 쪼그리고 앉았지만, 생명의 온기를 불어 넣어주는 이 땅 위에 피를 토하고 싶지 않았다. 그러자 마치 그의 피라면 얼마든지 받아들이겠다는 듯 발바닥 아래 땅이 따뜻해졌다. 시애틀 족장의 웅변이 마음속에 울려 퍼지는 것 같았다.

"여러분이 지금 서 있는 이 땅은, 여러분보다 우리 조상들의 발자국에 더 다정하게 반응합니다. 왜냐하면 이 땅은 우리 조상의 피가 서려 있는 곳이기 때문입니다. 우리 맨발은 이 땅과 더욱 깊은 교감을 느낍니다."

마침내 헨리의 기침 소리가, 불꽃이 사그라든 벽난로 앞에 쪼그린 커다란 개의 신음처럼 잦아들었다.

"나를 도와줄 수 있겠느냐?"

헨리는 고개를 숙인 채 땅에게 물었다. 창백한 달빛이 시야를 밝혔다. 헨리는 손에 잡았던 어린 나무 줄기를 놓고 무릎을 꿇은 뒤, 땅을 덮은 축축한 갈색 솔잎 위에 두 손을 짚고 흙이 드러날 때까지 솔잎들을 헤쳤다. 팔 닿는 곳까지 계속 헤치다 보니 어느덧 자리가 둥글어졌다. 헨리는 두 손바닥을 펴 땅을 짚고 고개를 숙인 뒤 차가운 땅에 뺨을 댔다.

느릿느릿 깊이 숨을 들이마시자 사향같은 땅 냄새가 가슴 가득 밀려왔다. 그는 눈을 감고 천천히 숨을 내뱉었다. 대지의 향기는 눈 뒤쪽에서 붉게 소용돌이치는 따뜻한 안개로 변했다. 시애틀 추장의 목소리가 다시 들려왔다.

"우리는 대지의 일부고 대지는 우리 일부입니다. 우리는 갓난아이가 어머니의 심장 소리를 사랑하듯 이 대지를 사랑합니다."

"이 땅이 내게 힘을 줄 거야."

헨리는 중얼거리듯, 그러나 확신에 차서 말했다. 앞으로 어떤 상황이 닥쳐도 감사히 받아들일 것이다. 언젠가 그의 주검을 두 팔로 안아줄 이 땅이, 그가 죽음에 앞서 찾고 있는 마음의 평화를 줄 것이다.

이제 헨리에게 이보다 아름다운 계획은 없었다. 시애틀 부족 사람들은 할아버지에게 첫 숨을 불어넣어준 바람이 대지에 불과 얼음을 깃들게 하고, 또 할아버지의 마지막 눈까지 감겨 준다고 믿었다.

그때 머리 위 나뭇가지에서 잠을 자던 새가 부시럭거렸다. 헨리는 불현듯 피터와 그의 아내 생각이 났다. 헨리는 혹시나 자신이 미적대서 그들의 편안한 밤에 누를 끼치지나 않을까 얼른 일어나 발걸음을 옮겼다.

꽤 먼 거리인데도 피터의 파이프에서 피어오르는 달콤하고 매캐한 향기가 그를 반갑게 맞이했다. 헨리는 새로 만난 친구를 향해, 나무와 나무 사이 달 그림자가 드리워진 좁은 오솔길을 활기차게 걸었다.

15장

The Poet of Tolstoy Park

헨리는 동이 트기도 전에 눈을 떴다. 간밤에는 깨끗하고 푹신한 깃털 매트리스에서, 가을 오후의 향이 배어 있는 시트 덕인지 꿈도 없이 푹 잤다. 이곳은 피터의 집 뒤에 있는 작지만 정갈하고 천정이 높은 객실용 별채로, 일인용 침대와 작은 옷장, 세수 대야와 주전자가 놓인 세면대, 작은 책상과 의자가 전부였다.

어젯밤 피터는 환한 달빛 덕에 램프 없이도 헨리의 책가방과 옷가방을 척척 트럭에서 내리더니 무성한 풀숲 사이 꼬불꼬불한 길을 따라 이곳으로 옮겨왔다. 그를 따라 들어섰을 때, 소나무로 만든 책상 위에는 유리 덮개를 씌운 램프가 호박색 등유로 가득 찬 받침 위에서 낮은 불꽃을 일렁이며 방 안을 비추고 있었다.

헨리는 당분간 머물게 될 보금자리를 찬찬히 둘러보았다. 말이 그려진 어두운 색조의 유화가 밋밋한 액자에 걸려 있었고, 램프 옆 금속 액자에는 석양이 쏟아지는 물가에 비친 나무를 실루엣으로 묘사한 독특하고 생동감 넘치는 수채화가 표구되어 있었다. 헨리는 이 그림들이 아마 이 지역 화가의 솜씨일 것이라 추측했다. 또 헨리는 출입문 좌우로 난 두 개의 창문을 눈여겨보았다. 창문의 그림자가 각각 아래로 길게 늘어져 있었다.

"집사람은 내일 아침에 만나는 게 좋을 것 같군요."

피터가 말했다. 그는 손바닥으로 이마와 눈썹을 문지르더니 손가락으로 숱 많은 머리칼을 흐트러뜨렸다.

"괜찮고말고요. 괜히 저 때문에 늦어졌군요."

헨리의 사과에, 피터는 아내에게 손님과 함께 저녁 무렵에나 도착한다고 귀띔했고, 아내도 순순히 동의했다고 말했다.

"아내는 잠자리에 들지 않았거나 이야기를 나누고 싶을 때는 거실에 불을 켜둔답니다. 오늘처럼 불이 꺼져 있다는 건 책을 읽고 있거나 이미 잠자리에 들었다는 거죠."

피터는 부엌에 가서 비스킷과 우유를 가져오겠다고 말하며, 어쩌면 육포도 있을지 모른다고 덧붙였다.

"고맙소, 피터."

헨리가 말했다.

"하지만 우유와 비스킷만으로 충분해요."

그는 배를 툭툭 쳤다.

"금방 잠들 텐데 위에 부담을 주면, 기차와 배 꿈을 꿀지도 모르잖소."

두 남자는 껄껄 웃었다. 피터가 돌아가고 나서도 한참 뒤에야 잠이 든 헨리는 피터의 넉넉한 마음 씀씀이에 고마움을 느꼈다. 아이다호를 떠나올 때의 슬픈 분위기만 아니었더라면, 고향집을 찾을 때 받는 환영식이라 해도 손색이 없었다.

그러자 헨리는 이윽고 자신이, 자식들은 절대 발 딛지 못할 곳, 윌리엄과 다시는 논쟁을 벌이지 못할 곳에 머리를 누이고 있음을 실감했다. 이제 그들은 폐결핵 균이 보란 듯이 자신의 생명을 갉아먹는 모습을, 병마에 어쩔 수 없이 무릎 꿇는 모습을 보지 않아도 되리라. 어쨌든 그것은 다행스러운 일이었다.

죽음은 인생의 순서에 따라 자연히 다가오는 것이다. 하지만 헨리에게 아직 그때는 오지 않았다. 그는 이 순간 살아 있었고, 죽은 것은 오직 과거뿐이었다. 헨리는 앞으로 두려움과 후회 없이 하루하루를 살아가겠다고 결심했다.

다음날 아침, 바깥은 아직 캄캄했지만 헨리는 주섬주섬 바지를 입었다. 그리고 서랍에서 성냥을 찾아 램프에 불을 켜고, 깜빡이는 불빛 아래 법랑 주전자에 담긴 물을 세면대에 붓고 세수를 했다. 그런 다음 옷을 입고 책상 앞에 앉아 《지혜의 달력》에서 오늘 날짜인 10월 17일자를 펼쳐 들고 러시아어로 읽기 시작했다. 거기에는 종교에 대한 톨스토이의 경구 네 개가 씌어 있었다. 헨리는 그것을 천천히 읽고 음미한 다음 책장을 덮고, 인간이 이 우주에서 차지하는 위치와 신이 인간을 창조한 이유를 "시간이 지나면 더 명확하고 쉽게 이해할 수 있을까" 자문해 보았다. 그리고 책가방에서 일기장을 꺼내, 어째서 교회와 영혼의 문제가 반드시 상호 결부되는 것은 아닌지 그에 대한 생각을 다시 쓰려 했다. 그때 뒤쪽에서 문 두드리는 소리가 났다.

"일어나셨소, 헨리?"

피터였다. 헨리는 곧바로 대답을 하고 문을 열기 위해 일어섰다. 한 걸음 내딛을 때마다 삐걱거리는 널빤지 마루가 발 아래에 서늘하게 닿았다. 손잡이를 돌리자 경첩이 뒤로 밀리면서 문이 열렸다. 아직도 달이 지지 않은 적막하고 어두운 새벽 빛을 받으며 피터가 서 있었다.

"방해할 마음은 없습니다만, 램프가 켜져 있어 간밤에 푹 못 주무셨나 생각했습니다."

피터가 입을 열 때마다 흰 입김이 피어올랐다.

"준비가 되면 건너오세요. 함께 아침식사를 하고 날이 밝으면 사둔 땅을 보러 가죠. 참, 코트를 입어야 할 겁니다. 간밤에 20도나 뚝 떨어진 것 같습니다."

피터는 춥다는 걸 보여주기라도 하듯 숨을 '후후' 불어 깃털 같은 입김을 만들었다.

"나야 오히려 상쾌하지만요. 나는 메사추세츠와 코네티컷 주 같은 동부 지역에서 자라서, 아직도 사철이 뚜렷한 날씨가 그립답니다. 여기선 그런 날씨를 맛볼 수 없으니까요."

피터는 손으로 문설주를 톡톡 치며 화제를 바꿨다.

"자, 그럼 건너오세요. 아내가 식사와 커피를 준비하고 있습니다."

"괜찮다면 지금 같이 갑시다. 내 책은 책상에 두어도 되겠소?"

헨리가 물었다. 그러자 피터는 흔쾌히 "그럼요. 이제부터 이 별채는 당신 겁니다"라고 답했다.

헨리는 오늘부터 당장 땅으로 가 필요한 물건들을 준비하면서 창고 몇 군데를 수리할 계획이었다. 하지만 창고 귀퉁이에서 지낼 거라는 말은 선뜻 꺼낼 수 없었다. 일방적인 결정을 내리면 혹시 피터 부부가 자신을 무례하다고 생각지 않을까 걱정스러웠기 때문이다.

헨리는 피터를 따라 뒤쪽 창문에서 환하게 불빛이 새어나오는 집을 향해 오르막길을 올랐다. 그리고는 계단을 올라가 집을 완전히 둘러싼 베란다 뒷문으로 들어섰다. 헨리는 지난 밤 앞쪽에도 똑같이 생긴 베란다가 있었다는 걸 기억했다. 어둠 속이라 자세히 볼 수 없었지만 크고 아름다운 집이었다.

피터는 문을 열고 헨리를 넓은 주방으로 안내했다. 온기 속에 빵 굽는 냄새, 커피 향기, 화덕에서 익고 있는 음식 냄새가 뒤섞여 흘러나왔다.

피터의 아내 레디는 화덕 쪽에 서 있다가 환하게 미소를 지으며 남편과 손님을 맞이했다. 맨발 차림의 헨리가 얼굴을 똑바로 바라보자, 레디는 수줍은 듯 시선을 돌리고 화덕으로 돌아갔다. 둥근 얼굴과 적당한 몸집은 너그러운 인상을 풍겼고, 성격도 조용한 것 같았다.

옅은 노란빛 칠을 한 부엌에는 키 큰 흰색 그릇장이 놓여 있고, 창가에는 푸른색과 흰색 체크무늬 커튼이 드리워 있었다. 잔무늬 벽지를 바른 천장은 높이가 적어도 4미터는 되어 보였으며, 묵직하고 단아한 흰색 도기들이 놓인 참나무 원탁, 그 위 천장에는 소박한 샹들리에가 흔들리고 있었다.

식사를 하는 동안 레디는 질문보다는 남편의 대화에 보조를 맞추는 것에 만족하는 듯 보였다.

헨리는 피터에게 보낸 편지에서, 병에 대해서는 아무 언급을 하지 않았으므로, 둘 다 건강 이야기는 묻지 않았다.

레디는 두 남자에게 스크램블 에그와 구운 햄을 날라다 주고 계속해서 잔에 커피를 채워 주었다. 헨리가 따뜻한 흰죽을 좀더 먹을 수 있겠느냐고 묻자, 레디는 생기 있는 얼굴로 거칠게 빻아 만든 음식인데 입에 맞느냐며 호기심 어린 눈빛으로 살짝 웃었다.

헨리는 한 번도 먹어본 적이 없지만, 지금 먹어 보니 정말 맛이 좋다고 칭찬했다. 피터는 헨리에게서 눈을 떼지 못하는 레디에게 미소를 보낸 뒤, 옥수수를 거칠게 빻아 물에 넣고 끓이면 뜨거운 시리얼이 된다고 잠자코 거들었다.

"거기에다 소금하고 후추, 버터를 넣으면 정말 맛있죠."

피터가 눈을 찡긋하며 말했다.

"저도 동부에 살 때는 녹말 가루 죽을 먹었습니다만, 당신도 앨라배마에 사는 이상 아침마다 이런 죽을 먹게 될 겁니다."

"좀더 드릴까요, 스튜어트씨?"

레디가 물었다.

"아, 아닙니다. 이제 배가 부르군요."

헨리는 고마움을 표한 뒤, 별채에 걸린 수채화가 혹시 레디 작품인지 물었다. 레디는 얼굴이 빨개지며 피터를 살짝 바라보았다. 피터는 허허 웃으며 말했다.

"집사람이 그렸냐고요? 이따가 해가 뜨면 아내 작업실에 가서 더 많은 그림들을 보여드리죠."

"그렇다면 저 별채에 있는 수채화는 부인이 그리신 게 맞다는 거죠?"

"네, 스튜어트 씨."

레디는 자신의 그림이 주목을 받았다는 것이 즐거운지 눈동자를 반짝거렸다.

"그 그림들, 무척 마음에 들었습니다."

헨리가 말했다.

"그렇게 말씀해 주시니 고맙네요."

레디는 비로소 활짝 웃었다.

"저도 마음에 들어요. 하지만 저희 반 사람들은 그것보다 다른 작품을 더 좋아하지만요. 때문에 그 그림은 별채에 걸고 액자도 좋은 걸 쓰지 않았죠."

레디는 냅킨으로 입가를 닦은 다음, 커피 주전자를 가지러 자리에서 일어났다.

"그 소설가가 그림에 대해 뭐라 했는지도 얘기해 드려요, 레디."

피터가 큰 소리로 말하자 레디는 수줍은 얼굴로 고개를 끄덕였다.

"남편이 말하는 분은 《와인즈버그 오하이오》라는 작품을 쓴 셔우드 앤더슨이라는 작가죠. 저도 그 작품을 두 번이나 읽었는데 제 그림 이야기가 종종 나오더군요. 5년 전 쯤 페어호프에 살 때, 그분도 제가 나가는 수채화 반에 몇 개월간 다니셨죠. 별채의 그림도 그때 완성한 건데, 한번은 앤더슨 씨가 그 그림을 보고 해가 지는 해변 정서를 사실적으로 묘사했다고 말해 주셨답니다."

"그 사람은 딱 한 번 나오고 다시는 안 나왔다더군요."

피터가 얼른 덧붙였다.

"물론, 저 같아도 그랬을 겁니다. 물론 저라면 수업료를 일부라도 돌려 받았겠죠."

헨리도 아이다호 시절 언젠가 피터가 보내준 페어호프 안내 책자에서 셔우드 앤더슨에 대한 기사를 읽었지만, 그때는 단순한 방문객이라 생각했을 뿐 그가 페어호프에서 살았다는 사실은 전혀 모르고 있었다.

"5년 전이라고 하셨나요?"

헨리가 흥미로운 표정으로 물었다.

"그때는 《와인즈버그 오하이오》가 첫 출간되었을 때가 아닌가요?"

"맞아요. 그 분이랑 시내 근처에서 몇 번인가 얘기를 나눈 적도 있었죠. 그 분은 해변을 자주 산책했는데, 한 번은 우리 해변에서 꽤 오래 이야기를 나누었죠."

"여보, 우리 해변은 아니지."

피터가 끼어들었다.

"저도 알아요. 그냥 그렇게 말한 거죠."

"선착장만 우리 땅이고, 조수간만 표시가 된 곳은 딴 사람 소유입니다. 그 너머는 공유 영역이고요."

"어쨌든 어느 날 아침, 우리 집 앞 해안에서 앤더슨 씨를 우연히 만났는데 아주 친절한 재담가였죠."

"모든 작가가 그렇지는 않을 겁니다."

헨리가 말했다.

"그런데 그날, 그 사람이 아내에게 페어호프의 소위 단일 조세 개혁자들을 가리켜 유별난 중산층 집단이라고 말했다는군요."

피터가 불쑥 끼어들었다.

"여보, 그 사람은 그런 뜻으로 말한 게 아니에요. 그저 세상이 이렇게 혼란스러운데 한적한 부둣가 오두막에 파묻혀 바깥 세상은 모른 척한다고 한 말이죠."

"그럼 앤더슨 씨는 세상을 위해 무얼 했지? 그래서 매일같이 타자나 치고 있었나?"

피터가 공격적으로 물었다.

"여보. 사실 타자는 그분 대신 에디스 반힐이 쳤지요."

레디는 얼굴을 붉혔다. 헨리는 레디가 남편 때문에 짜증스러워 한다는 것을 느꼈다. 아무래도 피터는 아내의 얘기에 질투를 느낀 듯했다. 헨리는 이 일에 끼어들거나 구경꾼이 되고 싶지 않아 말길를 돌렸다.

"피터, 빨리 땅을 보러가고 싶은데 어떻소? 아침 나절에 마을 근처까지 안내해줄 수 있겠습니까? 오늘 밤 그곳에서 잘까 합니다. 창고 한 귀퉁이라도 아늑하게 만들려면 오늘 할 일이 많을 거요."

그러자 피터와 레디는 휘둥그레진 눈으로 헨리를 쳐다보았다.

"창고에서 자겠다고요?"

피터가 물었다. 그러자 헨리도 물었다.

"참, 창고에 벽과 지붕이 있소?"

"그야 있지만-"

피터가 말꼬리를 흐렸다.

"나는 아이다호에서부터 맨발로 온 사람이오. 그러니 뭐가 문제겠소. 어서 가서 그곳을 둘러봅시다."

헨리의 열정적인 한마디가 발견과 모험에 대한 의욕을 불어넣은 듯, 피터는 곧장 식탁에서 일어나 "생각만 해도 가슴이 두근댑니다! 어서 가서 오늘 하루 동안 이 두 늙은이가 무얼 할 수 있는지 살펴봅시다"라고 외쳤다.

피터는 성큼성큼 아내에게 걸어가 어깨에 손을 얹고 뺨에 입을 맞추었다.

"여보, 아침은 잘 먹었소. 이따가 점심 먹으러 돌아오면, 그때 스튜어트 씨에게 그림을 보여주면 될 것 같군."

피터는 막 식탁에서 일어나려는 헨리에게 다가왔다.

"자, 어서 갑시다. 할 일이 많습니다!"

"스테드먼 부인, 이렇게 환대해 주셔서 고맙습니다."

헨리가 말했다.

"천만에요, 덕분에 저희가 더 즐거웠는걸요."

레디는 식탁 위에 널려 있는 컵들을 한데 모으며 대답했다.

"남편은 당신이 이곳으로 오신다는 얘기를 들은 뒤로는 다른 이야기는 입에 올리지도 않았어요."

그녀는 컵들을 싱크대로 옮겼다.

"오늘 저녁식사도 함께 하는 겁니다."

피터가 강조하듯 말한 뒤 레디에게 눈을 찡긋하며 덧붙였다.

"그리고 우린 당신이 오늘 밤 그 헛간에서 자도록 마냥 지켜보지는 않을 겁니다."

헨리는 빙그레 웃을 뿐 아무 말도 하지 않았다. 그리고 피터가 기다리고 있는 뒷문으로 향하다가 다시 돌아서 레디에게 목례를 했다.

"볼드윈 카운티에서의 첫날을 즐겁고 보람차게 보내세요."

레디가 말하자, 피터도 얼른 덧붙였다.

"스튜어트 씨는 기차를 타고 오다가 누군가에게 신발을 줘 버렸다는군. 신발이 영혼을 구속하지 못하도록 말이야."

그는 문을 잡고 서서 헨리가 지나가자 어깨를 툭 치며 말했다.

"그러고 보니 그 얘기 듣기로 한 걸 깜빡 잊었군요."

목적지로 연결되는 이스트 볼란타 도로에 올랐다. 차창 밖으로 펼쳐진 숲 위 하늘에 구름 한 점 없이 찬란한 태양이 빛나고 있었다.

곧이어 서늘한 바람이 트럭을 휘감았다. 두 사람은 각자 창문을 열고 창문 틀에 팔꿈치를 괴었다. 잠시 후 피터가 트럭을 천천히 몰아 좁은 오솔길로 방향을 틀더니, 줄지어 선 나무들과 그루터기가 보이는 언덕을 오르기 시작했다.

헨리는 창문 밖을 바라보다가 간밤에 땅 위에 엎드렸던 곳을 발견했다. 갈색 솔잎들이 아직도 둥글게 쌓여 있었다. 그는 당장이라도 트럭에서 뛰어내려 맨발로 '내 땅'을 느껴보고 싶었다. 땅과 하늘이 인간에게 속한 것이 아니라, 인간이 땅에 속해 있다는 사실을 너무도 잘 아는데도 말이다.

헨리는 다시 한 번, 소유에 대한 환상도 지나친 집착만 아니라면 그렇게 해로운 건 아니라고 생각했다. 자신은 이미 아이다호의 땅을 포기했고, 이 땅 역시 포기해야 한다면 그렇게 할 수 있을 것 같았다.

피터는 커다란 핸들을 능숙하게 다루며 산길을 운전해 마침내 창고 앞에 차를 세웠다. 창고 위에는 가지를 드리운 거대한 참나무가 있었지만, 주변은 온통 소나무 천지였다. 여기 저기 목질이 단단한 호랑가시나무와 조록나무가 보였고, 앙상한 가지를 축 늘어뜨린 층층나무도 한 그루 있었다.

"튼튼하게 잘 지었군요."

헨리는 트럭 발판 옆에 서서 창고를 바라보았다. 그리고 여전히 트럭 손잡이를 잡고, 창고에서 완만하게 경사진 땅으로 시선을 돌렸다.

아이다호에 있을 때 피터가 보내준 지도에 의하면, 헨리의 땅은 삼각주 지형 초입부터 북쪽으로 이어져 남쪽으로 15마일 내지 20마일 내려가는 모빌 만의 동쪽 해안가에 위치해 있었다. 해안가 쪽은 지형이 혹처럼 튀어나와 있었는데, 언덕과 골짜기, 협곡을 관통하는 개울가 모래 위에는 깎아지른 듯한 절벽까지 있는데도, 전체적으로 경사가 완만했다.

게다가 헨리가 소유한 10에이커는 지도상 가장 높은 언덕에 위치해 있어 몬트로즈에서는 "산"이라 불렸고, 북쪽으로는 인가와 우체국도 있었다.

"그렇군요, 기울지도 않고 튼튼해 보이는 창고군요. 35센티미터 넓이의 사이프러스 판자 위에 판자를 덧대는 식으로 못을 박은 것 같은데요. 이것보다 튼튼한 창고는 없을 겁니다. 크기도 적당하고. 음… 보아하니 너비는 10미터에 높이는 12미터?"

"그런 것 같소. 그런데 이쪽에서 보니 골함석 지붕이 좀 헐거워진 것 같군요. 어떤 곳은 심하게 녹이 슬었고. 모두 갈아야 할 것 같은데, 어떻소?"

피터는 헨리의 말에 고개를 끄덕인 뒤 내일 페어호프에 가서 적당한 길이의 양철 지붕과 못을 사와야겠다고 말했다. 헨리는 피터가 계속해서 필요한 자재와 도구들에 대한 설명을 늘어놓는 동안, 땅 속 온기가 발을 타고 올라오는 것을 느꼈다. 지난밤처럼 강렬하지는 않았지만 정신이 멍해졌다.

순간 폐결핵 증상은 아닐까 의심스러웠지만, 얼얼하고 화끈거리면서도 왠지 발바닥을 통해 기운을 불어넣는 이 느낌을 병이라고는 생각할 수 없었다.

"이봐요, 헨리. 잘 들어두는 게 좋아요."

피터가 껄껄 웃었다.

"뛰어난 집 짓기 장인이 강의를 하고 있는데 백일몽이라니요."

헨리는 얼른 사과를 한 뒤, 무슨 일부터 하면 좋겠냐고 물었다. 그러자 피터는 정말로 창고에서 지낼 생각이라면, 동남쪽 귀퉁이를 약간 손보는 게 좋을 것 같다고 말했다.

"그쪽은 내벽 두 군데 정도만 손보면 될 것 같군요."

피터가 자신 있게 말했다.

"외벽들은 아직 반듯하고 단단하니까요. 지붕도 비교적 괜찮은 편이고 말이오."

말을 마친 피터는 창고 서쪽 벽 가운데에 난 커다란 이중문으로 들어섰다. 경첩 하나가 부서져 문이 삐딱하게 걸려 있었다.

피터는 보수가 필요할 만한 창고 구석을 가리켰다.

"마루는 대체로 양호한 편이오. 이곳은 한때 옥수수 저장고였죠."

아침 햇살이 모양도 휘고 헐거워진 함석 지붕 틈새로 쏟아져 들어와 어두침침한 공간을 밝혔고, 역시 틈새로 불어온 바람에 먼지들이 소용돌이치고 있었다.

"창문 두 개와 문 하나를 짠 다음에, 밖으로 나온 저 들보 위에 지붕만 얹으면 될 것 같습니다. 그렇게만 되면 마치 담요 밑에 숨은 빈대처럼 아늑하게 지낼 수 있을 겁니다. 한 일주일이면 족할 것 같은데요. 부지런히 움직인다면 말이오."

"그럼 현장 주임 선생, 어서 시작하십시다!"

헨리는 망치질을 할 때 손가락 관절염이 도질까 주먹을 줬다 폈다 하며 소리쳤다.

"무엇부터 해야 할지 말해 주시겠소?"

피터는 완성된 방을 사방 4.5미터로 볼 때, 먼저 필요한 공구를 구비하고, 자재 목록을 만들고 대충 설계도를 그리면 한 시간 내로 작업을 시작할 수 있을 것이라고 말했다. 피터는 평소 손을 움직이는 노동이 그리웠다고 했다.

헨리는 일단 창고 개조를 시작하자마자 일에 몰두하느라 말수까지 줄어든 피터가 흥미롭기만 했다.

피터도 헨리와 마찬가지로 일을 할 때는 일에만 집중하는 사람인 것 같았다. 헨리는 피터와 함께 하는 작업이 앞으로 기분

좋게 진행될 것임을 직감했다. 무엇보다 스스로의 필요에 의해 내 방식대로 손을 움직여 뭔가 만든다는 것이 신기하고 기쁠 뿐이었다.

16장

The Poet of Tolstoy Park

해가 중천에 떠오르기 세 시간 전부터, 두 남자의 작업은 유연하게 리듬을 타기 시작했다. 5×15센티미터의 송판을 날카로운 디스톤Disston 톱으로 자를 때는 서로 밀고 당기면서 동작을 맞췄다. 두 사람은 어떤 공구를 건네줘야 하는지, 어떤 부분을 측량해야 하는지, 언제 판자를 삐뚤어지지 않게 잡아줘야 하는지, 어떤 작업에 손을 빌려줘야 하는지, 상대방이 무엇을 원하는지 정확히 알았고 언제든 서로를 도울 준비가 되어 있었다. 헨리는 점심시간에도 작업을 계속했다. 그 사이 피터는 집으로 달려가 옥수수 빵과 유리병에 담은 까만 콩, 양파, 구운 고구마 두 개, 그리고 달콤한 차를 담은 주전자를 가져왔다.

오후 시간은 금방 흘러갔다. 헨리는 레디가 자기 작품을 보러 오지 않아 실망했을까 싶었지만, 이렇게 된 이상 그녀의 작업실은 내일 아침 일을 시작하기 전에 방문하기로 결심했다.

헨리는 옆에서 자신을 열심히 도와주고 있는 피터를 바라보았다. 사실 어젯밤 처음 만났을 때부터 그와 쉽게 친해지리라는 것을 직감했다. 게다가 레디까지 만나고 나니, 이 멋진 곳에 오기를 얼마나 잘했나 하는 생각이 들었다.

헨리는 하루 빨리 윌리엄에게 전보를 쳐, 여행은 뭐니 뭐니 해도 장소가 제일 중요하다고 말해 줄 작정이었다. 또 윌리엄이라면 이 전보를 받고 장난기가 발동해, "당신은 어딜 가도 자신 아닌 다른 사람이 될 수 없으며, 오직 당신의 유령만이 그곳에서 그대를 맞이할 것이다"라며 "여행의 독성"을 강조한 랄프 에머슨[24]의 경구를 헨리가 얼마나 즐겨 인용했던가를 상기시키려 들지도 몰랐다.

윌리엄과 느긋하게 오후를 보내는 중이라면, 아마 헨리도 사자와 벌, 방울뱀들에게도 각자의 영역을 주장할 권리가 있다고 덧붙였을 것이며, 윌리엄은 "그래, 예수님도 예루살렘이라는 땅에 영적인 권리를 부여하셨으니까"라고 응대했을 것이다. 그리고 저녁이 되어 집으로 돌아가기 전에, 어느 장소를 좋다 나쁘다

---

24. 1803-1882. 미국의 사상가, 시인. 신플라톤주의, 독일의 관념론, 동양의 신비주의 영향을 받아 정신을 물질보다 중시하고 직관에 의해 진리를 알고, 자아의 소리와 진리를 깨달으며, 논리적인 모순을 관대히 바라보는 초월주의 운동超越主義運動을 추진함

말하려면 그 만한 이유가 있어야 한다는 점에 의견 일치를 볼 것이다. "어떤 곳은 훌륭하고 영혼에 양식을 주는 반면, 어떤 곳은 정신을 희미하고 피곤하게 만든다"는 식으로 말이다.

헨리는 꺼끌꺼끌한 사이프러스 널빤지에 못이 매끈하게 박히자 망치질을 멈췄다. 서툰 목수라면 한 번 더 내려쳤겠지만, 그렇게 하면 못대가리 주변 널빤지가 움푹 패여 버린다. 그런 흔적을 남기는 것은 그 자신이 미숙하다는 것을 증명할 뿐이었다.

헨리는 잠시 쉬기 위해 망치 자루를 작업용 앞치마 주머니에 꽂은 뒤, 허리를 쭉 펴고 언덕에서 1마일 너머에 있는 모빌 만을 바라보았다. 바다는 보이지 않았지만 오후 햇살이 수면에 반사되어 부드러운 빛 장막을 드리우고 있었다. 셔츠 소매로 이마의 땀을 닦자 피부가 따끔거렸다. 11월이라는 계절이 무색하게 앨라배마 해안 햇살은 아이다호에서 갓 도착한 헨리의 흰 피부를 금세 발갛게 태워버렸다.

헨리의 시선은 어떤 움직임을 쫓고 있었다. 노랗게 물든 커다란 참나무 이파리가 공중에서 빙글빙글 돌다가 시든 잎자루 끝을 뾰족하게 오므린 채 땅으로 떨어졌다. 그리고는 마치 몸을 보호하려는 생물처럼 움츠린 채 바람결에 흔들리고, 언덕을 넘다 부딪치기도 하며, 한 줄기 바람을 따라 공중으로 떠올랐다가 멀리 사라져갔다.

헨리는 이 한편의 작은 드라마 같은 풍경을 바라보며, 심술궂은 제비갈매기 부리에 쪼이기도 하다가 파도에 밀려 해변을 찾는 껍질 단단한 게를 떠올렸다. 이 모든 것이 참나무 이파리의 부활 의식처럼 여겨졌다. 헨리의 백일몽 속에서 바스락거리며 잽싸게 날아 다니는 낙엽들은 무뚝뚝하고 조심스러운 바다의 형제였다. 헨리는 문득 궁금해졌다. 세상을 떠난 뒤 나는 누군가의 명상 속에 영감을 주는 사람이 될 수 있을까, 내 영혼은 기쁨과 감사로 가득 찬 후손들의 춤사위 속에 해답으로 되살아날 수 있을까?

"헨리, 그렇게 서서 나까지 게으름 피우게 만들 거요?"

피터가 셔츠 앞섶에 붙은 톱밥을 털어내며 창고 모퉁이에서 걸어 나왔다.

"30센티미터짜리 판자는 모두 잘라놨고 동쪽 벽에 못질만 하면 됩니다. 좀더 속도를 내면 해 저물 때쯤 마른 보금자리에서 쉴 수 있을 겁니다."

피터는 태양을 올려다보았다.

"우선 찬물 한잔 마시고 다시 시작하죠."

피터는 우물가로 걸어가 우물 입구에 가로놓인 매끈한 포플러 통나무에 매달린 양철 두레박을 늘어뜨렸다. 통나무 중심 부분 도르레가 소리를 내며 돌기 시작했다.

굴대 양쪽 끝은 A자 형의 작은 박공 지붕을 떠받치는 말뚝에 박혀 있고, 말뚝은 돌로 견고하게 둘러싸여 있었다. 통나무 굴대 한쪽 끝에는 L자 손잡이가 달려 있어 힘껏 잡고 돌릴 수 있었다.

"스튜어트 씨도 물 한잔 드시지요!"

피터는 크게 소리친 뒤, 헨리가 걸어오는 동안 열심히 두레박 가득 물을 길어 올렸다. 헨리가 사람 손에 닳고 닳은 바가지를 두레박에 넣어 휘휘 저은 다음 그 물을 한차례 땅에 버리는 동안, 피터는 12미터 아래 우물에서 퍼 올린 차디찬 물이 담긴 두레박을 들고 있었다. 헨리는 피터에게 먼저 바가지를 건넸다.

"고맙소."

피터는 바가지에 물을 가득 채워 벌컥벌컥 마시더니 입맛을 다셨다.

"오오! 물 맛 정말 좋은데요."

"이 아이한테도 한 모금 주시겠어요?"

두 사람은 어디선가 들려온 여자 목소리에 재빨리 고개를 돌렸다. 케이트 앤더슨이 기껏해야 키가 케이트 허리춤까지 오는 여자아이와 함께 걸어오고 있었다. 세 살쯤 되어 보이는 소녀 옆에는 어젯밤 부두에서 봤던 젊은 신사도 함께 있었다.

케이트는 낙엽 빛이 도는 갈색 면 드레스를 입고 있었고, 소매와 칼라 아래 흰색 블라우스가 살짝 비쳤다. 어딜 보나 억센 느낌은 없었지만 왠지 독립심 강한 개척자 같은 모습이었다. 사랑스런 뺨은 찬 바람에 빨갛게 상기되었고, 어깨 위에는 헝클어진 머리카락이 넘실거렸다.

이어서 헨리는 케이트가 배에서 신었던 최신 유행 구두 대신 편안한 신발로 바꿔 신었다는 것을 깨달았다. 앞부분이 네모지고 넓직한 굽 낮은 검정 가죽신이었다. 케이트 옆의 소녀도 케이트와 비슷한 황토색 격자무늬 드레스를 입고 있었다. 두 사람의 드레스는 서로 맞춰 입은 것이 틀림없었다. 한편 호탕하고 넉넉한 느낌을 주는 케이트 옆의 신사는 지난밤과 똑같은 정장 차림에 모자를 쓰고 있었다. 그가 손가락을 모자 테에 붙였다 떼며 목례를 해왔다.

"학교 끝나고 오빠가 운영하는 잡화점에 딸아이를 데리러 갔다가, 오빠한테 이곳에 데려다 달라고 부탁했죠. 도대체 스튜어트 씨가 집도 없는 이곳에서 어떻게 지내시는지 궁금해서요."

케이트가 말하자 신사도 입을 열었다.

"보아하니 두 분 모두 집을 짓느라 바쁘시군요. 누이를 데려와서 폐가 되지 않았는지 모르겠습니다. 동생은 때때로 너무 고집을 피워서요."

"괜찮습니다. 참, 물들 좀 드시겠습니까? 그리고 우리가 동튼 뒤부터 지금까지 해놓은 성과들을 한번 둘러보시죠."

피터가 케이트에게 바가지를 건네며 말했다. 오늘 아침 피터는 헨리에게, 이 마을에 모두 함께 사용할 수 있도록 우물에 두레박과 바가지를 걸어두는 관습이 있다고 설명해 주었다.

"케이트, 두 분 일하시는 데 방해가 될 것 같은데."

신사는 이렇게 말하고 나서 덧붙였다.

"스테드먼 씨, 동생의 무례함을 용서해 주십시오. 그 동안 별일 없으셨습니까?"

피터는 그와 악수를 나눈 뒤 헨리를 소개했다.

"웨슬리, 지난주에 작업용 장갑을 사러 자네 가게에 들렀다네. 항상 허둥대며 들르다 보니 자네를 보지 못했지. 뒤꼍에서 한창 바쁜 것 같더군."

"필요한 건 사셨죠?"

웨슬리가 말했다.

"물론이네."

피터가 말했다.

"잉글 씨, 혹시 양철 컵도 파시오?"

헨리가 물었다.

"네, 그럼요."

그가 대답했다.

"그렇다면 조만간 들러야겠군."

헨리는 이틀 뒤에 몇 가지 생필품을 사러 페어호프에 간다고 말했다.

"2센트만 내면 싼 값에 시내 관광을 시켜드리리다."

피터가 껄껄 웃었다.

"그리고 이 땅의 영주는 헨리 당신이니, 손님 안내는 당신 몫인 것 같소."

"그럼 앤더슨 부인, 잉글 씨, 대단한 건 없지만 오늘 작업한 걸 보여드리고, 우리 계획을 말씀드릴 수 있다면 더없는 영광일 것 같소."

그때 소녀가 소리쳤다.

"엄마, 할아버지는 맨발이야?"

그때 모두가 헨리의 벗은 발을 쳐다보았다.

"애너 펄!"

웨슬리가 나지막하게 꾸짖었다. 갑자기 마음이 불편해진 헨리는 분위기를 바꾸기 위해, 얼굴 가득 웃음을 지으며 발뒤꿈치를 구르고 발가락을 꼼지락거렸다.

"신발 잃어버리신 거예요?"

어린 소녀의 물음에 헨리는 큰소리로 웃음을 터뜨렸다. 이내 다른 사람들도 미소를 지었다. 하지만 애너 펄은 전혀 즐겁지 않다는 듯 두 주먹을 엉덩이에 대고 대답을 재촉했다.

"네에?"

그러자 케이트가 대신 대답했다.

"할아버지는 자기 신발을 꼭 필요로 하는 가난한 사람에게 주셨단다. 그렇죠, 스튜어트 씨?"

"오, 아가야. 난 거짓말을 좋아하지 않는단다."

헨리의 표정이 진지해졌다.

"실은 바나나를 훔쳐 먹다가 오랑우탄이 화가 나서 쫓아오는 바람에 도망치다가 잃어버렸지."

모두들 소녀가 이 말에 깜짝 놀랄 것이라 생각했지만, 애너 펄은 잠시 망설이더니 진지하게 대꾸했다.

"할아버지가 오랑우탄의 바나나를 훔쳤으니까, 오랑우탄이 할아버지의 신발을 가져가는 게 당연해요."

사람들은 웃어야 할지 말아야 할지 갈피를 잡지 못하고 있었다.

"그래, 그것 참 공평하구나."

헨리가 눈썹을 치켜 올리며 대답했다.

"네, 그리고 할아버지는 바나나를 돌려줘야 해요."

소녀가 엄마를 바라보았다.

"엄마, 이제 집에 가요."

케이트와 웨슬리는 이윽고 가보겠다고 말한 뒤 작업이 한가해지면 다시 오겠다고 약속했다.

"언제고 다시 들러 주십시오, 잉글 씨, 그리고 앤더슨 부인."

헨리가 말했고, 애너 펄도 엄마 손을 잡고 돌아갈 준비를 했다. 헨리는 문득 다음에 올 때는 남편도 함께 오셔도 된다고 말하려 했지만, 주제 넘는 말이 아닐까 망설여졌다. 또 한편으로는 케이트가 왜 남편 얘기를 꺼내지 않는지 궁금해졌다.

"애너 펄이라고 했지? 너도 와줘서 고마웠다!"

어린 소녀는 헨리에게 미소를 보내며 다시 한 번 그의 맨발을 흘긋 쳐다보았다.

"스튜어트 씨, 제가 도울 일이 있다면 말씀만 해주십시오."

웨슬리가 말했다.

"고맙소, 잉글 씨."

그때 케이트가 얼른 끼어들어 자신도 돕고 싶다고 밝혔다.

"그리고, 다시 한 번 페어호프에 오신 걸 환영해요."

케이트는 온화한 표정에 생기 있는 눈빛으로 말했다.

"그리고 스튜어트 씨, 신발을 가진 오렌지빛 원숭이를 만나게 되면 꼭 신발을 찾아다 드릴게요."

케이트가 다시 웃으며 말했고, 애너 펄도 진지한 표정으로 고개를 끄덕였다.

이윽고 웨슬리가 애너 펄을 안아 올리자, 케이트는 딸의 좁은 등에 부드럽게 손을 올렸다. 세 사람은 그렇게 집으로 향하기 시작했다. 몇 발자국이나 갔을까? 케이트가 어깨 너머로 헨리를 돌아보다가, 헨리가 번쩍 손을 들어 보이자 마주 미소를 지었다. 피터는 손님들이 언덕을 내려가 숲속으로 사라질 때까지 말없이 서 있었다. 그때 피터가 웃으며 말했다.

"아까 뭐라고 그랬소? 아, 화가 난 오랑우탄이라고 했지! 당신 대신 망치를 휘둘러 줄 그 팔 긴 원숭이만 있다면 방 하나는 뚝딱 만들 수 있을 것 같군요."

이틀 뒤인 수요일 아침, 피터와 헨리는 중심 도로인 섹션 스트리트를 따라 페어호프로 향했다. 도로에는 기름때가 두껍게 배어 있었다. 섹션 스트리트는 시내를 동서로 나누고 있었는데, 서쪽 지역은 모빌 만의 바다와 해변이 내려다보이는 소나무 절벽까지 반마일 정도 이어졌고, 동쪽 지역은 점차 좁아지다가 어느 순간 너르고 평탄한 농장 지대로 이어졌다.

시내 중심부에서 시작되는 페어호프 애브뉴는 동쪽으로 뻗어가다가 감자와 면화 밭, 목초지와 호두나무 숲이 있는 곳에서 끝이 나고, 서쪽으로는 배배 꼬인 거대한 목련나무와 바닷가를 향하고 있는 뒤틀린 곱향나무, 가지가 무성한 삼나무 그늘에 가려 이끼가 잔뜩 낀 참나무를 지나 내리막길로 이어졌다.

내리막길 아래 수면 위에는 기둥 위에 두꺼운 널빤지를 얹어 만든 잔교棧橋가 4백 미터나 뻗어 있고, 멀리 북서쪽 수평선 위에는 야트막한 회색 건물들이 솟아있는 모빌 시내 풍경이 한눈에 들어왔다.

시내 광경은 생각했던 것과 비슷했다. 다른 마을들과 마찬가지로 목재로 지어진 집들이 바다를 한눈에 내려다볼 수 있는 절벽 가까이에 지어져 있었다. 비교적 큰 이층집들은 주로 섹션 스트리트와 페어호프 애브뉴 모퉁이에 있었다.

피터는 그중에서도 15년 전 남쪽에 지은 벽돌 건물인 마조닉 홀Masonic Hall을 자랑스럽게 소개했다. 마을 사람들은 쾌활하고 개방적이며 매력적이었다. 물론 예상한 바였지만, 헨리는 냉담함과 경멸도 본래는 그런 친밀감 속에서 생겨난다는 것을 잘 알고 있었다.

헨리는 독특한 해안선과 나무, 풀, 싱싱한 채소들을 관찰하면서, 모빌 안에 있는 지금 아이다호에 있던 시절보다 주변 환경에 훨씬 더 예민하게 반응하고 있음을 깨달았다. 여행이란 이처럼 눈을 새롭게 뜨게 해주는 일이 아닐까, 헨리는 생각했다.

헨리는 무엇보다도 페어호프 해안가, 휴양지 풍경에 매료되었다. 부두 끝 절벽 위에서 내려다보니 3층 갑판이 있는 대형 증기선 두 척이 바다 위에 떠 있었다. 하나는 *베이 퀸* 호였고, 다른 하나는 그보다 컸다.

피터는 트럭에서 내리면서 저 커다란 배가 단일 조세 구역 위원회 소속의 *페어호프* 호라고 알려주었다. 절벽 그늘 아래에는 여러 채의 건물이, 그 앞에는 스무 대 남짓 자동차가 주차되어 있었는데, 자동차 한 대가 지날 수 있을 만한 잔교에는 대여섯 사람이 분주히 오가고 있었다.

"저 철로는 부두 끝까지 연결되어 있는 거요?"

헨리가 맨발을 트럭 발판에 올려놓으며 물었다. 피터는 그렇다고 대답하며 '시민의 철로'라고 부른다고 말해주었다.

"당나귀가 끄는 마차가 배에 싣고 내리는 짐을 운반하죠."

피터가 덧붙였다. 헨리가 화물량이 많은 것 같다고 하자 피터는 "항상 저렇게 바쁩니다" 하고 대답했다. 피터는 잠시 침묵을 지키다가 바지 주머니에 손을 찔러 넣으며 동경이 가득한 눈빛으로 말했다.

"항구 도시 동쪽까지 한눈에 들어오죠?"

헨리는 고개를 끄덕이고 한동안 부두 풍경을 묵묵히 바라보았다. 이 곳에서 보니 갈매기와 갈색 펠리컨들도 수면 위를 윙윙거리는 벌레처럼 작게만 보였다.

얼마 후 피터는 섹션 스트리트로 올라가 처치, 모빌, 매그놀리아, 펠스 같은 시가지를 차례로 안내했다. 도로 위에는 오가는 자동차들이 없었다.

피터는 헨리에게 모두를 속속들이 구경시켜 줄 모양이었다.

피터가 "자, 이때까지 돌아본 게 페어호프 전부입니다"라고 안내 방송하듯 말하자 헨리는 고마움을 표하며 전보국 위치를 물었다. 토머스에게 전보를 쳐서 가능한 한 빨리 러그 베틀을 보내달라고 부탁할 생각이었다.

두 사람은 맥킨 철물점과 건축 자재상에 들러 필요한 몇 가지를 구입했다.

헨리는 편지를 통해 피터에게 물건을 부탁할 때, 가끔 사용할 만한 긴 욕조를 목록에 넣는다는 걸 깜빡 잊었다. 그래서 이왕 온 김에 직접 가게 주인에게 욕조가 있냐고 물어보려는 찰나, 피터가 끼어들었다.

"난 록 강 깊은 구덩이에서 멱을 감습니다. 겨울에는 욕조에서 따뜻한 물로 스펀지 목욕을 하지만 그걸로는 성에 차지 않아서 말이오. 찬 물에 한 번씩 몸을 담그면 정신이 번쩍 들죠."

그 말을 들은 헨리는 왠지 강 목욕을 해보고 싶은 마음에 다시 주인을 돌아보며 욕조는 필요 없을 것 같다고 사과했다.

그들은 걸어서 헨리의 창고로 돌아왔다. 해가 질 때까지 나머지 작업을 할 작정이었다. 그리고 닷새 후인 월요일 오후, 드디어 창고 한 구석에 방을 완성했다.

작업 마지막 날, 두 사람은 아침 내내 시카고 주물회사에서 만든 호리병 모양의 주철 난로와 연통을 문에서 제일 가까운 방 한 구석에 설치하는 작업을 했다.

먼저 연통이 난로 뒤쪽 벽을 타고 올라가 용마루 옆쪽으로 빠지도록 난로 위치를 정하고, 석면을 댄 사방 1미터 크기의 사각 철판을 깔아 그 위에 난로를 놓았다. 이제 난로 불꽃이 철판 너머 나무 마루에 옮겨 붙을 위험은 거의 없었다.

작업을 마치기 전, 헨리는 난로에 불을 피워보자고 제안했다. 불은 완벽했다. 아마 연통 끝 부분을 지붕보다 60센티미터 높게 뽑은 덕인 것 같았다. 난로는 고작 장작 다섯 개면 꽉 찼지만, 다행히도 방안에 연기를 내뿜지는 않았다.

17장

The Poet of Tolstoy Park

무겁게 내려앉은 은회색 하늘 뒤로 태양이 빛나는 아침이었다. 햇살이 들쑥날쑥 솟은 나무들을 에워싸고 있었다. 헨리가 아침을 먹고 난 그릇을 흰색 법랑 양동이에 담아 씻고 있을 때, 차 소리가 들렸다. 돌아보니 흙먼지가 일어 잘 보이지 않았다. 헨리는 누구일까 궁금했지만 일손을 멈추지 않았다.

양동이에서 꺼낸 그릇에서 뚝뚝 물이 떨어졌다. 헨리는 우물 근처 호랑가시나무 가지에 걸어 둔 흰 면 수건으로 그릇의 물기를 닦은 뒤, 바지 주머니에서 아까 씻어 놓은 숟가락을 꺼내 그릇에 담은 다음 창고로 걸음을 옮겼다. 그때 낮은 오르막 위로 피터의 트럭 앞머리가 보였다. 트럭은 천천히 언덕을 올라왔다.

잠시 후 포드 트럭이 소음을 내며 멈추자 곧 호리호리한 몸매의 피터가 셔츠 앞섶에 묻은 먼지를 털며 차에서 내렸다. 그리고 두고 내린 게 없는지 확인이라도 하듯 차 안을 돌아보더니 이내 만족스러운 표정으로 헨리에게 다가왔다. 헨리는 그릇을 내려놓고 손을 바지에 쓱쓱 닦은 다음 층계를 올라오는 피터에게 손을 내밀었다.

"피터, 어서 오시오."

헨리가 고개를 끄덕이며 말했다.

"안녕히 주무셨소. 헨리?"

피터가 헨리의 손을 잡으며 물었다. 헨리는 덕분에 잘 잤다고 대답하며 따뜻한 차나 물 한잔 하겠냐고 물었다.

"오, 아닙니다. 아침에 커피를 마셨어요."

피터는 주변을 돌아보며 말했다.

"자재들을 몽땅 치워놨군요."

피터가 말한 자재란 2주 전 피터가 헨리의 부탁으로 사놓은 물건들 중에 방을 만들고 난 나머지 것들이었다. 헨리는 이제 그 방을 '집'이라고 부르고 있지만 말이다. 두 사람은 일전에 작업을 끝낸 뒤, 페인트 깡통과 쇠로 만든 외바퀴 수레, 마닐라 종이로 만든 커다란 밧줄 뭉치, 포틀랜드 시멘트 세포대, 괭이와 삽, 갈퀴 같은 것들을 창고 밖에 한데 모아, 습기에 눅눅해지지 않도록 초록색 타르를 칠한 방수 천을 덮고 나무토막으로 귀퉁이를 눌러 놓았었다.

"창고 안에 다 들어가더군요."

헨리가 말했다.

"방은 어떻소? 집처럼 느껴지오? 주변은 제법 집처럼 보이는군요."

순간 헨리는 환한 표정으로 손을 뻗어 피터의 어깨를 잡았다.

"피터, 이리 와요. 보여줄 게 있소."

헨리는 서둘러 발걸음을 옮기며 말했다. 두 사람은 아직 엔진 소음이 멈추지 않은, 고무 타는 듯한 냄새가 가볍게 풍기는 트럭 옆을 지나 어디론가 향했다.

"바로 저 아래요."

헨리는 중간 굵기 소나무들이 빽빽한 숲을 가리켰다. 지난 3주 동안 오르내린 피터의 트럭 타이어 자국이 어지럽게 난 흙길 바로 옆이었다.

"혹시 차 타고 오면서 보셨소?"

헨리가 물었다.

"뭘 말입니까?"

"내가 걸어놓은 표지판…."

"어디요?"

피터는 좌우를 두리번거렸다.

"여깁니다."

헨리가 가리킨 것은 흰 페인트칠을 한 다음 호리호리한 소나무에 못으로 박은, 길이 90센티미터, 너비 25센티미터 정도의 널빤지였다. 그때 갑자기 강한 돌풍이 불어와 바늘처럼 생긴 솔잎과 나뭇가지들을 어지럽게 흐트러뜨리고 표지판까지 뒤집어 버렸다. 숲에서 휘익 하는 소리가 들려왔다.

"아니오. 보지 못한 것 같소. 언덕을 올라올 때 트럭 보닛만 볼 게 아니라 다른 것도 자세히 살펴볼 걸 그랬군요. 그런데 도대체 뭐라고 쓴 겁니까?"

"이리 와 봐요. 보여줄 테니."

헨리는 표지판을 보여주고 싶은 간절한 마음에 거침없는 걸음 걸이로 나아가기 시작했다. 헨리는 피터를 이끌고 나무를 돌아 표지판이 잘 보이는 곳에 선 다음, 미소를 지으며 왼손으로 표지 판을 가리켰다. 피터는 검은 눈썹을 어색하게 치켜올렸다.

"톨스토이 공원?"

"이곳은 자기 땅에 이름을 붙여 그 이름표를 길가에 세워 두는 관습이 있더군요. 그래서 나도 내 땅에 이름을 붙여 봤소."

헨리는 팔짱을 낀 채 표지판을 바라보며 얼굴 가득 미소를 지 었다.

"어떻소?"

헨리가 눈썹을 치켜떴다.

"음, 톨스토이 공원이라… 멋진 이름이군요, 헨리. 하지만 왜 이런 이름을 붙였는지 궁금하군요."

"러시아 작가 톨스토이 말이오."

피터는 헨리의 얼굴 앞으로 불쑥 머리를 내밀었다.

"그건 나도 알고 있습니다. 여기 앨라배마 사람들 중에 그 사람 책을 읽지 않은 사람은 한 명도 없을 거요. 나도 그의 책을 몇 권 읽었고, 그가 어떻게 생겼는지도 알죠. 만일 당신이 그 턱수염을 계속해서 기른다면, 음….”

"그렇군요. 미안하오, 피터. '누가' 아닌 '왜'라고 물었던 걸 깜박했소. 내 땅에 그의 이름을 붙인 건 톨스토이의 사상이 이 세상을 밝히는 위대한 빛의 원천이라고 생각하기 때문이오."

피터는 입을 다물고 잠자코 헨리의 말을 들었다. 헨리는 무엇이 그를 침묵하게 만들었는지 알 수 없었다.

헨리는 함께 허리를 굽혀 창고 방을 짓는 동안 피터가 누구보다도 사색을 즐기는 사람이라는 것을 깨달았다. 톱질을 하고 못질을 하는 동안 오고간 다양한 이야기들로 볼 때, 피터의 개인적 철학은 매우 넉넉한 사고 속에서 나온 것이 틀림없었다. 그래서 그는 자신이 기회를 마련하면 피터도 톨스토이 이야기를 꺼낼 것이며, 그렇게 되면 대화의 장이 마련될 거라고 확신했다. 물론 때로는 한 마디를 꺼내기 전에 이어지는 오랜 침묵이 그 말 만큼이나 중요하다는 것도 알고 있었다.

피터가 표지판을 가리키며 말했다.

"하지만 난 그 러시아 작가를 새로운 메시아로 숭배하려고 그의 작품을 읽었던 건 아니오."

"피터, 날 그런 부류로 취급한다면 그건 오해요. 톨스토이 자신도 막심 고리키[25]에게 '영웅이란 거짓이고 날조된 존재다, 영웅도 인간일 뿐'이라고 말했소. 난 그런 톨스토이의 사상을 새기고 싶을 뿐이오. 사람이 아닌 오직 사상만 말이오. 나는 그의 사상에 매료되었소. 그 사람의 삶에 대한 사상, 현실적 가르침을 진솔하게 얘기하려면 자연스레 그 이름도 따라올 수밖에 없는 거요."

헨리는 쭈그리고 앉아 발 옆에 굴러다니는 통통한 솔방울을 줍더니, 바늘 끝처럼 뾰족한 비늘을 유심히 들여다보았다. 피터는 주머니에 손을 찔러 넣고 글자를 어떻게 써 넣었나 살피기라도 하듯 표지판 가까이 다가갔다. 헨리가 솔방울을 손에 쥐고 일어서며 말했다.

"마찬가지로 당신은 내가 역사적 인물로서의 예수를 찾는 모습도 절대 볼 수 없을 거요. 교회에 나가는 건 일주일에 겨우 하루요. 바로 그 하루 동안, 하늘에서, 지도상이라면 티끌보다 작게 표시될 만한 인간을 쳐다보는지 마는지 누가 안단 말이오? 또 이웃을 내 몸처럼 사랑하라는 말을 정말 예수가 했다고 어떻게 확신합니까?"

헨리가 점차 흥분하자 잠시 뒤로 물러서 있던 피터는 갑자기 헨리를 만나러 온 진짜 이유라도 생각난 듯 화제를 돌렸다.

"참, 태풍이 온다는 얘기를 하러 왔습니다. 솔트 라인salt line 뒤쪽에서만 살았다면 한번도 그런 태풍을 못 만나봤을 테니 걱정

---

25. 1868-1936, 러시아의 작가. 제정 러시아의 밑바닥에서 허덕이는 사람들의 생활을 묘사하여 프롤레타리아 문학의 선구자가 되었다.

이 되어서 말이오."

피터는 헨리의 반응을 기다렸다. 그러자 헨리는 고개를 갸웃하더니 하늘을 힐끗 쳐다본 다음 피터를 바라보았다.

"미안하오. 솔트 라인 뒤라니 무슨 말이오?"

피터는 무언가를 설명할 기회를 얻은 데다 계속될 것 같은 힐난에서 벗어나게 되자 기쁘고 다행스러운 얼굴이었다. 헨리 역시 문득 표지판에 톨스토이 공원이라는 글귀를 써넣은 자신의 행동이 어리석게 느껴져 피터에게 노여움을 쏟아 부은 것을 후회했다. 그간 헨리는 톨스토이에 대해서는 다소 맹목적이었다. 그 이름만 생각해도 머리가 번쩍 뜨이는 느낌이었다. 반면 그런 자신의 모습이 다른 사람들에게는 어떻게 비쳐질지는 생각해본 적이 없었다. 하지만 헨리는 그렇다고 표지판을 떼거나 땅 이름을 바꿀 생각은 없었다.

피터는 한때는 바다가 지금보다 훨씬 더 넓었다고 말해 주었다.

"어떤 사람들은 한때 지구 전체가 '형태도 알 수 없이' 물 아래 가라앉아 있었다고도 말하죠. 당신처럼 성경을 믿는 사람들은."

"난 성경을 믿지 않아요."

헨리가 웃으며 말했다.

"한때 신학대학에 다녔다고 하지 않았소?"

"그랬죠, 하지만—"

"그러게요. 그게 그거 아니오."

곧이어 피터는 두 팔을 넓게 벌리며, "마치 휴식을 취하며 얼마나 뒤로 물러나야 할지 계산하기라도 하듯 말이오"라고 덧붙였다.

그리고는 계속해서, 그 일이 있은 뒤부터 건물을 짓기 위해 삽질을 하거나 밭을 갈거나 우물을 파면 상어 이빨이나 물고기 화석, 조개 껍질 따위가 나왔고, 그걸 보면 당시 파도가 어디까지 밀려왔는지를 알 수 있다고 설명했다.

"여기도 북쪽으로 1백 마일인가 1백 25마일까지인가가 바다였죠."

그리고 피터는 동쪽과 서쪽으로는 어디까지가 바다였는지 모르겠지만 어쨌든 그 경계선을 가리켜 솔트 라인이라고 부른다고 말했다.

"그러니까 당신이 살았던 오하이오와 아이다호 같은 지역은 솔트 라인 뒤쪽이죠. 여기 사람들은 솔트 라인 북쪽이라느니 남쪽이라느니 하는 식으로 지역을 구분합니다."

피터는 이렇게 말하면서 솔트 라인 남쪽 사람들은 감정, 행동이 더욱 '원숭이에 가깝고' 예측 불가능하며, 단적으로 말하면 느릿느릿 눈을 끔벅이는 황소와는 정반대라고 했다.

"다시 말해 이곳 해안가 기후는 힘센 원숭이 같기 때문에, 태풍도 원숭이 떼가 몰려오는 것과 비슷합니다."

피터가 두 눈을 찡긋했다. 그는 또 악천후가 다가올 것이라는 낌새를 가장 잘 아는 사람들은 플라이 강가 새우잡이 어부들이라고 덧붙였다.

"그 사람들은 늘 물에서 일하기 때문에 누구보다도 날씨에 민감하죠. 그 사람들 말이 이번 태풍은 특히 난폭할 거라고 하더군요."

헨리는 나무 꼭대기를 희롱하는 바람 소리에 이따금 귀를 기울이며 피터의 이야기를 경청했다. 피터는 태풍이 지나갈 때까지 자신의 집이나 별채에 지내라고 권했지만, 헨리는 정중하게 사양했다.

"어쨌든 태풍은 저녁쯤 상륙한다고 합니다. 멕시코 만 연안 건물들은 무사하지 못할 겁니다. 끝물이라 초대형 급은 아니겠지만요. 태풍 철은 6월 중순부터 11월 중순까지거든요."

피터는 생각에 잠겨 머리를 긁적거렸다.

"오늘이 벌써 11월 6일이군요. 하지만 조심해야 할 겁니다. 한 번도 보지 못했던 광경을 보게 될지도 모르니."

피터는 이번 태풍은 허리케인일 가능성이 있지만, 가을철 차가워진 멕시코 만 바다가 이빨을 뽑아 사나운 기세도 한층 누그러졌을 거라고 말했다. 그리고 몇 가지 주의 사항을 일러준 뒤 한몸과 다름없는 T 모델 트럭을 타고 떠났다.

오후가 지나도 날씨가 달라질 조짐이 보이지 않자, 헨리는 이 요란한 돌풍이 뭐든 한 번 물면 놓지 않는 짐승처럼 무시무시한 송곳니를 드러낼 것이라고 믿기 시작했다. 피터가 말한대로 이번에 몰아치는 바람은 이제껏 세 번 정도 경험했던 깔때기 모양 허리케인과는 다를 것이 분명했다. 이번 바람은 습기를 머금은 데다 시간이 갈수록 거세어져, 늦은 오후 무렵에는 땅 전체를 꼼짝 못하게 만들어 버렸다.

헨리는 창고를 돌아보며 어딘가 신만이 아는 곳으로 날아가 버릴 위험이 있는 물건들을 몇 번씩 확인했다. 하늘은 망치로 두들긴 납처럼 기묘한 금속성 빛을 띄고 있었다. 그 아래 수상한 광채를 내뿜는 구름들이 흩어졌다 뭉치면서 밑바닥 파란 회색 점판암처럼 낮고 빠르게 떠 다녔다.

이따금 바람이 '쉬익' 하고 불어와 목덜미 쪽 머리카락을 휙 잡아챘다. 다성부多聲付의 통곡소리처럼 드높아지는 거친 바람 소리는 마치 전설에 나오는 묘지 유령들의 합창 같았다. 헨리는 목화솜 같은 긴 머리칼을 제멋대로 날리며 긴 널빤지 두 장을 창고 안으로 옮겼다. 아직 비는 없었지만 기온이 급속도로 떨어졌다. 창고 지붕의 헐거운 함석판이 돌풍이 불어올 때마다 들썩거리며 서까래를 때렸다. 바다제비들이 뜯긴 휴지 조각처럼 빙글빙글 돌며 하늘 높이 날아올랐다. 바람소리에 묻혀 거의 희미했지만 끊임없이 흘러나오는 구슬픈 노래 소리는 막심 고리키의 시 〈바다제비의 노래〉 중에 유난히 감동적인 한 구절을 생각나게 했다.

구름 뚫고 날아가는 바다제비

번갯불의 적수,

당당히 울며 바다를 가른다

그 위험에서 벗어나

충동과 울음의 의지는 영원하리라

  헨리는 문득 "충동과 울음의 의지가 영원하리라"는 대목에 강한 동감을 느꼈다. 과연 이 소모적인 질병, 나를 파괴시키려는 의지를 꺾을 수 있을까?

  헨리는 거세지는 폭풍우가 몰고 올 위험조차 못 느낀 채, 영원히 살고 싶다는 욕망, 그 내면의 울부짖음이 귓속에 울려 퍼지며 혈관 박동이 빨라지는 것을 느꼈다. 그때 빗방울이 총알 퍼붓듯 세차게 떨어지면서 살갗을 때렸다. 거센 빗줄기에 눈조차 뜨기 힘들었다. 바람이 창고 벽 귀퉁이에 헐겁게 붙어 있던 널빤지를 휙 채어 가 버렸다. 본래 있던 판자 몇 개에 못이 쑥 빠져 있는 것을 보고 피터와 함께 다시 박았는데, 하필 그 널빤지만 빼놓은 것이다. 돌풍에 빠진 널빤지는 헨리로부터 마흔 발자국도 안 되는 곳에 서 있던 커다란 참나무에 부딪쳐 산산조각이 났고, 곧이어 어디론가 날아가 버렸다.

  그러나 헨리는 전혀 움츠러들지 않았다. 나무들은 억수같은 비바람에 순응하듯 연신 굽실거리다가, 다시 바람 소리가 잠잠해지면 들소 떼가 지나간 뒤에야 맹렬하게 짖어대는 개떼들처럼 우스꽝스럽게 고개를 쳐들었다.

  헨리는 몸의 균형을 잡기 위해 열심히 바람에 몸을 내맡겼다.

당장 몸을 피해야 한다는 생각 때문에 감각은 예민해졌지만, 몸은 이상하게도 활력이 넘쳤다. 헨리는 위험을 감지하고 있었다. 자신은 이 폭풍과 적수가 될 수 없다는 것을 직감했다. 하지만 창고에 몸을 숨기는 것은 최악이었다. 게다가 그런 믿음을 부추기라도 하듯 또 다시 돌풍이 창고 귀퉁이를 덮치면서 지붕 양철판이 눈 깜짝할 사이에 무거운 빗줄기 속으로 처박혔다.

헨리는 빨리 피해야 한다는 것을 깨달았다. 왼쪽 작은 둔덕에 있던 벽돌로 만든 텅 빈 저수조가 기억 났다. 한때 빗물을 받아 가축에게 물을 먹이던 곳으로 둘레는 2미터 좀 못 되고 높이는 1미터쯤이었는데, 안에 물이 고이는 것을 막기 위해 아래쪽 귀퉁이를 깨진 벽돌로 쌓아 여러 군데 틈이 있었다.

저수조 바로 옆에 서 있던 커다란 월계수나무가 채찍을 맞듯 바람에 휘둘리고 있었다. 헨리는 바람을 등지고 저수조 바닥에 앉으면 둥근 콘크리트 벽이 보호막이 될 것이라고 생각했다. 이곳에 처음 온 날, 그는 저수조의 낡은 집수구集水口를 살펴보며 수리만 하면 언제든지 물을 사용할 수 있겠다 싶었다. 게다가 바닥에 놓인 널빤지들은 비가 올 때 임시 덮개로 사용하면 좋을 것 같았다.

헨리는 바람의 저항을 덜기 위해 허리를 굽히고 콘크리트 저수조가 있는 언덕을 향해 재빨리 내달렸다. 그러다가 문득 늙은이 혼자 숲 속에서 광풍을 맞아가며 종종걸음 치는 모습이 재미있게 느껴져, 저수조 난간을 손으로 잡고 자신도 모르게 킬킬거렸다. 저수조 높이는 허리보다 낮아 힘들지 않게 벽을 넘을 수 있었다. 안으로 떨어질 때 엉덩이와 팔꿈치가 바닥에 부딪쳐 작은 신음이 터져 나왔지만, 다행히 땅이 흠뻑 젖어 있어 뼈는 무사했다. 헨리는 평소에도 뼈가 튼튼하고 몸놀림이 날쌨고, 병도 아직은 그 체력과 민첩함을 빼앗아 가지 못한 듯했다. 헨리는 혀를 차며 스스로가 어리석은 늙은이 같다는 생각에 빙긋 웃었다.

헨리는 잠시 웅크린 채 옆으로 누워 있다가 앉은 채 뒷걸음질 쳐 저수조 벽에 등을 붙인 뒤, 무릎을 세우고 팔로 다리를 단단하게 감쌌다. 그리고 차갑고 축축한 풀밭 위에 나란히 놓인 발가락을 오므렸다. 평생 처음 겪는 허리케인인지라 대기 위에 펼쳐지는 무시무시한 장관을 구경할까 생각했지만, 벽이 낮아 앉아서도 보일 것 같았다.

나무 판자를 머리 위에 지붕처럼 기대어 놓으려 했지만, 바람이 거세게 항의하듯 몰아치면서 판자는 곧바로 머리 위에서 우지끈 금이 갔다. 사람 몸통만한 부러진 나뭇가지가 저수조를 때리면서 잔가지들이 어깨를 스쳤고, 어떤 것은 셔츠 안으로 파고들거나 팔을 긁었다. 팔을 들어 상처를 확인하니 살짝 까진 정도였지만, 잠시 후 피가 나면서 어깨와 가슴과 팔로 통증이 번졌다. 헨리는 상처를 옷으로 감싸고 피가 멎도록 꾹 눌렀다.

다행히 부러진 나뭇가지가 지붕 역할을 해준 덕에 헨리의 은신처는 더욱 안전해졌다. 점차 어두워지면서 바람도 약간 잠잠해진 듯했다. 헨리는 몸을 구부려 판자 하나를 집어 콘크리트 벽에 비스듬히 세우고, 또 다른 판자를 주워 반대쪽을 막았다. 또 셋째 판자는 대각선으로 걸쳐 삐죽삐죽한 잔가지들을 막을 지붕을 만들었다.

헨리는 판자 아래로 기어들어가 벽에 기대어 잔뜩 웅크렸다. 아늑하다고는 할 수는 없었지만 폭풍우를 피하기 위한 최선이었다. 헨리는 오목한 콘크리트 벽에 머리를 기대고 있다가, 좀이 쑤셔 고개를 돌렸다. 그때 나뭇가지 아래 바닥에 은색 섬유질 뭉치가 보였다. 얼핏 주머니쥐나 너구리 같았다. 헨리는 좀더 정확히 보려고 눈을 가늘게 떴다.

가만히 보니 동물이 아니라 은회색 나뭇가지와 지푸라기로 모자 테처럼 만든 제법 크고 견고해 보이는 새 둥지였다. 헨리는 둥지 쪽으로 몸을 기울이다가 갑자기 가슴이 따끔거리는 것을 느꼈다. 곧이어 예의 그렁그렁하는 숨소리와 함께 금방 기침이 터져 나올 것 같았다. 그는 숨을 천천히 내뱉고, 코로 들이마신 공기가 폐까지 닿도록 온 정신을 집중했다. 그러자 천천히 흉부가 풍선처럼 부풀어 오르고, 따뜻한 공기가 깊은 횡경막까지 닿으면서 배도 불룩해졌다. 이럴 때 가죽 벨트로 허리를 조이지 않은 것이 얼마나 다행인가. 헨리는 몰리가 세상을 떠난 뒤로는 그런 것들을 벗어 던지기로 마음먹었고, 근래는 느슨한 멜빵으로 고정시킨 헐렁한 반바지만 입었다.

헨리는 숨을 한꺼번에 내뱉는 대신 조절해가며 내뿜었다. 긴 호흡을 여러 차례 하고 나자 경련이 진정됐다. 헨리는 계속해서 눈을 감고 바람 소리에 귀를 기울였다. 한 차례 위험이 지나간 뒤여선지 아까와는 달리 거친 바람 소리도 텅 빈 교회에서 울려 퍼지는 낮은 오르간 소리처럼 느껴졌다.

밤이 흐르고 새벽이 오는 동안 이따금 울려 퍼지던 요동도 사라지고 광풍도 기세가 꺾였다. 헨리는 어느덧 불편한 자리에 적응해 힘든 줄도 몰랐다. 그리고 곧이어 잠이 눈꺼풀을 살살 어루만지자 깨려 애쓰지도 않고 그대로 곯아 떨어졌다. 바깥은 아직 어두웠기 때문에 창고나 그 주변이 얼마나 피해를 입었는지는 내일 살펴봐야 했다.

헨리는 몸을 공처럼 둥글게 말고 누우면서, 개들이 이런 자세를 좋아하는 게 따뜻하기 때문이라는 것을 깨달았다. 그는 쉽게 잠들었고 토막토막 끊어진 꿈을 꾸었다. 잠 속으로 점점 깊이 빠질수록 다양한 얼굴과 장소, 상황이 차례로 나타났다 사라지고, 나중에는 단순한 전원 풍경이 펼쳐졌다.

헨리는 꿈속에서 한 마리 바닷새가 미끄러지듯 파도 위를 날다가 여기 저기 지푸라기가 흩어진 흰 백사장에 내려앉는 것을 보았다. 사나워 보이는 노란 눈동자에, 갈고리 모양으로 부리가 굽은 새는 황금빛 지푸라기를 하나 물더니 백사장에 서 있는 곱향 나무로 날아갔다. 그 뒤로도 새는 계속해서 부지런히 지푸라기를 물어 나무 위에 둥지를 만들었다. 그리고 둥지가 완성되자 침착하게 둥지 위에 앉아 부리로 날개 아래 깃털을 하나 뽑았다. 길고 아름다운 깃털에는 물 위에 뜬 기름 막 비슷한 진줏빛이 감돌았다. 잠시 후 바닷새는 어디론가 사라지고 깃털만 나무 아래 백사장에 떨어져 있었다. 그때 어떤 손이 다가와 깃털을 주워 다시 새의 둥지에 끼워 주었다. 헨리는 그 손의 주인이 주술사 검은 고라니라는 것을 깨달았다. 주술사는 다시 허리를 굽혀 오목한 손바닥으로 모래를 퍼서 바닥에 놓더니, 손으로 주물러 흙덩어리를 만들었다. 그리고 그 흙이 돌로 변하는 순간, 그것을 헨리에게 건넸다. 그리곤 팔짱을 낀 채 까마귀처럼 검고 반짝거리는 눈으로 헨리의 영혼을 들여다보았다. 그때 깊이 잠든 헨리의 마음에 어둠이 내려앉으며, 아름다운 노랫소리가 하나의 음성으로 울려 퍼졌다.

18장

The Poet of Tolstoy Park

잠에서 깨어났을 때 주위는 어둡고 조용했다.

헨리는 여전히 저수조 벽에 등을 기댄 채였고, 부러진 나무와 하늘을 가리기 위해 버텨 놓은 나무 판자도 그대로였다. 헨리는 잠시 꼼짝 않고 누워 주문을 해독하듯 간밤의 꿈을 돌이켰다. 그리고 꿈 내용이 무엇을 뜻하는지 한참 고민하다가, 마침내 그 뜻을 이해했다.

그렇다, 혼자 힘으로 새 둥지처럼 둥근 오두막을 짓자, 지난밤 폭풍우로부터 나를 지켜준 저수조와 같은 콘크리트로 남서부 사막에서 본 호건Hogan[26] 같은 원형 오두막을 지으리라.

헨리는 더 이상 춥지도 불편하지도 않은 축축한 풀밭에 누워,

---

26. 북미 나바호 인디언의 진흙과 나뭇가지, 떼로 덮은 주거 형태

수년 전 네스퍼스 오두막에서 들었던 검은 고라니의 말을 생각했다.

"세상의 힘은 언제나 원형으로 움직입니다. 모든 것에는 둥글어지려는 본능이 있습니다. 나는 하늘도 둥글고 땅도 공처럼 둥글다고 들었습니다. 바람도 소용돌이칠 때 가장 힘이 셉니다. 새들도 둥지를 동그랗게 짓습니다. 그 점에서 새들은 우리와 신앙이 같습니다."

헨리는 천천히 일어나 앉아 어깨와 목과 머리를 문질렀다. 무릎과 다리도 문질렀다. 언뜻 보면 상처를 살피는 것 같지만, 이는 신체에 기를 불어넣고, 힘과 지혜를 모으고, 계획을 실행하기 위한 의지를 기원하는 몸짓이었다.

창고에 구석 방을 만들자마자 또다시 새 집을 짓겠다고 하면 피터는 뭐라고 할까? 피터는 그것을 집이라기보다는 움막이라고 생각하지 않을까? 러그를 짜는 영국인 이민자의 집이 아닌, 나바호 전사의 움막처럼 보이지는 않을까?

여러 가지 생각이 교차했지만, 헨리는 이 일이 꿈에서 받은 계시인 만큼, 쉽지는 않겠지만 피터를 개의치 않겠다고 다짐했다. 헨리는 사람 마음은 여러 목소리를 가지며, 그중에는 신뢰할 수 없는 것도 있다고 믿었다. 현명한 사람은 정신적 지령을 따르되, 다른 소리들은 입을 다물도록 만드는 충직한 지배인을 키운다. 그런데 질병으로 지배인의 힘이 약해진 틈을 타 치매에 걸린 꿈의 변사가 제 목소리를 내려 한다면?

헨리는 오랫동안 이런 저런 생각에 빠져 있다가, 결국 누구에게도 피해를 주지 않고 혼자 힘으로 집을 짓겠다고 결심했다. 설령 이것이 늙은이의 노망이라 한들, 죽어가는 사람에게 이 정도 노망은 괜찮지 않은가. 헨리는 즉시 계획을 세웠다. 무엇부터 시작할까? 물론 건물 세울 자리부터 파야 할 것이다. 하지만 서두를 필요는 없었다. 우선 머릿속으로나마 계획부터 세우면 됐다.

나바호 족의 겨울 움막 호건은 아홉 개의 지지 기둥과 여덟 면의 벽을 세운 모양이 거의 원형에 가까웠다. 헨리는 그 외에는 호건에 대해 아는 바가 별로 없었고, 호건과 너무 비슷하게 짓는 것도 싫었지만, 꿈에서 본 새 둥지보다는 호건 쪽이 계획을 세우고 방향을 잡는 데 도움이 될 것 같았다. 예를 들어 호건을 지을 때는 가장 먼저 땅을 둥글게 파야 했다. 여기는 해안가라서 30센티미터 이상만 파면 일년 내내 16도 정도의 온도를 유지할 수 있었다. 그렇다면 그 일부터 시작해야 했다. 땅을 파는 일부터.

그렇다면 어느 곳을 팔 것인가?

헨리는 자신의 땅 10에이커의 배치와 지형을 떠올려 본 끝에, 이곳 저수조보다 더 좋은 곳은 없다고 결론지었다. 이곳은 톨스토이 공원에서 가장 높은 언덕에 위치한 데다 저수조로 사용했던 흔적, 다시 말해 '원형圓形에 대한 의지'(헨리는 달리 표현할 말을 찾지 못했다)가 남아 있었다. 게다가 땅이 잘 다듬어져 있어 30센티미터 이상 파내려가도 잘라내야 할 나무뿌리조차 없었다. 또 저수조 안팎으로 잡초가 무성해 토질도 적당히 부드러웠고 토양도 적

톨스토이 공원의 시인

색 진흙이 아닌 거무스름한 사양토였다. 벽돌로 벽을 쌓게 되면 무게를 지탱하기 위해 바닥에 콘크리트를 부어야 하겠지만, 바닥 온도를 지속적으로 유지하려면 그 위에 다시 널빤지를 깔아야 할 것이다. 그렇다, 이곳은 내 보금자리가 되리라. 헨리는 저수조의 벽돌을 해체해 재활용하겠다는 계획까지 세웠다.

그렇다면 크기는 어느 정도가 좋을까?

헨리의 생각은 꼬리에 꼬리를 물고 이어졌다. 지금의 창고 방은 4미터로, 혼자 살기에 적당한 크기였다. 만일 이것저것을 쌓아 놓은 모서리 공간만 없다면 더욱 좋을 것이다. 그는 사람 살기에 적당한 집 크기를 생각하다가 갑자기 혼란스러워졌다.

도대체 무슨 영광을 보려고 이렇게 튼튼하고 무거운 건물을 지으려는 걸까? 사실 지금으로서는 1년을 더 살지, 얼마를 더 살지 알 수 없었다.

하지만 검은 고라니가 꿈에 나타난 데에는 그 만한 이유가 있을 것이다. 그가 말하려는 의도는 명확했다. 새 둥지처럼 둥글게 짓되 저수조처럼 시멘트 벽돌로 지으라는 것이었다. 하지만 왜?

헨리는 꿈에 집중하며 생각의 속도를 늦췄다. 우선 꿈 이미지를 하나하나 떠올렸다. 하지만 검은 고라니의 말을 되새기다 보니 생각의 흐름이 깊은 숲에서 길을 잃은 것처럼 뱅뱅 맴돌았다. 특히 "그들의 신앙도 우리와 같다"는 대목에서였다. 새들의 신앙과 검은 고라니의 신앙이 같다니. 헨리의 신앙은 수 년간 목적을 가지고 책을 읽거나 연구하는 등 지극히 개인적인 차원에 머물러 있었다. 그리고 지금은 평화롭게 죽을 수 있는 방법을 찾는 것이 최우선이었다.

검은 고라니는 내게 어떤 길을 가르쳐주려는 걸까?

헨리는 해답을 찾기 위해 골몰했다. 허리를 쭉 펴고 저수조 벽에 기대 앉아 눈을 감았을 때였다. 잠시 후 헨리는 번쩍 눈을 떴다. 무의미한 것처럼 보이는 단순한 관념 속에서 불현듯 어떤 직관이 떠올랐다.

그렇다. 새들은 책을 읽거나 연구를 하지 않았다. 고상한 사상을 논하지도 않았다. 새들은 그저 둥지를 만들 뿐이다. 가느다랗고 노란 발톱으로 나뭇가지를 꼭 붙들고 앉아 눈을 깜빡이거나, 먹이를 찾고 날아다닐 뿐이다. 그것이다. 삽과 흙손[27]을 들고 일하다가 피곤해지면 눈을 감고, 배가 고프면 먹는 일 외에 아무것도 하지 않으리라. 허리 굽혀 집을 짓는 고된 노동으로 마음의 평화를 얻으리라.

헨리는 가슴이 벅차오르는 것을 느끼며, 마운트 유니온 신학대학 시절 깊은 감명을 주었던 오닐 교수를 떠올렸다.

오닐 교수는 켄터키 주 겟세마니 수도원의 트라피스트회 수도사 출신으로, 카랑카랑한 음성과는 달리 말투는 아주 부드러웠는데, 어깨가 떡 벌어지고 털 투성이에다 머리칼이 거의 빠져서인지 얼핏 나무꾼같은 인상이었다.

---

27. 방바닥이나 벽 따위에 흙 같은 것을 발라 반반하게 만드는 연장

헨리는 그가 첫 강의 때 했던 말을 아직도 잊지 않고 있었다.

"학장님은 다행히도 거룩하신 예수님의 허락을 받아, 제가 어렵게 이 강의실에 설 수 있도록 해주셨습니다. 우리가 탐구할 주제는 '예수님은 왜 하필 어부를 택하셔서 그의 가르침을 세세토록 전하게 하셨을까?'라는 물음에 기초를 두고 있습니다. 마찬가지로 '예수님은 왜 성직자를 택하지 않으셨을까?'라는 물음도 성립되겠죠."

오닐 교수는 학생들에게 자신을 '신부'가 아닌 '오닐 씨'라고 불러 달라고 했다. 하지만 학생들은 그를 여전히 '오닐 신부'라 부르며 베일에 싸인 인물로 여겼다. 오닐 신부는 자기가 믿는 이론은 스스로 정립한 것이며 학생들에게도 자신만의 이론을 가지라고 강조하면서, "이번 학기 공부는 직접 우리 손으로 일을 하는 것입니다. 완벽한 침묵 속에서 말이죠. 책을 펴거나 이론을 논하지도 않을 겁니다. 그저 삽으로 땅을 팔 것입니다. 땅을 파 내려가는 동안 우리는 우리의 마음과 정신까지 깊이 파게 될 것입니다. 고된 노동을 통해 강력한 영적인 힘을 얻게 될 겁니다. 베드로를 처음 보셨을 때, 예수께서는 그에게서 바위처럼 굳센 의지를 보셨습니다. 그리고 못이 박힌 베드로의 두 손을 부여잡으셨습니다"라고 말했다.

그리고는 구릿빛이 감도는 눈동자에 묘한 흔들림을 담고, 다음과 같이 선언했다.

"우린 이제부터 어부의 신발을 신을 것입니다."

헨리에게 오닐 신부의 강의는 마운트 유니온 신학대학에서 보낸 4년 중에서 가장 기억에 남는 명 강의였다. 실제로 손으로 하는 육체노동은 헨리에게 특별한 의미였다. 일을 통해 자신의 가능성을 가늠할 수 있고, 육체적 한계에 부딪칠 때마다 도전 정신이 불타올랐다. 헨리는 자신만의 철학적 목표를 완성하기 위해서는 집을 짓는 동안 누구의 도움도 받아서는 안 된다고 생각했다. 분명 쉽지 않은 일이었다. 아마 책 한 장 들여다볼 힘조차 남지 않을 정도로 고된 작업이 될지도 몰랐다. 어쩌면 글 쓰는 것도 힘들어질 것이다.

오닐 신부는 첫 강의 때 이런 말도 했다.

"노자라는 사람은 '지식인은 충분히 현명해질 수 없다'고 말했습니다. 그것이 예수님이 어부를 선택한 이유가 아닐까요? 톨스토이는 '덜 읽고, 덜 연구하되 더 많이 생각해야 한다'고 말했습니다. 또 소로우는 우리가 배운 것을 잊을 때 참 지식을 발견하게 된다고 주장했지요."

그 말을 듣는 순간 헨리는 그의 수업에 더욱 적극적으로 참여하기로 마음먹었다. 그리고 이 순간, 그 옛날 오닐 신부의 강의를 듣던 그 시간으로 되돌아가 뼈와 근육이 허락하는 날까지 육체노동을 하리라 맹세했다. 이제 그 동안 배운 쓸모없는 지식의 벽돌을 해체해 원형 오두막을 지을 것이다. 그렇게 하면 자연스레 평화로운 죽음을 얻게 될 것이다.

바닥으로 떨어지는 노란 낙엽, 방울지며 거품이 이는 수증기처럼, 헨리의 생각은 빙글빙글 돌면서 가라앉다가 하늘 높이 솟아올랐다. 피터가 뭐라고 했더라? 크리스마스를 기다리는 아이 같다고 했던가? 그래, 긴 나무 상자에 모래와 시멘트를 넣어 뒤섞고, 뾰족한 나무 꼬챙이로 벽돌마다 날짜를 새길 것이다. 그리하여 만일 내가 내일 죽는다면 오늘 만든 벽돌이 이승에서의 마지막 날을 기록하게 될 것이다. 그 벽돌에 담긴 의미는 누구라도 쉽게 이해할 수 있을 것이다. '나는 오늘도 일했다' 라는.

그리고 현명한 사람이라면, 작업을 완수하는 것보다는 노동의 본질적 가치가 더 중요하다는 사실을 깨달을 것이다. 노동은 절대 시간을 허비하는 일이 아니다. 심지어 죽어가는 노인도 집을 짓는 동안은 절대 쓰러지지 않을 것이다.

하지만 헨리의 상상은 시멘트와 모래를 적당한 비율로 섞고, 벽돌에 날짜를 새겨 넣고, 벽돌을 반듯하게 쌓아 올리는 것 이상으로 진척되지 않았다. 헨리는 그런 상상에 골몰해 피터의 트럭 소리도 듣지 못했다.

갑자기 '빠앙' 하는 T 모델 트럭 경적 소리에 벌떡 일어난 헨리는 저수조에 비스듬히 기대어 놓았던 두꺼운 널빤지에 쿵 하고 머리를 부딪쳤다.

"헨리 스튜어트! 피터 스테드먼이오. 거기 있소?"

헨리는 널빤지에서 기어 나와 부러진 월계수 나뭇가지 틈으로 간신히 몸을 일으켰다. 그런 다음 손으로 저수조 가장자리를 짚고 천천히 다리를 밖으로 빼냈다.

"여기 있소!"

헨리가 소리쳤다. 피터는 트럭 헤드라이트로 널빤지를 쌓아 둔 창고 쪽을 비춘 채 트럭에서 몇 걸음 떨어져 있었다. 헨리와 피터가 함께 짜 넣은 문은 활짝 열려 있고, 그 옆 창문은 부서지고, 유리창이란 유리창은 모두 산산조각이 났다. 문틀은 뒤틀리거나 헐거워지거나 쪼개진 채 간신히 매달려 있었다. 땅바닥 곳곳에는 잔가지들과 잎사귀들이 흩어져 있고, 조금 더 큰 나뭇가지들도 바닥에 떨어지거나 부러진 채였다. 트럭 불빛이 비추는 곳만 해도 풀들이 엉망으로 누워 있는 것이 보였지만, 아직 동이 트지 않은 새벽이라 주변은 고요하기만 했다. 바람이 약간 불었을 뿐, 새들조차 만물을 깨우는 짹짹 소리를 내지 않았다. 피터는 헨리가 말 없이 걸어오는 모습을 지켜보았다.

"괜찮소?"

트럭 앞에 서 있던 피터가 헨리에게 다가가며 물었다. 헨리는 헝클어진 머리에, 셔츠는 허술하게 풀려 있었다.

"레디에게 와 봐야겠다고 말하고 왔습니다. 아내가 이런 허리케인에 당신을 혼자 두고 왔다고 타박하더군요. 하지만 나는, 헨리 씨는 현실에 강한 영국인이니 이 밤을 잘 넘길 거라고 확신했죠. 저수조 안에 있었다니 정말 현명한 판단이었소."

피터는 씩 웃으며 저수조를 가리켰다.

"아주 잘 지냈습니다."

말은 그렇게 했지만 헨리는 사실 관절이 뻣뻣하고 어깨도 아팠다.

"나뭇가지에 어깨를 긁혔는데 피부만 살짝 까졌어요. 간밤엔 돌풍이 정말 대단했죠."

"그렇게 말할 줄 알았습니다."

피터가 껄껄 웃었다.

"풍력계로 재보니 자정 무렵에는 시속 85마일이더군요. 그런데 놀랍게도 갑자기 잠잠해졌소."

갑자기 피터가 얼굴을 찡그렸다.

"그 어깨는 빨리 치료하는 게 좋겠소. 집으로 가서 아내에게 좀 봐달라고 합시다."

"아, 난 괜찮소, 피터."

헨리는 창고 쪽으로 걸음을 옮겼다.

"램프 좀 가지고 오겠소. 얼마나 엉망이 되었는지 봐야지."

헨리는 바지에 손을 닦은 다음 이마를 문질렀다. 널빤지에 부딪친 곳이 여전히 아팠다.

"정말 괜찮겠소? 당신을 데려오지 않으면 아내가 화를 낼 거요. 밝은 곳에서 상처를 봐야 하는데."

"아, 아닙니다. 난 정말 괜찮아요. 이렇게 찾아와 준 것만으로도 고맙소, 피터."

"허리케인은 지나갔지만 폭풍은 그렇지 않습니다. 바람이 시속 60-70마일 이상으로 계속 부는 한, 어떤 놈이 날아와 머리를 칠지 몰라요."

"알아요. 어제 저녁 돌풍이 엄청났을 때, 지붕 함석판이 날아가는 걸 봤소."

"내 트럭에 램프가 한 개 더 있습니다. 불을 켜고 어디를 보수해야 할지 살펴봅시다. 무엇이 얼마나 엉망이 되었는지 말이오."

"피터, 트럭 헤드라이트는 끄는 게 좋겠소. 배터리가 빨리 나갈 거요."

헨리가 충고했다.

"참 그렇지. 손으로 시동을 걸 수는 없겠죠. 이 트럭이 좋은 건 배터리로 시동을 걸고 전기를 만들 수 있다는 점입니다. 지난 번 트럭은, 그게 뭐였더라? 아, 모델 20. 그 녀석은 카바이드로 불을 켜야 하고, 시동을 걸 때마다 어깨가 죽어났죠."

피터는 트럭 문을 열고 램프와 성냥을 꺼낸 뒤 램프에 금방 불을 붙이고는, 그을음을 줄이기 위해 불꽃이 뾰족해지도록 심지를 조절했다.

"헤드라이트를 꺼야 하니. 헨리, 거기 잠깐만 기다려요. 램프를 가져갑니다."

헨리는 떨어져 나간 창고 문 앞에서 걸음을 멈췄다.

"그래요. 나도 비슷한 램프가 있으니 여기서 기다리겠소."

헨리는 램프를 들고 창고로 걸어오는 피터를 향해 말했다.

"혹시 성냥 좀 있소? 내 성냥은 비에 젖었을 거요."

피터는 셔츠 주머니를 툭툭 치며 "네, 있습니다"라고 답했다. 두 사람은 문을 열고 창고 방으로 들어갔다. 비에 젖은 바닥은 차갑고 푹신했다. 종이와 책들이 어지럽게 흩어져 있고, 바닥에는 나뭇가지와 나뭇잎이 뒤덮여 있어 방인지 바깥인지 구분이 안 갈 정도였다. 모퉁이에는 무쇠 난로에서 떨어져 나온 연통이 나뒹굴고 있었다.

피터는 램프를 이리저리 흔들며 나머지 연통들을 살펴보았다. 제자리에 붙어있는 것도 있지만 흉물스럽게 휘어진 것도 있었다. 설상가상으로 연통 안에 빗물이 들이닥쳐 난로 내부도 젖은 모양이었다. 추웠던 지난 며칠 동안 대여섯 번인가 불을 땠는데, 그 재가 빗물과 범벅이 되어 마루바닥에 검은 잿더미가 쌓여 있었다. 게다가 진흙까지 밀려와 진흙도 마루를 반 이상 뒤덮고 있었다. 문득 저만치 널브러진 책과 종이들이 보였다. 깨진 유리창과 책상용 램프의 유리 조각도 있었다. 램프가 넘어지는 바람에 책상 위에 기름이 흥건했다.

"이래도 같이 안 가겠다는 거요? 가서 따뜻한 아침식사도 하고, 차라도 마십시다. 청소는 그 뒤에 해도 괜찮지 않소?"

피터가 허리를 구부려 젖은 지도를 집어들며 말했다.

"정말 난장판이군요, 그렇죠?"

헨리의 목소리는 무겁고 날카로웠다. 벽에 걸어 두었던 몰리의 부엌 깔개까지 마루에 떨어져 흥건히 젖어 있었다.

"그렇군요, 아수라장이오."

피터가 맞장구쳤다.

"해가 떠서 이 물건들을 말리려면 지금부터 한 시간은 더 기다

러야 할 거요."

"그러게 말입니다. 당신과 레디에게 계속 폐만 끼치는군요."

헨리는 맥 빠진 표정으로 말했다.

"하지만 난 여기 남겠소. 갔다가 다시 오면 기운이 더 빠질 것 같아요."

"그 심정, 이해합니다."

피터는 고개를 끄덕였다.

"그럼, 그 팔의 상처나 좀 보여주시오. 그리고 나서 당신 램프에 불을 붙입시다. 그렇게 하루를 시작하자고요."

헨리는 생각을 정리하고 계획이 지연되어 짜증이 난 마음을 가라앉히려면 피터를 보내고 홀로 이 비극의 현장에 남는 게 좋을 것 같다고 생각했다. 어디부터 청소를 해야 할지 결정하고 지붕은 얼마나 망가졌는지 살펴보고 싶었다. 그러나 피터의 친절을 두 번씩이나 거절할 수는 없었다.

헨리는 몰리의 러그를 주워 팔에 걸친 뒤, 몸을 돌려 피터에게 찢어진 셔츠 사이로 드러난 어깨 상처를 보여주었다. 또 그러는 동안 노란 램프 빛이 비치는 마루 바닥을 돌아보며 쓰레기, 구멍 따위를 분주하게 살폈다. 하지만 그렇게 열심히 살폈는데도 미처 피터의 오른 발 근처에 웅크리고 있던 뱀은 발견하지 못했다. 피터 역시 뱀이 빠른 속도로 기어오는 걸 보지 못한 채, 뱀의 코가 부츠 위쪽 장딴지를 스치는 타탁 소리만 들었다.

공격자는 얕은 물을 튀기며 뒤로 나가떨어졌다가 물러날 마음이 없는지 다시 덮치려고 했다. 피터가 고통스러운 비명을 지르는 순간, 헨리는 무슨 일이 일어났는지 직감했다. 그리고 이내 똬리를 틀고 누운 회갈색의 통통한 뱀을 발견했다. 그는 피터의 셔츠 소매를 잡아챈 다음 재빨리 램프를 들어올렸다. 이 모든 움직임이 하나의 동작처럼 민첩했다.

"젠장, 이런 젠장할!"

피터는 화끈거리는 통증이 다리를 타고 올라오자 이를 악물고 외쳤다.

"왜 이렇게 멍청했지? 이런 날씨를 한두 해 겪은 것도 아닌데! 태풍도 그렇고. 뱀들이 다시 움직인다는 걸 왜 몰랐지! 마루를 살펴보지도 않았다니!"

피터는 고개를 저었다. 헨리는 러그를 책상 위에 놓고 피터를 등받이가 곧은 의자 쪽으로 밀었다.

"그걸 잡아요, 피터!"

헨리는 재빨리 모퉁이로 두어 걸음 걸어가 괭이자루를 움켜쥐었다. 마침 어제 아침 칼날을 날카롭게 갈아놓은 터였다. 그는 왼손에 램프를 잡은 채 괭이 무게를 가늠해 손잡이를 단단히 잡고 뱀을 향해 두 동강을 낼 기세로 휘둘렀다. 뱀의 아가리가 쩍 벌어지자, 헨리는 다시 한 번 있는 힘을 다해 대가리를 내리쳤다.

"어서 빨리 병원에 갑시다!"

헨리가 소리치며 괭이를 구석으로 던졌다.

"트럭 배터리를 남겨둔 게 얼마나 다행인지 모르겠소."

헨리는 불빛이 희미한 방 곳곳을 노려보며 말했다.

"여기."

피터는 헨리가 지혈대로 쓸 만한 물건을 찾고 있음을 알아채고, 뒷주머니에서 붉은색 손수건을 꺼냈다. 헨리는 손수건을 받아 피터의 무릎 바로 아래쪽을 단단히 묶었다.

"그나저나 저 놈이 당신 맨발을 안 문 게 이상하군요."

피터는 고통스러워 이를 악문 채 고개를 흔들었다.

"움직일 수 있겠소?"

피터는 간신히 고개를 끄덕였다.

"그나저나 운전할 수 있습니까?"

트럭 가까이 갔을 때 피터가 걱정스러운 듯 물었다. 헨리는 조수석 문을 열었다.

"적어도 병원까지는 될 거요."

헨리가 말했다. 피터는 다리를 트럭 위에 올려놓았다.

"피터, 부츠를 벗어야겠소. 다리가 더 부으면 칼로 부츠를 찢어야 하니까. 자, 어서, 서둘러요!"

헨리는 어렵사리 피터의 부츠를 벗겼다. 피터의 다리는 벌써 퉁퉁 부어오르고 있었다. 헨리는 라디에이터 온기와 증기 냄새가 남아 있는 트럭 앞으로 재빨리 돌아갔다. 그리고 후 하고 숨을 불어 램프 불을 끈 다음 머뭇거리지도 않고 트럭에 올라, 나무와 나무 사이 피터가 만들어 놓은 바퀴 자국을 따라 크게 원을 그리며 방향을 바꾸더니 이스트 볼란타 도로를 향해 덜컹거리며 달려갔다.

"병원이 어디요?"

헨리가 물었다. 피터는 머리를 젖혀 뒷 유리창에 기대고 입을 약간 벌린 채 뭐라고 웅얼거렸다.

"피터, 크게 얘기해요. 방향을 가르쳐줘요."

그러나 피터는 힘없이 손끝으로 앞을 가리키기만 했다. 다프네에서 포인트 클리어까지 남북으로 놓인 절벽 해안도로 베이뷰 교차로에 다다르자, 피터는 팔을 힘겹게 들어 왼쪽으로 힘없이 늘어뜨렸다. 헨리는 지금 페어호프로 가고 있는 것이라 짐작했다. 잠시 후 시내로 들어가자마자 피터는 다시 차도를 가리켰다. 얼마쯤 달려보니 도로가에, 언젠가 헨리도 본 적이 있는 잿빛 이끼로 뒤덮인 커다란 참나무 두 그루와 집 한 채가 보였다.

헨리는 더 이상 피터의 지시를 기다리지 않고 트럭에서 뛰어내려 한 달음에 베란다로 올라갔다. 그리고 방충망이 걷혀 있는 뒷문 유리창을 두드렸다.

"의사 선생!"

헨리는 세 번쯤 노크를 하며 거듭 의사를 불렀다. 잠시 후 거실과 현관 밖에 불이 켜지더니 문이 열렸다. 헨리는 자신을 소개할 겨를도 없이 줄무늬 잠옷에 실내화를 신은 검은 머리칼의 젊은 남자에게 불쑥 다가가 피터 스테드먼이 10분 전 쯤 독사에게 물렸다고 알렸다.

"당장 이리로 옮깁시다."

의사는 갓 면도를 했는지 턱이 푸르스름했다. 두 남자는 피터를 옮기기 위해 서둘러 마당을 가로질러 달려갔다. 하지만 헨리는 트럭과 집 가운데쯤에서 격렬한 기침이 터져 나와 몇 걸음 뒤처져 고개를 돌렸다. 그는 허리를 구부리고 두 손을 무릎 위에 올려놓은 채, 눈물이 고일만큼 기침을 해댔다. 숨이 차오르며 씨근거리는 숨소리가 났다.

"당신도 진찰을 해봐야겠군요. 괜찮다면 안으로 들어오시죠. 우선 스테드먼 씨가 급하지만."

헨리가 호흡을 조절하고 똑바로 설 수 있게 되었을 무렵, 저만치 태양이 떠올랐다. 도로의 빽빽한 가로수 위 하늘이 잠깐 사이에 환하게 밝아졌다. 헨리는 피터의 트럭을 바라보며 무사히 와줘서 고맙다고 되뇌었다. 헨리의 운전 솜씨는 기껏해야 초보자 수준인 데다 최근 몇 달 동안은 한 번도 운전을 해본 적이 없었다. 헨리는 자신에게 기초 운전법을 가르쳐 준 토머스가 이걸 알면 자랑스러워하리라 생각했다. 순간 헨리는 트럭을 타고 다시 톨스토이 공원으로 돌아가고 싶은 강렬한 충동을 느꼈다. 그가 막 트럭을 향해 몇 걸음 옮겼을 때, 의사의 아내로 보이는 여인이 그를 부르며 집 안으로 들어올 것을 권했다. 헨리는 그녀를 돌아보았다.

"아, 고맙습니다. 하지만 괜찮다면 여기 현관에 앉아 있겠습니다. 피터는 괜찮습니까?"

"그런 것 같아요. 덕분이에요. 선생님한테 직접 물어보세요.

현관에 계신다고 할게요."

여자는 나무 틈으로 쏟아지는 첫 햇살을 바라보며 잠시 말을 멈췄다. 어깨까지 내려온 갈색 머리칼은 정갈하게 정돈되어 있었고, 단순한 무늬의 드레스에 신발을 신고 있는 모습이 낯선 사람들 때문에 방금 전 잠에서 깬 모습이라 할 수 없을 만큼 활기차 보였다. 그리고 보니 직업이 직업인만큼, 자다가 이런 비상사태를 겪는 일이 종종 있겠다는 생각이 들었다.

"마지막 허리케인이겠죠? 지난밤에는 해변까지 올라오더니, 오늘은 이렇게 멀쩡하고 날씨도 아름답네요. 땅은 쓰레기 천지지만요. 간밤에는 별로 피해가 없었겠어요."

그녀는 베란다로 올라가 난간에 기댄 채로 하늘을 살피고 먼 땅을 내다보았다.

"손님 분도 별 피해 없으셨죠? 간밤에 돌풍 소리는 요란하던데, 귀로 듣는 것만큼 심하지는 않았나 봐요."

헨리는 여기까지 오면서 본 바로는 심하지 않은 것 같다고 대답하려다가, 그녀가 어떤 대답이나 동의를 구하는 것이 아님을 깨닫고 아무 말도 하지 않았다. 여인은 등을 돌려 집으로 들어갔다. 헨리는 맨 아래 계단에 앉아 피터의 소식을 기다리며, 곧바로 의사를 만나 진찰은 필요 없다고 말해야겠다고 생각했다.

그는 널빤지로 만든 계단 옆 젖은 땅에서 발가락을 오므리며, 태양이 더 높이 떠오르는 모습을 지켜보았다.

19장

The Poet of Tolstoy Park

헨리는 두 동강 난 독사를 양 손에 하나씩 쥐었다. 생각보다 훨씬 무겁고 단단했다.

헨리는 밖으로 나가 창고에서 북서쪽으로 몇 미터 떨어진 곳에 파놓은 구덩이에 독사를 던져 넣었다. 깊이는 삽 머리보다 조금 깊게, 넓이는 모자 테 정도로 팠는데, 흙이 젖어 작업이 쉬웠다. 하지만 동이 트고 11월의 태양이 따뜻하게 내리쬐자, 땅은 쉽게 말라버렸다. 헨리는 발로 뱀 위에 흙을 덮었다.

의사는 헨리에게, 오전에는 자신들이 피터를 돌볼 테니 오후쯤 데리러 오라고 했다.

헨리는 피터를 병원에 옮긴 뒤 곧바로 트럭을 타고 레디를 찾아갔다. 레디는 소식을 듣자 한숨을 크게 내쉬더니 현기증을 느끼는 듯 문틀을 짚었다. 헨리는 며칠만 있으면 완전히 회복될 거라고 서둘러 귀띔해 주었다. 물론 의사가 자기에게도 진찰을 받자고, 하다못해 청진기라도 대보자고 하는 것을 거절했다는 이야기는 하지 않았다.

헨리는 의사가 자신의 병을 어림짐작해 스테드먼 부부에게 말하지 않았으면 했다. 아이다호에서 피터에게 편지를 보낼 때 한마디도 언급한 적 없거니와, 자신의 병이 이곳에서까지 입방아에 오르내리는 것을 원치 않았기 때문이다.

헨리는 자기가 오후에 피터를 데려오겠다고 말했지만, 레디는 트럭을 타고 당장 병원으로 가서 남편을 만나야겠다고 고집을 부렸다.

그는 톨스토이 공원까지 태워 주겠다는 레디의 호의에, 숲이 망가지지나 않았는지 살펴볼 겸 걸어가겠다고 답했다. 30분 쯤 걸어가며 보니 나무 몇 그루 부러진 것 외에는 큰 피해가 없었다. 헨리는 이스트 볼란타 도로변 집들은 폭풍우 피해를 많이 입지 않았을까 궁금해 일부러 멀리 돌아갔다.

창고에 도착하자마자 헨리는 자기가 죽인 뱀을 묻기 위해 구덩이를 파기 시작했다. "너희는 살생을 하지 말라"는 말이 있었다. 그러나 헨리는 "불가피한 경우가 아니면 살생을 하지 말라"는 조언이 더 현명하다고 생각했다.

아까 헨리는 주저 없이 독사에게 복수의 괭이 날을 휘둘렀다. 하지만 결코 악의는 없었다. 옛말에 뱀 중에서도 독사는 일부러 인간을 찾아 공격한다는 말도 있지만, 헨리는 그 말을 믿지 않았다. 피터를 문 독사는 자기 주변에서 쿵쿵거리며 걷는 인간이 두려웠을 뿐이다.

인간은 신의 본질을 이해하려고 애타게 노력하지만, 사실 신의 가르침은 언제나 신비에 싸여 있고 완전히 이해할 수도 없다. 하지만 헨리는 인간이 왜 그토록 뱀을 혐오하는지 그 이유만 알아도 신성神性을 더 잘 이해하게 될 것이라 생각하며 씁쓸하게 웃었다.

헨리의 경우는 뱀이 먼저 해온 공격에 대한 반격이었기 때문에 아무 가책이 없었다. 하지만 뱀이 공격한 것은 두려움 때문이었다. 그렇다면 자신의 반격도 두려움 때문이었을까?

헨리의 공격은 침착했고 의도적이었고 정확했고, 의심할 것도 없이 보복의 일종이었다. 왜 그랬을까? 괭이를 치켜들었을 때 헨리는 두려움도 분노도 없었다.

그때 스승의 죽음을 확인하러 간 한 사무라이의 이야기가 떠올랐다. 사무라이는 스승을 살해한 정적과 결투를 벌여 승리한 뒤, 검으로 또 다른 적을 찌르려 했다. 그때 쓰러져 있던 적이 그의 얼굴에 침을 뱉었다. 사무라이는 화를 내면서 검을 칼집에 도로 넣었다. 그리고 이렇게 말했다.

"화가 나 있는 상태에서 내 사명을 행할 수는 없다. 나중에 다시 보자."

분노에 의한 것이든 그렇지 않든, 어쨌든 뱀은 죽었고 두 동강

이 났다. 결과는 하나다, 그렇지 않은가?

헨리는 앞으로 남은 날 동안, 적어도 사람을 죽일 만한 상황은 벌어지지 않기를 바랐다.

그는 자신이 그렇게 할까 봐 두려웠으며, 또는 그렇게 못할까 봐 두렵기도 했다. 할 수 없다는 무기력감이 더 나쁜 결과를 초래하지 않을까 하는 걱정이었다. 하지만 다행히도 결투는 젊은 이들의 특권이었다.

헨리는 생각에 잠긴 채 발끝으로 구덩이에 흙을 밀어 넣었다. 그리고 발가락 앞부분을 이용해 무덤처럼 조그만 둔덕을 만들었다. 이윽고 헨리는 방을 청소하고 수리를 마치기 위해 창고로 돌아갔다. 생각은 접고 몸을 움직이기 위해.

우선 마루부터 시작했다. 물에 젖은 책과 종이 등을 주워, 의자 등받이에 걸쳐 놓은 몰리의 러그 옆 작은 책상 위에 널어놓았다. 그런 다음 재와 유리 조각을 쓸어냈다. 빛이 방 안까지 흘러 들어 헨리의 시야를 밝혀주었다.

앞으로 두 시간 정도는 햇빛을 이용할 수 있을 것 같았다. 내일은 해가 1분이라도 일찍 질 테고, 모레, 글피 이렇게 12월 23일까지 해는 점점 더 짧아질 것이다.

헨리는 하루 빨리 오두막 짓는 일을 시작하고 싶었다. 그 일에 대해 생각할수록 엉망이 된 창고 방을 빨리 치워야 한다는 마음이 간절했다.

헨리는 집 전체를 손수 칠하겠다는 즐거운 계획을 세웠다. 어쨌든 이 일에 남은 생명을 바치리라.

그는 창고를 나와 다시 삽을 들고 저수조로 올라가, 부러진 나뭇가지를 끌어내고 안으로 들어가 간밤에 비바람을 막아준 널빤지들을 밖으로 끌어냈다.

헨리는 고개를 들어 하늘을 바라보며 연극배우처럼 낮게 울리는 목소리로 외쳤다.

"이곳에 둥근 오두막을 지으리라!"

두 손으로 삽자루를 쥐고 가슴 높이로 들어올릴 때는, 자신의 치기에 잠깐 웃음이 나오기도 했다.

"여기 둥글게 쌓은 고대의 돌은 고故 헨리 왕의 성스러운 거처가 세워질 표석이니라. 장차 이 성스러운 땅에 집이 들어설 것이다!"

헨리는 계속해서 깊이 울리는 과장된 목소리로 외치면서 저수조 안쪽을 천천히 돌았다.

그러다가 "바로 여기다!"라고 소리치며 발 앞 풀밭 한 지점에 삽날을 꽂았다. 그리곤 하늘을 우러러 두 손을 처들고 고개를 들고 천천히 두 눈을 감았다.

자신도 모르게 꽉 감은 눈가에서 눈물이 흘러내렸다. 헨리는 고개를 숙이지도, 눈물을 참으려고 눈을 깜빡거리지도 않았다. 그저 눈을 감고 소리쳤다.

"여보, 몰리! 당신이 얼마나 그리운지 모를 거요."

헨리는 한동안 그렇게 서 있다가, 얼마 후 눈을 뜨고 크게 소리쳤다.

"어쩌다 이렇게 된 건지 모르겠소. 난 여기 있는데, 당신은 없지 않소."

헨리는 손을 뻗어 호두나무로 만든 뭉툭한 삽자루를 잡고 저수조의 벽돌 하나를 힘껏 찔렀다. 회반죽으로 접합한 부위를 따라 금이 가자 다시 한번 찔렀다.

그리고 또 한 번 찌르자 벽돌이 조금씩 흔들리기 시작했다. 헨리는 삽을 내려놓고 손으로 벽돌을 빼내려고 애썼지만 만만치 않았다. 삽자루를 다시 들어 다른 벽돌을 찔렀으나 역시 꼼짝도 하지 않았다.

결국 헨리는 삽을 야트막한 벽에 기대놓고 저만치 파성추[28]를 잘게 쪼개놓은 참나무 장작을 가져왔다. 그리고 벽돌이 흔들릴 때까지 장작으로 여러 번 내리치고, 삽날로 회반죽 접합 부위가 금이 가도록 쑤신 뒤, 또다시 손잡이로 내려쳤다.

드디어 벽돌들이 우지끈 소리를 내며 저수조 바깥 쪽으로 무너져 내렸다. 이제야 첫 작업이 수월하게 진행될 모양이었다. 헨리는 다음 벽돌로 자리를 옮겨 똑같이 작업을 진행했고, 이번 일은 앞선 두 번보다 훨씬 쉬웠다.

그리고 날이 어두워져 일하기가 힘들어졌을 쯤에는 저수조 밑

---

28. 성벽을 부수는 데 쓴 옛 전쟁무기

동만 뺀 나머지는 모두 해체할 수 있었다. 물론 도중에 벽돌 몇 개가 부서지긴 했지만.

헨리는 내일 아침, 벽돌을 향해 처음 삽을 꽂을 때에도 모든 일이 뜻대로 되어주기를 빌었다. 어쨌든 이날 오후 작업은 대 만족이었다.

헨리는 셔츠를 땀으로 흠뻑 적신 채 창고 구석 방으로 돌아와 램프에 불을 붙였다. 그리고 희미한 불빛 아래 마루 청소를 마쳤다. 낮의 온기가 남아 있었지만, 깨진 유리창에는 한기를 막아줄 모 담요를 쳤다. 그리고 함석과 동으로 장식한 둥근 뚜껑이 달린 나무 궤짝을 열었다.

이 궤짝은 피터가 준 오래된 골동품으로, 경첩은 가죽이고 내부에는 프랑스 왕가 문장 무늬가 그려진 종이가 발려 있었다. 헨리는 그 안에 짐을 넣어 창고 방 한쪽 구석에 놓아두었다. 그리고 트렁크 맨 위 칸막이를 들어낸 다음, 간이침대에 씌울 깨끗하고 마른 깔개를 꺼냈다.

이어서 헨리는 램프를 들고 우물로 가서 깨끗한 물을 한 양동이 길어왔다. 록 강가 골짜기에서 부엉이 우는 소리가 들렸고, 창고 뒤쪽 어디에선가 그에 화답하는 소리가 들렸다.

헨리는 방으로 들어가 문을 잠갔다. 그리고 책상에 앉아 천천히 사과를 먹으며 물을 한 컵 마셨다. 내일 아침에는 난로에 불을 때고 귀리와 옥수수 가루로 만든 따뜻한 죽, 찬장 선반 깡통에 들어 있는 효모 빵을 먹고, 홍차를 마시리라.

헨리는 채 한 시간도 지나지 않아 어둠의 요람에 안겨 꿈도 없는 단잠에 빠져들었다.

20장

The Poet of Tolstoy Park

다음 날 정오 무렵, 레디가 트럭을 몰고 찾아왔다. 피터는 집에서 안정을 취하고 있고, 어떻게 지내는지 궁금해 하는 남편의 부탁을 받고 왔다고 말했다. 헨리는 막 지붕 위에 올라가 헐거워진 함석판에 못을 박으려던 참이었다. 레디는 흰색 수건을 덮은 양동이를 들고 있었다.

"갓 구운 건포도 빵과 체다 치즈를 가져왔어요. 혼자 일하시게 돼서 어쩌죠?"

"아닙니다, 레디. 부디 신경 쓰지 않으셔도 됩니다."

헨리가 사다리를 내려오며 말했다.

"수리와 청소는 거의 마쳤어요. 대낮에 처음 봤을 때는 막막하더니 생각보다 힘들지 않더군요."

"그랬군요."

레디는 호기심어린 눈빛으로 여기저기를 둘러보았다.

"그런데 스튜어트 씨, 전-"

레디가 조심스럽게 말했다.

"이러는 건 싫지만 남편이 하도 고집을 부려서요. 스튜어트 씨가 결심하신 일이라면 굳이 간섭하고 싶지 않지만요."

"스테드먼 부인, 무슨 말씀이신지."

헨리는 상황이 어떻게 돌아가는지 대충 짐작했다. 어제 자신이 기침하는 모습을 본 의사가 피터나 레디에게 무언가 귀띔한 것이 틀림없었다.

"닥터 앤더슨이 당신을 걱정하더군요. 저와 남편에게, 당신이 꼭 병원에 와서 진찰을 받아야 한다고 말했어요. 그 이상은 말하지 않으니 무슨 이유인지 모르지만요."

레디는 무척 곤혹스러워 보였다. 아마 피터가 그녀에게 이 말을 꼭 하라고 강력하게 언질했을 것이다.

"의사 분이 당신을 설득해서 꼭 병원으로 데려와야 한다니, 저희 어깨가 무겁네요."

"레디, 미안하오. 그 의사 이름이 앤더슨이라고 했나요?"

헨리는 혹시 그가, 앞서 만난 케이트 앤더슨과 친척 관계가 아닐까 생각했다.

"네, 닥터 앤더슨이에요. 그 분 가족들은 우리가 13년 전 페어호프에 오기 전부터 이곳에서 쭉 살았답니다. 2년 전에 갓 결혼

한 신부와 그 병원을 열었죠. 그런데 그건 왜 물으시죠?"

"아, 모빌 만을 건너올 때 만난 여 선생 이름이 앤더슨이었죠. 케이트 앤더슨."

헨리의 말에 레디는 고개를 끄덕이며 케이트는 닥터 앤더슨의 형수라고 말해주었다.

"어쨌든 이곳은 훌륭한 의사의 지나친 열성이 예의를 앞질러 가는 곳이군요."

헨리가 손짓을 하며 말했다.

"환자에 대한 염려를 주민들의 일거리로 만들어 버리는 건 의사의 도리가 아닐 텐데 말입니다."

헨리는 얼굴을 찌푸렸다.

"게다가 확실히 알지도 못하면서."

레디는 여자들만이 할 수 있는 방식으로, 이 당황스러운 순간을 고스란히 감내하는 것처럼 보였다. 그녀가 눈을 치켜뜨며 물었다.

"확실하지 않다니요, 헨리?"

그녀는 양동이를 들고 있던 손에 다른 손을 포개고 턱을 들었다. 마치 숙제를 안 낸 학생이 그 이유를 말할 때까지 기다리는 선생님처럼 보였다.

헨리는 자신도 모르게 피식 웃음이 나왔다.

"레디, 당신과 피터는 나에게 친절 이상의 것을 베풀어 주었어요. 당신이 그렇게 물어보니 거짓말을 할 수 없군요."

헨리는 웃음기를 거둔 얼굴로 말했다.

"하지만 내 건강 상태가 여러 사람들에게 알려져 호기심의 대상이 되는 건 싫소. 당신도 내 마음을 이해해줄 거라고 믿어요."

레디는 조급한 마음에 헨리가 계속해서 말하게 두지 않았다.

"무슨 문제가 있는 거죠, 헨리? 어디가 안좋은 거예요?"

"만일 내가 이 말을 당신에게 한다면, 피터도 마땅히 함께 들어야겠지요. 하지만 그럴 상황이 못 되니 당신에게 대답해 주겠소. 이 말을 피터에게도 전해 줘요."

헨리는 저수조를 허물고 옮겨 쌓은 벽돌 더미 쪽으로 걸음을 옮겨 그 위에 앉았다. 레디 역시 옆에 앉아 음식이 담긴 양동이를 무릎 위에 올려놓았다.

"아이다호 주치의는 기후를 바꿔보는 게 건강에 좋을 거라고 했소."

헨리는 이렇게 말한 다음, 몸을 약간 숙이고 무릎 위에 두 손을 올려놓았다. 그는 레디의 눈을 똑바로 쳐다보았다.

"난 폐결핵 치료에 도움이 될까 해서 이곳에 왔습니다. 물론 전염성은 없어요. 그런데 이미 병세가 많이 진행된 상태라고 합니다. 말기라고 하더군요."

"말기요?"

레디는 그 말이 생소한 듯 고개를 흔들더니 눈을 동그랗게 뜨고 헨리를 바라보았다. 그 모습을 보고 있자니 왠지 모든 것을 털어놓는 것 외에 다른 방도가 없는 것처럼 느껴졌다.

"주치의 말이, 오래 살지 못할 거랍니다. 아마 1년 쯤."

순간 레디는 자신도 모르게 손으로 입을 가렸고, 그 바람에 양동이가 밑으로 굴러 떨어졌다. 수건 아래에서 작은 빵들이 굴러 나왔다. 레디는 빵을 주우려고도 하지 않았다.

"세상에, 헨리! 어떻게… 믿을 수 없어요."

레디는 방금 들은 말을 인정하고 싶지 않은 듯 작은 목소리로 절규했다. 이내 정신을 차렸지만 할말을 잃은 듯 그저 헨리를 바라볼 뿐이었다.

헨리는 레디가 울지 않아 다행이라고 생각했다. 사실 이런 말을 털어놓기에, 레디에 대해서는 아직 아는 게 별로 없었다.

"하지만 당신은 그렇게 보이지 않는걸요."

"저도 그 점이 정말 이상합니다. 스스로도 건강하다고 느껴지니까요. 그것도 매우 자주 말이오. 다만 아주 가끔씩 내가 환자라는 걸 실감합니다. 의사 말로는 병에도 진행 단계가 있고, 그때마다 '증상'이 나타날 거라고 하더군요. 하지만 대개 갑작스럽게 나빠지고, 또 말기로 갈수록 급격히 나빠진답니다."

"세상에나, 헨리. 왜 우리한테 말하지 않았어요?"

레디는 자신의 질문이 적절치 않다는 사실을 깨달은 듯 얼른 말을 이었다.

"미안해요. 바보 같은 질문을 했어요."

두 사람은 벽돌 위에 앉아 한동안 침묵을 지켰다.

"우리가 도울 일은 없을까요? 참, 이 작업은 계속 하실 건가요?"

"아니오. 아무것도 필요 없습니다. 난 법이나 도덕에 위배되지 않는 한, 하고 싶은 일은 뭐든지 해보려고 합니다."

헨리는 아무렇지도 않은 듯 씩 웃어보였다. 레디도 희미한 웃음을 보였지만, 곧 다시 심각한 표정이 되었다.

"결국 닥터 앤더슨 말이 옳군요. 그런데 그는 이 사실을 어떻게 알았을까요?"

레디가 어리둥절한 표정으로 물었다.

"어제 피터를 데려갔다가 마당에서 심하게 기침하는 모습을 들켰죠."

헨리는 뻔한 상황을 완전히 꿰뚫고 있는 사람처럼 말했다.

"유능한 의사라 증상만 보고도 직감이 왔나 봅니다."

그리고 나서 헨리는 그 젊은 의사가 동부 해안가에 사는 사람들에게 소문이나 내지 말아 줬으면 좋겠다고 덧붙였다.

"사실 닥터 앤더슨은 환자의 비밀을 그다지 잘 지키는 편이 아니에요. 제가 아는 어떤 부인네들도 그래서 더 이상 그의 병원에 다니지 않죠."

말을 마친 레디는 너무 솔직하게 말했나 싶어 얼굴을 붉혔다. 말하지 않는 건데, 하는 표정이었다. 헨리도 약간 당황하다가 잠시 후 입을 열었다.

"더운 날씨가 너무 오래 가는 것 같군요."

헨리는 이마의 번들거리는 땀을 손으로 닦았다.

"여기 앨라배마에는 겨울철 휴지기도 없습니까?"

사실 헨리는 한랭전선 따위에는 별 관심이 없었다.

그의 머릿속은 온통 헨리 스튜어트란 이름이 페어호프 사람들의 모닝커피 시간에 빨래처럼 내걸리는 상상으로 가득 차 있었다. 생각만으로도 난감했다.

어떤 사람은 길거리를 지나가는 그를 보며 고개를 끄덕이거나 "저 노인, 시한부 인생이라더군"이라고 수군거리고, 심지어 두려운 눈길로 손가락질을 할지도 몰랐다.

냄퍼에서는 만나는 사람이라고 해봤자 하비와 토머스, 우체국 직원 제레미아, 그리고 형제나 다름없는 윌리엄이 고작이었다. 하비는 아버지가 교회에 나가지 않는다고 얼마나 가시 돋친 비난을 퍼부었던가.

"아버지, 세상 천지를 둘러 봐도 두세 명이서 예배를 보는 교회는 절대 없을 거예요."

그나마 헨리는 몰리가 세상을 떠난 후에는 더더욱 교회를 멀리했다. 그 동안 사람들은 일요일 아침마다 그를 교회가 아닌 오히려 집 안으로 내모는 존재들이었다.

그런데 이곳으로 오는 짧은 여행 동안에는 사뭇 달랐다.

헨리는 그 동안 자신이 배 위의 낯선 사람이나 짐꾼들과 얼마나 쉽게 말을 주고 받았는지 스스로도 놀랄 정도였다. 아마도 이 여행이 휴가 기분을 주었기 때문인 것 같았다.

에머슨은 여행 중독을 경계하라고 했지만, 사실 그 중독은 포도주로 혀와 기분을 느슨하게 푸는 정도가 아닐까.

헨리는 그동안 자신의 방어벽이 눈에 띄게 낮아졌다는 것을 느꼈다. 특히 배에서 만난 케이트는 비록 짧은 시간 만났지만, 헨리의 요새를 돌파할 수 있는 매력적인 영혼의 소유자처럼 느껴졌다.

하지만 헨리는 지금 이곳에, 자신의 사연을 알고도 마음을 열 수 있는 사람이 몇이나 될까 확신이 서지 않았다.

사실 헨리는 이제 자신이 할 수 있는 일은 아무것도 없음을 알고 있었다. 그런데 죽기 전에 마지막으로 하려는 이 집 짓기가 뭐 그렇게 중요하단 말인가?

마을과 떨어진 거리로 볼 때, 톨스토이 공원 자체만으로도 사생활은 얼마든지 보호할 수 있지 않은가.

헨리는 앞으로 오닐 신부로부터 배운 침묵과 고독 속에서 원형 오두막집을 짓는 동안, 피터 부부, 그리고 케이트가 그리워질 것 같았다. 아마 그에게 가장 힘든 순간일 것이다.

헨리는 문득 예수도 사막에서 40일을 보낼 때 누군가를 그리워하지 않았을까 생각했다.

어찌 보면 헨리에게 이 작업은 영적인 훈련과 같았다.

상식적으로 보면, 죽어가는 사람이 콘크리트로 오두막을 짓는다는 건 결코 그럴듯한 일이 아니었다.

하지만 헨리는 이 집 짓기가 오닐 신부의 가르침대로 영혼을 고양시키는 가치 있는 노동이며, 나아가 죽음을 순조롭게 통과

할 수 있도록 영혼을 단련하는 일이 될 것이라 믿었다.

게다가 그의 옆에는 피터의 사랑하는 아내이자 너그러운 영혼을 가진 레디가 있었다. 그녀는 헨리에게 '은혜의 수납자'라는, 윌리엄이 즐겨 썼던 말의 의미를 가르쳐 준 여인이었다.

일전에 레디는 셔우스 앤더슨이 좋다고 평했던 손님용 별채에 걸린 일몰 수채화를 가져도 좋다고 말했고, 헨리는 그 그림을 가져와 창고 방에 걸어놓았다.

헨리는 그런 레디에게 차마 수도사처럼 세상과 단절하려는 중이라고 고백할 수 없었다.

이미 레디 앞에서 자신은 병자며 스스로도 그 고독한 운명을 어쩔 수 없다고 인정한 것과 다름없었지만, 어쨌든 손 내미는 친구를 거부한다는 건 병든 노인에게는 그다지 현명한 선택이 아니었다.

헨리는 레디를 올려다보았고, 레디 역시 헨리를 뚫어지게 바라보았다.

"스튜어트 씨, 집 수리하느라 바쁘실 텐데 제가 방해를 한 것 같군요."

레디는 벽돌 의자에서 일어선 뒤, 땅에 떨어진 빵을 보고 어쩔 줄 몰라 했다.

"음식 버리는 건 정말 싫지만 어쩔 수 없군요."

"그건 제가 허락할 수 없습니다."

헨리는 재빨리 말한 뒤 빵을 주웠다.

"저처럼 늙은 닭에겐 모이 주머니에 약간의 모래도 필요합니다."

헨리의 말에 레디는 따뜻한 미소를 지어 보였다.

"제대로 드실 수 있을지 모르겠네요."

레디는 엉덩이를 털고 두 손을 맞잡았다.

"남편에겐 잘 지내신다고 전할게요. 아직 정신도 몽롱한 데다 갑작스러운 소식을 들으면 얌전히 누워 있으려 들지 않을 거예요. 다리는 평소보다 두 배쯤 부었고 상처는 아직도 자줏빛에 푸르고 노란빛이 섞여 있죠."

레디는 미간을 모은 채 잠시 생각에 잠겼다가 말을 이었다.

"진찰 기록서에 그 색깔을 적어 넣는 것도 여간 쉬운 일이 아니겠네요."

헨리는 고개를 끄덕인 뒤 생각에 빠져들었다. 이때까지 갈고 닦은 나만의 렌즈를 통해 바라보는 인생은 과연 얼마나 참될 수 있을까.

방금 레디는 남편을 걱정하면서도 화가답게 그 상처 빛깔이 표현하기 까다롭다고 말하지 않았는가. 헨리는 레디를 트럭까지 배웅한 뒤 레디가 트럭에 올라타자 문을 닫아 주려다가 잠깐 망설이며 입을 열었다.

"레디, 물론 피터에게 내 건강 얘기를 하겠지요. 하지만 당신이나 피터나 너무 걱정하지 않았으면 좋겠소."

헨리는 나무 꼭대기 너머로 시선을 돌렸다가 다시 레디를 바라보았다.

"이건 내가 짊어지고 가야 할 짐입니다. 만일 지금 처한 현실에서 마음의 평화를 얻지 못한다면, 적어도 그 현실과 타협하려고 노력은 해봐야겠죠."

레디는 헨리의 말에 담긴 진심을 파악하려는 듯 뚫어지게 헨리를 바라보며 천천히 고개를 끄덕였다. 그리곤 만족스러운 표정으로, 피터도 될 수 있으면 빨리 이곳에 와보고 싶어할 거라고 말했다.

"남편은 당신이 이곳을 톨스토이 공원이라고 부르는 걸 우스꽝스러워했어요. 하지만 '아늑한 솔숲'이라든지 '갈매기 둥지' 같은 이름보다는 훨씬 낫다는 걸 인정했죠. 막상 그런 이름이 적힌 우편함을 봤다면 그이도 꽤 식상해 했을 거예요."

남편 이야기를 하면서 웃고 있는 레디의 눈동자에는 남편에 대한 깊은 사랑이 담겨 있었다. 마치 몰리가 헨리를 사랑하며 그의 독특한 시각까지 포용했던 것처럼 말이다.

레디는 후진 기어를 넣으며 열린 창문을 통해 소리쳤다.

"남편이 자기 일할 몫을 남겨달라고 하더군요. 남편은 당신과 창고에서 일하는 걸 좋아해요."

레디는 둥근 원을 그리며 후진을 한 뒤 바퀴 자국을 가로질러 출발했다. 헨리는 손을 들어 작별 인사를 했다. 하지만 레디는 눈앞에 피해가야 할 나무와 풀들이 워낙 빽빽해 곧장 앞만 바라보고 있었다.

헨리는 비록 두렵긴 하지만, 언젠가는 피터에게 누구의 도움도 받지 않고 지낼 것이라는 말을 해야겠다고 생각했다.

21장

The Poet of Tolstoy Park

이제 지붕 수리만 마치면 난장판이 된 집을 고치는 일도 마무리 단계에 들어선 것과 다름없었다. 헨리는 사다리를 타고 지붕 위에 올라간 뒤, 바짝 두른 앞치마에서 못을 꺼내 호두나무 자루가 달린 16온스짜리 망치로 헐거워진 함석판에 박았다. 이따금 햇볕이 금속에 반사될 때마다 눈이 부셔 자연스레 눈을 찡그렸다. 지붕에서 떨어지지 않게 조심해야 했다. 그렇게 한 시간이 흐르자 헨리는 지붕 수리까지 마쳤다는 뿌듯한 마음으로 사다리를 내려왔다.

차갑고 축축한 대지에 발을 딛는 순간 저만치 시끄러운 백로 울음소리가 들렸다. 헨리는 사다리를 잡고 그 소리에 귀를 기울였다. 혹시 한 마리 아닌 두 마리가 서로 부르고 대답하는 건 아닐까? 헨리는 고개를 갸웃거리며 다시 소리에 집중했다. 그늘 아래 서 있던 헨리는 새들이 어디쯤 있는지 찾으려고 몇 걸음 물러나 하늘을 올려다보았다.

역시 백로 한 쌍이 푸른 하늘에 연처럼 떠 빙빙 맴을 돌고 있었다. 몸집이 큰 녀석이 암컷인 것 같았다. 족히 1마일은 울려 퍼질 듯한, 서로를 부르는 날카로운 울음 소리가 들려왔다. 수컷이 암컷 가까이 날아오다가 갑자기 아래로 하강하는 구애 의식을 펼치고 있었다. 이들의 갑작스러운 출현은 왠지 계획을 실행하라는 신호처럼 느껴졌다.

헨리는 그 자리에 선 채 백로 한 쌍이 참나무의 여린 나뭇잎 뒤로 사라질 때까지 그 희롱하고 활강하는 모습을 지켜보았다. 그리고 창고 연장 방으로 들어가 선반에서 커다란 줄file을 끄집어 내리고, 모퉁이에서 삽을 들고 나와 아까 레디가 앉았던 벽돌 더미 위에 앉았다.

이어서 헨리는 삽날에 줄을 대고 조심스럽고 규칙적인 속도로 갈기 시작했다. 직경 30센티미터, 깊이 15센티미터 정도의 구멍을 파기 위해서였는데, 이는 물수리들이 빙빙 돌며 영역을 표시하듯 나바호 족들이 호건을 짓기 전에 가장 먼저 하는 작업이었다.

헨리는 날이 잘 선 번쩍대는 삽날을, 일전에 오두막을 짓기로 결정하고 삽날을 찍었던 저수조 한가운데 다시 꽂았다. 이번에는 맨발을 삽 위에 올려놓고 힘껏 밀었다. 발에 어느 정도 굳은

살이 박혔지만 아직 삽질을 할 때 아픔은 견디기 힘들었다. 맨발은 이런 게 문제였다. 게다가 이제 신발은 한 켤레도 없었다.

헨리는 어떻게 하면 좋을까 곰곰이 생각했다. 평소에도 그는 문제에 부딪쳤을 때 이 방법을 쓸까, 저 방법을 쓸까 고민하는 것을 즐겼다. 몰리를 만나기 전에는 한때 워싱턴 D.C의 한 호텔에서 1년 동안 '보조 기술자'로 일한 적도 있었다. 손재주가 좋은 데다 어려운 일도 척척 해결해 이리저리 불려다녔고, 헨리 자신도 그 일을 좋아했다.

그때 삽날 위에 커다란 나무토막을 붙이면 어떨까 하는 생각이 퍼뜩 떠올랐다. 작업을 하는 동안 떨어지지 않게 단단하게 붙이는 것이 관건이었다. 아니면 발바닥에 나무토막을 대고 가죽끈으로 묶는 건 어떨까?

그러나 헨리는 연장실로 향하다가 땅에서 놀라운 물건을 발견했다. 바로 뱀에 물렸을 때 벗겨낸 피터의 부츠 한 짝이었다. 헨리는 순간 터져 나오는 웃음을 참을 수가 없어 오랜만에 배꼽을 잡고 실컷 웃었다.

맙소사, 이 부츠가 왜 트럭이 아니라 이곳에 있는 걸까?

부츠의 효용성이 우연히 자신의 필요와 일치했다는 생각에 헨리는 다시 웃으며 고개를 설레설레 저었다.

"그래도 흙투성이 발로 다른 사람 부츠를 신을 수는 없지!"

큰소리로 외치는 순간, 머리에 해답이 떠올랐다. 그 해답은 너무 단순하고 명료해 마치 환청처럼 느껴졌다. 창고에 있는 물건들 중에 깨끗한 양말을 찾아 신어라!

"저 신발이 내 발에도 맞는다면 그렇게 해야겠지."

헨리는 여학생의 곱게 땋은 머리채 끝을 몰래 잉크병 속에 집어넣는 남학생처럼 히죽 웃은 뒤 부츠를 주워 안을 들여다보았다. 사이즈 10호라는 글자가 선명하게 찍혀 있었다. 헨리와 같은 사이즈였다. 헨리는 '피터도 이 일을 알게 되면 나만큼 배꼽을 잡고 웃겠지' 하고 생각했다.

그는 곧장 창고 방으로 들어가 트렁크를 열고 깨끗한 양말 한 켤레를 꺼냈다. 그리고는 몸의 균형 감각을 시험해 보려고 일부러 서서 한 짝을 신고, 연달아 그 위에 부츠를 신었다. 다행히 아직도 이런 동작쯤은 수월했다. 다만 부츠를 신고 난 느낌은 그다지 좋지 않았다.

헨리는 창고를 나와 한쪽은 맨발, 다른 한쪽 발은 부츠를 신은 채 절룩이며 언덕으로 향했다. 덜거덕-탁, 덜거덕-탁, 덜거덕-탁 하는 리드미컬한 소리가 귓전에 울렸지만, 그것은 소리라기보다는 촉감에 가까웠다.

22장

The Poet of Tolstoy Park

이튿날 정오, 헨리는 피터의 부탁으로 부츠를 가지러 온 레디에게 새 부츠를 사주겠노라 말했다.

"쓰러져 있던 피터의 동료를 제가 좀 빌렸습니다."

헨리는 간절히 원하는 순간 구세주처럼 부츠를 발견했던 기쁨을 되살리며 말했다. 덕분에 지금까지 저수조의 검은 흙을 직경 4미터, 깊이 15센티미터 정도까지 파내려갈 수 있었다. 헨리를 따라 작업장을 둘러본 레디는 눈이 휘둥그레졌다.

"아, 남편 부츠를 신었군요, 그러고 보니 부츠도 일꾼으로 한몫했네요."

레디는 손가락 끝을 뺨에 대고 눈썹을 치켜떴다.

"그런데 도대체 지금 무슨 일을 하시는 거죠?"

"오두막을 짓기 위해 기초를 파고 있습니다."

"둥근 오두막을 말씀하시는 건가요?"

"네, 둥그렇게 할 겁니다. 모퉁이가 있으면 쓸데없는 물건들을 잔뜩 쌓아두게 되니까요."

헨리는 대답과 동시에 땅에서 퍼낸 흙무더기를 바라보다가 어깨 너머로 시선을 돌렸다.

"사실 직사각형 시멘트 벽돌을 사용하기 때문에 완전한 원형이라고는 할 수 없습니다. 당신이 지난번에 앉았던 그 벽돌보다 약간 긴 벽돌이죠. 하지만 한 면에 22개나 23개씩 쌓으면 거의 둥근 모양이 될 겁니다."

"그런데 왜죠? 어제 말씀하셨지만, 왜 힘들게 벽돌집을 지으려는 거죠? 참 집이 아니라 오두막이라고 했나요?"

"사실 난 이 집을 별장이라고 부르고 싶군요."

눈동자에는 생각을 가득 담고 손으로는 짧게 난 턱수염을 문지르며, 헨리가 말했다.

"오두막처럼 임시적으로 사용할 것은 아니지만, 어쨌든 오두막이라 부르는 게 어울릴 것 같습니다. 어차피 환영으로 가득한 이 덧없는 세상에서는 모두들 오래 살기 힘들지 않습니까? 그래요, 레디, 오두막입니다. 그런데 왜 하필 지금인가 궁금하시겠군요. 오래 전 이런 얘기를 들었소. 다음날 아침 죽기로 되어 있는 소크라테스가 전날 밤까지 새로운 언어를 공부하는 보고 한 제자가 놀라서 물었답니다. '내일 돌아가실 분이 뭐하러 새 언어를 배우십니까?' 소크라테스는 이렇게 대답했죠. '지금 안 배우면 언제 배우겠느냐?' 레디, 만일 지금 이 오두막을 짓지 않는다면 앞으로 언제 할 수 있겠소?"

"헨리, 뱀한테 물려서 열독이 오른 사람은 남편이 아니라 당신 같군요, 알고 계세요?"

"아직 열은 없습니다만."

"아, 죄송해요. 헨리."

레디는 얼굴을 붉히며 고개를 숙였다.

"미안해요."

"괜찮소, 레디. 우울한 일이 생길수록 유머 감각을 가지는 건 좋은 일이오. 특히 지금 같은 때는 더더욱 그런 균형 감각이 필요하지요."

"그렇군요."

하지만 레디는 마음이 불편한지 여전히 안절부절못했다.

"남편은 당신이 그 부츠를 신은 걸 알면, 아니 뭐든 당신이 썼다면 좋아할 거예요. 남편은 부츠 신는 걸 좋아하지 않았어요. 그저 부츠는 튼튼하고 질기니까 돈을 낭비하기 싫어 그렇게 한 것뿐이죠."

헨리는 일전에 미술 강의를 마음대로 취소한 셔우드 앤더슨을 성실하지 못하다고 비난했던 것만 봐도, 피터는 충분히 그럴 사람이라고 생각했다.

"제가 남편에게 말할게요. 지금 스튜어트 씨가 새로운 계획을 진행하는데 그 어느 때보다 그 부츠의 도움이 절실하다고 말예요."

헨리는 나머지 한쪽도 가져오겠다는 레디의 말에, 필요한 건 한쪽뿐이라고 답하려다 그만두었다.

레디는 남편에게 아무래도 헨리가 치매에 걸린 것 같다는 말을 서둘러 전하기라도 하려는 듯, 어제보다 침착하게 핸들을 몰며 톨스토이 공원을 떠났다. T 모델 트럭이 언덕 아래로 사라지자 마음속에 두 가지 질문이 떠올랐다.

어떻게 하면 구경꾼들의 눈을 피해 톨스토이 공원에 오두막을 지을까? 과연 시내 건축 자재상이 모래와 자갈을 여기까지 운반해 줄까?

일단 헨리는 한꺼번에 쏟아질 질문에 해답을 찾을 기분이 아니었다. 레디에게 답하는 일만 해도 얼마나 힘들었던가. 죽어가는 늙은이에게 그런 에너지가 있다면 온당 이 콘크리트 집을 짓는 데 써야 할 것이다. 헨리는 그 에너지를 다른 곳에 허비할 만큼 한가하지 않았다. 가뜩이나 멀쩡한 사람들 귀에는 이 짓이 얼빠진 늙은이의 노망처럼 들릴 테니 말이다. 헨리는 이웃들의 빈정거림을 뒤로 하고 마른 땅에서 커다란 배를 만들었던 노아의 심정을 헤아려 보았다. 호기심 어린 구경꾼들의 질문에 일일이 대답을 해준다는 것은 말 그대로 고통이었다.

그렇다면 어떻게 해야 할까?

일단 '들어오지 마시오'라고 쓴 표지판을 내건다는 건 자신이 추구하는 공동체 정신과 맞지 않았다. 마음씨 좋은 이웃에게 핀잔을 주지 않고도 교묘하게 질문을 받아 넘길 방법을 되도록 빨리 생각해내야 했다. 잠시 후 헨리는 뭔가를 떠올린 듯 눈을 찡긋하고 고개를 끄덕였다. 케이트에게 폐결핵은 전염성 강한 병이라고 둘러대는 건 어떨까? 분명 그 말은 그녀의 수다스러운 의사 시동생 귀에도 들어갈 테고, 그러면 사람들은 틀림없이 그를 멀리할 것이다. 그러나 그 방법은 썩 훌륭하지 않았다. 그렇게 되면 이 땅은 심술 가득한 늙은 물닭의 치졸한 정신이 깃든 휴양지로 전락할 것이다. 헨리는 스스로가 그런 사람은 아니라고 생각했다. 그저 솔직하게 영혼의 격리를 요구하는 것으로 충분하지 않을까? 역사적 사건이나 신성한 종교 문학을 보면 그런 일들은 얼마든지 있었다.

헨리는 둘째 질문도 생각해 보았다. 내일 아침 일찍 페어호프까지 걸어가 모래와 자갈을 배달해줄 수 있는지 물어볼 것이다. 만일 그렇게 해준다면 즉시 모래와 자갈을 넉넉히 주문하고, 구덩이에 깔 콘크리트 슬래브 작업에 필요한 포틀랜드 시멘트도 주문할 것이다. 그 동안 터 파기는 일사천리로 진행했으면서 슬래브를 깔 때 필요한 골재를 조달하는 일은 잊고 있었다. 또 돌처럼 단단한 콘크리트를 만들려면 세 가지 골재를 섞어야 했는데, 그러려면 재료를 섞을 철근망도 구입해야 할 것 같았다.

다분히 게으름을 피웠다고 생각한 헨리는 다시 구덩이 파는 일에 몰두하기 시작했다. 문득 오래 전 알고 지냈던 인부에게서 들었던 말이 떠올랐다. 속도를 유지하며 땅을 파려면 꾸준히 천천히 일하는 것이 좋다고 했다. 또 몸의 리듬을 깨우쳐 거기에 맞춰 삽질을 하면, 온몸이 심장 박동처럼 저절로 움직이게 된다고 했다.

"그렇지. 사람이 구덩이를 파는 게 아니지. 사람은 그저 흙을 향해 삽질을 할 뿐이니까. 이번 삽이 흙을 퍼내고 다음 번 삽이 또 흙을 퍼내고, 구덩이가 그만 하라고 할 때까지 그렇게 삽을 놀릴 뿐이지."

헨리는 그렇게 구덩이를 팠다. 부츠를 신은 왼발이 땀에 젖고, 오른발은 서늘하고 축축한 흙 위에서 몸의 균형을 잡고 있었다. 헨리는 피터가 자신의 부츠를 기꺼이 내줄 거라고 믿었다.

디들 디들 덤플링, 내 아들 존이 반바지를 입고 침대로 갔네. 한 쪽 신발은 벗고, 한 쪽 신발은 신고, 디들 디들 덤플링, 내 아들 존이-.

오늘 밤에는 바지를 입은 채 자야 할 것 같았다. 그는 마지막으로 한 번 더 검은 흙을 풀과 함께 떠 구덩이 밖으로 던졌다.

벽돌 하중을 견디려면 콘크리트 슬래브를 직경 14피트, 두께 4인치 정도는 깔아야 할 것 같았다. 헨리는 손으로 흙을 파는 동안, 머리로는 계산을 했다. 반지름 7피트의 제곱은 49, 거기에 3.14를 곱하면 대략 150이 나오는데 바로 그것이 원의 면적이다. 거기에다 4인치 두께로 슬래브를 부으려면 1피트의 3분의 1이 된다. 따라서 피트 당 면적에 피트 당 두께를 곱하면, 부어야 할 콘크리트의 양이 나온다. 150의 3분의 1은 50이다. 이제 그는 모래와 자갈과 콘크리트와 물 50입방 피트를 직접 섞어야 했다.

 헨리는 한 번에 10입방 피트의 모래, 자갈, 시멘트, 그리고 물을 뒤섞은 혼합물을 만들 수 있을 것이라 계산했다. 그럼 다섯 차례 정도 혼합을 하면 된다. 그리고 혼합물이 잘 들러붙어야 슬래브가 튼튼해지므로 혼합해 붓는 과정을 되도록 빨리 해야 했다. 따라서 골재를 섞고 붓는 일은 가능하면 구덩이 가까운 곳에서 해야 했다.

 철판과 널빤지로 손수 혼합 상자를 만드는 건 어떨까? 또 그 널빤지 끝에 경첩을 단다면? 상자 한쪽 끝을 문처럼 여닫을 수 있게 만들어 그 끝을 구덩이 쪽으로 기울이면, 한 번 분량의 젖은 시멘트를 쉽게 구덩이에 부을 수 있을 것이다. 그러고 나서 재빨리 다음 혼합물을 만들면 된다. 아마 이 일은 육체를 시험하는 일이 될 수도 있을 것 같았다. 갑자기 추워질 일은 없었지만, 어쨌든 비가 내리지 않고 춥지만 않다면 골재를 섞어 붓는 작업은 하루 안에 마칠 계획이었다. 11월 중순, 냄퍼라면 밤 기온이 영하로 떨어졌을 것이다. 기차에서 만난 차장 말이 옳았다. 해안가의 기후는 대체로 서늘했지만 한편으로는 종잡을 수가 없었다. 이따금 너무 더운 반면, 때가 돼도 춥지 않았다.

 헨리는 모래와 자갈, 그리고 콘크리트를 주문하러 시내까지 3마일 정도 걸어갔다가 오는 데 네 시간 정도가 걸릴 것이라 계산했다. 내일 아침 출발한다면 오후에 다시 구덩이 파는 작업을 할 수 있고, 목요일 아침부터는 콘크리트 타설 작업 준비도 가능했다. 헨리는 계획을 세운 뒤 생각은 접고 구덩이 파는 일에만 몰두하기로 했다. 눈앞에 놓인 일만 바라봄으로써 일종의 명상을 하는 것이다. 예컨대 빨래를 하고 있다면 빨래만 하고, 추위를 타고 있다면 오직 추위만 느끼고, 흙을 파고 있다면 흙만 파는 것이다. 하지만 그렇게 한다고 형체 없는 생각들이 비집고 들어오는 걸 막을 수 있을까 의심스러웠다. 지나친 절제는 오히려 정신을 흐릴 수도 있었다.

헨리는 대신 톨스토이 공원에서 물질적 세계를 인식하는 훈련을 하겠다고 마음먹었다. 이를테면 "이 작업의 의미는 무언가?" 대신에 "이 삽의 무게는 얼마일까?" 하고 생각하는 방식이다. 살아온 삶에 회한이 들 때는 오늘 해가 떠 있는 동안 얼마나 더 파내려 갈 수 있을지를 생각할 것이다. 또 몰리의 목소리가 귓전에 맴돌 때면 저녁을 부르는 쏙독새 노랫소리에 귀를 기울이리라.

만일 그가 이 오두막을 짓게 된다면(헨리는 지금 이 순간 그에게 삶의 의미가 되어주는 이 작업을 도움 없이 혼자 완성하는 것이 옳다고 믿었다), 그 자체로 큰 힘이 될 것이며, 오닐 신부의 가르침처럼 영혼까지 고양시킬 수 있으리라. 하지만 동전에도 양면이 있듯이 피터의 도움을 거절한 대가도 치러야 했다. 아무리 길게 설명해도 피터는 이해하지 못할 것이다. 또 그런 상황이 오면, 단지 믿어달라는 말 밖에 할 수 없을 것 같았다.

23장

The Poet of Tolstoy Park

잠에서 깨어났을 때 방안은 어둡고 적막했다. 헨리는 간이침대에 누워 눈을 깜빡거렸다. 서서히 잠이 달아나면서 방 안 풍경이 또렷이 눈에 들어왔다. 주철로 만든 난로, 둥그스름한 뚜껑에 금속 장식이 붙어 있는 참나무 궤짝, 일말의 희망을 안고 물기를 말리기 위해 펼쳐놓은 책들과, 책상. 헨리는 눈이 밝아지자 침대에서 일어나 바지와 셔츠를 입고 어깨에 멜빵을 했다. 그런 다음 어깨를 좌우로 돌리고 허리를 앞으로 구부려 보았지만, 온몸이 뻑뻑해 오래 할 수 없었다. 잠시 후, 팔을 쭉 늘였다가 몇 분간 구부렸더니 통증이 좀 가라앉는 것 같았다.

헨리는 난롯불을 약하게 지피고, 대야에 뜨거운 물과 찬물을 섞어 세수 준비를 했다. 이때 주전자에 담긴 뜨거운 물을 다 따르지 않고 차 한 잔 분량은 남겨두었다. 그리고 아직 배가 고프지 않아 사과 한 개와 빵 한쪽만 먹었다.

이어서 헨리는 책상에 앉아 창고 밖 낮은 나뭇가지에서 들려오는, 방금 잠에서 깬 새 소리에 귀를 기울였다. 그리고 석유 램프의 심지를 비틀어 불을 붙였다. 불빛이 점점 커지면서 등피 안에 그을음이 올라오기 시작했다. 헨리는 심지를 조절해 깨끗하고 밝은 불꽃을 만들고, 부드러운 불빛 아래 하비와 토머스, 윌리엄에게 보낼 편지를 따로따로 쓰기 시작했다.

이미 두 아들에게서 두 통의 편지가 왔고, 윌리엄의 편지는 세 통이 왔다. 헨리는 일단 세 사람 모두에게 싱그러운 해안가 풍경을 얘기했다. 꿈속에서 본 듯한 회색 돌산을 배경으로 구불구불하게 펼쳐진 캐년 카운티의 메마른 돌투성이 땅이라든가, 이 지역의 습한 녹지가 얼마나 친밀하면서도 압도적인 느낌을 주는지를 들려주었다. 또 톨스토이 공원에 대해서도 자세히 설명하고, 특히 윌리엄에게는 마치 톨스토이가 이곳 앨라배마에서 함께 지내게 될 것만 같은 몽상에 빠져 있노라고 썼다.

헨리는 편지에 모두 그립다고 썼지만, 어쨌든 이곳으로 오기로 한 결정이 옳았다는 점에는 한치의 의심도 없었다. 이들에게 보낸 첫 편지에는 케이트의 오빠가 운영하는 잡화점에서 구입한 엽서를 함께 동봉했다. 언젠가 잠시 들렀다가 카운터 위쪽 시렁에서 페어호프 풍광을 담은 사진엽서가 진열되어 있는 것을 보고 한 통이나 구입했던 것이다. 또 우체부 제레미아에게도 그도 일전에 본 적이 있을 법한 페어호프 선착장이라든지 증기선, 배, 수영객, 산책하는 사람들을 담은 부두 풍경을 다른 각도에서 찍은 사진엽서를 보내 주었다.

  헨리는 편지에 새로 사귄 이웃들의 친절과 호의를 즐겁게 받아들이고 있으며, 건강도 좋아지고, 새로운 일을 계획하느라 바쁜 하루하루를 보내고 있다고 썼다. 또 잠시 망설이다가 이런 말도 썼다.

> 내 힘으로 둥근 콘크리트 오두막을 지으려고 한다. 이글루와 호건, 그리고 벌집의 중간 형태라고 보면 될 게다. 만일 내가 이 집이 완성되는 걸 볼 수 있다면, 사진사에게 부탁해 엽서에 담아 보내주마.

  또 헨리는 오두막을 새로 짓게 된 이유는 살고 있던 방과 창고가 중형급 허리케인으로 큰 피해를 입었기 때문이며, 이 집은 아무리 센 광풍에도 안전할 것이라고 짧게 덧붙였다. 아들들은 여전히 아버지를 제정신이 아니라고 생각할 테니 길게 설명해 봤자 이해시키기 힘들 것이라 생각했기 때문이다. 마지막으로 헨리는 윌리엄에게 보내는 편지를 완성해 봉투에 넣었다. 그리고 다른 두 통의 편지와 함께 오늘 아침 페어호프에 나가는 김에 부칠 작정으로 바지 주머니에 넣었다.

하늘에 옅은 푸른빛이 감돌며 서서히 어둠이 걷히자 헨리는 의자에서 일어나 컵을 씻고 흰 자기 접시에 떨어진 빵 부스러기를 깨끗하게 주워 먹었다. 그런 다음 문을 열고 밖으로 나가 너구리가 받아먹을 수 있도록 먹다 남은 사과를 빽빽한 야생 허클베리 숲 너머로 힘껏 던졌다. 그는 땅과 나무와 하늘을 둘러보았다. 별은 자취를 감추었고, 헨리는 지금쯤 구름 너머에서 해가 떠오르고 있을 것이라고 상상했다. 뼈마디가 뻣뻣한 걸 보니 곧 비가 내리고 날씨가 추워질 것 같았다.

헨리는 트렁크 바닥에서 돈 상자를 꺼내 모래와 자갈 1.5야드씩과 콘크리트 여러 포대를 살 만큼 충분한지 확인한 뒤, 셔츠 주머니에 깨끗한 손수건을 넣고 창고를 나섰다. 이제 톨스토이 공원에서 약간 남서쪽에 위치한 페어호프로 가야 했다. 약 반 마일 아래 위치한 플라이 강가까지는 완만한 내리막길이었다. 헨리는 미리 눈여겨 봐둔 작은 골짜기를 따라 내려갔는데, 약간 지반이 침하되고 강 위 언덕에서 흘러내리는 물에는 미생물도 없어 걷기에 더할 나위 없이 좋았다. 비록 키 큰 소나무 숲과 곳곳에 자라고 있는 활엽수 사이를 밀림처럼 빠져나가야 했지만 내리막길이라 별 어려움 없이 내려갈 수 있었다.

습기를 머금은 신선한 공기와 눅눅한 바람이 맨발 아래 카펫처럼 깔린 낙엽더미와 솔잎을 부드럽게 만들어 놓아 발 소리조차 나지 않았다.

어느덧 아침 해가 완전히 떠올라 어슴푸레하게 햇살을 비추고 있었다. 헨리는 문득 걸음을 멈추고 귀를 기울였다. 어느덧 평지가 드러났고 주위에는 밑동 굵은 사이프러스 나무들과 키 큰 호두나무들이 빽빽이 들어서 있었다.

헨리는 근처에 분명 계곡이 있으리라 생각했다. 작은 새들이 종종거리며 달음질치는 소리가 들렸고, 이어서 좀더 큰 다람쥐 소리가, 앞쪽 멀지 않은 곳에는 졸졸 물 흐르는 소리가 들렸다. 아마 강가에는 찔레꽃 덤불과 빽빽한 수풀이 우거져 있고, 그 뒤로는 소합향 나무들이 즐비할 것이다.

헨리는 자신과 비슷하게 나이를 먹은 듯 보이는 허리둘레 굵기의 부러진 나무토막에 시선을 멈췄다. 그리고 줄기와 잔가지를 툭툭 쳐본 뒤, 플라이 강가 모래 둑이 시작하는 곳으로 발걸음을 옮겼다.

강물 위로 늘어진 짙푸른 나뭇잎들을 바라보자니 마치 고대 원시림에 들어온 듯했다. 저만치 세월이 흐르면서 빗물에 부풀고 급류에 껍질이 벗겨져 나간 희끄무레한 통나무가 강을 가로질러 처박혀 있었다. 게다가 통나무가 물살을 막는 댐 역할을 해 그 부분에는 2미터 가까이 되는 물웅덩이가 생겨 있었는데, 물살도 느리고 깨끗해 1미터 깊이 바닥의 흰 모래가 훤히 들여다보였고, 통나무에 가로막혀 떠 있는 회갈색 부유물 틈으로 새로운 식물들이 자라고 있었다. 11월 말인데도 초록 잎들이 싱싱했다.

아이다호의 언덕과 골짜기는 11월이 되면 어김없이 헐벗고 회색빛을 띠는데 앨라배마의 숲은 겨울에도 초록빛이 감돌았다.

목련 나무에도 아직 잎이 달려 있었고, 월계수와 호랑가시나무도 마찬가지였다. 참나무는 종류에 따라 낙엽이 떨어진 것도 있었지만 대부분 그대로였다. 심지어 버드나무와 소나무, 삼나무는 푸른 빛을 고스란히 간직하고 있었다. 나무 아래 자라는 하층 식생군이나 인동덩굴, 브라이어도 싱싱했고, 쥐똥나무들은 비취색 잎이 무성하고 나무줄기도 튼튼했다. 헨리는 만일 자신이 화가였다면 이곳에 이젤을 세우고 싶었을 거라고 생각했다. 아마 물감으로 캔버스를 채우고 또 채웠을 것이다. 이 울창한 초록 세상을 비추는 빛의 이미지를 표현하기 위해서 말이다. 헨리는 마음 깊이 차 오르는 외경심으로 잠시 걸음을 멈추었다.

발을 질질 끌며 모래 위로 발걸음을 옮겼을 때, 어디서 떨어졌는지 통통한 도토리 하나가 물가로 떼굴떼굴 굴러왔다. 헨리는 도토리야말로 현자의 황금일지 모른다고 생각하며 얼른 그것을 주웠다. 그리고 셔츠 주머니를 더듬어 아이다호에서 책상 서랍을 열고 가져온 작은 수첩을 꺼내고, 바지 주머니에서 몽당연필도 꺼냈다. 그는 모래밭에 앉아 무릎 위에 수첩을 올려놓았다. 마치 떨어진 도토리에서 자신의 인생을 본 듯했다. 헨리는 순전히 재미 삼아 수첩에 비스듬하게 낱말을 써내려갔다.

    언덕 밑으로

    도토리

하나가

데굴데굴 굴렀다

돌에 부딪칠 때까지

돌 아래 멈춰 선 도토리는

깜짝 놀랐다

아, 여기가 내 집이로구나

헨리는 수첩 위에 "집 찾기"라고 제목을 써 넣었다.

아마도 갈색 뚜껑을 뒤집어 쓴 이 참나무 열매는 태어날 때부터 자신이 처한 운명과 진실을 아는 것처럼 보였다. 어디에 떨어지건 그곳이 자기 집이라는 사실을 말이다. 하긴 그게 아니라면 또 어쩌겠는가?

헨리는 수첩과 연필 쥔 손을 무릎 사이에 늘어뜨리고 돌도 노래를 부른다는(도토리도 마찬가지리라) 예수님 말씀을 생각했다. 귀 기울여 듣는다면 그것들도 우리에게 인생에 대해 말해 줄 것이다. 헨리는 잠시 동안 그대로 앉아 주변의 아름다움과 평화로움을 고즈넉이 음미했다. 관자놀이 근육이 긴장하면서 머리가 아파왔지만, 맨 처음 볼드윈 카운티에 매력을 느끼게 해줬던 안내 책자의 광고 문구를 떠올리자 슬며시 웃음이 나왔다.

그 안내 책자는 이 마을이 어떻게 해서 해안선이 수 마일이나 더 긴 로드아일랜드와 면적이 비슷한지는 설명도 않고, 건강에 대단히 유익한 곳이라는 화려한 광고 문구만 내걸었다. 헨리는 그걸 냄퍼의 서재에 앉아 얼마나 많이 읽었던지, 지금도 다음의 글귀들을 모조리 외울 정도였다.

> 볼드윈 카운티의 원주민들과 주민들만 봐도 알 수 있듯이, 멕시코 만 해안보다 건강에 좋은 기후 환경은 없습니다. 실제로 이곳을 찾은 수백 명의 허약자들과 환자들이 소모성 질병이나 민감성 질병에서 회복되어 새로운 활력과 젊음을 안고 집으로 돌아갑니다.

그 외에도 책자에는, 이곳을 찾으면 퐁스 드 레옹 샘에서 나는 약수도 마실 수 있다고 씌어 있었다.

이 조용하고 은밀한 숲은 시내로 접어드는 섹션 스트리트에 접한, 기름때 찌든 해안 도로와는 반마일이나 떨어진 길이었다. 헨리는 돌아오는 길에 이 웅덩이에서 멱을 감을까 했지만, 찬물에 몸을 담갔다가 미열이 오르지 않을까 망설였다. 그는 자리에서 일어나 연필과 수첩을 셔츠 주머니에 넣었다. 주위를 둘러보니 나무가 덜 우거진 강둑을 따라 걸으면 좋을 것 같았다.

걷다보니, 이따금 길 옆으로 벗어났을 뿐 계속해서 맑은 강물을 따라 가까이 바라보며 쉽게 나아갈 수 있었다. 헨리는 가끔씩 걸음을 멈추고 부러져 바닥에 곤두박질 친 소나무 가지, 껍질이 벗겨지고 습기를 먹어 물러진 커피색 나무토막 따위를 관찰했고, 파릇파릇한 잎을 틔운 이름 모를 묘목들을 가까이 살펴보기도 했다. 나중에 오두막이 완성되면 이 모두를 수첩에 스케치하고 이름과 특징을 간략하게 적어 넣을 생각이었다.

물론 건강이 더 나빠져 오두막을 완성하지 못해도 억울할 건 없었다. 그는 그저 집을 지으려고 노력할 뿐이며, 생의 마지막까지 그 오두막은 삶의 의미가 되어 줄 것이다. 그 동안은 아무리 많은 지식과 자료들이 머릿속에 일목요연하게 정리되어 있어도, 아무리 외국어처럼 새로운 공부를 하고 싶어도, 참아야 했다.

하지만 오래 전 오닐 신부에게 배웠던 영적 훈련을 늙어서 다시 시도한다는 건 쉬운 일이 아니었다. 하루라도 읽고 배우지 않고서 그 지적 목마름을 어떻게 견딘단 말인가?

그때 오닐 신부의 목소리가 귓전을 맴돌았다.

"여보게. 요점은 이거네. 자네들도 자신의 욕구를 억제해야 하는 사순절의 가치를 알게 되면, 더 큰 것을 얻게 될 것이네."

헨리는 태고의 빛을 잃지 않은 적막한 숲의 품에 안겨 큰 소리로 외쳤다.

"알겠습니다, 훌륭한 신부님! 만일 남은 날 동안 작은 오두막을 지을 수만 있다면, 그 오두막은 내 이웃들에게 호기심과 즐거움의 원천이 될 것입니다!"

멀리 나무들 위로 푸른빛으로 물든 언덕이 보였다. 헨리는 하늘로 솟은 소나무 숲 사이에 홀로 서 있는 거대한 층층나무를 발견하고, 그것을 가까이 보기 위해 강에서 몇 걸음 안쪽으로 방향을 틀었다. 잎을 모두 떨구고 흰 나뭇가지만 남은 모습이 게이샤의 가녀린 부채처럼 쓸쓸해 보였다. 그는 다시 강둑을 바라보다가 그곳이 오솔길 갓길이라는 사실을 깨달았다. 그렇다면 플라이 강 다리도 멀지 않은 왼편 어딘가에 있을 것이다. 헨리는 마지못해 나무들을 뒤로 한 채 숲을 빠져나와, 잡초와 풀이 우거진 들판을 거쳐 굴 껍질이 흩어진 해안 도로로 들어섰다.

길은 다리가 있는 곳까지는 내리막이다가 다리를 건너면 금방 오르막길이 나오고, 그 길을 올라가다 오른쪽으로 살짝 틀면 곧장 시내 중심부로 이어지는 길이 나왔다. 갈색 기름에 찌들어 단단해진 모래 진흙 길에는 굴 껍질들이 박혀 있었다. 도로 한쪽에는 "페어호프에 오신 것을 환영합니다"라는 진정책 글씨에 금박을 두른 흰 표지판이 서 있었다.

헨리는 몸은 좀 지쳤지만 기분은 여전히 상쾌했다. 헨리는 더욱 보폭을 넓혀 걸었다. 필요한 물건은 톨스토이 공원으로 주문해 놓고 곧장 집으로 돌아가 다시 터 파기 작업을 할 생각이었다. 그러자 온몸에 새로운 힘이 솟는 것 같았다.

어느새 하늘에 낮게 떠 있는 얼룩얼룩한 은회색 구름 뒤로 햇살이 희미하게 빛나면서 하늘도 활기를 되찾았다. 헨리는 일부러 그늘을 피해 걸었다. 창고를 나선 지 두 시간쯤 되었으니 아침 8시쯤 되었을 터였다. 가게들도 하나둘 문을 열고, 여기 저기 길을 걷고, 자동차를 타고 오가는 사람들이 있었지만, 아직 시내는 잠 기운을 떨쳐버리지 못한 것 같았다.

중심 교차로에서 맥킨의 철재, 건축상이 있는 남동쪽 모퉁이를 막 돌려고 할 때 어디에선가 종 소리가 들려왔다. 그는 가게의 긴 진열장 쪽으로 걸음을 옮기다 말고, 가만히 서서 페어호프 애브뉴 아래쪽에서 희미하게 들려오는 시끄러운 소리에 귀를 기울였다. 운동장, 아니면 공원에서 들려오는 아이들 재잘거리는 소리였다. 문득 행복한 기분이 었다. 그 학교 종 소리는 전에도 들어본 적이 있었다. 얼마 전에 피터가 함께 트럭을 타고 가다가 관공서처럼 보이는 건물 앞에 차를 세우고 아름다운 교정을 보여준 것이다.

"저곳은 벨 빌딩이라고 하죠."

피터는 이렇게 말한 다음 또 다른 작은 건물을 가리켰다.

"저기에 존슨 부인의 사무실이 있습니다. 저기로 가면 당신 친구 케이트 부인의 교실로 안내해 줄 겁니다."

벨 빌딩 꼭대기에 달린 종은 말할 것도 없이 운동장에서 놀고 있는 학생들을 교실로 부르는 신호였다.

건축 자재상으로 들어간 헨리는 예전에 피터와 함께 물건을 사러 왔을 때, 이런 저런 도움을 받았던 남자를 발견했다. 이름을 묻자 남자가 대답했다.

"칼이라고 합니다. 칼 블랙."

헨리는 칼에게 2, 3 평방 야드의 슬래브를 쌓는 데 필요한 모래와 자갈, 그리고 여러 포대의 시멘트를 주문하고 싶다고 말했다.

"그 정도면 될 것 같지만 이왕이면 넉넉히 주문하시는 게 좋을 겁니다. 적어도 모래와 자갈은요. 저희가 항상 공급해 드릴 수 있는 처지가 아니거든요."

칼은 모래는 얼마든지 구할 수 있지만 자갈은 주洲 중부에서 트럭으로 실어 와야 한다고 귀띔해 주었다.

"게다가 모래와 자갈은 그다지 비싸지도 않죠."

헨리는 칼과 함께 작업에 필요한 골재 양을 계산한 다음 돈을 지불했다. 배달은 이튿날 아침으로 약속 받았다. 작별 인사를 하고 가게 문을 나서려고 하는데 칼이 소리쳤다.

"스튜어트 씨, 인부는 필요 없으세요? 저희 가게에서 소개해 드릴 수도 있습니다. 제가 알기에 스테드먼 씨는 뱀에 물려 누워 있고, 헨리 씨도 몸이…."

순한 헨리는 움찔하며 얼굴을 붉혔다.

"다른 도움은 필요 없소."

헨리는 발걸음을 돌려 칼의 얼굴을 똑바로 바라보았다. 그리고 자신의 건강이나 일에 대해 걱정할 필요가 없다는 말을 하려다 그만두었다.

"미안합니다. 혹시 일손이 필요하시지 않을까 해서요. 일부러 알려고 했던 건 아닙니다."

헨리는 고개를 설레설레 저었다. 칼의 눈빛은 마치 주인에게 꾸중 들은 순한 개와 비슷했다.

"칼, 신경 쓰지 마시오. 아무 일도 아니니."

헨리는 자신의 태도에 어떤 악의도 없음을 말하고 싶은 듯 다시 칼을 쳐다보았다. 그는 지금 엉뚱한 사람에게 화를 내고 있었다. 헨리는 화를 낼 때 가장 다치는 것은 당사자라고 믿었다. 그럴 때 몸 세포는 부모의 말다툼에 위축된 아이처럼 변한다. 소로우도 신체는 영혼의 첫 학생이며, 영혼이 분노에 휩싸이면 신체도 금방 화내는 법을 배운다고 말했다. 헨리의 아버지도 늘, 화가 날 때는 마음속으로 열까지 세어라, 그러고도 가라앉지 않으면 백까지 세어라, 그래도 화가 나면 천까지 세라고 당부하곤 했다.

"어쨌든 도와줘서 고맙소."

헨리는 돌아서서 말했다.

"그리고 걱정해줘서 고맙소, 칼."

그때 마침 누군가 가게 문을 열고 들어왔다. 헨리는 또다른 손님을 위해 잠깐 옆으로 비켜섰다 가게를 나왔다.

넓은 소나무 널빤지가 깔린 현관으로 나와 보니 떠들썩한 아이들 함성이 들려왔다. 억눌리지 않은 명랑함, 재잘거림 가운데 이따금 터져 나오는 웃음소리, 이 모든 것이 헨리의 마음을 어루만져 주었다. 워낙 심심풀이가 부족한 작은 시골 마을이라 사람들이 자신의 병에 관심을 가질 거라고 예상은 했지만 벌써 소문이 돌기 시작했다니 믿기지 않았다.

그때 즐거운 재잘거림 너머로 날카로운 비명 소리가 들렸다. 그 소리는 회오리바람처럼 헨리를 휘감았다. 곧이어 헨리는 알 수 없는 힘에 반쯤 밀려 그쪽으로 뛰어갔다. 마음속에 아버지의 명령이라도 떨어진 것처럼, 헨리는 현관을 뛰어 내려 전속력으로 흙길을 달렸다. 숨이 넘어갈 듯 날카로운 울음 소리였다. 아무래도 아이가 다친 모양이었다.

잠시 후 헨리는 오거닉 학교 교정을 향해 두 블록쯤 달려가 아이들에게 둘러싸인 한 소년 앞에 멈춰 섰다. 소년은 바닥에 앉아 왼발을 움켜쥔 채였고, 발가락 사이에서 솟구친 피가 빛바랜 풀밭에 고이고 있었다. 헨리는 붕대 대용으로 즉시 셔츠를 벗어 두툼하게 접었다. 그리고 소년의 손을 억지로 떼어 상처를 살펴보았다. 엄지발가락 바로 아래에 깊이 벤 상처가 보였다. 헨리는 아이를 달래며 상처를 셔츠로 싼 다음 지혈을 위해 압박을 가했다.

"이제 피는 나지 않을 게다."

헨리가 침착하게 말했다.

"의사 선생님이 상처를 소독하고 꿰맬 때까지 피가 나지 않게 했단다."

빨간 머리, 푸른 눈에, 코와 이마에 주근깨가 가득한 소년은 "소독하고 꿰맨다"는 말을 듣자 다시 울기 시작했다. 헨리는 재빨리 소년에게 이름을 물었다.

"인만이요."

아이는 여전히 훌쩍거렸다. 그러더니 이를 꽉 깨물고 눈을 감은 채 고개를 뒤로 젖혀 아이들에게 물었다.

"내가 뭘 밟은 거야?"

헨리도 둥글게 에워싼 아이들을 둘러보았다.

"자, 인만이 무얼 밟아서 발을 다친 거지?"

"이거요."

검은 머리칼 소녀가 손에 들고 있던 정어리 깡통을 떨어뜨렸다. 톱니 모양의 날카로운 금속 뚜껑이 열린 채 젖혀져 있었고, 작은 깡통 따개 열쇠도 붙어 있었다. 뚜껑에는 아직도 선명한 붉은 피가 묻은 채였다. 그것을 본 인만은 다시 엉엉 울기 시작했다. 헨리는 질문을 하면 아이를 진정시킬 수 있으리라 생각해 다시 물었다.

"무얼 하다 이런 일이 일어났는지 말해줄 수 있겠니?"

소년은 울음을 그치고, 공을 건물 너머로 던지면 그쪽에서 공을 잡은 아이가 공을 던진 곳으로 달려오는 '애니 오버' 놀이를 설명하기 시작했다. 공을 잡은 아이가 잡히지 않고 공을 던진 쪽에 들어가게 되면 포로 한 명을 자기 쪽으로 데려오는데, 모두 데려 오거나 종이 울려 교실에 들어갈 때까지 계속 한다고 했다.

소년이 설명을 거의 마쳤을 때 누군가가 아이들이 몰려있는 곳으로 급히 달려왔다. 케이트 앤더슨이었다. 그녀는 놀라서 휘둥그레진 눈으로 헨리를 바라보았고, 헨리 역시 놀란 표정을 지었다. 케이트는 헨리에게 잠깐 미소를 건넸지만, 상처 입은 아이를 발견하자 이내 미소를 거두었다. 인만은 이미 울음을 그친 상태였다. 소년은 헨리와 케이트를 바라보며, 공을 잡고 건물 반대편 쪽으로 달리다가 어제 누군가 점심 도시락으로 먹고 버린 깡통을 밟았다고 설명했다.

헨리는 케이트를 돌아보며 "인만 장군의 상처를 살펴보니 발가락을 구부리는 자리라서 몇 바늘 꿰매야 할 것 같소"라고 말했다.

그 소리에 인만은 다시 크게 울기 시작했다. 마치 분해서 고함을 치는 듯 들렸다. 케이트가 말했다.

"스튜어트 씨, 보세요. 신발 없이 놀면 가끔 이런 사고가 생기죠."

아이들은 선생님의 말뜻을 알아차렸는지 서로 쳐다보며 킬킬댔다. 헨리는 불리하게 돌변한 전세와 케이트의 재치 있는 익살을 알아차리고 웃으며 대답했다.

"알겠습니다. 훌륭하신 앤더슨 선생님."

"좋아요, 스튜어트 씨."

케이트는 만족스러운 표정을 짓더니, 소년을 병원에 데려갈 일을 궁리했다.

"프레디 씨를 불러야겠어요. 학교 수위 분인데, 병원에 데려다 달라고 해야겠군요. 하지만 그 전에 학생들을 다른 선생님한테 맡겨야 할 텐데. 어떠세요, 스튜어트 씨, 제가 올 때까지 인만과 함께 있어 주시겠어요?"

"그러죠."

헨리는 인만을 보며 눈을 찡긋했다.

"어떻게 우리 장군님을 혼자 두겠습니까?"

하지만 헨리의 마음은 이미 소년에게서 떠난 뒤였다. 그는 케이트의 시동생 닥터 앤더슨을 만나는 것이 두려웠다. 하지만 언젠가는 대면해야 한다는 생각도 있었다. 차라리 직접 만나 간섭받지 않게 해달라고 강력히 요구하면, 톨스토이 공원에서의 사생활을 확고하게 지킬 수 있을 것 같았다.

헨리는 자기 발바닥을 유심히 살피고 있는 인만을 보면서, 정신력이 고통을 줄이는 데 얼마나 도움이 될까 생각했다. 불가능하다면 그 고통을 그대로 감내할 수밖에 없을 것이다. 그렇다면 통증의 원천에 정신을 집중하고 철저히 관찰한다면 어떨까? 그런 정밀한 관찰과 초연함이 통증을 줄이는 데 도움이 될까?

그때 갑자기 온몸에 소름이 돋고 몸이 으슬으슬 떨렸다. 도저히 혼자 힘으로는 몸을 데울 수 없을 정도였다. 그는 몸서리를 치며 더욱 몸을 웅크렸다. 그리고 스스로에게 되뇌었다. 추우니까 추위를 느끼는 거야. 그냥 추위를 느끼자.

"하기는 안 그러면 어쩌겠어?"

헨리가 중얼거렸다. 춥다는 건 추위에 대한 인지일 뿐이다. 헨리는 가까이 다가온 케이트의 인기척을 느끼지 못했다. 케이트는 두꺼운 숄을 벗어 헨리의 어깨에 덮어주며 그의 팔을 가볍게 툭툭 쳤다. 배에서 처음 만났을 때 걸치고 있던 숄이었다. 케이트는 헨리가 거절의 말을 꺼내기도 전에 학생들을 보며 소리쳤다.

"자, 모두들 교실로 들어가요, 선생님이 인만을 병원에 데려가는 동안 존슨 선생님이 대신 수업을 해주실 수 있는지 물어봐야겠어요."

헨리는 한 손으로는 인만의 발을 잡고, 다른 한 손으로는 베이 퀸 호 갑판에서 케이트가 그랬던 것처럼 숄을 목 부분에서 그러쥐었다. 서서히 열이 오르기 시작했지만 그것을 이겨내기에는 에너지가 부족했다.

시내까지 걸어서 온 데다 칼의 말에 신경을 곤두세웠고, 이제는 다친 소년을 보기까지 했다. 왠지 녹초가 된 기분이 들면서 앞으로 침대에 누워 있어야 할지 모른다는 걱정까지 엄습했다. 그렇게 되면 터를 파고 슬래브 까는 일도 늦어질 게 뻔했다. 헨리는 눈꺼풀 뒤가 화끈거리고 관자놀이에 압박감을 느꼈지만, 아무렇지 않은 척 애를 썼다.

"괜찮으세요, 할아버지?"

인만이 헨리의 얼굴을 뚫어지게 쳐다보았다.

"아니, 인만 장군, 몸이 좀 좋지 않단다."

헨리가 말했다.

"저랑 같이 병원에 가요."

헨리는 웃음을 지었다. 그 말에 조금이나마 기운을 회복한 것 같았다. 물론 케이트를 만난 것도 기분 좋은 일이었다. 케이트를 보면 몰리의 오래 전 모습이 생각났다. 외모는 달랐지만 낙천적인 성격, 당당한 태도, 모든 것이 몰리를 떠올리게 했다.

24장

The Poet of Tolstoy Park

헨리는 학교 수위 프레디가 여기 저기 찌그러지고 덜렁거리는 범퍼에 흙먼지가 고스란히 묻은 학교용 검정색 세단을 몰고 왔을 때 상당히 좋지 않은 상태였지만, 케이트, 인만과 함께 차를 타고 닥터 앤더슨의 병원에 가는 내내 소년의 상처 난 발을 누르고 있었다. 그리고 병원에 도착해 의사의 아내가 소년을 데려갈 때까지 흐트러진 모습을 보이지 않았다.

"지금 남편은 다른 환자를 보고 있어요."

앤더슨 부인이 말했다. 이어서 케이트가 말했다.

"스튜어트 씨가 지혈 때문에 셔츠를 더럽혔어요."

케이트는 자신의 숄을 걸친 헨리의 어깨에 손을 얹으며 덧붙였다.

"이분, 숄이 잘 어울리죠, 그렇지 않아요, 버지니아?"

헨리는 웃을 힘조차 없이 맥없이 의자에 앉아 몸을 기댔다. 당황한 버지니아는 아무 말도 못하고 소년의 발을 동여맨 흰색 셔츠를 바라볼 뿐이었다. 그리고 마침 대기실에 들어온 몸집 큰 흑인 여인에게 말했다.

"이다, 이 신사 분 셔츠를 어떻게 좀 해야겠어. 아직 피가 안 말랐으니 물에 넣으면 빠질지도 몰라."

이다는 소년의 발 옆에서 피 묻은 셔츠를 주워 올렸다. 하지만 헨리는 숄을 다시 벗어 건네 줄 정신조차 없었다. 열과 오한이 들끓어 목과 얼굴 근육까지 욱신거렸다. 헨리는 어깨는 잔뜩 움츠렸다. 기운이 다했는지 졸음까지 쏟아졌다. 케이트는 헨리 옆자리에 앉더니 손으로 헨리의 이마를 짚었다.

"세상에, 스튜어트 씨! 안색이 안 좋아요. 열이 펄펄 끓는군요!"

"할아버지 왜 그래요, 엄마?"

인형을 안은 애너 펄이 어느 틈에 대기실에 들어와 있었다.

"내 청진기 빌려줄까요?"

어린 소녀는 목에는 장난감 청진기를, 손에는 장난감 주사기를 들고 있었다.

"오, 애너 펄. 대기실에는 들어오면 안 된다고 했잖니?"

케이트는 딸이 방해가 되지나 않을까 버지니아의 표정을 흘긋 살폈다.

"엄마 얘기 다 들었어. 이제 집에 갈 시간이죠?"

어린 소녀가 애처롭게 물었다.

"아니란다. 치료가 끝나면 이 오빠를 데리고 다시 학교로 돌아가야 한단다."

케이트는 인만을 바라보며 말했다. 인만은 의사 눈에만 안 띄면 상처를 꿰매거나 주사 맞는 일을 피해갈 수 있을 것이라 생각하는 듯, 말 한마디 없이 조용히 앉아 있었다. 애너 펄은 붕대를 든 외숙모와 핏물로 얼룩진 셔츠를 번갈아 바라보면서 콧등을 찡그렸다.

"피가 나요."

말을 마친 애너 펄은 헨리를 쳐다보았다.

"어, 바나나 훔친 할아버지네. 할아버지도 다쳤어요?"

"아이고, 애너 아씨, 질문도 많구나."

이다가 소녀의 질문을 가로막으며 손목을 잡으려고 했다. 하지만 애너 펄은 손을 빼내며 말했다.

"여기 있는 사람은 다 아프네."

이다는 애너 펄에게 무서운 표정을 지으며 말했다.

"의사 선생님이 치료를 하시게 우린 놀이방으로 돌아가요. 자, 어서. 이다가 놀아줄게요."

그때 케이트가 난감한 표정으로 말했다.

"버지니아, 애너 펄이 방해가 된 건 아닌지 모르겠어요. 그리고 딸 아이를 돌봐줘서 늘 고맙게 생각하고 있어요. 난-"

"아니에요. 워낙 붙임성이 좋은 아이라 별로 힘들지 않은 걸요."

버지니아는 허리를 구부려 애너 펄의 귀에 대고 속삭였다.

"애너 펄, 이분들은 치료를 받아야 한단다. 일 끝나면 인형 놀이 해줄게. 알았지, 아가야?"

"아니에요, 내가 데리고 갈게요."

케이트가 딸을 안아 올리며 말했다.

"스튜어트 씨. 금방 괜찮아지시겠죠?"

그러나 헨리는 아무 대답 없이 케이트를 바라보기만 했다. 의자에 비스듬히 기대어 앉은 헨리는 상태가 점점 더 나빠지고 있음을 느꼈다. 시간이 갈수록 혼잡한 대기실 분위기를 견딜 수 없었다. 헨리는 의자에서 일어나려 했지만 몸이 휘청거리고 기운이 없었다. 그는 고개를 저으며 눈을 감고 근육에 힘을 불어 넣으려 안간힘을 썼다. 다시 눈을 떴을 때는 닥터 앤더슨이 곁에 있었다.

"스튜어트 씨?"

헨리의 시선이 젊은 의사의 갈색 눈동자와 마주쳤다. 엄격하고 단호한 눈빛이었다.

"알고 싶은 게 있습니다. 폐결핵 진단을 받으셨죠?"

헨리는 닥터 앤더슨의 얼굴을 뚫어지게 쳐다볼 뿐 대답하지 않았다. 의사는 아내를 향해, 소년을 진찰실로 데려가 발을 닦아주라고 말한 뒤 다시 헨리를 바라보았다. 헨리는 케이트의 숄을 그러쥔 채 떨고 있었다.

"폐결핵이죠, 스튜어트 씨?"

헨리가 고개를 끄덕였다.

"전염성이 있나요?"

헨리는 머리를 힘없이 저었다.

"아이다호에 있는 주치의와 연락해서 확인해 봐도 될까요?"

헨리는 길게 한숨을 내쉬며 천천히 속삭이듯 말했다.

"이름은 닥터 패트릭 벨톤이오. 냄퍼에 있소."

헨리는 더듬더듬 답하곤 병원 주소까지 말해주었다. 헨리는 다시 의자에서 일어나려고 했다. 그때 의사가 헨리의 어깨에 손을 얹었다.

"뒤에 침대가 있습니다."

헨리는 고개를 저었다.

"아니오."

그때 허리 쪽에 뼈가 타는 듯한 통증이 느껴졌다.

"스튜어트 씨, 현실을 직시하셔야 합니다. 제가 도움이 될 만한 주사를 놓아드릴 수 있습니다."

닥터 앤더슨은 팔로 헨리의 겨드랑이를 부축해 일어나는 것을 도왔다. 헨리는 순순히 따랐지만 곧이어 의사에게서 몸을 떼었다. 그는 케이트의 숄을 벗어 의자에 내려놓고 있는 힘을 다해 입을 열었다.

"중요한 건, 당신이 나를 돌보겠다는 사명을 포기해야 한다는 거요. 난 이 병을 운명으로 받아들이고 있소. 그 때문에 죽게 된다고 해도 할 수 없소."

헨리는 머뭇거리며 의사를 바라보다가 한참 뒤 손을 내밀었다. 언뜻 보기에 앞뒤가 맞지 않는 행동이었다. 앤더슨도 주저하다가 마침내 천천히 손을 내밀었다.

"나를 도와주시오, 닥터 앤더슨."

헨리의 말에 젊은 의사는 '도대체 뭘?'이라는 듯 어깨를 으쓱했다. 헨리는 뭔가 말하려 했으나 갑자기 머리와 몸에 참을 수 없는 통증이 밀려와 말을 잇지 못했다. 악수를 기다리던 의사는 머쓱한 표정을 지었지만, 헨리는 끝내 어색하게 들려 있는 의사의 손을 의식하지 못한 채 말했다.

"이건 내가 택한 길이요. 이해하기 어렵다는 거 나도 알아요."

순간 기침이 터져 나오는 바람에 헨리는 고개를 돌렸다. 관자놀이에 못이 박히는 듯한 통증이 느껴졌다.

"내게 가장 필요한 건 사생활이요."

"하지만 전 확신합니다. 치료를 하게 되시면…."

"아니오, 제발. 내가 오래 살 수 없다는 걸 알아요. 나한텐 지금 혼자 있는 게 가장 중요합니다. 그래서 반대편에 사는 내 아들 절친한 친구를 떠나 여기로 온 거요."

그때 훌쩍거리는 울음 소리가 복도에 진동했다. 애너 펄이었다. 헨리는 진료실 뒤편 문을 통해 복도를 바라보았다. 케이트가 그곳에 서 있었다. 그녀의 눈에는 눈물이 그렁그렁했다. 우연찮게 모든 애기를 들은 것이다.

"내가 선택한 길이오."

헨리는 케이트에게서 시선을 떼지 않은 채 말했다. 그리고 다시 닥터 앤더슨을 바라보았다.

"나는 혼자 죽을 수 있는 곳을 찾아 여기로 온 거요."

헨리는 다시 의사의 어깨 너머 복도에 서 있는 케이트를 바라본 뒤, 돌아서서 진료실을 나왔다. 그리고 흐릿한 하늘 아래 가랑비가 천천히 내리는, 어두운 밤 같은 자신의 영혼 속으로 천천히 걸어 들어갔다. 헨리는 케이트가, 이런 식으로 자신이 죽어가고 있다는 사실을 알게 된 것이 못내 안타까웠다.

마구 쏟아지지는 않았지만, 바람이 불면서 가랑비가 굵어졌다. 섹션 스트리트의 북쪽 도로는 질척거리고 미끄러웠으며, 석유 냄새가 진동했다. 먼지가 날리거나 비가 스며드는 것을 막기 위해 사용한 석유 탓이었다. 발을 질질 끌며 걷자 바지 밑단은 물론 무릎까지 흙이 묻었다. 눈은 초점을 맞추기조차 힘들었고, 한기로 온몸이 부들부들 떨렸다. 허리와 다리 뼈 마디마디가 욱신거렸으며, 아픈 폐는 숨을 쉴 때마다 뜨거운 김을 토해내는 듯했다. 헨리는 한시라도 빨리 톨스토이 공원에 가고 싶었다. 이 순간 톨스토이 공원은 달의 뒷편처럼 멀게만 느껴졌다.

길모퉁이를 돌자 굴 껍질이 널린 길이 펼쳐졌다. 걸음을 내디딜 때마다 굳은살 박힌 발바닥 밑에서 서걱서걱 굴 껍질 밟히는 소리가 났다. 헨리는 다리가 휘청거리자 거친 숨소리가 잦아들 때까지 걸음을 멈추었다. 그리고 잠시 후 땅을 바라보며 다리가 있는 곳까지 걸어 내려가 플라이 강을 건넜다. 도로에서 갓길로 들어설 때도 잠시 비틀거렸지만, 다시 멈춰 균형을 잡은 뒤 숲을 향해 걸음을 옮겼다. 긴 풀과 잡초가 나 있는 길 둑을 지나 키 큰 소나무들이 뻗어있는 숲으로 들어갔다.

그는 강을 따라 휘청거리며 숲속을 걸었다. 강가 모래 길보다 이곳이 나았다. 키 작은 관목과 덩굴 식물들이 드문드문 보이고, 키 큰 나무들은 멀리까지 펼쳐져 있었다. 헨리는 눈이 흐릿해지는 것을 느꼈다. 가느다란 채찍을 닮은 허클베리 나뭇가지가 얼굴을 때리고 뺨을 긁어 수염 바로 위 살갗에 상처가 생겼다. 쓰라린 부위에 손등을 대자 손가락 마디로 옅은 피가 흘렀다.

헛기침을 하려 들자 이번에는 마른기침이 터져 나왔다. 헨리는 걸음을 멈춘 뒤 굵은 소나무 가지를 붙잡고 잠시 호흡을 가다듬었다. 다행히 폐를 후벼 파는 듯한 경련도, 객혈도 없었다. 이제 도랑 위로 마른 골짜기를 따라 올라가면 바로 톨스토이 공원이었다. 하지만 그 순간, 얕은 그루터기에 발이 빠지고 말았다. 헨리는 그대로 좁은 도랑에 거꾸로 처박혔다가 땅에 내동댕이쳐져 옆으로 떼굴떼굴 굴렀다. 헨리는 한동안 그대로 누운 채, 맥없이 비틀거리고 넘어진 자신의 모습에 화와 절망을 동시에 느꼈다. 자신을 갉아먹고 있는 질병에 진저리를 쳤다.

그는 부러진 손톱을 무자비하게 떼어내듯, 그 때문에 살점이 떨어져도 상관없다는 듯, 지금 처한 상황을 벗어나겠다는 일념 하에 모든 근육에 힘을 주고 몸을 일으켰다. 그리고는 이를 악물고 새로이 힘을 내 언덕을 오르기 시작했다.

야트막한 구덩이에 도착했을 때, 가랑비는 멈춘 뒤였다. 하지만 헨리는 창고에서 피터의 부츠를 가져와야겠다는 생각에 안간힘을 쓰며 구덩이를 지나쳤다. 그리고 채 5분도 안 되어 다시 부츠를 신고 삽날을 누르기 시작했다. 흙이 비를 맞아 축축해져 삽날이 쉽게 들어갔다. 헨리는 넓은 구덩이 안에서 삽으로 흙을 파올려 구덩이 바깥에 쌓인 흙무더기에 던졌다. 그러면서 병 때문에 절대 이 일을 포기하지는 않겠다고 다짐했다. 오히려 일이 그를 일으키거나 쓰러지게 만들 것이다. 헨리는 계속해서 땅을 팠다. 날이 저물 무렵이 되자 온몸이 땀에 젖고 뼈마디가 쑤셨다. 하지만 어느새 열이 내리고 두통도 사라져 있었다. 오늘 판 구덩이는 깊이 40센티미터, 직경은 4미터나 되었다.

늦은 오후, 태양은 휴식을 찾아 뭉게구름 아래로 미끄러지듯 내려가 지평선 너머로 사라지려 하고 있었다. 상쾌한 바람이 불어와 먼지와 검불들을 동쪽으로 쓸어버리자 가슴 통증도 잠시나마 잦아들었다. 헨리는 삽을 내려놓고 부츠를 벗은 뒤, 깨끗한 옷가지를 담은 망태를 지고 강으로 내려갔다. 그리고 옷을 모두 벗고 물에 들어가 목까지 잠기도록 천천히 몸을 담갔다. 비누는 없었다. 대신 힘껏 피부를 문지르고 머리를 물 속에 담가 흐르는 강물에 머리카락과 수염을 헹궜다. 서서히 근육에 힘이 돌아오고 머리도 맑아졌다.

한참 후 헨리는 강 밖으로 나와 손바닥으로 피부에 남은 물기를 턴 뒤 젖은 몸 위에 마른 옷을 입고 흙 묻은 바지와 셔츠는 망태에 집어넣었다. 그리고 언덕을 오르며 다시 한 번 일이 좋은 치료제가 되어줄 것이라고 되새겼다. 설령 병은 치유하지 못해도 근력을 길러줄 것이며, 근력이 강하면 훨씬 편안하게 죽을 수 있으리라. 오래 전 오닐 신부도 노동이야말로 마음을 정화시켜 주는 절대적인 방편이라 하지 않았던가.

그렇다. 머리가 맑으면 혼미할 때보다 편안한 죽음을 맞을 것이다.

얼마 후, 헨리는 석유 램프의 노란 불빛이 깔린 창고 방 침대에 누워 톨스토이 공원 언덕과 골짜기에서 서로를 부르는 쏙독새 노랫소리를 들었다. 오늘밤은 책에 손도 대지 않았다. 오늘이야말로 책 읽기를 중단할 수 있는 절호의 시간인지도 몰랐다. 헨리는 가만히 누워 쏙독새는 아마 개똥지빠귀처럼 통통한 몸체에 회갈색 깃털을 가졌을 것이며, 나는 도중 모기들을 덥석 물 수 있도록 부리는 넓지 않을까 생각했다. 또 풀숲에 몰래 구멍을 파 둥지를 틀고 밤에는 열렬하게 노래를 부를 것이라고 상상했다. 쏙독새 두 마리가 록 강가 아래쪽 호랑가시나무와 월계수에 각각 앉아 노래를 주고 받을 무렵, 헨리는 마치 아이처럼 꿈 없는 깊은 잠에 빠져들었다.

25장

The Poet of Tolstoy Park

아침에 일어나자 몸이 날아갈 듯 가벼웠다. 호흡도 편안했고 팔과 등에도 힘이 솟아 삽질이 수월했다.

헨리는 페어호프에 있는 맥킨 가게의 트럭이 모래와 자갈, 콘크리트를 싣고 들이닥치기 전까지, 큰 구덩이 맞은편 옆에, 직경은 1미터가 조금 안 되지만 깊이는 큰 구덩이보다 15센티미터나 깊은 구덩이 하나를 더 팠다.

여기에는 현관 마루를 놓을 참이었다.

이윽고 배달 트럭이 덜컹거리는 소리를 내며 이스트 볼란타 도로를 올라왔다. 지난 한 달 동안 생겨난 피터의 트럭 바퀴 자국을 따라왔을 것이다.

운전수는 작업 현장에 최대한 늦게 도착하고 싶은 듯 느릿느릿한 동작으로 트럭에서 내렸다. 뻣뻣한 머리칼에 수염이 덥수룩하고 퉁명스러워 보이는 사내였다. 그가 헨리에게 소리쳤다.

"짐을 어디다 내릴까요?"

헨리가 손끝으로 한 지점을 가리키자 트럭 뒤에서 흑인 조수 둘이 어기적거리며 일어났다. 세 사람은 먼저 포틀랜드 시멘트 포대를 내린 다음, 자갈과 모래를 헨리가 가리킨 구덩이 근처에 삽으로 퍼 내렸다.

헨리는 그들이 바삐 움직이는 동안 콘크리트 혼합용 상자를 완성했다. 옆면에는 60센티미터×2미터 널빤지를 대고, 바닥에는 지붕에서 떼어낸 함석판을 덧댔다. 상자가 완성되자 뒤집어 턱 위에 올려놓고, 마지막으로 상자 한쪽 끝에 경첩 세 개를 붙여 아래로 열리는 뚜껑 문을 만들었다.

헨리는 상자를 조심스레 들어 바닥에 내려놓은 다음, 자갈과 모래 더미 근처로 끌고 와 경첩 달린 쪽을 구덩이 위에 걸쳐 놓았다. 이제 동쪽에서 서쪽으로 타설 작업을 하고, 마지막으로 현관 층층대에도 콘크리트를 깔 작정이었다.

헨리가 창고에서 괭이와 흙손, 회벽을 칠 때 쓰는 막대를 가지고 왔을 때 키득대는 소리가 들려왔다. 잠시 후 헨리가 다가와 연장을 내려놓자 운전수는 입 다물라는 듯 인부들에게 왼쪽, 오른쪽 눈을 차례로 가늘게 떠 보였다.

그러자 인부들은 운전수를 보고 씩 웃더니 얼른 모래 더미에 꽂아놓은 삽날로 눈길을 돌렸다.

"손님, 이번에 가게에 신발도 들여왔는데 원하시면 다음번에 가져올까요?"

운전수가 터지는 웃음을 간신히 참으며 말했다. 그러자 인부들도 참았던 웃음을 와르르 터뜨렸다. 터를 파고 부츠 벗는 것을 깜빡 잊은 헨리가 여태껏 한쪽 부츠만 신고 돌아다닌 것이다. 어리둥절해진 헨리는 자기 발을 내려다보더니 가볍게 씩 웃으며 말했다.

"아니오. 어쨌든 고맙소. 부츠 한쪽이 낡으면, 이번에는 다른 쪽을 닳을 때까지 신을 거요. 한 켤레 사면 남들보다 거의 두 배는 더 오래 신는 셈이죠."

헨리의 말을 들은 세 남자는 서로를 흘긋대다가 갑자기 진지해졌다.

"여러분도 새 부츠나 신발이 생기면 한번 실험해 보시오."

헨리가 강단에 오른 교수처럼 말했다. 그리곤 작업용 가죽 장갑을 바지에 탁탁 털더니, 무엇보다 그들 모르게 실컷 웃고 싶어 서둘러 창고로 돌아갔다.

세 사람은 일을 마치자, 운전수는 운전석에, 삽을 든 인부들은 짐칸에 타고 톨스토이 공원을 떠났다. 헨리는 부츠를 벗어 내일 아침 사용할 연장들 옆에 놓았다.

다음날, 헨리는 동이 트기도 전에 잠에서 깼다. 일어나자마자 허기가 찾아왔다. 그는 커다란 그릇에 직접 갈은 옥수수 가루와 밀가루, 난로에서 끓고 있는 물을 부어 죽을 만들고 꿀까지 넣어 배불리 먹었다.

연이어 뜨거운 차와 빵 한 조각으로 푸짐한 아침 식사를 마친 그는 우물로 가서 갈증을 채운 뒤, 자칫 아침 휴식이 길어질까 얼른 일할 채비를 했다.

헨리는 장갑을 끼고 다리를 넓게 벌린 자세로 모래 열 삽, 자갈 열일곱 삽을 혼합 상자에 퍼 담았다. 그리고 날카로운 삽날로 시멘트 포대를 내리쳐 구멍을 뚫은 뒤 시멘트 다섯 삽을 넣었다. 그리고는 재료들을 함께 섞었다.

그렇게 재료가 완성되자 상자 한쪽 끝으로 밀어놓고 반대쪽 끝에 같은 비율(기초를 만드는데 최적의 배합 비율을 가리켜 five-sack mix 라고 불렀다)로 또 한 차례 재료를 퍼 담아 충분히 섞었다. 이제 한쪽 끝에 밀어 두었던 혼합물을 상자 중간으로 끌어와 방금 혼합한 재료들과 섞어야 했다.

헨리는 마음에 드는 질감이 나타날 때까지 섞다가 이윽고 괭이를 내려놓았다.

이제 남은 건 모래와 자갈과 시멘트가 잘 섞이도록 적당량의 물을 붓는 일이었다. 참나무통에 15리터 정도의 물을 길어온 헨리는 혼합된 재료들을 열 번에 나눠 젖은 반죽을 만들기로 했다. 첫 번째 반죽을 구덩이에 부은 뒤 빨리 다음 반죽을 부어 반죽들이 서로 잘 밀착되게 하기 위해서였다.

헨리는 구덩이 안으로 들어가 10센티미터 높이 막대기 여러 개를 적절한 간격으로 바닥에 꽂았다. 젖은 콘크리트를 막대기 높이로 붓고 미장용 막대로 평평하게 펴주면 단단하고 고른 슬래브가 완성될 것이다.

상자 끝 경첩에 끼워 둔 핀을 뽑자 반죽이 밑으로 쏟아져 내렸다. 헨리는 남은 반죽을 마저 훑어 내리고, 괭이로 반죽을 이리저리 헤쳐 고루 퍼지게 한 다음 미장용 막대로 마무리 작업을 했다.

신기한 일이었다. 조금 전 구덩이로 뛰어들 때 몸이 너무 가뿐한 것을 느꼈다. 심지어 병이 사라진 게 아닐까 하는 생각이 들 정도였다. 헨리는 잠시 회색 콘크리트 바닥을 바라보며, 나무 그늘 덕에 콘크리트가 너무 빨리 마를 염려가 없어 다행이라고 생각했다.

잠시 후 그는 혼합 상자를 구덩이 다른 지점으로 옮겨 또다시 작업에 몰두했다. 이번에도 과정은 똑같았지만 일 속도는 훨씬 빨랐다. 하루 종일 이 리듬을 유지하려면 더 속도를 내야 했다. 그는 장갑을 벗어 던졌다.

눈꺼풀에 땀이 고이고 손이 흙투성이가 되는 동안, 죽음에 대한 건 까맣게 잊었다.

도대체 인간이 도달해 보지 못한 심연은 얼마나 깊을까? 헨리는 잠시 골몰했지만, 다시 작업을 시작했다.

이제 콘크리트 슬래브 두께를 측정하는 일도 감각이 생긴 것 같았다. 헨리는 다음 콘크리트 반죽을 만들어 붓는 동안, 미리 부어놓은 반죽이 마르지 않도록 양동이의 물을 뿌렸다. 기초가 완성될 때까지, 그렇게 만들고 붓고 고르는 일을 최대한 빠르게 되풀이했다.

이윽고 슬래브 위에 작은 널빤지 두 장을 던진 헨리는, 첫째 널빤지에 무릎을 대고 나무 흙손으로 슬래브 표면을 매끄럽게 문질렀다.

이 작업은 20년 전 냄퍼의 집을 지을 때 이후로 한 번도 해보지 않았지만, 헨리는 손재주만큼은 자신이 있었다. 슬래브는 단단하고 평평하고 광을 낸 듯 매끈매끈하게 만들어야 했다. 그는 현관을 등지고 엎드린 채, 앞에서 뒤로 뒷걸음질쳐 가며 열심히 흙손질을 했다.

"계세요?"

여자 목소리가 들렸다.

"스튜어트 씨?"

케이트였다. 하지만 헨리는 일손을 멈추지 않았다. 케이트는 구덩이를 향해 걸어오고 있었다. 옆에는 애너 펄이 엄마 손을 잡고 있었다.

"스튜어트 씨?"

케이트가 다시 헨리를 불렀다.

헨리는 몸에 균형을 잡기 위해 흙손을 짚고 60센티미터 쯤 뒤에 있는 현관 입구가 될, 아직은 흙바닥에 불과한 작은 구덩이로 뒷걸음질쳐 나왔다. 그리곤 구덩이에 흙손을 내려놓은 뒤 바지에 손을 닦으며 매끈매끈한 콘크리트 슬래브를 돌아보았다.

모양새가 잔잔한 수면처럼 보이는 것이 생각보다 훨씬 잘 다듬어진 것 같았다. 케이트와 애너 펄은 어느새 구덩이에 도착해 있었다.

"와, 저기에 발자국 찍고 싶어!"

애너 펄이 노래하듯 외쳤다.

애너 펄은 발끝을 세우고 깡충깡충 뛰다가 얼굴 앞에서 박수를 쳤다. 푸른 눈과 입가에 환한 미소가 떠올라 있었다.

그러자 케이트는 모든 게 헨리에게 달렸다는 듯, 헨리만 괜찮으면 자신도 상관없다는 듯 어깨를 으쓱했지만, 곧이어 철부지 딸에게서 눈을 떼고 헨리를 뚫어져라 바라보았다.

사려 깊은 성격답게 헨리의 기분을 읽으며 허락을 구하는 중인 것 같았다.

또 헨리도 헨리대로, 시멘트 묻은 손바닥을 셔츠에 비비거나 딴 이야기를 꺼내 화제를 돌린다고 해서 애너 펄의 간절한 눈빛을 외면할 수 없다는 것을 잘 알고 있었다.

"애너 펄, 엄마만 괜찮다고 하시면,"

헨리는 케이트의 대답을 기다리며 아이에게 말했다.

"나야 공주님이 발자국을 남겨주면 영광이지."

헨리는 슬래브를 가리켰다.

사실 헨리는 갑작스러운 방문에 신경이 곤두선 상태였다. 또다시 닥터 앤더슨과 만나게 되지 않을까 하는 불안감 때문이었다. 허리케인이 왔던 날, 진료실 너머 보았던 케이트의 얼굴에는 당황한 빛이 역력했다. 사실 케이트는 헨리와 누구보다도 쉽사리 친구가 된 만큼 무언가를 더 캐물을 자격이 있었다.

하지만 헨리로서는 무슨 얘기를 들려줘야 할지 난감했다. 케이트에게 호감이 있는 건 사실이지만 아직 이 우정은 농익지 않았고, 병마와 싸우고 있는 자신의 상황은 지극히 개인적인 일이었다.

"자, 공주님. 얌전히 찍어야 해요."

헨리는 얼굴 표정을 부드럽게 고치며 말했다. 그리고 손을 내밀자, 소녀는 넙죽 그의 품에 안겼다. 애너 펄이 멋대로 발버둥을 쳐서 슬래브를 망가뜨리면 곤란했다. 다시 만들 시간도 없거니와, 집 짓기도 이제 겨우 시작이 아닌가.

"자, 꼬마 아가씨, 내가 방향을 돌릴 테니까 안쪽으로 발자국을 찍어요."

헨리는 구덩이 바깥 풀밭에 앉아 다시 소녀를 안아 올렸다.

"자, 이렇게… 발자국을 찍으면… 할아버지가 집에 들어갈 때마다 누구랑 함께 들어가는 것 같을까? 바로 너란다. 그래도 괜찮지?"

애너 펄은 활기차게 고개를 끄덕거리다가 물었다.

"방은 어디에요? 이게 방이죠? 그런데 동그란 모양이네요. 놀이방이에요?"

애너 펄은 고개를 돌려 헨리를 빤히 쳐다보았다.

"이 조그만 벽은 흙으로 만들었어요? 창문은요? 지붕도 만들

거예요? 엄마랑 나도-"

"애너 펄, 스튜어트 씨는 그렇게 빨리 대답할 수 없으시단다. 어서 발자국이나 찍으렴. 그럼 할아버지가 이 집에 대해 설명해 주실 거야."

"엄마, 나도 맨발로 흙장난 하고 싶어!"

애너 펄이 소리쳤다.

"나도 할아버지처럼 신발 벗을래. 그래도 되죠, 엄마?"

케이트가 고개를 저으며 애너 펄을 붙잡았다.

"죄송해요, 스튜어트 씨."

"아, 아닙니다. 실은 발자국을 찍겠다는 공주님 생각이 정말 맘에 드는군요."

헨리는 잠시 생각에 잠긴 듯한 표정이었다.

"나한테는 이 생기 넘치는 발자국과 함께 문지방을 건너는 것도 특별한 의미일 것 같소."

헨리는 이렇게 말하고 활짝 미소를 지었다.

"무슨 말인지 이해했소?"

"아니오. 이 우둔한 머리 위를 맴돌고만 있는데요."

케이트는 분주하게 머리채를 흔들며 손가락을 통통한 뺨에 댔다. 그리곤 새침한 얼굴로 관심 없는 척 입술을 오물거리다가 마침내 "아, 알았어요!"라고 소리치곤, 헨리를 향해 장난스러운 손짓을 했다.

헨리는 미소로 얼버무리며 슬래브를 돌아보는 척 슬며시 자리를 비켰다.

케이트는 무릎을 꿇고 애너 펄의 검은 구두와 흰 양말을 차례로 벗겼다. 애너 펄은 발바닥에 차가운 풀이 닿자 킥킥댔다. 어린 소녀의 즐거움에 전염성이 있었는지, 헨리의 마음도 덩달아 가벼워졌다.

헨리는 어느덧 소녀에게 더 친절하게 대하고 있었다. 아무래도 애너 펄은 토마스를 생각나게 했다. 초록빛 눈동자에 어린 장난기 때문인 것 같았다. 애너 펄의 눈동자도 토머스처럼, 늦여름 참나무 이파리 빛깔이었다.

토머스를 가졌을 때 사실 몰리는 둘째가 딸이기를 간절히 바랐다. 그러던 어느 날 몰리의 친구가 찾아왔다. 그 친구는 몰리의 부른 배 위에 실을 꿴 바늘을 들어 보이며, 이 바늘이 특정한 방향으로 돌면 딸이라고 말해 주었다.

사실 헨리도 하비에게 여동생이 있었으면 했다. 헨리는 아버지가 여동생 헬렌과 다정하게 지내는 것을 보며 자라왔고, 아버지처럼 부녀 간의 유대감을 맛보고 싶었다.

아버지는 헬렌이 오하이오에서 만난 영국인과 결혼해 런던으로 건너갔을 때 무척이나 서운해 하셨다. 그리고 돌아가실 때까지 그 서운함을 간직하셨다.

헨리는 자신이 애너 펄과 잘 지내면 케이트도 기뻐할 것이라고 생각했다. 헨리는 흙을 쌓아놓은 둔덕 옆에 서 있는 케이트에게 살짝 눈길을 돌렸다.

케이트는 팔짱을 끼고, 반짝거리는 눈으로 헨리가 애너 펄을 안아 올려 슬래브에 발자국을 찍는 모습을 바라보고 있었다. 헨리는 케이트가 드레스 자락을 아랑곳하지 않고 흙더미에 앉자 깜짝 놀랐다. 그녀는 마포로 만든 손가방을 발치에 내려놓았다.

"스튜어트 씨, 드리고 싶은 게 있어요."

케이트가 말했지만 헨리는 애너 펄에게 주의를 기울이느라 그 말을 듣지 못했다.

"다 끝나시면 그때 드릴게요."

케이트가 중얼대듯 말했다. 헨리는 계속해서 애너 펄과 즐겁게 이야기를 나누고 있었다.

"준비됐니? 할아버지가 흙 속에 빠뜨리기 전에 어서 찍어 보렴. 꾸물거리다간 흙 속에 빠진다."

"안 돼요!"

애너 펄의 눈이 휘둥그레졌다.

"그럼 엄마가 화내실 거예요. 그럼 선물로 가져온 시詩도 안 보여 주실 거예요."

헨리는 애너 펄을 현관 바로 안쪽 슬래브에 내려놓고, 슬쩍 케이트를 쳐다보았다. 케이트는 이 놀이가 잘 보이는 곳에 있었다. 헨리는 순간 머릿속에 떠오르는 복잡한 생각들을 떨쳐 버리고 애너 펄에게 말했다.

"자, 이제 발에 힘껏 힘을 줘야지. 그렇지만 발가락이나 발바닥을 움직이면 안 된다. 우리 공주님 작은 발자국이 선명히 남아

톨스토이 공원의 시인

야 하니까."

"그럼요. 할아버지 발은 크니까 그렇죠!"

애너 펄은 작은 발이 훨씬 좋다는 듯 단호하게 말했다.

"이렇게 하는 거 맞죠?"

애너 펄은 헨리와 엄마를 번갈아 쳐다보았다.

"더 할까요? 그런데 흙이 너무 차가워요."

"모양이 아주 잘 나왔구나."

이윽고 헨리는 애너 펄을 안아 풀밭에 내려놓았다. 케이트는 여전히 흙더미 위에 앉아 있었다.

애너 펄은 흙 묻은 발바닥을 노랗게 시든 풀에 비벼댔다. 헨리는 물 양동이와 옷가지를 가지고 오더니, 옷가지를 물에 적셔 케이트에게 건넸다. 케이트는 옷가지를 받아 무릎 위에 앉은 애너 펄의 발을 닦아주기 시작했다.

헨리는 애너 펄이 만든 작품을 살펴보러 갔다. 매끈한 슬래브 위에 두 개의 작은 발자국이 찍혀 있었다. 모래 알갱이 하나 비치지 않았고, 발가락과 발바닥, 발뒤꿈치 자국만 선명했다.

만일 그때 케이트가 "과묵하신 헨리 스튜어트 씨도 커다란 진흙 파이를 무척 좋아하시는군요"라고 말하지 않았더라면, 헨리는 계속해서 이 멋진 작품에 감탄하고 있었을 것이다.

"그렇소."

헨리는 웃음으로 답했다.

"가끔은 과묵하지만, 이렇게 훌륭한 진흙 파이 앞에서는 즐거워하지 않을 수가 없군요."

"웨슬리 오빠가…."

케이트가 애너 펄의 발에 다시 양말을 신기며 말했다.

"전해 달랬어요. 이맘때는 가게가 한가하니 오후에 가끔 당신을 돕고 싶다고요, 진심으로."

"아니오."

케이트는 물론 헨리 스스로도 놀랄 정도로 빠르고 단호한 대답이었다.

"미안하오. 케이트. 그 문제엔 과묵할 수가 없군요."

"헨리, 당신은 고집 센 염소 같아요!"

케이트가 소리쳤다.

"또각, 또각, 내 다리를 건너는 자가 누구냐?"

애너 펄이 턱을 내려 한껏 굵은 목소리로 읊조렸다.

"염소는 엄마가 읽어주신 동화에도 나와요."

헨리는 애너 펄의 말을 못들은 체했다.

"케이트, 난 이 일을 혼자 해야만 하오. 그 이유는 말해줘도, 누구도 이해 못할 거요. 나를 도와주고 싶어 하는 사람들이 너무 많은 것 같은데… 그래요. 내가 도움이 필요한 사람처럼 보인다는 건 알고 있소."

"헨리, 난 아무것도 몰라요. 당신이 얼마나 도움을 필요로 하는지에 대해서요. 내가 아는 건 당신이 땅을 파고, 이 완벽하고 아름다운 콘크리트 구덩이를 만들었다는 것뿐이에요. 그 외에 당신 계획이 무언지는 모른다고요."

헨리와 눈이 마주치자 케이트는 잠깐 시선을 돌렸다.

"물론 레디 아주머니께 들었어요. 집을 지으려고 하신다면서요. 콘크리트로 만든 둥근 오두막집. 하지만 적절하지 않은 일 같아요."

"이봐요, 케이트."

헨리의 음성엔 분노의 실망이 담겨 있었다.

"적절하지 않은 일이라… 물론 적절치 않은 일이겠지요."

헨리는 이내 누그러졌다. 눈빛은 무언가를 변명하는 듯했고, 목소리에서는 간절함이 느껴졌다.

"부탁이오, 케이트. 나로서도 이 일을 혼자 해야 하는 이유를 어떻게 설명해야 할지 모르겠소. 거듭 말하거나 무례해 보이지 않게, 이해시킬 방법을 모르겠단 말이오. 하지만 난 페어호프의 이 친절한 사람들에게, 내 고통과 운명은 내게 맡겨 달라고 요구해야 하오. 난 여기 톨스토이 공원에 혼자 있고 싶소."

헨리는 케이트에게서 약간 돌아서 뒷짐을 진 채, 사방으로 부드럽게 흘러내린 대지 경사면을 응시했다.

"이 언덕은…."

헨리는 말을 꺼냈지만, 자신에게 이곳이 어떤 의미인지, 이 외로운 작업이 얼마나 절박한 일인지 설명할 자신이 없어 그만 두었다.

케이트가 재빨리 침묵을 깨뜨렸다.

"무슨 말을 하고 싶으신 거죠? 여기가 신성한 무덤이라도 된다는 말인가요? 우리처럼 깨끗하지 못한 영혼은 들어올 수도 없는?"

"케이트."

"아뇨, 이 말은 해야겠어요."

엄마의 목소리에서 불안한 낌새를 알아챈 애너 펄이, 쉿 하고 엄마 입술에 제 손가락을 갖다 댔다. 하지만 케이트는 아까의 흙장난을 탓하기라도 하듯 애너 펄의 손을 밀어냈다. 하지만 소녀는 엄마의 행동이 자신을 비난하려는 것이 아니라는 걸 알고, 생일 파티에라도 초대받은 양 천진한 얼굴로 흙더미 위를 엉금엉금 기어 올라갔다.

"스튜어트 씨. 당신 눈동자에는 누구도 내게 줄 수 없었던 뭔가가 있었어요. 바다를 건너온 다음 날 오후, 여기서 당신을 봤을 때, 당신 눈에서 시선을 뗄 수가 없었죠."

헨리는 케이트의 솔직함에 놀라고 당황했지만, 설령 그 당황스러움을 얼굴에 내비쳤다 해도 그녀를 막을 수 없었을 것이다.

"난 먼저 간 내 남편 말고는 그렇게 빛나는 푸른 눈을 보지 못했어요."

헨리는 깜짝 놀랐다. 케이트가 미망인이라는 사실을 알고 나자 더 이상 아무 말도 귀에 들리지 않았다.

"그 빛깔 말고도, 당신 눈동자에는 무한한 이해심과 지성이 숨어 있어요."

케이트가 계속해서 말했다.

"만일 당신이 목사라면 교회 문밖까지 신도들이 몰려들 거예요. 또 최면술사라면 여왕의 궁정에까지 불려갔겠죠."

"케이트, 차라리…."

"차라리 뭘요?"

케이트가 벌떡 일어섰다.

"마을 사람들의 상상 속에 파묻힌 채 여기 톨스토이 공원에서 순교자가 되겠다는 그 유치한 소망을 태연히 지켜보고만 있으라고요? 혹시 헨리 조지라는 사람을 아세요? 그 사람은 이 페어호프의 터전을 닦은 사람들에게 일종의 우상이죠. 그럼 그 헨리 조지가 톨스토이와 편지를 교환했다는 사실은 알고 계세요? 지금 이 근처에선 헨리 조지와 톨스토이의 친구인 신비한 철학자가 이사 왔다는 소문이 파다해요. 그런데 그렇게 현명한 사람이, 의사의 치료는 왜 거절하는 거죠?"

케이트는 가방을 어깨에 메더니, 갈색 종이로 포장해 끈으로 묶은 무언가를 헨리에게 건넸다.

"여기에 제가 이러는 이유가 들어 있어요."

헨리가 주저하자 케이트가 덧붙였다.

"제가 옮겨 쓴 시예요. 액자에 넣어 벽에 걸어 놓으셨으면 하는 마음이에요. 이 시에 제가 느끼는 감정이 모두 들어 있어요."

헨리는 시 내용을 알고 싶다는 호기심과 동시에, 이 세상에 자기 말고도 인생의 최선과 최악, 불가해한 순간, 통찰의 순간을 시라는 신비로운 렌즈를 통해 바라보는 사람이 또 있었구나 하는 놀라움을 느꼈다.

헨리는 그 선물을 받아야 한다고 생각했다.

"어떤 시인지 말해줄 수 있겠소?"

"뜯어 보세요."

케이트가 또렷하게 말하자 헨리는 다소 흥분된 기색으로 포장을 뜯었다. 금박을 입힌 나무틀 액자 아래 검정색 펜으로 쓴 시가 적혀 있었다.

헨리는 "눈오는 저녁 숲가에 서서"라는 제목을 읽은 뒤 4연 시를 낭송했다.

> 이 숲이 누구의 것인지 나는 알 것 같다
> 비록 그의 집은 마을에 있지만,
> 지금 그의 숲에 눈 쌓이는 모습 보기 위해
> 나 여기 서 있는 걸 그는 알지 못하리라
>
> 나의 작은 말馬도 분명 이상하게 여길 것이다
> 근처에 농가도 없는데 이곳에 멈춰 선 이유를
> 숲과 언 호수 사이에
> 일 년 중 가장 어두운 이 저녁에

말은 방울을 짤랑짤랑 흔든다
무슨 잘못된 일이라도 있는지
들리는 소리라고는 느린 바람에
솜털 같은 눈송이 휘날리는 소리뿐인데

숲은 사랑스럽고 어둡고 깊다
하지만 내겐 지켜야 할 약속이 있고
잠들기 전에 몇 마일을 더 가야 한다
잠들기 전에 몇 마일을 더 가야 한다

 헨리는 시를 다 읽을 때까지 케이트가 잠자코 기다릴 것이며, 곧이어 자신으로부터 무슨 말인가를 기대할 것이라는 사실을 잘 알았다. 하지만 헨리가 아무 말도 하지 않자, 케이트가 먼저 입을 열었다.

 "난 당신의 눈에서 양립할 수 없는 빛을 발견했어요. 어두운 숲으로 들어왔지만, 가끔은 바깥 세상을 보고 싶어 하는 마음을 말이죠. 헨리, 치료를 받으세요. 제발 피터와 다른 사람들의 도움을 받아들이세요."

 케이트가 구덩이를 가리키며 말했다.

 "케이트, 숲은 매혹적이오. 그래서 영웅이나 스릴을 쫓는 사람들은 악당을 찾으러 들어왔다가 점점 더 깊은 산 속으로 들어가게 되죠. 무섭기는 하지만 '느린 바람에 솜털 같은 눈송이가 날리는' 것처럼 우주적인 끌림이 있기 때문이오. 이 빈 공간은 마치 요부와도 같소."

헨리는 스스로 이런 말을 하고 있다는 것에 깜짝 놀랐다.

"애너 펄! 그만 가자."

케이트는 헨리의 말을 털어버리려는 것처럼 손에 묻은 흙을 털었다. 애너 펄이 대꾸를 않자 케이트는 야단치듯 빨리 오라고 소리쳤다.

"스튜어트 씨, 내 딸이 이런 지각없는 현학자의 허튼 소리를 다시는 듣지 못하도록 해야겠네요. 난 프로스트란 시인이 '비탄은 나의 것' 운운하며 존재론적 외로움에 대한 시를 썼다는 사실조차 몰랐어요. 하지만 이건 알아요. 이 마을에는 당신이 둘러볼 만한 아름다운 곳이 아주 많다는 것 말이에요. 그게 싫다면, 자기만 아는 돼지처럼 진흙 파이 속에서 뒹굴 수밖에요."

케이트는 애너 펄의 손을 잡아끌며 이스트 볼란타 도로를 향해 내달렸다. 그녀의 손에 단단히 들린 마포 손가방이 크게 반원을 그리며 흔들렸다.

모녀가 소나무 숲으로 사라지자 방금 일어난 일이 모두 꿈처럼 느껴졌다. 하지만 홀로 오두막을 지어야 하는 이유를 설명하거나 변명해야겠다는 마음은 여전히 없었다.

모빌 만에서 불어오는 부드러운 바람에, 시퍼런 물 위를 나는 충직한 제비갈매기와 바다갈매기 울음 소리가 미세한 떨림을 안고 함께 실려 왔다.

 헨리는 어스름 속으로 아스라이 멀어지는 그 소리를 들으며, 혹시 새들마저 자신을 조롱하고 있는 건 아닐까 생각했다.

26장

The Poet of Tolstoy Park

헨리는 케이트가 건네 준 시를 창고 방으로 가져와, 창문 근처에 걸어 놓았다. 그리곤 한 걸음 물러나 식어 버린 난로 뚜껑에 손을 짚고 앉아 읽고 또 읽어보았다. 문득 그는 이 시인이 언어 유희에 너무 몰두한 나머지, 인생의 깊은 눈길을 헤쳐 나가라고 말하는 걸 잊은 건 아닐까 생각했다.

2년 전이었던가. 월러스 스티븐스[29]의 〈소풍금Harmonium〉이라는, 잘 알려지지 않은 작은 시집에서 우울한 구절 하나를 발견한 적이 있었다. 시인은 이렇게 노래했다.

---

29. 1879-1955,미국의 시인. 프랑스 상징주의의 영향을 받았으며 풍부한 이미지와 난해한 은유가 담긴 시로 퓰리처상을 수상했다.

죽음은 아름다움美의 어머니:

홀로 그녀에게서 나와 우리의 꿈을 완수하러 오리라.

 그리고 헨리는 몰리가 세상을 떠난 지 1년째 되는 날, 그 시를 《선데이 모닝》지에서 또다시 발견했다. 그때 헨리는 절망으로 가득한 불면의 밤 속에서, 이 시를 읽고 또 읽었다. 죽음의 진실에 대해 통찰력을 얻고 싶었다.

 하지만 정작 그가 그 주제에 진정으로 몰입한 것은 최근 몇 주일 사이, 세상 빛을 뒤로 하고 영원히 홀로 눈 감게 되리라는 현실에 직면하면서부터였다. 케이트는 왜 그가 혼자 오두막을 지어야 하는지 이해할 수 없으리라. 아니 그 누구도 헨리와 같은 눈으로 이 상황을 바라볼 수 없을 것이다. 자식들조차 아이다호를 떠나는 아버지를 이해 못하지 않았던가.

 헨리는 프로스트의 시가 적힌 액자를 바라보다가 밖으로 걸음을 옮겼다. 이미 틀어져 버린 관계는 쉽게 바로 잡을 수 없었다. 그는 우물에서 차가운 물을 한 두레박 길어 천천히 마시며, 나머지 오후 시간에는 벽돌 틀을 다섯 개 짜서 콘크리트 벽돌을 찍어야겠다고 결심했다. 판자를 톱으로 자르고 못을 박아 너비 20센티미터, 높이 15센티미터, 길이 60센티미터의 작은 상자를 여러 개 만들고 나자 해가 저물었다. 헨리는 나무 상자를 모래 더미 위에 쌓아놓고, 내일부터 벽돌을 만들겠다고 마음먹었다. 그는 회반죽 비율이나 기초 만드는 방법은 잘 알고 있었지만, 모래와 시멘트를 어떤 비율로 섞어야 튼튼한 벽돌이 나오는지는 잘 몰랐다. 그래서 조금씩 다른 비율로 다섯 종류의 벽돌을 만들어 가장 단단한 걸 선택할 참이었다. 이제 새들처럼 둥지로 돌아가 안식을 가져다 주는 잠을 청할 시간이었다.

밤 사이 기온이 많이 떨어진 탓인지, 아침에 일어나자 뼈 마디가 아프고 몸도 둔했다. 오른쪽 무릎이 퉁퉁 부어올랐고, 관절은 망치로 맞은 것처럼 쑤시고 화끈거렸다. 예전에 헨리의 아버지는 아프다고 일을 멈춰 버릇하면 몸이 의지를 지배하게 된다고 누누이 말하곤 했다. 헨리는 그 말을 기억하며, 현관 층층대에 떨어진 빗물이 마루 안으로 흐르는 것을 막기 위해 현관 턱에 콘크리트를 조금 개어 부었다.

날씨가 추웠기 때문에 콘크리트는 하룻밤 자고 나면 단단히 굳을 것 같았다. 내일은 현관 층층대에 기초용 콘크리트를 붓고 북쪽에 있는 록강 골짜기에서 가져온 벽돌 조각으로 야트막한 벽을 쌓을 생각이었다. 그리고 현관 층층대 계단은 오두막을 완성하고 맨 마지막으로 만들어야 하니, 그때까지는 반드시 살아 있어야 했다.

남북전쟁이 일어나기 전 록 강에 벽돌 공장이 있었다고 귀띔해 준 사람은 피터였다. 과연 문 닫은 지 오래건만, 깨진 벽돌은 물론 공짜로 가져다 쓸 수 있는 성한 벽돌도 지천에 널려 있었다. 배낭을 메고 그곳을 찾아간 헨리는, 쉽게 옛 공장 터를 발견했다. 거대한 지중보[30]의 일부가 아직도 강가에 쓰러져 있었다. 헨리에게 록 강은 여러 면에서 남쪽 플라이 강보다 사랑스럽고 은밀했다. 록 강으로 내려가는 길이 몇 분 더 길었지만 가시덤불, 넝쿨 따위가 적어 손수레가 다녀도 될 것 같아, 다음부터는 배낭 대신 손수레로 많은 양의 벽돌을 실어 나르기로 했다.

헨리는 모래와 시멘트의 혼합 비율을 조금씩 다르게 해서 차례대로 벽돌 틀에 부었다. 오후 무렵 처음 만든 벽돌 다섯 장이 마르자, 헨리는 틀에서 벽돌들을 빼낸 뒤 다시 다섯 장을 더 만들었다. 그리고 주머니칼로 끝을 뾰족하게 깎은 막대기로 벽돌마다 배합 비율을 알 수 있게 번호와 날짜를 새겼다. 처음 만든 벽돌에는 11-11-25라는 숫자를 적었다.

저녁 해가 작업장에 긴 그림자를 드리우기 시작할 무렵, 풀밭에는 15번까지 번호를 새긴 벽돌들이 터를 따라 둥그렇게 놓여 마르기를 기다리고 있었다. 처음에는 땅에 널빤지를 깔까 했지만, 벽돌도 마르는 동안 땅과 "교감을 나누고" 싶어 할지 모르고, 또 그럴 권리가 있다는 생각에 그만 두었다.

문득 어제 케이트에게 조롱을 당했던 일이 떠올랐다. 그는 케이트와 애너 펄 생각을 쫓기 위해 오늘 신부가 가르쳐준 "지금 이곳에 존재하기" 방법을 실천했다. 현재 존재하는 물리적 공간과 소리, 무게, 냄새, 기온, 몸의 통증, 그리고 폐로 공기가 들어

---

30. 땅속에서 기둥과 기둥을 잡아주는 구조 부재

갈 때의 찌르는 듯한 느낌에 집중하는 것이다. 이 방법은 독서와 글쓰기에 대한 간절한 열망을 잠재울 때도 도움이 되었다. 헨리는 윌리엄과 토머스, 하비에게 편지를 보낼 때만 글을 쓰고, 그것도 횟수와 길이에 제한을 두겠다고 마음먹었다.

헨리는 연장들을 깨끗이 씻어 한쪽으로 치워두고 하루를 마감한 뒤, 제법 훈훈한 창고 방으로 돌아갔다. 가장 먼저 램프에 불을 밝히고 저녁 일과를 시작했다. 그 다음에는 난로에 약하게 불을 놓아 주전자를 데우고, 찬물과 더운 물을 반반씩 도자기 대야에 따라 비누로 몸을 씻은 뒤 깨끗한 긴 바지로 갈아입었다. 식욕이 없어 저녁식사는 하지 않았다.

그는 갈망이 가득한 눈빛으로 책장에 꽂힌 책들을 바라보았다. 허리케인 때 젖어버린 책들은 쭈글쭈글하고 색도 변했고, 어떤 책들은 아직도 물기가 남아 있었다.

헨리는 오두막을 완성하기 전까지는 책 읽기를 중단하고, 일기도 쓰지 않겠다는 자신과의 약속을 떠올렸다. 오닐 신부는 독서나 글쓰기도 과하면 안 하느니만 못하다며, 학생들이 성경 구절을 자주 인용하는 것조차 못마땅하게 여겼다.

사실 신기한 일이었다. 누군가를 가르치는 사람으로서 어떻게 감히 독서를 비난할 수 있었을까?

그러나 어느새 헨리의 생각 주머니도 차고 넘치니, 집 모퉁이처럼 네모가 되었다. 모퉁이에는 먼지가 쌓이게 마련이며, 그럴 때 육체노동에 몰두하면 마음의 모퉁이가 둥글어진다.

헨리는 쭈그린 채 몸을 앞으로 구부려 손깍지를 꼈다. 벽에는 램프 불빛이 어른거렸다. 그는 그 자세로 눈꺼풀이 무거워질 때까지 그림자 춤을 지켜보았다. 문득 오닐 신부를 마지막으로 봤던 날이 떠올라 슬며시 웃음이 나왔다.

당시 헨리는 오닐 신부를 도와 학생들이 학기 내내 작업했던 작업장 근처 창고에서 삽과 연장들을 치우고 있었다. 그때 오닐 신부가 털이 숭숭 난 손등으로 이마의 땀을 닦으며 말했다.

"헨리 스튜어트, 자네 책들은 가장 값진 재산이자 강력한 무기라네."

그는 얼굴 가득 웃음을 지으며 반대쪽 눈은 접시처럼 크게 뜬 채로 헨리에게 윙크를 했다.

헨리는 옆으로 누워 양모 담요를 턱까지 끌어올렸다. 관자놀이 사이로 약한 두통이 번졌고, 들리는 소리라고는 꺼져가는 배불뚝이 난로에서 장작불 타는 소리뿐이었다.

모빌 만 습지대 안개처럼 잠이 스멀스멀 기어오르고 마음은 고요하게 가라앉았다. 낫처럼 생긴 달과 사자자리 별무리 아래, 바람 한 점 없는 은빛 연무처럼.

27장

The Poet of Tolstoy Park

이튿날 헨리는 정오까지 현관 층층대 자리에 콘크리트를 붓는 작업을 했고, 벽돌도 다섯 장 더 찍었다. 땅거미가 질 무렵에는 번호와 날짜를 새긴 콘크리트 벽돌이 35장이나 쌓였다. 그날 밤 헨리는 토머스와 윌리엄에게 답장을 썼다. 하비에게서는 소식이 없었다. 헨리는 윌리엄에게 보내는 편지에서, 홀로 우스꽝스런 콘크리트 오두막을 지으며 영적인 훈련을 하고 있다고 설명했다.

오두막을 짓기 위해 찍어내는 벽돌 무게를 생각할 때마다, 지금 무슨 바보 같은 짓인가 하는 생각이 든다네. 늙은이가 누구의 도움도 없이 36킬로그램이나 나가는 벽돌로 벽을 쌓으려 들고 있으니 말일세. 하지만 난 지금까지 친구 케이트의 오빠가 도와주겠다는 것도 마다했고, 인부를 구해주겠다는 건축자재상 주인의 제의도 거절했네. 사실 내가 쌓고 있는 것은 벽이 아니라 내 영혼일세. 이런 일에 어떻게 남의 도움을 받을 수 있겠나?

헨리는 윌리엄이 어떤 답장을 보내올지 궁금했다. 또 윌리엄과 토머스에게 오두막을 짓는 동안에는 2, 3주에 한 번밖에 편지를 쓸 수 없을 것이라고 말해 두었다.

아침이 되자 소나무 우듬지가 흔들리고 찬바람이 윙윙거리며 언덕을 휘감았지만, 톨스토이 공원에는 담요처럼 햇살이 덮여 있었다. 헨리도 햇살 덕에 팔다리에 힘이 솟아 수월하게 일을 해 나갔다.

고된 작업을 시작한 지 나흘째 되는 날, 곤히 잠든 헨리는 한밤중에 기침 때문에 잠을 깼다. 배가 고팠지만 아무것도 먹을 수 없었다. 다행히 주전자에서 끓고 있는 뜨거운 물로 차를 한 잔 마셨더니 기침이 진정됐다. 한 모금 마실 때마다 폐에 온기가 흘러드는 것 같았다. 헨리는 타탁 소리가 끊이지 않는 난롯가에 평소보다 오래 앉았다가 나무 숲 위로 햇살이 번지자 일을 하러 나갔다.

헨리는 몸이 아무리 아파도 일을 그만두지 않으리라 결심했다. 그저 벽돌에 회반죽을 바를 때, 천천히 움직이면 되리라. 그는 기초 슬래브가 완성된 현관 층층대 끝 두 지점인 2시에서 10시 방향으로 둥그렇게 벽돌을 쌓았다. 새벽녘에 한 차례 심한 기침을 하고 난 터라 기운이 많이 빠졌고, 열도 있었다. 그런데도 헨리는 현관 층층대에 벽돌을 또 한 줄 쌓아올렸다. 그 다음에는 60센티미터 정도 공간을 남겨두고 좌우에만 짧게 벽돌을 올렸다. 빈 공간에는 마지막으로 계단을 놓을 참이었다.

헨리는 몹시 지쳤지만, 지난 며칠 동안의 수월한 작업 리듬을 유지하기 위해서라도 일을 멈출 수 없었다.

죽음을 위해 내가 멈출 수는 없기에
-그가 나를 위해 친절히 멈춰 주었지-
마차는 우리 자신과 불멸을 싣고 간다

헨리는 "죽음이란 이름 모를 한 신사가 수백 년이 하루보다 짧게 느껴지는 곳으로 초대하는 일"이라고 노래한 에밀리 디킨슨[31]의 시에 위안을 느꼈다. 만일 인간의 손이 닿을 수 있는 곳에 영

---

31. 미국의 여류 시인으로 자연과 사랑, 청교도주의를 배격으로 한 죽음과 영원 등의 주제를 다루었다.

원이라는 것이 정말 존재한다면, 그 영원의 품안으로 뛰어들기 위해 이 짧은 순간들을 멈추지 않으리라. 계속해서 무거운 콘크리트 벽돌을 쌓고 회반죽을 바르리라. 그러다 보면 어둠의 코트를 입은 친절한 신사도, 무례하게 끼어든 것을 보상하기 위해 이 둥근 벽이 완성될 때까지 기다려 주지 않을까?

이런 생각을 하자 문득 톨스토이 공원에서의 생활이 더 외롭게 느껴졌다. 문득 함께 일할 동료가 그리웠다.

"자, 이제 다시 시작하자고!"

헨리는 흙손을 향해 애써 웃으며 소리쳤다. 그때였다.

"이보시오, 영감님! 그렇다면 그걸 들어 이쪽에 놓아야지. 하긴 이 힘든 일을 하려면 일당부터 협상해야 할 것 같은 데 말이오!"

헨리는 뒤에서 들려오는 피터의 목소리에 깜짝 놀랐다. 허공에 대고 혼자 소리쳤던 것이 쑥스러웠다. 그러나 피터는 헨리의 혼잣말을 자신에게 한 얘기라고 믿는 듯 이렇게 물었다.

"뒤에 서 있었는데 어떻게 날 봤소? 한쪽 다리로 기다시피 왔는데."

피터가 큰 소리로 말했다.

"피터, 좀 어떠시오?"

헨리는 동료가 그립다고 생각한 순간 피터가 등장하자 어안이 벙벙해 웃고 말았다.

"언제가 될지는 몰랐지만, 어쨌든 올 줄은 알고 있었소."

헨리는 뱀에 물린 상처가 얼마나 회복되었냐고 물었다. 피터는 무릎까지 내려오는 반바지에 두꺼운 양말을 신고 있었다. 다리 부기는 빠지지 않은 듯했다. 피터는 지난 닷새 동안 몹시 고통스럽고 정신도 혼미했지만, 톨스토이 공원에 돌아가 일할 생각으로 기운을 냈다고 말했다.

헨리는 순간 긴장했다. 왠지 피터에게 말 꺼내기가 케이트 때보다 어려웠다. 실제로 피터는 만나기 전부터 친절하고 너그럽게 많은 도움을 준 사람이었다. 그렇지만 이곳에서 홀로 일하기로 한 결심을 바꿀 수는 없었다. 그는 이미 '침묵하라'는 오닐 신부의 충고를 따르기로 스스로 약속하지 않았는가.

"자, 계획을 말해 봐요, 헨리."

피터가 눈을 크게 뜨고 실험용 벽돌 더미와 둥글게 판 슬래브 기초를 둘러보며 말했다. 그는 양 손바닥을 들어 보였다.

"도대체 여기서 뭘 하고 있는 거요?"

헨리는 아마 레디가 자신이 폐결핵과 싸우고 있다는 이야기를 피터에게 했으리라 짐작했다. 다만 피터는 그 말을 쉽게 꺼내지 못하고 있는 것 같았다. 그렇다면 이제 헨리가 말할 차례였다.

"지난 번 폭풍우 때 저수조에서 밤을 보내면서, 둥근 집만큼 살기 좋은 곳은 없다고 믿게 되었소. 그래서 새 둥지도 둥글지 않소. 다시 말해 여기는 내 둥지요."

"톨스토이 공원에서 지내더니 제정신이 아닌 것 같군요."

피터가 고개를 설레설레 흔들었다.

"그래요, 당신은 영락없는 새요. 생각하는 것도, 맨발에 그 덥수룩한 수염도. 그런데 어떻게 혼자 이걸 다 해냈소? 처음에 레디한테서 당신이 작은 오두막을 혼자 힘으로 짓는다는 말을 들었을 때, 무슨 뚱딴지같은 소린가 했소. 그런데 내 눈으로 봐도 여전히 믿을 수가 없군요."

하지만 피터는 헨리의 계획에 점점 흥미가 생기는 듯했다. 헨리는 모래와 물과 시멘트를 조금씩 다른 비율로 혼합해 벽돌 견본을 만들고 있는데, 오늘은 강도를 시험해서 그중 가장 단단한 벽돌로 찍어낼 예정이라고 설명해 주었다. 또 아침마다 숲을 지나 볼란타 도로에서 1마일 정도 떨어진 해변에서 손수레로 굵은 모래를 운반해 오기 때문에, 하루에 만들 수 있는 벽돌은 다음 날 쌓을 분량인 대여섯 개밖에 안 되며, 오후에 드디어 콘크리트 벽돌을 찍어낼 계획이라고 덧붙였다.

"이 오두막 터는 직경 4미터고, 돔 모양 지붕 꼭대기까지 높이도 4미터로 할 거요."

"돔형 지붕이라고요?"

피터가 믿겨지지 않는다는 표정으로 되물었다.

"그렇게 높은 걸 어떻게 쌓겠다는 거요?"

헨리는 층층대 터에 둥글게 쌓은 벽을 가리켰다.

"저기에다 벽돌을 쌓을 때 갑자기 생각났소. 둥글게 쌓되 조금씩 안쪽으로 들여 동심원 모양으로 쌓아올리고 맨 꼭대기에 작은 공기 구멍만 남기는 거요."

본래 호건처럼 기둥을 세워 원추형 지붕을 만들려 했던 헨리는 계획을 바꾸고 몹시 기뻐했다. 피터는 그 말을 듣자, 달에 가려고 우주선을 만들고 있다고 말하는 사람을 보듯 헨리를 바라보았다.

"다행히 여기서 반 마일도 안 되는 록 강 근처 언덕 아래에 벽돌들이 많더군요."

그는 흙손을 들고 손짓을 했다.

"그런 다음 회반죽을 개어 지붕 전체에 바르는 거요."

"그럼 저기가 문이 되겠군요."

피터가 층층대를 가리키며 물었다.

"이 집과 비슷한 나바호 족 오두막은, 떠오르는 해를 맞이하려고 동쪽으로 문을 내오. 하지만 나는 노년기의 신파조 분위기를 위해서 지는 해 쪽으로 문을 낼 거요."

헨리는 피터의 반응을 기다렸지만, 피터는 아무 말도 하지 않았다.

"창문은 어떻게 할 거요?"

이윽고 피터가 물었다.

"여섯 개는 현관에서 일정한 간격으로 낼 생각이오. 들창 일곱 개는 여름에도 시원하게 보낼 수 있도록 크게 뚫고 말이오. 또 창문마다 경첩을 달아 위로 연 다음 막대로 받쳐놓을 거요. 바닥에서 58도 정도 열어놓은 창문으로 들어간 공기가 환기 구멍 두 군데를 통해 지붕 밖으로 빠져나가도록 설계했소. 난 아주 쾌적

한 공간을 만들 생각이오. 물론 겨울에도 마루 온도가 일정하면 더욱 따뜻할 거고 말이오."

"정말 대단하오. 대단해!"

피터는 흥분한 듯 소리쳤지만, 이내 안색이 어두워졌다. 그는 선 채로 한쪽 다리를 앞으로 내밀어 자세를 바꿨다.

"헨리, 한 가지 물어볼 게 있어요. 방금 여기서 여름과 겨울을 날 거라고 말했잖소. 하지만 레디 말로는 당신이 아프다고 들었소. 레디가 뭘 잘못 들은 거 아니오? 당신이 직접 말해 준 거 맞소?"

"피터, 모두 사실이오. 난 머지않아 죽을 거요."

"젠장, 그건 나도 마찬가집니다!"

"아이다호 의사 말로는 1년 정도 살 거라더군요."

헨리는 슬래브 터에서 뛰어올라 피터를 향해 걸어갔지만 얼굴을 바라보지는 않았다. 두 사람은 해안가 날씨를 살피려고 뱃전에 선 선원들처럼, 어깨를 나란히 하고 언덕 너머를 바라보았다. 헨리는 안절부절 못하며 흙손을 만지작거렸다.

"날짜를 정해서 말해준 건 아니지만, 오래 살 수는 없다고 했소. 내가 이 집을 얼마 만에 완성할지 누가 알겠소? 몇 년이 아니라 몇 달이어야 할 텐데, 솔직히 두렵소."

"아마 돌팔이일 거요."

피터가 말했다.

"우리 둘째 녀석과 똑같은 말을 하는군요."

헨리가 씁쓸한 미소를 지으며 말했다.

"그때 의사는 대강이나마 자기 의학책을 읽어보라고 권했지요. 그리고 지금도 그가 예견한 증상들이 끈질기게 나타나고 있어요."

이어서 헨리는 그럼에도 평소에는 건강하게 느껴진다고 덧붙였다. 피터는 눈썹을 치켜뜨고 커다란 벽돌 더미를 향해 고개를 갸우뚱했다.

"내가 보기에도 그런 것 같군요."

피터는 말을 이었다.

"헌데 신학대학 출신이 이런 벽돌 공사를 할 수 있으리라고는 생각지도 못했소."

헨리는 피터의 말에 아무 대꾸도 하지 않았다. 피터라면, 사람은 어떤 일이든 남의 도움 없이 하고 싶은 일을 할 때 가장 큰 성취감을 느끼며, 그 기쁨을 위해서라면 육체노동도 기꺼이 받아들인다는 점을 이해할 것 같았다.

'그렇소. 몸에서 일어나는 이 느낌만 없다면,'

헨리는 머뭇거리며 생각했다.

사실 헨리는 가슴 속에서 꿈틀거리는 강렬한 육감 비슷한 것만 아니면 평소에는 마치 병에 걸리지 않은 것처럼 느껴졌다. 그러나 건강하고 기운이 펄펄 솟는 날에도 몸 속의 그 느낌은 영락없이 언제나 거기 있었다. 냄퍼 시절 서재 창문으로 들려오는 젠트리 강의 물 소리처럼, 글을 쓰거나 독서에 몰두할 때에는 들리지 않다가, 조금만 정신을 흐뜨리면 이내 들려오던 그 강물 소리처럼.

헨리는 생각을 멈췄다. 두 사람은 30초 쯤 그렇게 침묵을 지키며 서 있었다.

"하지만 난 결심했소, 피터. 죽음이 가까이 와도 난 여기 있을 거요. 그 이상은 생각하지 않을 거요. 그냥 여기 있겠소, 이해하시겠소?"

"솔직히 이해하기 힘들군요."

피터는 고개를 설레설레 저었다. 그는 상처가 아프고 화끈거릴 때마다 허리를 구부려 다리를 주물렀다. 그가 다시 몸을 일으키자 헨리도 말을 이었다.

"난 피하지 않을 거요. 숨거나 움츠러들지도 않을 거요. 그렇다고 죽음을 맞이하러 나가지도 않겠소. 그저 죽음이 찾아올 때, 여기서 일하고 있거나 잠들어 있거나 둘 중 하나겠지요."

헨리는 한마디씩 할 때마다 그 말을 강조하듯 흙손 뒷면으로 허벅지를 툭툭 쳤다.

"죽음이 찾아와도 얼굴 위로 시트를 잡아당기지 않을 거요. 미래의 가능성을 놓고 죽음과 타협하지 않을 거요."

또 다시 무거운 침묵이 흘렀다. 피터는 갑자기 말문이 막히고 말았다. 그저 걱정이 되어 안절부절못할 뿐이었다.

"내가 이 오두막을 지을 때 당신의 도움을 거절한다면 이해할 수 있겠소?"

"그건 안 됩니다."

"이 일을 그저 하나님과 40일 동안 사막을 건너는 일로 봐줄 수는 없겠소?"

"헨리, 방해하고 싶지 않지만… 당신은 예수가 아니오."

"나도 세상을 구원하는 방법을 가르칠 생각은 없소."

헨리는 감정의 수면 위로 분노가 솟구치는 것을 느꼈다. 하지만 그 분노는 피터를 잃을지 모른다는 두려움에서 생겨난 것이 분명했다. 그는 칼잡이가 단도를 꽂듯 땅을 향해 흙손을 내리 꽂았다.

"하지만 난 고독 속에서 나 자신을 구원하는 법을 배울 거요."

"무얼 구원한다고 했소? 당신은 모태신앙에 세례를 받았고 신학교를 다녔다고 말하지 않았소?"

피터는 헨리의 얼굴을 뚫어지게 바라보았다.

"교회에 나가지 않는다고 해서 자신에 대한 모든 걸 부정할 수는 없는 거요."

"피터, 당신은 날 오해하고 있소."

헨리가 퉁명스럽게 말했다. 모든 상황이 우려했던 대로 돌아가고 있었다.

"인간은 자신과 자신의 두려움으로부터 구원받아야 하오. 두려움은 우리가 직면한 유일한 지옥이오."

헨리는 단호하게 말했다. 그의 어투가 어찌나 권위적이었던지 피터는 순간 아무 대꾸도 하지 못했다.

"죽음이 찾아왔을 때 내가 벌벌 떨었다면 난 아마 죽음으로 가장한 신을 만나지 못했을 거요. 그리고 내겐 영원한 안식을 얻기 위해 가야 할 길이 수 마일은 더 남았소."

이 말에 담긴 의미는, 사람은 누구나 천국에 갈 수 있다는 이른바 헨리의 이론이었다. 윌리엄이라면 이 말을 들었을 때 그 의미를 단번에 알아차렸겠지만, 피터는 아무 의심 없이 헨리의 등을 툭 치며 말했다.

"무슨 인디언 추장처럼 말하는군요. 하지만 이건 아시오, 영감? 만일 나라면 누가 오른쪽 또는 왼쪽에 있든, 모두 똑같기 때문에 신경 쓰지 않을 거요. 어쨌든 난 당신을 혼자 내버려 둘 테니 걱정 마시오. 10분도 더 있고 싶지 않군요. 만일 마음이 달라져서 내 도움이 필요하다고 하면 그때 다시 오겠소. 아니면 당신이 외로울 때 잠깐 앉아서 잡담이나 하다 가죠. 그리고 당신 베틀이 도착하면 가져다 드리죠. 이 정도는 괜찮겠소?"

"그렇게 해준다면 고마울 따름이오."

헨리는 더 할 말은 없었다. 다만 친구의 눈빛에서 이해를 확인하고 싶을 뿐이었다. 하지만 헨리는 피터의 눈에서 그런 확신은 읽지 못했다. 헨리는 땅에 박힌 흙손을 뽑아 들었다.

"헨리, 가기 전에 한 가지만 더 말하지요. 만일 아까 말한대로 이 엄청난 사막을 건너려거든, 몬트로즈 넬리 양의 가게 같은 곳에 가서 생필품이나 좀더 사다 놓으시오. 우체국에서 멀지 않은 곳이오. 아니면 편지를 써도 괜찮을 거요. 페어호프까지 가는 길에서 사람들과 마주치고 싶지 않다면 말이오."

피터는 다친 발에 체중을 살짝 실었다가 재빨리 다른 발로 옮기는 행동을 몇 번 반복하면서 고통으로 얼굴을 찡그렸다. "아마 가게 주인 넬리는 건축자재만 아니면, 당신이 원하는 건 뭐든지 갖다 놓을 겁니다. 당신을 좋아하니까 당신이 주문하는 건 뭐든지. 미리 주문하면 며칠 혹은 그 다음 주라도 쉽게 구할 수 있을 거요."

피터는 지금은 이대로 돌아가지만, 매주 가끔씩 그를 확인하러 오겠다고 말했다.

"이따금 가져오는 음식마저 거절한다면 레디가 무척 섭섭해할 거요."

피터가 덧붙였다. 헨리는 괜히 도움을 거절해 걱정거리만 더 안겨주는 것 같다고 말했다. 사실 도움은 거절하면서 음식을 받는 것이 왠지 위선처럼 느껴졌다.

"굳이 나를 위해 음식을 만들 필요는 없다고 전해 줘요."

헨리가 말했다.

"그건 레디가 알아서 할 일이오."

피터는 절뚝거리며 트럭으로 걸어갔다. 잠시 후 트럭이 언덕 아래로 사라졌다.

톨스토이 공원에 다시 정적이 감돌았다. 헨리는 성배를 발견한 파르지팔[32]의 심정이 이랬을 거라고 생각했다. 그런데 내가 왜 이래야 하지? 죽음과 맞닥뜨린 이 순간, 그에게 이 집은 무엇보다 큰 의미였다. 지금 짓지 않으면 언제 기회가 온단 말인가? 소크라테스의 말처럼, 지금 아니면 언제 한단 말인가? 그러나 한편으로 생각하면 인간애는 집단에서 비롯된다. 타인과 교류하지 않는 삶을 참다운 인생이라 할 수 있을까?

마운트 유니온 신학대학 시절, 헨리는 친구들과 사제의 삶에 대해 자주 논쟁을 벌였다. 그는 수도원에 사는 사람들은 세금 징수원이나 지주들과 부딪칠 일도 없고, 아내와 부부 싸움을 할 일도 없으며, 자식을 키우는 고된 시간도 필요가 없으니 얼마나 편하겠느냐고 말했다.

당시에는 폭풍우를 피하는 것보다 폭풍우 속에서 평화를 찾는 게 훨씬 의미 있다고 생각했다. 그랬던 자신이 이제는 톨스토이 공원에 사제의 은신처를 만들려 하고 있었다. 그러나 세상을 함께 할 동반자를 얻는 대신 영혼을 팔아야 한다면 무슨 소용이 있겠는가. 그때 이상하게도 케이트의 목소리가 떠올랐다. 그 목소리는 같은 곳을 맴도는 생각의 길을 바로 잡아주려는 것 같았다. 그러나 그는 케이트의 꾸짖는 말을 듣지 않으려고 그녀의 환영을 지우려 했다.

"이것 보세요. 용감한 기사님. 당신은 성배를 찾아 헤매느라, 어머니의 장례식에도 참석하지 않았군요."

---

32. 아더왕의 전설에 등장하는 원탁의 기사 중 한 사람. 또 다른 기사 갤러해드와 함께 성배를 찾아 모험을 떠나고 최초로 성배를 발견한 기사가 된다.

헨리는 문득, 지금 느끼는 고독이야말로 폐결핵의 가장 위험하고 고통스러운 증상이 아닐까 생각했다. 꼬리에 꼬리를 무는 생각이 뇌혈관을 조여와 머리가 지끈거렸다. 그는 흙손 손잡이를 꼭 쥐고 눈앞으로 들어올렸다. 말라붙은 회반죽 때문에 손가락과 팔목이 따끔거렸다. 어서 덧없는 존재론적인 생각을 지우고 즉각적이고 현실적인 대상에 몰두해야 했다. 그러면 두통이 잦아들거나, 적어도 그에 대한 생각을 잊을 수 있을 것이다.

머리 속 안개가 조금이나마 걷히자 헨리는 얼른 믿는 바를 적극적으로 밀고 나가기 시작했다. 골짜기 아래서 울려오는 성난 까마귀 소리에 귀를 기울이고, 미풍에 실려오는 경쾌한 증기선 기적 소리, 어디에선가 들려오는 끈질긴 개 짖는 소리에 귀를 곤두세웠다. 가지런히 쌓아놓은 잘 마른 회색 벽돌과, 갈색으로 변해 부스럭거리는 풀잎과, 힘들여 먹이를 옮기고 있는 부지런한 딱정벌레를 응시했다.

발바닥에 느껴지는 땅의 차가운 감촉을 느끼고, 손목에 닿는 셔츠 깃 주름과 정수리에 내리쬐는 뜨거운 햇살도 느꼈다. 눈을 감고 장작 타는 냄새와 솔잎 냄새를 음미했고, 축축한 흙더미에서 풍기는 냄새와 짠 바다 내음, 바글거리는 게들과 숭어들이 풍기는 비릿한 냄새를 음미했다.

또 자리에서 일어나 아이다호의 쇼쇼니 족 여인이 가르쳐준, 건포도를 천천히 씹고 천천히 삼키는 시늉을 해보았다. 헨리는 또 눈을 뜨고 팔을 올려 어깨 관절 상태를 가늠해 보았다. 그리고 세 무더기의 벽돌 쪽으로 걸어가 흙손 날로 무더기를 차례대로 톡톡 두들겨 보았다. 어떤 벽돌은 쉽게 금이 가거나 부서졌다. 그런 다음 헨리는 장작으로 벽돌을 내리쳐 보고 마침내 셋째 벽돌을 선택했다. 그것들은 다른 벽돌보다 단단했고, 겨우 이틀 말렸는데도 막대기로 열 번 이상 내리쳤지만 가운데 부분에 겨우 금이 갔을 뿐이다.

헨리는 성공을 자축하고 싶은 마음에 완성된 벽돌 하나를 슬래브 가장자리 풀밭에 내려놓았다. 30킬로그램이 넘는 무게 때문에 자연스레 허리와 무릎이 접혔다.

부드러운 풀도 벽돌 아래 몸을 숙였다. 이어서 그는 커다란 벽돌 열 개를 더 가져와 슬래브 바깥 쪽에 둥근 성벽을 쌓은 다음, 콘크리트 바닥 가운데로 뛰어 내렸다. 왠지 이 우묵한 바닥이 법당처럼 느껴져 의기양양한 기분이었다.

잠시 후 그는 함석통에 모래와 시멘트를 섞어 회반죽을 만든 뒤, 슬래브 구덩이 가장자리로 끌어왔다. 그리고 우선 둥그런 슬래브를 따라 벽돌 세 장이 충분히 놓일 수 있도록 길이 2미터 너비 10센티미터 정도 회반죽을 깔았다. 그런 다음 첫째 벽돌을 가슴에 받쳐 들고 회반죽 위에 내려놓고 지그시 눌러 회반죽이 벽돌 가장자리로 1인치 정도 비집고 나오도록 했다. 그리고 흙손의 뭉툭한 나무 손잡이 끝으로 벽돌을 톡톡 쳐 벽돌과 바닥 사이에 샌드위치처럼 끼어 있는 회반죽 두께를 반 인치에 맞췄다.

그런 다음 첫째 벽돌 끝에 회반죽을 치덕치덕 바르고 얼른 둘째 벽돌을 가져와 그 옆에 내려놓았다. 그리고 벽돌 자리를 잘 잡은 뒤 첫째 벽돌과 수평이 되도록 흙손 손잡이로 톡톡 내리쳤다. 마지막 셋째 벽돌도 같은 방식으로 놓은 다음 벽돌에서 넘치는 회반죽은 쓱 긁어 함석통에 도로 넣었다.

두 시간 만에 바닥 둘레를 따라 11개 벽돌을 놓았다. 절반 정도 분량이었다. 어느 정도 벽 틀도 잡힌 셈이다.

헨리는 한 층에 보통 크기 벽돌 22개와 그보다 작은 40센티미터의 쪽벽돌 여러 개가 필요할 것이라고 계산했다. 상상만 해도 온 혈관이 기쁨으로 고동치는 것 같았다.

이제 곧 벽도 제 모습을 갖추게 되리라. 오두막이 이 세상에 태어나는 순간이 다가온 것이다!

햇살도 얼마 남지 않은 데다, 속도가 붙은 오후 작업에 고무된 헨리는 큰 벽돌을 세 장 더 찍어내고, 뚝딱뚝딱 널빤지로 틀을 만들어 쪽벽돌도 만들었다. 이번 줄을 완성할 만한 모래는 충분했지만, 한 줄 더 쌓고 나면 손수레를 끌고 볼란타 도로 끝 해변까지 순례를 해야 했다. 매일 아침 그렇게 가져온 모래로 함석통 가득 두 번씩 회반죽을 만들면, 하루 분량인 벽돌 네다섯 장 붙이는 건 충분할 것 같았다. 신선한 바람을 타고 땅거미가 지면서 추위가 찾아들었다.

숨을 내쉴 때마다 입김이 하얗게 얼어붙었다. 헨리는 오두막 바닥 한가운데 가부좌를 튼 뒤 허리를 곧게 펴고 고개를 들었다. 호흡을 고르고 눈을 감은 뒤 늘 해야겠다고 생각만 해왔던 감사기도를 올렸다.

 그리고 이 삼라만상에 대한 모든 의지를 우주의 의지에 맡기기로 결심했다. 이것은 그의 첫 기도이자, 그간 깨닫지 못했던 우주의 의지를 느낀 첫 순간이었다.

28장

The Poet of Tolstoy Park

헨리는 추수감사절과 크리스마스를 보내고 봄이 올 때까지 벽 쌓는 일에 매달렸다. 건강은 양극단을 달려 어떤 날은 몹시 아팠고, 어떤 날은 기운이 넘쳤지만, 가슴의 통증만은 가시지 않았다. 또 헨리는 늘 외로웠다. 하비와 토머스, 윌리엄의 편지도 거의 오지 않았다. 그러나 그는 고독이라는 보물을 파내겠다는 결심을 되돌릴 수 없었다. 모세도 홀로 시나이 산에 올랐고, 수우 족의 전사도 홀로 스웨트 로지sweat lodge[33]에 들어갔다. 헨리는 오직 자기 힘으로 스스로를 발견하고 영혼에 대한 의심을 버리게 될 것이라고 믿었다. 홀로 하나님을 만나리라. 사람은 누구나 홀로 죽음을 맞이하지 않는가.

---

33. 인디언의 성소. 이곳에서 땀을 내며 정신과 몸의 더러움을 정화시킨다.

2월 어느 날이었다. 그날 헨리는 일하러 나갈 기운조차 없었다. 마침 그날 케이트가 애너 펄을 데리고, 화를 내며 떠난 이후 처음으로 톨스토이 공원을 찾아왔다. 헨리는 모녀를 환영할 수도 그렇다고 내칠 수도 없었다. 너무 아파 말조차 할 수 없었다. 가만히 자신을 바라보던 케이트 모녀가 집을 나가버리자, 헨리는 케이트가 또다시 화를 내고 있다고 생각했다. 결국 뜨거운 눈물이 뺨을 타고 흘러내렸다. 그러나 케이트는 얼마 안 가 따뜻한 닭고기 수프를 들고 돌아왔다. 애너 펄은 헨리의 침대 곁에 바짝 붙어 헨리를 파피Poppy[34] 스튜어트라고 불렀다.

 이튿날 잠에서 깨어난 헨리는, 비몽사몽 와중에 케이트 모녀가 집을 방문했다는 것을 기억해냈다. 케이트와 애너 펄이 무슨 말을 했고, 이 창고 방에서 무엇을 하며 시간을 보냈는지는 기억에 없었다. 그러나 마음을 정리하지 못한 상황에서 더 혼란스러워질 일이 일어나지 않았다는 것만으로도 감사했다.

 맥킨의 건재상에서 구입한 모래가 떨어지면서 벽 쌓는 속도도 뚝 떨어졌다. 그러나 헨리는 조급하게 생각하지 않았다. 하루에 두 번 해변에서 모래를 퍼오면 대개 벽돌 네 장 정도를 만들었다. 어떤 날은 다섯 장을 찍기도 했다.

 서두를 필요가 뭐 있단 말인가?

 작업을 시작한 지 6개월이 지났다. 책을 펼치거나 일기나 시

---

34. 아빠라는 뜻

를 쓰지 않고 지낸 지도 6개월 째였다. 또 고독 속에 지낸 것도 6개월 째였다. 지난 두 달 동안에는 편지 한 장 오지 않았다. 독서와 글쓰기를 억누르다 보니, 툭하면 터지는 분노를 다스리기 힘들었다. 회반죽 위에 벽돌을 올려놓다가 조금 틀어지면 벽돌에게 욕설을 퍼부었다. 모래와 시멘트를 혼합할 때 실수로 물을 조금 더 부으면 물을 향해 신경질을 부렸다. 손수레를 끌다가 손잡이를 놓치거나 모래를 엎지르면 길 위 돌부리에게 저주를 퍼부었다. 연장도 골재들도 그에게 반항하는 것처럼 보였다. 머리카락처럼 눈에 잘 띄지 않는 금을 따라 벽돌이 갈라지는가 하면, 제대로 내려놓은 물 양동이가 기울어져 물이 엎질러지고, 손수레의 바퀴 축이 갑자기 헐거워지기도 했다.

헨리는 "스스로의 욕망을 자제하는 것만으로도 자부심을 가질 만하다"고 했던 톨스토이의 말을 떠올렸다. 그는 피터와 함께 일하고 싶다는 욕망 이상의 것을 품어본 적이 없었다. 그렇다. 책이 무척 읽고 싶었지만, 지금은 일이 우선이었다. 만일 금기의 효과 중 하나가 억제하고 있는 대상에 대한 갈망을 확인하는 일이라면 헨리가 하고 있는 이 일은 금기의 일종인 셈이었다. 그리고, 스스로를 억제하고 작업을 완수하려면 엄청난 노력이 필요할 것이 분명했다.

성경의 가르침은 어떨까? 성경은 손에 쟁기를 잡은 자가 뒤를 돌아보면, 그는 하나님 나라에 합당하지 않다고 했다. 한마디로 천국인가 아닌가는 뒤를 돌아보는가, 그렇지 않은가에 달려 있었다. 그러나 톨스토이는 "그런 것을 어떻게 억지로 다스린다는 말인가. 그것은 엄청난 착각이다"라고 일갈했다. 헨리 또한 한쪽을 억지로 누르면, 다른 쪽이 그만큼 튀어 오른다고 믿었다. 어쨌든 벽돌은 쌓이고 있었다. 꾹 참고 완주하리라.

상인방上引放[35]을 놓은 건 4월 말이 되어서였다. 헨리는 현관문과 여섯 개의 창문 위에는 좀더 긴 벽돌을 쌓을 계획이었다. 창문의 개수를 정할 때는 검은 고라니가 늘 존경해마지 않았던 여섯 할아버지, 동, 서, 남, 북, 그리고 대지와 하늘을 떠올렸다. 헨리는 상인방에 놓을 벽돌에 정성껏 날짜를 새겨 날짜가 잘 보이도록 조심스럽게 올려놓았다. 현관 문 위 벽돌에는 4-3-26, 처음 세 군데 창문 위에는 4-19-26, 4-21-26, 4-22-26, 마지막 세 군데 창문 위에는 4-27-26, 4-28-26, 4-29-26이라고 새긴 벽돌을 올렸다. 그런 다음 상인방 벽돌 위에 벽돌을 두 줄 더 쌓고, 상인방 바로 윗줄을 쌓을 때는 난로 연통이 지나갈 구멍을 만들기 위해 진흙으로 된 슬래브 관을 끼워 넣었다. 또 상인방 위로 외벽에서 앞으로 7센티미터정도 튀어 나오도록 얇고 넓적한 벽돌을 깔아 돌출부를 만들어 빗물이 벽을 타고 창문으로 들어오지 못하게 했다. 여기부터 지붕 꼭대기까지는 재활용 벽돌을 동심원 모양으로 쌓아올려 돔형 지붕을 만들고 환기 구멍도 만들 계획이었다.

---

35. 문, 창 등의 위를 가로지른 나무

5월 둘째 주부터는, 벽돌에 회반죽을 발라 쌓는 작업이 시작되었다. 셋째 주가 될 때까지 기침 발작 한 번 없었고, 이따금 가벼운 두통만 앓았다. 헨리는 물을 많이 마시고 넬리의 가게에서 구입한 과일과 야채, 곡물 따위를 즐겨 먹었다. 빵을 먹을 때는 꼭 차를 곁들였다. 벽돌을 들거나 회반죽을 바를 때마다 근육이 힘차게 불거져 나왔다. 땀구멍에서 땀이 비 오듯 흘렀다. 밤에는 깊은 잠을 자고 매일 아침 동 트기 전에 잠을 깼다. 아마도 새벽 4시 이후에 일어난 적은 한 번도 없는 것 같았다.

헨리는 매 주 록 강을 찾아 후미진 웅덩이에서 멱을 감았다. 케이트에게서 짧은 편지가 두 번 왔고, 크리스마스에는 애너 펄이 서툴게 쓴 편지를 보내왔지만 헨리는 아무 답장도 하지 않았다. 윤기 있는 털을 가진 너구리, 털복숭이 주머니쥐, 까마귀처럼 오로지 일하고 먹고 자면서 하루하루를 보냈다.

그러는 동안 강박관념이, 노예에게 쇠줄을 휘두르는 주인처럼 그를 철저히 지배했다.

이른 봄 헨리는 톨스토이 공원 언덕 위에서 잔가지와 나무토막을 열심히 물어 나르는 물수리를 발견했다. 대단히 위엄 있고 초연해 보였다. 며칠 뒤에는 해변으로 향하다가 말라 죽은 커다란 사이프러스 나무를 발견했는데, 물수리는 바로 그 나무 위에 둘레가 1미터나 되는 거대한 둥지를 짓고 있었다. 물수리는 잔가지뿐만 아니라 옥수수 대와 해초, 부유물까지 열심히 주워 날랐다. 헨리는 잠시 모래밭에 앉아 먼 북쪽에서 동물 뼈를 물고 날아오는 수컷 물수리를 응시했다.

물수리 암컷은 수컷보다 훨씬 몸집이 컸고, 활짝 펼친 날개 길이가 1미터 80센티미터는 족히 되는 것 같았다. 그러나 용맹스러운 사냥꾼은 수컷 쪽이었다. 헨리는 모래밭에 앉아있는 짧은 동안, 수컷이 물속으로 잠수해 살찐 숭어를 낚는 광경을 두 번이나 목격했다. 수컷은 물고기를 낚아 하늘로 오를 때마다, 바람의 저항을 줄이기 위해 물고기 머리를 바람이 부는 쪽으로 돌려 물었다. 헨리는 재빨리 수첩을 꺼내, 아름답고 기품 넘치는 물수리 한 쌍의 모습을 스케치했다. 하지만 실망스럽게도 물수리는 그에게 눈길 한 번 주지 않았다. 헨리는 문득 외로움을 느꼈다. 어서 자기만의 둥지를 빨리 완성하고 싶었다.

이따금 호기심 많은 방문자들이 언덕에서 톨스토이 공원을 기웃거렸다. 헨리는 자칫 그들이 쓸데없는 질문을 하거나 오래 머물까 두려워 반갑게 맞이해야 한다는 욕구도 의무도 느끼지 않았다. 심지어 손 한 번 흔들어 준 적 없었다. 한 번은 소년 둘이 찾아와 오후 내내 말도 없이 헨리가 작업하는 모습을 지켜보다가 저녁 무렵 사라져 버렸다. 그러나 피터는 여전히 오지 않았다. 헨리는 피터가 이곳에 올 일이 없다고 해서 우정을 포기하지 않기를 바랐다. 만일 이 오두막을 완성할 때까지, 이 고독한 한때가 끝날 때까지 살아있기만 한다면, 모닥불 가에서 여전히 자신을 기다릴 친구들 틈으로 돌아갈 생각이었다.

5월 초 어느 날 아침이었다. 사다리를 세우고 있는데, 허름한 작업복을 입은 한 늙은 침입자가 오두막 옆으로 다가오더니, 두 발을 벌리고 팔짱을 낀 채 20여 분이나 헨리를 지켜보았다. 헨리는 사다리 위에 올라가 돔형 지붕을 쌓는 작업을 하고 있었다. 헨리는 그 침입자의 출현에 아랑곳없이 어깨에 범포 주머니가 달린 가방을 메고, 가방에 반쪽 크기의 벽돌을 열 장 남짓 담아 사다리를 올라간 뒤, 벽돌에 회반죽을 발라 하나씩 붙였다. 사다리 위치를 바꿔가며 한 줄을 온전히 둥글게 쌓고 나면, 다음 줄을 쌓았다. 복잡한 버팀대는 필요 없었다. 헨리가 가방 안 벽돌을 모두 쌓았을 때 노인이 말을 걸었다.

"내 살다 살다 이런 괴상한 건물은 처음 보았소."

노인은 한참 머리를 긁적이다가 다시 손을 옷 섶 안쪽에 넣어 긁으며 말했다.

"이런 볼거리를 돈 안 받고 보여 주다니, 당신은 좋은 기회를 놓친 거요. 대체 톨스토이 공원이 무슨 뜻이요? 미치광이의 은신처라도 되는 거요?"

헨리가 다시 가방에 벽돌을 담아 사다리를 올라갈 때까지도, 노인은 그렇게 서 있었다. 헨리는 문득 사다리를 오르던 발걸음을 멈추고 두 눈을 부릅뜬 채, 노인을 향해 프로스트의 시 한 구절을 낭송했다.

"그는 내게 어둠 속에서 움직이는 것 처럼 보였다. 숲이나 나무 그늘 때문만은 아니다… 그는 자기 아버지가 한 말의 참뜻을 알려 하지 않고 그 말을 그저 좋다고만 생각해 다시 말한다. '담장이 튼튼해야 이웃 간이 좋다'라고…[35]"

"댁은 일종의 괴팍한 시인인 모양이오?"

노인이 헛기침을 하며 덧붙였다.

"웬 거위 꽥꽥대는 소리란 말이오! 잘해 보시오. 마을 사람들이 이 벌집처럼 생긴 괴상한 건물을 구경하러 죄다 몰려오면 숨을 곳이 필요할 테니 말이오. 그러면 그 빌어먹을 담장도 쌓아야 할 테고. 제발 개미 한 마리 못 들어오게 하시오. 아마 곧 사람들이 톨스토이 공원의 시인을 보러 몰려올 거요. 흐흐흐."

전설 속의 땅 신령처럼 생긴 노인은 하이에나 웃음 소리와 고통스런 비명 중간쯤 되는 삐걱대는 쇳소리를 내며 웃었다.

"이제…."

헨리가 방문자에게 말했다.

"초대한 사람이 아니면 나가달라고 요구할 수밖에 없겠소. 날 좀 내버려 두시오."

헨리는 노인을 노려보았다. 하지만 노인은 헨리의 완곡한 요구에 아랑곳하지 않고, 더 가까이 다가와 헨리가 만든 벽돌을 뚫어져라 살펴보았다. 노인은 작은 키에 머리가 벗겨진 데다 허리는 약간 굽었고, 시커멓고 주름진 얼굴에 매부리코가 달려 있었으며, 간신히 잇몸에 붙어 있는 치아는 누렇고 들쑥날쑥했다.

"내 방금 떠오른 생각이 있소, 시인 선생."

---

36. 프로스트의 시 〈담장 고치기〉 일부

노인이 머리 위에 손바닥을 올리며 말했다.

"페어호프에 가면 태양을 숭배한다고 떠들어대는 벌거숭이가 하나 있소. 그 알궁둥이만 아니면 꽤 존경받을 만한 사람인데 말야. 참, 이름은 E.O. 프랭클린이오. 하여튼 귀띔해 주는데, 아무도 그 노인네의 알궁둥이를 보고 싶어 하지 않는다오. 그 영감탱이가 마당에서 벌거벗고 바람 쏘이는 모습을 보게 될까 봐 그 집 근처에는 얼씬도 않는단 말이오."

"그러니까 당신 말은…."

헨리는 웃음이 나오려는 것을 간신히 참으면서 말했다.

"마을 사람들한테 나를 벌거숭이라고 소문내면 호기심 많은 구경꾼들도 내 집을 보러 오지 않을 거란 말씀이오?"

"그렇다고 할 수 있지. 어쨌든 난 프랭클린의 집에는 구경꾼들이 드나들지 않는다는 얘기를 해주려는 거요."

헨리는 고개를 끄덕이며 손가락을 이마에 붙여 경례하는 시늉을 했다.

"그 문제는 진지하게 고려해 보겠소."

그때 모빌 만의 넓은 바다에서 불어오는 바람의 방향이 순간적으로 바뀌는 것을 감지한 헨리는 조바심이 나서 노인이 다시 말을 꺼내기 전에 단도직입적으로 가 달라고 요구를 할 참이었다.

"난 당신이 결심을 해주기 바라오. 바보들이 목을 빼고 당신 집을 침범하지 않도록 해야 한단 말이오."

노인은 손바닥을 들어보였다.

"나 좀 보시오. 난 여기 있소. 난 당신 말대로 호기심이 발동해서 여기 온 게 아니오. 난 당신이 앓고 있는 폐결핵이 전염성이 없다는 걸 확인하기 위해 기다렸소. 물론 의사가 마을 사람들에게 걱정할 필요 없다고 말했지만."

헨리는 등줄기를 타고 목덜미까지 열이 오르는 것을 느꼈다. 설령 헨리의 얼굴에서 분노를 읽을 수 있었더라도 노인은 아랑곳하지 않았을 것이다.

"사람들 말이 당신이 다른 사람들의 도움을 받지 않는 것은 병을 옮길까 봐서라던데."

헨리는 사다리를 내려와 흙손은 그대로 손에 든 채 가방만 땅에 내려놓았다. 그는 노인에게 가까이 다가갔다. 자신도 모르게 전쟁터에 나가는 병사처럼 어깨에 힘이 들어갔다. 헨리는 노인에게서 겨우 몇 발자국 떨어진 곳에서 걸음을 멈추었다.

"당장 내 땅에서 나가시오!"

헨리는 백 아니 열까지 셀 필요도 없다는 것을 깨닫고, 낮게 울리는 목소리로 말했다.

"페어호프 주민들에게 더 이상 내 사생활에 간섭하지 말아 달라고 전해 주시오. 관절이 헐거워질 때까지 혓바닥을 놀리는 건 내 알 바 아니지만, 어쨌든 내 귀에 들어오지 않게 해 달라고. 자, 이제 당장 나가시오!"

헨리는 노인에게 한 발자국 더 다가갔다. 이제 보니 노인은 더러운 넝마 같은 옷을 입고 있었다. 불법 침입자는 눈을 껌벅거리며 정수리에 손을 갖다 댔다. 그의 커다란 귀 뒤로, 길고 더러운 머리카락이 나부꼈다.

"오후에는 할 일 없이 돌아다니는 것보다, 할 일을 하는 게 낫지."

노인이 쉰 목소리로 중얼거렸다. 그러더니 손가락으로 헨리의 오두막을 가리켰다.

"어쨌든 이 둥근 집은 쉽게 볼 수 있는 광경은 아니군."

노인은 바지 뒷주머니에 두 손을 찔러 넣으며 발걸음을 돌렸다. 헨리는 노인이 비틀거리며 언덕을 내려가는 모습을 지켜보았다. 괴짜 노인은 톨스토이 공원이라고 쓴 표지판 옆을 지나는 순간, 헨리 쪽을 돌아보며 고개를 갸우뚱거렸다.

헨리는 돌아서서 가방을 주워들고 곧장 벽돌을 담아왔다. 그리고 무거운 가방을 지고 사다리를 오르면서 진심으로 이 집 둘레에 담장이 있었으면 했다. 하지만 헨리는 막상 사다리 위에 오르자 지금까지 만들어온 것들을 둘러보며 곧장 일에 몰두하기 시작했다.

높은 곳에서 보니 마루가 걱정되었다. 지금은 아무것도 없어 넓어 보이지만, 작은 가구라도 한두 개 들어서면 금방 좁아질 것 같았다. 순간 침대를 공중에 매달자는 기발한 생각이 떠올랐다. 헨리는 곧 방법을 궁리하기 시작했다.

아침에 넬리네 가게에 가서 10센티미터 길이의 나사를 주문해, 다음 줄 벽돌을 쌓을 때 회반죽 사이에 끼워 넣는 것이다. 그런 다음 실과 아이볼트를 연결시켜 조이고 다시 침대 틀과 연결하면, 침대가 바닥에서 족히 2미터 정도는 뜨게 될 것이다. 게다가 벽에 사다리를 비치해 두면 밤마다 사다리를 타고 침대로 올라가면 됐다.

자신의 기막힌 아이디어에 흥이 난 헨리는 재빨리 가방 안 벽돌을 마저 쌓은 뒤, 벽돌을 더 가지러 갔다. 나머지 오후 시간 동안에는 휴식을 취한 후, 록 강 둑을 따라 자신만 아는 오솔길로 해변까지 산책할 계획이었다. 돌아오는 길에는 비누로 몸을 씻고 깨끗한 옷으로 갈아입으리라.

방금 자신의 둥지 설계에 중요한 진전을 본 헨리는 이제 한 쌍의 물수리도 자신들의 땅에 살고 있는 이 형제를 인정해 주리라 확신했다.

29장

The Poet of Tolstoy Park

8월 초, 벌집 모양 벽돌 지붕도 거의 제 꼴을 갖춰가면서 오두막 짓기도 막바지에 이르렀다. 헨리는 이스트 볼란타 도로를 내려다보다가, 피터의 트럭을 발견했다. 몇 주 만의 일이었다. 트럭이 멈추자 피터 옆자리에 앉은 레디도 보였다. 트럭에서 내리는 레디의 손에 바구니가 들려 있었다. 피터가 소리쳤다.

"이봐요, 영감님. 먹을 것 좀 가져왔소. 옥수수 빵하고 호박 스튜, 자줏빛 껍질 콩, 레디가 직접 기른 잘 익은 토마토요."

헨리는 일손을 멈추고 우물가에서 손을 씻었다. 아무 말도 건네지 않고 곁을 지나갈 때 고개만 까닥했다. 사실 당황해서 어떻게 행동해야 할지 갈피를 잡을 수 없었다. 집을 그리워하던 여행자가 막상 집에 돌아와 편히 앉을 데를 찾지 못하는 것과 비슷했다. 다행히 헨리는 몹시 배가 고팠던 터라 음식만큼은 거절하지 못했다. 레디가 바구니를 건네자 헨리는 겁 많은 고양이처럼 고개를 숙인 채 받아 헝겊을 걷고, 뒤집어 놓은 함석 통 위에 음식을 꺼내 놓았다. 헨리는 피터와 레디에게 무슨 말을 해야 할지 금방 떠오르지 않았다. 게다가 부부가 양쪽에 서서 자신을 바라보는 상황이 어색하게 느껴졌다.

그들 역시 입을 꾹 다물고 있자 헨리는 수저와 포크를 가지고 돌아와 함께 먹자고 권했다. 그 말에 긴장을 풀었는지 피터와 레디는 동시에 벌써 먹었다고 대답했다. 헨리는 두 사람을 번갈아 쳐다보았다.

"뭐가 잘못되었소?"

헨리가 함석 통 식탁 앞에 책상다리로 앉으며 물었다.

"우리가 참견할 일은 아니지만, 그렇지만―"

레디는 계속 할지 말아야 할지 갈피를 못 잡은 듯 말꼬리를 흐렸다. 피터도 잠시지만 미심쩍은 표정을 지으며 이맛살을 찌푸렸다. 이윽고 피터가 불쑥 말을 꺼냈다.

"헨리, 당신 베틀이 도착했소. 모빌의 부두 하역소에서 연락을 받고 내가 가서 찾아왔소. 내 트럭 뒤에 있소."

"여보!"

레디는 갑자기 화가 난 듯했다. 헨리는 자리에서 벌떡 일어나 먹다 만 옥수수 빵을 입에 쑤셔 넣었다.

"여기 말이오?"

음식을 씹느라 웅얼대는 바람에 헨리의 말은 거의 알아들을 수 없었다. 헨리는 피터를 앞질러 피터의 트럭 뒤쪽으로 향했다. 판자로 상자를 만들어 버팀대와 귀퉁이에 따로 나무를 덧댄 커다란 궤짝 속에 헨리의 베틀이 들어 있었다. 궤짝 옆에는 이런 도장이 찍혀 있었다.

앨라배마 주, 모빌, GM&O 터미널, 수신인: 앨라배마 주, 볼드윈 카운티, 몬트로즈, 피터 스테드먼 씨 귀하(헨리 제임스 스튜어트)

아마 토머스가 부치기 쉽게 부품별로 분해한 게 틀림없었다. 화물은 헨리가 상상했던 것만큼 크지 않았다. 헨리는 두세 명의 하역 인부들이 연안 부두 행 화물선 갑판 위에 짐을 옮기느라 안간힘을 쓰는 모습과, 이 베틀을 페어호프의 화물 창고가 있는, 절벽 위로 올라오는 철도 짐칸에 힘들게 옮겨 실으며 욕설을 퍼붓는 모습을 상상했다.

아마 피터와 함께라면 궤짝을 쉽게 옮길 수 있을 것 같았다. 헨리의 기억에 그다지 무겁지는 않았던 것 같았다. 냄퍼 시절 베틀을 햇볕이 잘 드는 창가로 옮기기 위해 마루를 가로질러 끌어 봤던 적이 몇 번 있었다.

"헨리, *베이 퀸* 호에서 내린 뒤로 이렇게 활기차 보이는 건 처음인 것 같소."

피터가 트럭 옆에 서 있는 헨리에게 다가오며 말했다. 피터가 어깨에 손을 얹자, 헨리는 톨스토이 공원에 혼자 있겠다는 결심을 되살리듯 바짝 긴장했다. 조심하지 않으면 이 베틀이 트로이 목마처럼 지난 몇 개월 동안 애써 다져온 조용한 생활을 무너뜨릴지도 몰랐다.

"이걸 가져다 주다니, 뭐라고 고마움을 표해야 할지 모르겠군요. 수고와 교통비를 충분히 드리겠소."

헨리는 최대한 정중하게 말했다. 그러자 피터는 허공에 대고 욕설을 퍼부으며 트럭 주변 땅을 발로 걷어찼다. 그리곤 아내를 향해 외쳤다.

"레디! 바구니 챙겨요. 음식은 빼놓고! 빨리 이 궤짝을 내려놓고 떠납시다."

피터는 트럭 뒤로 돌아가 짐칸 문을 열었다. 그리고 헨리가 다가갈 새도 없이 궤짝 모퉁이를 잡더니 놀라운 힘으로 헨리의 눈앞으로 끌고 왔다.

"스튜어트 씨, 한쪽을 잡고 앞장서시오."

헨리는 피터와 함께 화물을 옮기며, 피터가 무척 불쾌해 한다는 것을 깨달았다. 우정 어린 호의를 한낱 짐꾼의 일로 치부한 탓이었다.

헨리는 선뜻 사과하지 못했지만, 그렇다고 스테드먼 부부와 불화의 싹을 틔우기도 싫었다. 최근 들어 횟수는 줄었지만 자신을 방문해주는 유일한 친구들이었다. 문득 의도하지는 않았지만 자신의 몰염치한 행동이 그들과의 관계를 영원히 끊어버릴 수도 있다는 두려움이 밀려왔다. 레디 곁을 지나칠 때는, 그녀도 화가 나 있음을 느꼈다. 레디는 함석 통 근처에서 물건을 챙기며 헨리에게 불쑥 말했다.

"오늘 아침 시내에 나갔다 케이트 앤더슨을 만났어요. 애너 펄이 아프다고 전해 달라더군요. 그 어린 것이 당신을 파피라고 부른다면서요! 하지만 당신은 그 애조차 만나러 가지 않을 거라 생각하니 화가 나는군요."

헨리는 순간 망치로 머리를 얻어맞은 기분이었다. 창고로 걸음을 옮기는 도중 비틀거리며 말을 잇지 못했다.

"애너 펄이…."

"아, 걱정하실 필요는 없어요, 헨리 스튜어트 씨."

레디가 독설을 퍼부었다.

"삼촌이 의사니까 곧 잘 듣는 약을 먹겠죠. 사람 보고 싶어 걸리는 병에는 약이 없으니 문제지만요."

피터는 헨리의 연장 창고, X자로 널빤지를 댄 문 앞에 다다르자 화물을 내려놓았다.

"이제 당신 혼자 넣으시오."

피터가 말했다.

"아니면 녹슬게 버려두던가. 난 더 이상은 못하겠소."

상황을 수습하기도 전에, 결국 헨리는 톨스토이 공원에 홀로 남았다. 침대에 누운 그는 자신을 향해 두 팔을 벌리고 있는 애너 펄의 모습이 떠올라 다른 생각을 할 수 없었다. 하지만 그는 애너 펄에게 갈 수 없었다. 아니 가지 않아야 했다.

그래도 괜찮을 것 같았다. 그 아이에 대해 잘 아는 것도 아니었으니까.

30장

The Poet of Tolstoy Park

새벽부터 한낮의 더위를 예고하는 후텁지근한 습기가 몰려왔다. 등에 젖은 수건을 얹은 기분이더니, 정오를 지나면서부터는 몹시 불쾌해졌다. 그러다가 또다시 날씨가 돌변해 하늘에 회색 구름이 낮게 깔리고 여름 가랑비가 흩날리기 시작했다. 두 시간에 걸쳐 지붕 꼭대기 줄을 쌓고 나자 온몸이 쑤시고 얼얼했다. 록 강에 몸을 담그고 싶은 마음이 간절했다. 그는 남은 회반죽으로 간신히 벽돌 몇 장을 더 붙였지만, 서두를 마음은 없었다. 그리고 땅거미가 질 무렵, 마침내 회반죽을 덜어 쓰는 흙받이와 흙손을 내려놓고 사다리를 타고 내려왔다. 다리가 후들거렸고, 몸 안 음습한 구석에 숨어 있던 결핵균이 등줄기를 타고 올라오는지 온몸이 후끈거리기 시작했다. 벌써 1주일 넘게 겪어온 재발 증상이었지만, 헨리는 마음속으로 이를 거부해왔다. 그러나 이제는 사냥개 떼에 쫓기는 한 마리 사슴처럼 완전히 맥이 빠진 듯했다. 심지어 웅덩이에 목욕을 하러 가기 전에 깨끗한 옷을 챙기는 일조차 잊어버렸다.

모래가 쌓인 강둑을 걷는 동안 회색 껍질을 가진 키 큰 활엽수들이 친구가 되어 주었다. 엄지손가락으로 꽉 누르는 것 같은 둔한 통증 때문에 걸음을 옮기기도 힘들었다. 빗줄기가 소용돌이를 타고 외로운 나무들을 휘감았지만 새나 동물은 없었고 울음소리조차 들리지 않았다. 낮게 웅크린 구름 사이로 뇌성이 울리고, 멀리 모빌 동쪽에서 시작된 으르렁거리는 소리가 이쪽을 향해 달려오고 있었다. 갑자기 몸속이 갈기갈기 찢어져, 녹아내린 액체가 가슴과 뱃속으로 흘러내리는 느낌이었다. 그는 통나무를 건너 뛰다가 발을 헛디뎌 넘어졌다. 다행히 손과 무릎으로 몸은 지탱했지만, 곧 구토가 밀려왔다. 그때 한 가지 의문이 머릿속을 칼로 도려내는 것처럼 날카롭게 떠올랐다.

혹시 이 증상은 애너 펄의 부름과 딸을 한 번 보러 와달라는 케이트의 소원을 거절한 데 대한 죄책감 때문은 아닐까?

목구멍으로 쓰디쓴 쓸개즙이 넘어오면서 바늘로 찌르는 듯한 통증이 시작되자, 닥터 벨톤 병원 앞에서 부츠를 벗어버렸던 그날 이후 처음으로, 이번 달 달력을 넘기기도 전에 죽을지 모른다는 생각이 들었다. 꼭 오늘이 아니어도 앞으로 며칠 사이에 그렇게 된다면. 오늘은 1926년 8월 18일. 이 초저녁 시간에 맨발에 셔츠도 없이, 벽돌을 쌓다 떨어뜨려 피 묻은 셔츠 차림으로 죽는다면. 이전에 한 번 그렇게 떨어진 벽돌이 눈썹 바로 위 이마에 맞은 적이 있었다.

기른 지 거의 1년이 다 된 수염은 흰 목화솜처럼 가늘고 길었다. 그는 앨라배마 주 볼드윈 카운티, 주검을 거두어 줄 친척 하나 없는 이곳에서 죽게 될지도 몰랐다. 하지만 헨리는 이런 감상적인 생각 한켠으로, 오늘이야말로 죽기 좋은 날이라고 생각했다. 어떻게 이보다 더 좋을 수 있단 말인가? 햇볕이라도 화창해야 한다고? 어차피 빛은 그와 함께 어둠 속으로 걸어 들어가지 않을 것이다. 온기는 어떤가? 죽으면 온기 또한 뒤에 남는다. 지금보다 더 건강해야 한다면? 가르랑거리는 힘겨운 숨이나 조용하고 편안한 숨이나 결국 끊어지는 것은 마찬가지다. 임종을 지켜줄 친구는? 친구도 죽음에는 동행하지 못한다.

그렇다. 결국 죽기에 지금보다 더 좋은 날은 없었다. 그래서 헨리는 인동덩굴 가시 줄기에 발이 걸려 얕고 차가운 웅덩이에 빠졌는데도, 쭉 뻗은 다리가 서서히 젖어들고 맨살 팔꿈치가 진흙 속에 파묻혔는데도, 일어날 생각을 하지 않았다. 몸이 불덩이처럼 달아오르면서 거친 숨을 내쉴 때마다 뜨거운 김이 뿜어 나왔다. 하지만 물 속에 오래 누워 있다 보니 물이 점차 따뜻하게 느껴졌다. 더 이상 몸을 떨지도 않았고, 헐벗은 팔과 목덜미, 푹 꺼진 배의 쑤시고 얼얼했던 느낌도 서서히 사라졌다.

이상하게도 어떻게든 창고 방으로 돌아가야겠다는 마음이 간절했다. 그를 맞이해 줄 사람도, 기다려 식탁을 차려줄 사람도, 그를 위해 따뜻한 차 한 잔 건네 줄 사람도 없는 그곳으로 말이다. 그렇다. 그곳에는 이 무더운 여름날 침대에 누워 벌벌 떨어도, 턱까지 양모 담요를 끌어올려 덮어 줄 사람 하나 없었다. 하지만 그곳은 헨리에게 이 순간 세상을 통틀어, 가장 가고 싶은 곳이었다. 그러나 힘이 빠진 다리는 그를 데려다 주지 않을 것이고, 희미해진 눈도 톨스토이 공원으로 가는 길을 알려주지 않을 것 같았다. 곧이어 혈관에 피 도는 소리가 수문을 빠져나가는 거센 물소리처럼 들려오면서 찌르는 듯 귓속이 아파왔다. 호흡은 턱에 바짝 차 올라 허파 맨 끄트머리로 겨우 숨을 쉬는 것 같았다. 시야는 흐리고 입안은 바짝 탔다. 헨리는 긴장을 완전히 풀고 천천히 강물을 향해 몸을 움직였다. 그런 다음 머리를 옆으로 돌려 몸 속 불덩이를 끄려는 듯 벌컥벌컥 강물을 들이켰다. 그때 물가에서 머리를 뉘일 만한 것을 발견했다. 비에 쓰러진 소나무였다. 그는 한쪽 무릎을 들었다가 물 속에 첨벙 담갔다. 엉덩이와 허리 아래에서 힘차게 강물이 흘렀다. 그때 잠 속으로 빠져들 듯, 어둠 속에서 낮은 콧노래 소리가 들려왔다. 헨리는 그 소리를 온몸으로 느끼고 있었다. 그러자 마치 장작불이 훨훨 타는 벽난로 앞에 누운 것처럼 한기가 사라지고 몸이 점점 따뜻해졌다.

문득 이대로 눈을 감으면 죽는다는 생각이 들었다. 절대 죽음에 굴복하지 않겠다고 입술을 깨물었다. 그때 눈꺼풀이 파르르 떨리며 어머니의 모습이 은빛 환영으로 떠올랐다. 갑자기 마음이 따뜻해졌다. 어머니는 한쪽 무릎을 풀밭에 꿇은 채 헨리를 가슴에 안고 카메라를 향해 미소를 짓고 있었다. 기억 속에 떠오르는 런던의 한 공원이었다. 헨리는 즐거워하면서도 어머니 품에서 빠져나가려고 작은 팔을 버둥거렸다. 그러나 어머니는 여전히 카메라를 향해 웃고 있었다. 긴 다리에 검은 헝겊을 뒤집어쓴 물건이 찰칵 둔탁한 소리를 내며 플래시가 터지기를 기다리고 있었다. 눈을 깜빡거리자 환영도 사라졌다.

그때 자신의 어릴 때 목소리가 귓전을 스쳤다.

"이제 자게 해줘요. 하나님께 기도할게요."

다시 카메라가 나타났다. 호리호리한 다리가 눈앞에 어른거렸다. 누군가의 손이 삼각대 위에 놓인 카메라를 들고 있었다. 그때 눈부실 정도로 환한 빛 두 무리가 동시에 터졌다. 하나는 환상 속의 카메라에서 터진 빛, 다른 하나는 낮게 내려앉은 구름 속에서 터져 나온 번개였다. 곧이어 천둥이 바닥에 누운 헨리의 몸을 뒤흔들었다. 헨리는 온몸을 땅에 내맡겼다. 드디어 감고 있던 눈이 떠지면서 모든 것이 선명해졌다. 키 큰 히코리 나무의 가지마다 다닥다닥 붙은 동그란 잎들이 회색 도화지 같은 하늘에 멋대로 뚫어놓은 구멍처럼 보였다. 나무는 하늘을 향해 두 팔을 벌렸다. 나는 초대받은 걸까? 누구에게?

그때 거대한 얼룩 물수리가 날개를 펼치고 하강하는 모습이 보였다. 바람의 저항 때문에 속도가 떨어질까 봐 거대한 날개 속에 먹이를 감춘 물수리는 날카로운 발톱을 세우고 옆으로 뻗은 굵은 호두나무 가지에 사뿐히 내려앉았다. 헨리는 그 놀랄 정도로 아름다운 광경에 완전히 매료되었다. 어떠한 음악도, 그림도, 시도, 어떤 문학 작품의 글귀도, 지금까지 본 어떤 풍경이나 여인의 모습도, 그처럼 아름다울 수는 없었다.

나뭇가지에 앉은 물수리는 등을 곧게 펴고 날개를 몸에 단단히 붙인 뒤, 고개를 꼿꼿이 세우더니 맹렬하게 생긴 노란 눈으로 헨리의 눈동자를 노려보며 육식성 부리를 약간 벌렸다. 물수리는 헨리에게 마치 대단한 위협이자 행운처럼 느껴졌다. 나중이야 어떻든 지금은 도전적인 모습으로 헨리를 보호해주고 있었다.

그 순간 어머니의 달콤한 자장가에 이끌리듯 잠이 들 것 같았다. 하지만 적어도 강물에 떠내려 가 죽지는 않을 테다. 아니, 추운 1월의 겨울에도, 연 날리기에 좋은 봄에도 죽지 않고, 후텁지근한 여름에도 죽지 않을 것이다. 헨리 제임스 스튜어트는 앨라배마 묘비 명에 새겨질 이름이 아니었다. 이제는 그걸 알 것 같았다. 헨리는 자신의 죽음이 어디에 기록될지, 스스로도 알 수 없었다. 사도 바울도 테살로니아인들에게 이렇게 말하지 않았던가?

"형제들아, 너희에게 주님의 날의 때와 시기를 말하지 않은 것은, 주님께서 한밤중 도둑과 같이 오실 것이라는 사실을 너희 스스로 너무도 잘 알기 때문이니라."

그래, 그 분이 쓰도록 하자. 밤에 몰래 다가와 의사의 잘못된 진단서를 그의 도둑이 지우도록 내버려 두자.

31장

The Poet of Tolstoy Park

헨리는 강물에 몸을 반쯤 담근 채 부드럽고 조용한 어둠 속에서 한 시간 정도 잠이 들었다. 만일 은빛 포플러 잎처럼 물살에 떠내려 갔다면, 굴곡지고 후미진 곳을 돌아 나뭇가지가 차양처럼 빽빽하게 드리워진 길을 흘러 1마일 정도 떨어진 볼란타 강 좁다란 강가에 닿았을 것이다.

수면 위로 오르락내리락 소용돌이를 따라 돌기도 하면서 서쪽으로 흘러내려가 모빌 만의 잔물결과 만났으리라. 그리고 다시 깨끗한 초록빛 물길을 따라 남쪽으로 몇 마일 더 떠내려가거나, 검은 타르 찌꺼기나 만조를 표시하는 페어호프의 부두나, 또는 흰색 조개들 틈에 묻혀 버렸을지도 몰랐다. 그랬더라면 아마 늦여름 주말을 해변에서 보내기 위해 *베이 퀸* 호와

이스턴 쇼어 호에서 하선하는 승객들의 와글와글대는 소리, 화물을 부리는 인부들의 고함소리 같은 오후 소음에 잠을 깼으리라.

그때 다시 한 풍경이 떠올랐다. 하역 인부들이 합판으로 만든 궤짝을 애써 옮기고 있었다. 궤짝에는 헨리 제임스 스튜어트라는 수신인 명이 찍혀 있었다. 헨리는 시끄러운 소음에도 다시 잠에 빠져들었다. 피터와 레디가 선창가로 내려오고, 그 뒤를 케이트가 따르고 있었다. 세 사람은 문에 손잡이가 달린 궤짝으로 다가갔고, 곧이어 레디가 손잡이를 돌렸다. 궤짝 안에는 텅 빈 요람이 들어 있었고, 케이트는 날카로운 비명을 질렀다.

헨리는 얼음물 세례를 받은 듯 번쩍 정신을 차렸다.

깨어 보니 물 속에 엎드린 채 쓰러진 나무를 베고 있었다. 몸을 일으키려 했지만 쉽지 않았다. 짧은 순간이었지만, 복잡한 세상 속으로 돌아가기 전에 이 상황을 충분히 고민해 보라는 권유처럼 느껴졌다.

하늘은 혼란스러웠고 쉴 새 없이 으르렁거렸다. 나무 숲을 갈기갈기 찢는 듯한 굉음이었다. 가랑비가 앞을 보기 힘들 정도로 휘몰아쳤다. 바람의 비명 소리 가운데 골짜기에 어둠이 내려앉자 조금씩 추워지기 시작했다. 헨리는 직감적으로 무시무시한 허리케인이 발톱을 세우고 모빌 만으로 달려들고 있음을 깨달았다. 아마 지금쯤 호시탐탐 볼드윈 카운티의 해안가 마을을 엿보고 있을 것이다. 폭풍우가 닥칠 수도, 그렇지 않을 수도 있었다. 문득 케이트와 애너 펄이 보고 싶었다. 뼈와 살에 결연한 의지가 스며들었다. 몸을 엄습했던 오한도, 깨질 듯한 두통도 말끔히 사라졌다. 그는 몸을 일으켜 똑바로 앉았다. 그리고 커다란 날개를 가진 물수리를 떠올리며, 물수리가 하늘로 날아오르기 전에 횃대로 이용했던 나뭇가지를 올려다보았다. 물수리는 없었다. 그 나뭇가지가 맞는지조차 확신할 수 없었다. 강에서 멀리 떨어진 언덕 꼭대기는 바람막이도 없이 온몸으로 버티고 있었다. 커다란 나무가 비틀거리다가 쓰러지고, 그렇게 거센 바람에 굴복할 때마다 탁탁 대포알 터지는 소리가 났다. 이 대혼란을 뚫고 어떻게 숲 밖으로 나가야 할지 알 수 없었다. 톨스토이는 고독할수록 신의 소리를 더 분명하게 들을 수 있다고 말했다. 그러나 집을 짓는 몇 달 동안 고독에 흠뻑 젖어봐도 아무 소리도 들을 수 없었다. 게다가 어떤 지시를 간절히 원하고 있는 이 순간도 마찬가지였다. 헨리는 여호와의 얼굴 대신 그 '뒷모습'만 바라봐야 했던 모세의 심정을 이해할 수 있을 것 같았다. 하지만 신의 뒷모습을 느끼고, 그의 죽음 같은 침묵에 복종하겠다고 다짐하자 헨리의 내면에서 크고 분명한 목소리가 들려왔다.

"이 폭풍우는 살인자다. 일어나서 누군가를 도와주러 가거라."

이것은 자기도취를 포기하라는 부름이자 명령이었다. 자기 외의 동료들을 존중하라는 간청이었다.

헨리는 기운이 솟고 머리가 맑아지는 것을 느꼈다. 학교 운동장과 닥터 앤더슨의 진료실에서 느꼈던 육체의 고통, 창고 방에서 보낸 꿈같은 날들의 흔적과 울림까지도 모두 사라져 있었다. 길고도 짧은 시간이 흐르는 동안, 그림자처럼 따라다니며 온몸을 웅크리게 만들었던 기침과 통증도 온데간데없었다.

몸을 반쯤 강물에 담그고 있자니 이상하게도 강물이 붇고 물살이 거세어질수록 원기가 되살아났다. 헨리는 반드시 케이트의 집에 도착할 수 있으리라 믿었다. 어떤 신비한 힘이 작용하고 있는 게 분명했지만, 의학적 지식으로는 설명할 수 없었다. 설령 이 바람이 갑자기 진로를 바꿔 불더라도 그것을 지식적인 측면에서 해석하려다가 이 순간 얻은 깨달음을 망치고 싶지 않았다. 그것은 아침식사 접시에 담긴 따뜻한 빵을, 다시 밀가루와 계란과 버터와 우유로 분해하는 것과 비슷했다.

헨리는 시합 준비를 하는 권투선수처럼 심호흡을 하고, 돌벽이라도 쓰러뜨릴 기세로 몰아치는 바람 속에서 꼿꼿이 몸을 세웠다. 몸에서 강물이 뚝뚝 떨어졌다. 몸에 새 피부가 돋고 새 근육이 몸을 지탱하고, 새 뼈로 골격을 짠 느낌이었다. 끈질긴 바람이 잡념이라는 분필 가루를 몽땅 쓸어간 듯 머리도 맑아졌다. 헨리는 서둘러 피터와 레디를 찾아 케이트의 집으로 가는 길을 물어 봐야겠다고 생각한 뒤, 맨발로 진흙 투성이 강둑을 단단히 딛고 나무를 오르는 다람쥐처럼 발톱을 세웠다. 달려가는 동안 나뭇가지와 넝쿨에 긁혀 뺨과 팔에 생채기가 났다. 수염이 허클베리 나무 가시에 잡아 채이며 나동그라지기도 했다.

가만히 보니 넘어진 곳은 지난주에 통증이 멎기를 기다리며 가만히 누워 있던 자리였다. 하지만 오늘은 달랐다. 헨리는 무릎을 끌어당겨 일어선 다음 베이뷰 도로와 연결되는 록 강을 따라 걸음을 옮겼다. 피터의 집은 강 북쪽 절벽 위 바다가 내려다보이는 곳에 있었다. 어두워지기 전에 그곳에 닿아야 했다.

헨리는 달리면서도 인생의 가치는 무엇인가, 왜 생명을 되돌려 받고도 곧 잃을 준비를 해야 하는가 고민하기 시작했다. 강렬한 호기심이 떠올랐다. 어쨌든 이 순간 자신의 죽음이 유예되었다는 것만은 분명했다. 내일이면 또다시 해가 떠오르는 것만큼 분명하게 말이다!

"넘치는 감사로 이 순간을 받아들이겠습니다!"

헨리는 바람을 향해 큰 소리로 외쳤다. 건강이 회복된 것은 둥근 오두막을 완성하라는 은밀한 지시처럼 느껴졌다. 이 폭풍우는 천사 가브리엘처럼, 공원 밖으로 나가 사람들을 도우라고 일러주기 위해 찾아온 전령인지도 몰랐다. 비록 한 마디 말도, 바람 속 환청조차 없었지만, 더 많은 삶을 되돌려 받은 대신 뭔가를 해야 한다는 사명만큼은 선명하게 떠올랐다. 헨리는 휘몰아치는 비바람과 짙어지는 어둠에 맞서듯 약간 우스꽝스럽게 허공을 향해 손가락을 높이 들며 소리쳤다.

"한 가지만 말해 두마! 설사 내가 만든 것이 방주라고 해도, 내가 만든 방주는 물에 뜨지 않는단 말이다!"

하지만 잠시간의 익살도 해변을 때리는 파도처럼 금방 산산

조각 났다. 헨리는 불길한 징조를 몰고 오는 거대한 바다에 쫓기기라도 하듯 뒷걸음질쳤다. 게다가 파도도, 하나 하나가 밀려올 때마다 입술을 말며 앵무새처럼 되풀이해 "이봐, 헨리. 되돌려 받은 생명에 보답하려면 백 배 천 배 노력해도 모자랄걸?"하고 빈정대는 것 같았다. 타르수스의 사울은 예수가 십자가에 못 박혀 죽고 난 뒤, 그 제자들을 찾아 죽이라는 명령을 받았다. 하지만 그는 다마스쿠스로 가는 길에 신의 뜻으로 장님이 되었다가 3일 만에 새로 눈을 떴다. 훗날 그는 바울이라는 이름으로 다시 태어나 먼 곳까지 찾아 새로운 교회를 세우며 예수의 가르침을 전파하기 시작했다.

만일 갑자기 건강을 되찾은 이 상황을 일종의 '다마스쿠스로 가는 길'이라 한다면, 이제 이 세상을 어떻게 바라봐야 할까? 몸은 원기와 건강을 되찾아도 마음은 나약함과 끊임없이 싸워야 할 것이다. 어쨌든 그는 이 합창에 침묵할 것이며, 폐결핵이 사라졌다고 크게 기뻐하지도 않을 것이다. 대신 그에게 어떤 일이 일어날때, 글이 잘 써지지 않을 때, 어떤 계획에 대해 확신이 서지 않을 때마다 책이 언제나 책장을 펼쳐 줄 것이다.

도로 갓길에 도착한 헨리는 어린 묘목을 붙잡고 바람을 가르며 베이뷰 해안 도로로 올라가 록 강을 가로지르는 목조 다리를 건넜다. 다리 아래를 보니 흙탕물이 소용돌이치는 강물 한가운데로 나무토막 따위가 빨려들고 있었다. 급류에 떠내려가는 죽은 스컹크, 썩은 통나무를 붙잡고 있는 너구리 한 마리도 보았다. 통나무가 물에 젖으면서 너구리는 점차 가라앉고 있었다. 그 눈에 공포의 빛이 역력했다. 왼편 도로 위로 올라서니 스테드먼의 집 모퉁이가 한눈에 들어왔다. 불빛은 없었다. 헨리는 두 사람이 제발 집에 있기를 기도했다. 그들이 아니면 케이트와 애너 펄을 어디에서 찾을지 막막했다. 헨리는 얼마전 침대 위에 쓰러져 있을 때 케이트가 문병왔던 일을 떠올렸다. 케이트가 돌아간 직후 마음에 시 한 편이 떠올랐다. 그리고 케이트가 프로스트의 시를 주었듯, 자신도 이 시를 그녀에게 선물할 생각이었다. 어둡고 비관적이기는 하지만, 지난 모든 행동에 대한 사과의 의미로 이 시를 주리라. 헨리는 이 시에, 길을 잃은 자신의 처지를 반어적으로 표현해 '항해사'라는 제목을 붙이기로 했다.

> 노도 키도 돛도
> 금방 쓸모없겠지
> 하얀색이, 내가 본 적 있는 푸른색에 가까워질 때;
> 여전히 가까워지고 그 다음 멀어지겠지. 냉담하게
> 내 영혼의 환상 속이나 진열상자에선
> 어쩌면 크게 들릴 시계의 똑딱 소리
> 닻줄과, 당신의 열쇠, 나의 자물쇠는 헛되어지고
> 내 꿈이 해변에서 산산조각 날 때
> 나침반은 '표류 중'을 가리키겠지

흠뻑 젖은 옷에서 물이 뚝뚝 떨어지고, 눈에까지 빗물이 들이쳤다. 헨리는 성큼성큼 언덕 위를 올랐다. 걷는 동안 두 번이나 어떤 환영이 앞을 가로막았지만, 정작 올려다보면 아무것도 없었다. 심장은 쿵쾅거리고, 폐는 차갑고 축축한 공기로 가득 찼다. 이제 언덕을 오르는 그를 방해하는 것은 없었다. 시력과 청력이 예민해지고 온몸은 아드레날린으로 목욕한 듯 활력이 솟았다. 짐작은 했지만 건강이 회복되었다는 데 일말의 의심도 없었다. 신음 소리처럼 울려 퍼지는 바람 소리가 오히려 그를 믿을 수 없는 평온 속으로 인도해 주었다.

마운트 유니온 신학대학 시절, 친구들은 이런 경우를 두고 지금까지 공부한대로 기적이냐, 의학적으로 설명하기는 힘들지만 자연적인 치유냐를 두고 논쟁을 벌이곤 했다. 하지만 어느 쪽이든 결과는 마찬가지였다. 다만 전자는 신이 개입한 것이고, 후자는 생리학적 가능성을 보여주는 일이었다. 헨리는 이런 종류의 논의는 못 본 척하는 것이 옳으며, 궁극적으로 이런 논쟁은 그저 논쟁으로 끝난다는 사실을 잘 알고 있었다. 이런 문제는 이해는 없이 가정만 존재하며, 본질적으로 모호해 해답도 찾을 수 없었다.

32장

The Poet of Tolstoy Park

헨리는 피터 집 현관에 있는 넓은 베란다 위로 뛰어 올랐다. 지붕이 없어 바닥에 빗물이 흥건했다. 커다란 양치류 화분이 짧은 줄에 매달려 있었다. 두드리자마자 문이 열렸다. 피터가 램프를 들고 휘둥그레진 눈으로 문 앞에 서 있었다. 뿌연 유리 등피 안에 노란 불꽃이 동그랗게 떠올라 있었다.

"헨리! 무슨 일로—"

"피터!"

서로의 눈을 뚫어지게 바라보는 순간, 섭섭했던 감정도 눈 녹듯이 사라졌다.

"피터, 내가 미안했소. 레디하고 당신은 내게—"

"됐소. 설교는 그만해도 괜찮소, 목사 양반."

피터는 문 밖으로 나오며 헨리의 어깨에 손을 얹었다. 헨리는 한 걸음 뒤로 물러났다.

"아침이면 허리케인이 나갈 텐데, 아직은 강풍이 몰아칠 것 같소. 어서 안으로 들어갑시다!"

"아니오, 피터. 케이트와 애너 펄이 있는 곳을 알려주시오."

"제정신이오?"

"그렇소. 부탁하오."

그때 레디가 피터 곁에 나타났다. 헨리는 사과의 말을 꺼내려 했지만 레디는 그 문제에 대해 더 말할 필요가 없다는 듯 손을 올리며 말했다.

"오늘 밤은 못가요, 헨리."

레디의 목소리는 담담했다.

"차 타고 가는 것도 힘든데, 걸어가는 건 더 위험해요. 게다가 케이트는 지금 시동생 병원에 있을 거예요. 거기까지는 적어도 30분 쯤…."

"그렇군요!"

헨리는 문을 잡고 있는 피터의 손을 덥석 움켜쥐었다. 바람 때문에 현관문이 벌컥 열리자, 피터는 헨리의 손을 잡고 문 밖으로 나왔다.

"나도 함께 가겠소."

피터가 아내를 향해 눈을 찡긋했다. 고개를 설레설레 젓는 레디의 얼굴에는 당혹스러움과 체념이 뒤섞여 있었다. 헨리도 피터가 모험을 좋아한다는 걸 알았지만, 그렇다고 레디를 혼자 내버려 두고 갈 수는 없었다. 피터도 그 마음을 눈치챈 듯 손끝으로 길 쪽을 가리켰다.

"길 따라서 쭉 가면 되오. 가다 보면 공터가 나오는데, 젖소도 볼 수 있을 거요. 그 녀석이 당신을 들이받지만 않는다면."

피터는 장난스럽게 헨리의 어깨를 주먹으로 가볍게 밀쳤지만, 이내 진지한 표정을 지었다.

"램프를 가져가요. 나도 거기까지 가는 데 네 번이나 불을 다시 켜야 했소. 이 램프은 석유도 넉넉히 넣었고 방풍 등피도 최고급이오. 가는 동안 길잡이가 되어줄 거요."

"내일."

헨리가 말했다.

"여기 당신 집부터 수리하고 기계들도 청소해야겠군요."

"이 집은 이전에도 허리케인을 겪은 적이 있어요. 그보다 톨스토이 공원부터 시작합시다."

"참, 내 오두막은 거의 다 지었소. 꼭대기만 남았는데 별 일은 없을 거요. 그보다…"

헨리가 현관 쪽 화분을 가리켰다.

"저것부터 내려놓아야겠소. 바람에 날아갈 거요."

"레디, 이 문 좀 잡아요! 화분들 좀 내려놔야겠소."

피터가 소리쳤다. 현관 앞 기둥과 기둥 사이에 각각 하나씩 화분 네 개가 매달려 있었다. 피터는 옷깃을 세우고 얼른 왼편으로 뛰어갔다. 헨리는 피터와 레디가 화분 두 개를 들여놓는 동안 오른쪽에 있는 나머지 화분들을 지켰다. 그리고 나서 층계를 뛰어 내려와 마당을 가로질러 달렸다. 등 뒤에서 불어오는 강풍에 몸이 날아갈 것만 같았다.

헨리는 도로에 도착하자 한가운데로 뛰어들어 빠르게 걷기 시작했다. 앞으로도 지금처럼 진흙길만 펼쳐진다면 계속해서 그 속도를 유지할 수 있을 것 같았다. 도로 표면을 움켜쥘 것처럼 발가락을 구부리고 걸었지만, 깨진 굴 껍질과 거친 모래 때문에 발바닥이 따끔거렸다. 램프 불빛은 시야를 밝히는 데 별 도움은 안 됐지만, 피터의 호의를 받아들인 것만으로도 만족스러웠다. 귓전에 바람의 거친 신음 소리가 맴돌고, 헨리는 악몽처럼 빗발치는 소음과 번쩍이는 번갯불 사이에서 동그란 램프 불빛을 위안 삼아 고개를 숙이고 걸었다. 어느덧 헨리는 불면의 밤을 지샐 때처럼 되풀이되는 질문 언저리를 맴도는 자신을 발견했다. 생명을 돌려받았다는 건 무슨 뜻일까? 죽음은 여전히 시간 저 끝에서 우리를 기다리고 있다. 거부하고 싶어도 거부할 수 없는 모습으로 말이다. 죽음이 조금 늦춰졌다고 뭐가 달라진단 말인가? 죽음이 생명의 끝이든 아니든, 아무리 생명의 의미를 쥐어짜 본들, 결국은 모든 게 끝나게 되어 있다. 차라리 죽음을 발전하는 한 단계로 보는 것이 나으리라. 강보에 쌓여 있던 아기가 아장아장 걷는다. 이어 아이는 걸음마를 지나 급기야는 뛴다. 그때부터는 다시 노인의 침대로 되돌아갈 일만 남은 것이다.

하지만 그런 인생의 수레바퀴를 벗어나면 정신적으로 크게 성장할 수 있다. 헨리는 죽음을 앞둔 여든 살에도 젊은이처럼 탄력 넘치는 지적 능력을 유지하고 있는 노인을 본 적 있었다. 시인 알프레드 테니슨[37]이었다. 그는 여든 살의 나이에 쓴 시로 이전의 명성을 되찾았고, 실제로 그 시를 자신의 작품 선집 맨 끝에 수록하겠다고 고집을 부렸다. 그 훌륭한 시 전문은 다음과 같다.

해지고 저녁 별 뜨니
날 부르는 또렷한 소리
나 바다로 나가는 날
모래톱에 슬픈 울음 없고

소리도 거품도 없이 넘실대며
자는 듯 움직이는 밀물만 있기를
한없는 심해에서 나온 생명
다시 제 집으로 돌아갈 적에

황혼녘 저녁 종 울리니
그 다음은 어둠!

---

37. 1809-1892, 로버트 브라우닝과 함께 영국 빅토리아 시대 최고의 시인. 본문에 나오는 시의 원제는 〈모래톱을 건너며〉

내가 배에 오를 때

이별의 슬픔 없기를

시간과 공간의 경계 너머

이 몸 물결에 멀리 실려가도

모래톱 건너고 나면

내 길잡이 만날 수 있으리니

테니슨은 유한한 시선으로나마 영원불멸한 세상을 끊임없이 주시하려고 노력했다. 폭풍 속에서 헨리는 약간 엉뚱하긴 하지만 또 다른 부분을 깨달았다. 아무리 지독한 바람에 포위되어도 생각만 움직이면 극도로 마음에 집중할 수 있다는 점이었다. 헨리가 알기로는 승려들도 그런 식으로 수양을 했다. 저녁식사에 정신을 집중하라. 헨리는 불교 사찰에서는 채마밭을 가꾸고 음식을 만드는 공양주가 가장 큰 존경을 받으며, 공양주는 대중을 위해 음식을 만들고 대접하면서 큰 희열을 맛본다는 글을 읽은 적이 있었다.

그때 헨리는 도로 왼쪽 머리 바로 위, 멀지 않은 곳에서 나무가 우지끈 소리를 내며 꺾이는 바람에 번쩍 정신을 차렸다. 일단 플라이 강 다리를 건넜다. 이제 오르막길을 오른 뒤 베이뷰 도로에서 모퉁이를 돌아 섹션 스트리트의 남쪽 직선 길로 가야 했다.

헨리는 한껏 불어난 다리 아래 강물을 눈으로 보고도 믿을 수가 없었다. 언젠가 맨발로 건넜을 때 허리까지밖에 안 오던 강물이 번갯불이 번뜩일 때마다 으르렁대며 흐르고 있었다. 물살이 얼마나 센지 어떤 거대한 짐승도 30초도 안 되어 빨려 들어갈 것 같았다. 어둡고 폭풍이 몰아치는 밤길을 얼마나 걸었을까. 헨리는 어렴풋이 앤더슨 병원으로 가는 길을 기억하고 있었다. 그리 많이 남지는 않은 것 같았다. 아까 피터의 집에 도착했을 때는 어둠과 적막뿐이었지만, 앤더슨의 병원은 어둠의 벨벳이 깔린 저녁 무렵 사막에 자리잡은 인가처럼 불빛을 발하고 있었다. 앞 마당을 보니 자동차 세 대와 트럭 두 대가 주차해 있었다. 빗줄기가 얼마나 세찬지, 눈을 뜨려면 쥐어짜듯 오래 감았다 떠야 했다. 병원이 보이자 심장 박동이 빨라지기 시작했다.

 부상당한 사람들이 있는 것이 틀림없었다. 울부짖는 바람 소리는 악마가 인간의 귀를 속이기 위해 일부러 바보처럼 느리게 '흐흐흐' 웃는 것처럼 들렸다. 헨리는 빠르게 걷다가 이윽고 달리기 시작했다. 단숨에 현관 앞에 다다랐지만 인기척은 없었다. 헨리는 노크를 하려다 그만 두었다.

 그때였다. 안으로 들어서자, 가장 먼저 케이트의 모습이 보였다. 거의 동시에 케이트도 헨리를 바라보았다. 케이트는 금방이라도 울음을 터뜨릴 듯 눈물을 글썽거렸다. 그녀는 어떤 뚱뚱한 여인의 목에 붕대를 감고 있는 중이었다. 여인은 눈을 감고 뭐라고 말하려는 듯 입술을 오물거렸다. 아마 기도를 하는 것 같았다. 앞쪽 접수실에는 환자들 대여섯 명이 앉아 있었다. 그들은 각자 몸 여기저기 피를 흘리고 있었다. 어떤 여인이 남자 곁에 앉아 가슴에 머리를 기대고 있었다. 그녀의 얼굴은 잔뜩 부었고 한쪽 눈에는 푸른 멍이 선명했다. 여인은 고양이 같은 신음 소리를 흘리더니 어깨를 들썩이며 울었다. 옆문을 통해 보이는 대기실에는 더 많은 사람들이 있었다. 이번 허리케인은 순진한 척 송곳니를 감추고 다가와서는 돌연 이빨을 드러내고 으르렁거리며 사람들을 할퀸 것이다.

"애너 펄은 어떻소?"

헨리는 이곳으로 오는 동안 마음 한구석에서 끊임없이 솟구치던 연민을 숨긴 채 첫마디를 내뱉었다. 그러나 대답을 한 사람은 이다였다.

"애기씨는 무사해요."

이다는 마른 몸집을 가진 남자의 팔에 거즈를 붙이며 말했다. 남자의 구부정한 목과 표정 없는 눈동자는 청왜가리를 떠올리게 했다. 이다가 지혈을 위해 힘을 줘가며 붕대를 감았지만 계속해서 피가 배어나왔다. 이다는 얼굴을 돌려 고개를 갸웃거리며 안경 너머로 헨리를 바라보았다.

"감기 때문에 배가 찢어질 듯 아플 텐데도 패피 스튜어트만 찾더라구요."

"패피가 아니라 파피야, 이다."

케이트가 고쳐주었다.

"패피나 파피나 그게 그거죠, 뭐."

이다는 투덜대며 말했다.

"그런데 코빼기도 안 보이시다가 오늘은 웬일이시래요?"

"이다!"

케이트가 미간을 찌푸리며 나무랐다.

"죄송해요, 마님."

이다는 비쩍 마른 남자의 팔에 붕대를 다 감고는, 남자를 향해 의사 선생님이 긴급 환자를 진료하고 계시니 대기실에 잠시 앉아 있으라고 말했다. 남자는 말 없이 곧장 헨리 곁을 지나 밖으로 나갔다. 니스칠을 한 육중한 문을 열자 병원 안으로 바람 소리가 몰아쳤다. 그 소리가 어찌나 대단했던지 모두들 깜깜한 바깥으로 눈을 돌리지 않을 수 없었다. 남자는 고개를 돌려 이다를 잠깐 바라보며 감사의 목례를 했다.

"뭘요, 해야 할 일을 한 건데요."

이다가 고개를 저으며 말했다.

케이트는 붕대를 단단히 감았다는 것을 확인시켜 주려는 듯 뚱뚱한 여인의 팔을 들어올렸다. 그리고는 그 우아하고 토실토실한 손가락으로 붕대를 만져보게 한 뒤 여인의 손가락을 톡톡 치더니 곧바로 헨리에게 다가왔다. 케이트는 망설이지도 않고 헨리의 어깨에 두 손을 얹었다. 그리고 그의 얼굴을 잠시 바라보다가 와락 품에 안겼다. 케이트의 얼굴이 헨리의 가슴을 파고 들었다. 헨리는 케이트의 어깨에 가볍게 손을 얹었다.

"케이트, 그 동안 미안했소. 내가 틀렸어요."

헨리가 부드럽게 말했다.

"아니에요. 저도 잘 모르겠어요."

그녀는 생각에 잠긴 듯한 표정으로 그를 응시했다. 헨리는 케이트와 레디, 피터 모두가 너무 쉽게 자신을 용서하는 건, 혹시 자기가 죽음을 앞둬서가 아닐까 생각했다. 케이트는 뒤로 물러나 헨리의 전신을 훑어 보았다. 헨리의 옷에서는 빗물이 뚝뚝 떨어졌고, 케이트의 뺨에는 헨리의 셔츠에서 묻은 물기가 반짝였다. 머리카락은 헝클어지고, 드레스 앞섶에는 핏방울이 군데군데 튀어 있었지만 옅은 갈색 눈동자만은 환하게 빛나고 있었다.

"세상에 머리카락 하나 안 다치고, 어떻게 이 폭풍우를 뚫고 오셨죠?"

"요리조리 피하면서 계속 걸었소. 여기 도착하기 전까지만 해도 지금에 비하면 연을 날릴 만한 날씨였는데."

헨리가 말하자 이어서 케이트도 대답했다.

"저와 애너 펄이 온 뒤로 병원도 만원이 됐어요. 많은 사람들이 다쳤죠. 오빠가 어두워지기 전에 저와 애너 펄을 여기로 데려다 주면서 무척 걱정했어요. 애너 펄은 올케랑 자기 사촌과 함께 있어요."

헨리는 부상당한 사람들을 둘러봤지만 딱히 자기 도움을 필요로 할 만한 사람이 없어 보이자, 애너 펄을 보고 싶다고 말했다.

"애너 펄 좀 만나도 되겠소?"

"물론이죠. 홀 아래쪽에 있어요. 저도 함께 갈게요. 저기 더글러스 씨가 통증을 호소하고 있는데, 제가 보기에는 손목이 부러진 것 같아요. 깁스를 해야 할 거예요."

케이트는 칼라가 빳빳한 흰색 셔츠를 입고 소매를 걷어 부친 중년 남자를 가리켰다. 그는 거대한 해마 같은 수염에 금테 안경을 쓰고 있었다. 케이트는 홀 쪽으로 내려가면서, 모빌에서 온 변호사인데 스테드먼 씨 집 근처에 산다고 귀띔해 주었다. 긴장한 탓인지 말이 짧게 끊어졌다.

"운이 좋으셨군요. 밖에 있던 사람들은 거의 다쳤어요."

케이트가 고개를 설레설레 저었다.

"잠깐 내다보려고 밖에 나갔다가 날아오거나 쓰러진 잔해들에 맞았을 거예요. 정말 아비규환이었죠. 상황이 더 심각해질까 두려워요."

"집은 날아가지 않겠소?"

헨리가 물었다. 그의 말투도 어느새 짧아져 있었다.

"아마 대부분은 괜찮을 거예요."

"나무들은 더러 쓰러졌던데."

"더글러스 씨 말로는 포인트 클리어 근방 남쪽 저지대에 사는 사람들이 제일 위험하다고 하더군요. 만조까지 닥치면 익사하는 사람도 생길 거예요."

"어부들도 매우 위험하겠군요."

헨리가 말했다. 케이트는 놀란 표정으로, 어부들은 날씨에 민감하니 태풍이 만으로 진입하기 전에 항구로 들어오지 않겠느냐고 물었다.

"그래야 할 텐데. 하지만 대부분 배를 그대로 두고 떠나지 못할 거요. 수위가 높아지면 닻줄이 얽히지 않도록 지켜봐야 하기 때문이오. 허리케인이 올 때는 선착장만큼 위험한 곳도 없다고 알고 있소."

헨리가 복도를 내려가며 말했다.

"참, 당신 오빠는? 여기에 있소?"

"웨슬리 오빠는 가게에 있겠다고 했어요."

"음…."

헨리가 우물댔다. 케이트는 집 뒤쪽 작은 방의 문을 열었다.

"정말 '음'이에요. 하지만 올케는 그러려니 해요. 오빠가 때때로 아무도 못말리는 고집불통인 걸 아니까요."

케이트가 문을 열었다. 애너 펄이 바닥에 앉아 있었고 옆에는 애너 펄의 사촌 여자아이가 있었다. 여기 저기 장난감 인형과 크레용, 종이, 장난감이 널려 있었지만 둘 다 거기에는 관심이 없는 것 같았다. 두 아이는 놀란 듯 보였다. 특히 애너 펄의 사촌은 한참 울었는지 눈이 퉁퉁 붓고 충혈되어 있었다. 케이트의 올케는 아이들 옆에 있는 삼발이 의자에 앉은 채였다.

"헨리, 저 아이는 오빠 딸 마리아에요."

그때 빗장을 단단히 걸어놓은 창 덧문이 바람에 덜컹거렸다. 마리아의 눈이 휘둥그레졌다. 애너 펄이 자리에서 벌떡 일어나 외쳤다.

"파피! 우리를 잊어버린 줄 알았어요!"

그러나 아이는 이내 입을 꾹 다물었다가 한참 뒤에야 물었다.

"그런데 왜, 내가 배 아팠을 때 오지 않았어요?"

"갈 수 없었단다, 애너 펄."

헨리는 한쪽 무릎을 꿇어 아이와 눈을 맞추며 말했다. 애너 펄은 가까이 다가왔지만 그뿐이었다. 헨리 역시 팔을 내밀지 못했다.

"나도 배가 아팠거든. 하지만 지금은 우리 둘 다 괜찮아 보이는구나, 그렇지?"

애너 펄은 대답 대신 배를 쓰다듬었다.

"네, 저도 이제 다 나았어요."

"헨리, 당신은요? 당신도 괜찮아요?"

케이트는 걱정스러운 듯 물었다.

"나도 다 나았소."

헨리가 말했다.

"비록-"

그때 병원 앞쪽에서 도움을 청하는 이다의 고함 소리가 들려왔다. 두 소녀가 겁에 질려 울음을 터뜨렸다. 케이트의 올케가 의자에서 내려와 무릎을 꿇고 두 아이를 품 안에 안았다. 애너 펄은 제 엄마에게 가려고 팔을 뻗었다.

"착하지, 애너 펄. 여기 있어야 해. 엄마는 가서 아픈 사람들을 돌봐줘야 한단다."

그 순간 헨리는 이미 문가에 서 있었다. 또 케이트도 무슨 일이 있어도 나가 봐야 한다는 듯 느슨하게 딴 양 갈래 머리채를 귀 뒤로 넘기며 쏜살같이 헨리 쪽으로 달려갔다. 헨리는 서로를 꼭 껴안고 있는 세 사람을 향해 단호하게 말했다.

"여기 있으면 괜찮을 거요. 우리는 빨리 병원에 가 보겠소."

"파피!"

애너 펄은 휘둥그레진 눈으로 울기 시작했다. 헨리가 손가락을 입술에 대며 부드럽게 말했다.

"괜찮아, 애너 펄. 여기가 가장 안전하단다. 폭풍우는 너희들을 찾아내지 못할 거야. 내가 약속하마."

그는 살며시 문을 닫고 병원 쪽으로 달려갔다. 닥터 앤더슨이, 사지를 늘어뜨린채 현관 앞에 쓰러진 젊은 남자 앞에 무릎을 꿇고 앉아 있었다. 남자의 젖은 옷과 장화에서 흘러나온 흙탕물이 마루에 고이면서 작은 웅덩이를 만들었다. 남자의 얼굴은 창백한 푸른빛이었고 입술도 보라색이었다.

앤더슨은 즉시 인공호흡을 시작했다. 케이트와 이다, 빗물에 번들대는 노란 비옷을 입은 두 남자가 옮겨온 또 한 구의 시신을 살피고 있었다. 역시나 물에 흠뻑 젖은 채 사지를 늘어뜨리고 한쪽으로 고개를 떨군 모습이었다. 그때 비옷을 입은 두 사람 중 하나가 플라이 강 하구의 낚시터가 무너지던 상황을 설명하기 시작했다.

"계속해서 파도가 인다 싶더니 삽시간에 고기를 잡던 네 명이 낚시줄과 함께 물 속으로 끌려들어 갔어요. 모두 말이오! 사방에서 물이 밀려들었어요. 짚으로 만든 것처럼 판자가 뒤틀리고 못이 빠졌죠. 두 사람은 아직 물 속에 있어요. 두 사람밖에 못 건졌습니다. 두 사람은 떠내려가고 있었는데, 아마 다른 사람들이 구했을 겁니다."

그 낚시터는 섹션 스트리트에서 남쪽으로 1백 야드 정도만 가면 나오는 곳으로 헨리도 그 쪽 길을 알고 있었다.

"두 분 중에 누가 나 좀 그리로 태워다 주시겠소?"

헨리가 물었다.

"안 됩니다. 우린 집으로 돌아가는 길이었어요. 게다가 트럭은 도로 뒤편에 있는데 물이 꽉 들이찼습니다."

"헨리!"

케이트가 소리쳤다.

"나가시면 안 돼요!"

그러나 헨리는 이미 문가에 서 있는 남자를 밀치고 밖으로 뛰쳐나갔고, 채 한 시간도 안 돼 또 다시 평생 잊지 못할 밤길을 걷고 있었다. 아이다호에 살 때 유럽 전쟁에서 귀환한 병사와 알고 지낸 적이 있었다. 그는 때때로 밤 하늘에 눈부신 포화가 터지고 여기 저기 알몸이 된 시체들이 지푸라기처럼 나뒹구는 참호에서 보냈던 끔찍한 밤에 대해 이야기하곤 했다. 물론 그때 상황과는 다르지만, 내일이면 허리케인이 더 깊숙한 내륙을 뒤흔들어 토네이도가 불고 집중호우가 내리다가, 나중에는 뇌우와 홍수로 돌변할지도 몰랐다. 그래도 3일만 지나면 뜨거운 햇살이 땅의 물기를 말리고, 무더운 바람이 창 밖으로 나부끼는 흰 면 커튼을 어루만져 주리라.

그러나 오늘밤은 마치 전쟁터 같았다. 섹션 스트리트를 지나 볼란타 서쪽 도로로 달려가는 동안 헨리가 보고 듣고 느낀 것은 온통 위험뿐이었다. 어쩌면 물에 빠졌다던 두 남자는 지금도 모빌 만으로 흘러가는 지저분한 흙탕물에서 자맥질을 하며 사투를 벌이고 있을지 몰랐다. 아니면 8월의 어느 날 오후, 장례식에서 추도의 노래를 부를 어머니와 형제, 아버지 혹은 아내를 남겨둔 채 눈을 감았을 수도 있다.

헨리는 선착장 방향의 웨스트 볼란타로 황급히 달려가다가 두 번이나 미끄러졌다. 한번은 허리를 심하게 부딪쳤고, 두 번째 미끄러졌을 때는 흙탕물 바로 앞에 코를 박았다. 다행히 머리 위에서 계속 번쩍대는 번개 덕에 길은 잃지 않을 수 있었다. 언덕 아래에 닿으려면 아직 20분은 더 가야 했다. 갑자기 헨리는 그렇게 오랫동안 거센 물살을 버티고 살아남을 사람이 있을까, 두려운 생각이 들었다.

그가 옳았다. 무너진 선착장 위로 끌어올린 시체 주변에 사람들이 몰려 있었다. 대부분 어부들이었다. 그중 사자 갈기처럼 덥수룩한 머리에 키가 190센티미터는 되어 보이는 한 남자의 허리에는 아직도 굵은 밧줄이 매달려 있었다. 아마 물에 빠진 사람을 구하려고 강으로 뛰어든 사람 같았다. 하지만 그를 둑 위로 건져 올렸을 때는 이미 온몸이 싸늘하게 식은 뒤였으리라. 덩치 큰 사내가 어린아이처럼 울고 있는 모습은 헨리의 추측이 사실임을 말해 주고 있었다. 그의 울음은 아까 애너 펄과 사촌이 공포에 질린 울음과는 달리, 사랑하던 강아지를 잃어버린 소년의 애절한 흐느낌 같았다.

"셔츠를 잡았을 때만 해도 살아 있었다구요, 젠장!"

사내는 바람 소리를 잠재우고도 남을 만큼 큰 소리로 울부짖었다.

"우리처럼 살아 있었다구요! 기운이 빠졌는데도 살겠다고. 그리고 내게 몸을 맡겼는데… 놓친 것 같아요."

그는 바닥에 주저앉아 고개를 푹 숙였다. 이어서 다른 사내 둘이 죽은 남자의 팔다리를 들고 자동차로 옮기기 시작했다. 아마 병원으로 가는 것 같았다. 다른 남자들은 울고 있는 사내를 위로하기 시작했다. 헨리는 그 사람들 중 아까부터 자신을 눈여겨보고 있던 한 남자에게 다가가 말을 걸었다.

"또 한 명은 어떻게 되었소? 병원에 온 사람 말이 두 사람이 빠졌다고 하던데."

"그 친구는 물 위를 떠내려 오던 커다란 사이프러스 나무에 부딪쳐 물 속으로 빠졌습니다. 그러다가 나무와 함께 만 쪽으로 떠내려가 버렸어요. 안 봐도 뻔하죠."

이번에는 남자가 헨리에게 물었다.

"그 병원에서 오신 겁니까?"

"맞소. 거기 있다가 30분 전에 출발했소."

헨리가 얼굴을 때리는 빗물을 닦아내며 대답했다.

"로비와 제프는 어떻게 됐는지 아십니까?"

다른 남자가 소리쳤다.

"물에 빠진 사람을 병원으로 데려갔는데, 살았나요?"

"잘 모르겠소. 내가 봤을 땐 의식이 없었어요."

헨리가 대답했다.

"죽은 앨버트는 저 친구들이 알아서 닥터 앤더슨 병원으로 옮길 겁니다. 영감님은 여기 계실 필요가 없을 테니, 저 사람들과 돌아가시는 게 좋을 겁니다."

남자는 다시 동료들 틈으로 걸음을 옮겼다. 그러나 잠시 후 헨리를 보며 외쳤다.

"여기서 더 하실 일은 없습니다. 하지만 이렇게 와 주셔서 고맙군요."

남자는 대여섯 명의 어부들과 함께 덩치 큰 남자의 허리에서 밧줄을 풀어준 뒤, 그를 램프 불빛이 슬프게 흔들리고 있는 미끼 파는 가게로 데려갔다.

33장

The Poet of Tolstoy Park

멕시코 만에 인접한 앨라배마 주의 걸프 해안과 플로리다와 미시시피 주에서만 해도 243명이 허리케인으로 목숨을 잃었다. 신문은 사망자의 숫자가 늘어날 때마다 그 현장을 소개했다. 또 가장 극심했던 1906년 허리케인 때에도 사망자가 이번의 절반밖에 되지 않았다고 대대적으로 보도했다. 이번 허리케인은 풍속이 시간당 150마일, 수위는 폭풍 해일로 만조 때보다 4.5미터나 더 높았다고 했다.

헨리와 피터는 톱과 도끼, 밧줄과 도르래를 사용해 부러진 나무를 자르거나 끌어올리고, 군데 군데 망가진 지붕과 벽에도 못질을 했다. 또 트럭으로 자재를 운반해오고, 집 안으로 밀려들어 온 토사와 쓰레기를 실어 날랐다.

그렇게 그들은 꼬박 아흐레 동안 몬트로즈의 이웃집에서 페어호프까지 보수공사를 했다. 동부 해안 거주민들로 구성된 자원봉사단에 참여해 백납같은 새벽부터 램프를 밝혀야 하는 저녁까지 무려 30집이나 복구 작업을 도왔던 것이다.

일하는 남자들 틈에는 여자들도 섞여 있었고, 덕분에 케이트도 자주 볼 수 있었다. 헨리와 케이트는 하루에 두 번 단둘이 앉아 식사를 했다. 케이트가 건강에 대해 묻자, 헨리는 완전히 나은 것 같다고 말해 주었다. 그걸 어떻게 확신하느냐고 되묻자, 여자들이 아이를 가졌을 때 느끼는 직감과 비슷하다고 답했다. 그리고 엄청난 폭풍우를 만났을 때 신체가 어떻게 자동으로 반응하는지, 피터와 나눈 이야기들을 들려 주었다. 상세히 말하면, 동물은 뇌와 장기, 혈관, 내분비계 호르몬, 실제 우리 뼈를 통과하는 골수 같은 세포에 기후 압력이 가해지면, 병이 발발하거나 아니면 완화된다는 것이다.

"아마도 허리케인이 이 몸 안에 무언가를 주입시켜 병을 내쫓은 것 같소."

케이트는 이런 억지스러운 해석에, 어리둥절하지만 흥미롭다는 반응이었다. 헨리도 자기 역시 호기심이 일지만 "지금은 그런 놀라운 이론으로 거액을 벌어들일 시간이 없다"고 말했다. 케이트는 웃으며 대꾸했다.

"스튜어트 씨, 당신은 정말 순수하고 재밌는 분이에요. 제가 스무 살만 더 먹었어도 제일 맛있게 구워진 과자를 들고 당신 집 현관문을 노크했을 거예요. 외로운 홀아비 심정은 과부가 아니까요."

그때였다. 뭐라고 설명하기 힘들었던 케이트와의 특별한 유대감, 그리고 거부할 수 없었던 케이트에 대한 매력이 갑자기 가슴을 쳤다. 헨리는 30년 가까운 나이 차이를 스스럼없이 받아들이고 자기에 대한 관심을 숨기지 않는 케이트에게 안심이 되면서도 한편으로는 마음이 아팠다. 비록 몰리는 없지만 아직도 아내에 대한 기억을 안고 사는 그에게 다른 여자와의 관계는 어색하게만 느껴졌다.

헨리는 몰리의 영혼이 아직도 곁에 머물러 있다고 생각할 때마다 힘을 얻었다. 따라서 레디나 케이트 같은 여인들에게서는, 친밀하고 진지한 우정 외에 더 필요할 게 없다고 믿었다. 하지만 케이트와 함께 하면서, 헨리는 몰리가 세상을 떠난 후 처음으로 활기를 느꼈다. 케이트가 포인트 클리어에서 온 젊은 기술자와 즐겁게 이야기를 나누는 모습을 볼 때는 약간의 질투가 나기도 했다.

그렇게 두 사람의 서로에 대한 관심의 수위도 나날이 높아져 갔다. 어느 날 케이트가 다가와 "사랑이 뭘까요?"라고 물었다. 그때 헨리는 왠지 감정을 시험당하는 것처럼 느껴졌다.

그날 헨리는 한 자원봉사자와 톱으로 소나무를 자르고 그 그루터기에 앉아 쉬고 있었다. 그때 케이트가 옆 그루터기에 앉았다. 헨리는 소나무 수액이 옷에 묻지 않게 조심하라고 했지만 케이트는 손을 내저었다. 헨리의 동료는 자리에서 일어나더니 어깨에 긴 가로톱을 올리고 나머지 작업은 다른 동료와 하겠다고 말했다.

"두 분 이야기 나누세요."

그는 눈을 찡긋했다.

"정말 사랑은… 아주 복잡하고 절대 쉬운 게 아닌 것 같아요."

케이트가 솔직히 털어놓았다.

"전 일방적이긴 하지만 스튜어트 씨를 좋아하고, 또 남편도 좋아했죠. 사랑이 뭘까요, 헨리?"

헨리는 조금도 망설이지 않고 다른 그루터기로 옮겨 앉아 시를 낭송하기 시작했다. 처음으로 진지하게 사귀었던 여자와 헤어진 뒤, 풀 죽은 목소리로 사랑이 뭐냐고 물었던 아들을 위해 쓴 시였다.

"사랑은 이런 것, 세월이 흘러도 나눠지지 않는 것, 철이 지나도 그 감정은 직선 아닌 동그라미 같은 것."

헨리는 낭송을 멈추고 물었다.

"아들 녀석을 위해 쓴 시인데 계속할까요?"

"네, 그러세요."

케이트는 아들 이야기가 나오자 다소 실망한 목소리였다.

"처음부터 다시 해도 되겠소?"

헨리가 시를 낭송하기 시작했다.

사랑은 이런 것;

시간이 흘러도 나눠지지 않는 것;

철이 지나도 그 감정은

직선 아닌 동그라미 같은 것

사랑은 이런 것;

하나를 전부로 계산하는 것;

영원으로 가는 순간마다

추락 속에서 오히려 솟아오르는 것

사랑은 이런 것;

정도나 종류를 상관하지 않는 것;

"저것 아니면 이것"도 모르고

눈이 멀어도 뭐든지 볼 수 있는 것

사랑은 이런 것;

어느 한쪽으로 기울어지지 않는 것;

아주 특이하게도

저울 바늘이 균형을 가리키는 것

케이트는 마치 헨리의 머리 위에 새 한 마리가 날아와 살포시 앉기라도 한 듯 조용히 헨리를 응시했다. 고개를 숙이고 자신의 더러워진 발을 내려다보는 헨리의 눈에 눈물이 가득 고였다. 케이트가 앞에 다가 섰지만 고개를 들 수 없었다. 케이트는 허리를 굽혀 헨리의 반쯤 벗겨진 머리에 입을 맞추었다. 하늘을 나는 새의 날개 끝에 이는 바람처럼 가벼운 입맞춤이었다. 잠시 후 케이트는 어디론가 사라졌고, 헨리는 함께 일하던 동료가 돌아올 때까지 그렇게 앉아 있었다.

"그 입술이 영감님 마음을 천 갈래 만 갈래 찢겠군요, 그렇죠?"

"아마 그럴 거요."

헨리가 말했다.

"정말 귀한 특권이지요. 한 번으로는 부족한."

헨리는 동료에게 생각에 잠길 시간을 주고 먼저 그루터기에서 일어났다. 곧이어 두 사람은 현관 한쪽 귀퉁이 기둥에 비스듬히 걸쳐 있는 무거운 참나무 가지를 자르기 시작했다. 쓱싹쓱싹 톱질이 시작되었다. 톱밥이 날리면서 얼마 뒤 가지는 완전히 떨어져 나갔다. 헨리와 사람들은 몸을 아끼지 않고 일했다. 다행히 살인적인 폭풍우가 지난 뒤 화창한 날씨가 이어졌다. 수리와 청소에는 꽤 오랜 시간이 걸렸다. 작업 아흐레째 되는 날, 드디어 자원봉사자들은 함께 맛있는 점심을 나눠 먹은 뒤 모두 집으로 돌아갔다. 가족과 친구들을 그리워하면서… 그들은 이번 허리케인으로 누가 누가 죽었는지를 서로 다 알고 있었다.

헨리는 톨스토이 공원으로 돌아가면 벽돌을 몇 개 더 찍어낼 계획이었다. 지붕 쌓기를 마쳐야 했다. 피터가 도와주겠다고 나섰지만 헨리는 혼자서 완성하고 싶다며 사과했다. 물론 피터는 그런 걸 시기할 사람은 아니었다. 오히려 다음 주에 베틀 옮기는 일을 도와주겠다며 선뜻 한 걸음 물러섰다. 헨리는 웃으며 피터에게 고맙다고 말한 뒤, 쏟아지는 햇살을 받으며 맨발로 록 강을 따라 오두막 쪽으로 발걸음을 옮겼다.

헨리는 그 동안 많은 사람들과 열심히 일했고, 저녁이면 피터의 별채 오두막으로 돌아가 잠에 곯아떨어졌다. 그리고 딱 한 번 아주 잠시, 허리케인이 덮쳤던 날 쓰러지듯 누웠던 그 골짜기에 새로 생긴 얕은 웅덩이에서 멱을 감았다.

더불어 날이 갈수록, 혹시 폐결핵이 사라진 건 자동 치유가 아니었을까 했던 헨리와 피터의 추측도 확신으로 변해갔다. 헨리는 톨스토이 공원에 홀로 있는 동안, 그 문제를 더 깊이 파고들 생각이었다. 그러나 더 조심스럽게 움직이고, 더 열심히 일을 하고, 결코 서두르지 않으리라. 헨리는 노동을 신뢰하게 되었다. 문제를 일으키는 건 언제나 마음이었다. 이제 더 많이 일하고 생각은 조금만 하기로 결심했다.

작업장으로 돌아가는 헨리의 마음은 붕 떠 있었다. 허리케인이 오기 전날 콘크리트를 부어 놓았던 벽돌은 여전히 그대로였다. 5센티미터 크기로 9-17-26이라는 숫자를 새긴 벽돌들이 단단하게 말라 나란히 놓여 있었다. 헨리는 허리를 구부려 벽돌을 틀에서 떼어낸 다음 오두막 벽 근처에 쌓아두었다. 그리고 마지막 벽돌을 만들기 위해 다시 콘크리트를 부은 뒤, 막대를 다시 뾰족하게 깎아 벽돌 윗면마다 9-27-26이라고 새겼다. 이것만 준비되면 오두막 지붕 마지막 줄을 쌓을 수 있었다. 이제 마을 사람들은 수 마일 떨어진 곳에서도 이 독특하게 생긴 둥근 지붕을 알아볼 수 있을 것이다. 공사가 끝날 날도 얼마 남지 않았고, 헨리는 새 보금자리를 갖게 되는 것이다.

헨리는 연장을 씻어 한쪽에 치워두고 배낭에 깨끗한 옷가지를 담은 뒤, 저녁 목욕을 할 셈으로 강까지 걸어갔다. 아침과 점심 때만 해도 군데 군데 흩어져 있던 구름이 어느새 한데 뭉쳐 양모로 짠 얼룩덜룩한 잿빛 러그처럼 보였다.

에머슨의 어느 시에 나오는 글귀처럼 하늘이 내일의 태양이 떠오르는 극적인 순간을 맞이하기 위해 준비를 하고 있었다. 구름 러그는 동쪽에서 누군가 거칠게 끌어당기듯 서쪽 지평선에서 찢겨 나가고, 오후에 잠깐 구름에 갇혀 보이지 않았던 태양이 어느덧 하늘과 땅 사이로 떨어져 구름 아래를 붉게 물들였다. 따뜻한 오렌지색과 노란색, 빨강색이 어우러진 장관과, 드문드문 흩어진 뭉게구름 아래 시원한 검푸른색과 회색이 만들어내는 대비와 조화는 과거에 봤을 때와 사뭇 다른 느낌이었다. 헨리는 지난 반세기 동안, 신비로운 하늘 풍경에 많은 관심을 가져왔다.

헨리는 걸음을 멈추고 록 강 바로 위 나무들이 잘려나간 언덕 중턱에 섰다. 그리고 어깨에 멘 배낭을 갈색으로 물든 낙엽 위에 내려 놓았다. 잠시 후 그는 두 다리를 벌려 뒷짐을 지고 고개를 들어 서쪽 하늘을 보았다. 하늘은 시시각각 뒤섞여 다른 빛깔로 변했고, 구름 아래쪽은 불꽃 튀는 분화구처럼 보였다. 헨리는 경외심에 탄성을 질렀다.

"이렇게 아름다울 수가!"

그 순간 또 다른 생각이 머리를 스치며, 그는 "난 저보다 아름다운 세상에 살고 있다!"고 외쳤다.

그때 전기에 감전된 듯한 찌릿한 느낌이 발을 타고 올라와 다리, 배를 거쳐 가슴, 그리고 뺨까지 얼얼하게 만들었다. 온몸을 충전시키는 느낌이었다. 헨리는 두려움에 압도되었다. 바람 한 자락 불지 않는데 머리카락이 쭈뼛쭈뼛 섰다. 헨리는 맨발로 땅을 밟기 위해 무릎을 꿇고 솔잎과 낙엽 아래 축축한 땅을 헤쳤다. 그런 다음 미동도 없이 천천히 심호흡을 하며 30분 동안 하늘을 쳐다보았다. 그리고 귀를 기울였다. 언덕에는 땅거미가 조용하게 내려앉고 있었다. 구름 속 붉은 기운은 불평 한 마디 없이 동쪽으로 사라지고, 어느새 검푸른빛과 자줏빛이 뒤섞인 허공에 첫 별이 떴다.

헨리는 멍한 상태로 일어나 옷 가방을 잡은 뒤 강 후미진 곳에 있는 깊은 웅덩이를 향해 발걸음을 옮겼다. 여러 해 동안 연습해 온 정신 집중으로 모든 잡념을 쫓았다. 헨리는 경사진 강가 모래밭에 서서 맨발 아래 서늘한 모래를, 이어서 몸서리 치도록 차디찬 강물을 느꼈다. 어디에선가 부엉이 울음 소리가 들려왔다. 헨리는 축축한 숲 향기와 손에 쥔 비누의 향을 맡았다. 한동안 물

속에 서 있자, 서서히 물이 따뜻하게 느껴졌다. 이윽고 헨리는 목까지 물에 푹 담그고 비누로 몸을 씻었다. 어느새 더 많은 별들이 얼굴을 내밀고 있었다. 숲에서는 잽싸게 내달리는 동물 발자국 소리가 들려왔다.

헨리는 눈을 뜬 채 컴컴한 수면 아래로 잠수했다. 더 이상 숨을 참을 수 없을 때까지 물 속을 들여다보다가, 다시 물에서 빠져나와 강둑으로 걸었다. 배낭을 열고 마른 옷을 꺼낸 다음, 늘 하던 대로 배낭으로 몸의 물기를 씻었다. 젖은 옷은 배낭에 쑤셔 넣고, 위쪽 매듭을 묶었다. 내일은 와서 빨래를 할 생각이었다.

옷을 갈아입고 배낭을 챙겨 든 헨리는 귓전에 들려오는 톨스토이의 글귀를 음미하며 밤길을 걸었다.

"자연은 단순 소박하며, 지혜 역시 단순 소박하다. 두 가지 모두 사랑과 존경을 불러일으킨다."

헨리는 자신이 알지 못하는 것들, 모래 알갱이 속 미지의 세상, 세상을 안내하는 보이지 않는 힘이 있다는 로마의 철학자 마르쿠스 키케로의 말처럼, 어딘가 존재할 우리 몸을 안내하는 보이지 않는 힘, 그 알지 못하고 알 수도 없는 것들에 대한 사랑과 존경을 느끼며, 시간이 허락하는 한 오래 이 미지의 웅덩이에서 몸을 쉬리라 생각했다.

헨리는 모래 아래 깊이 박힌 커다란 통나무에 걸터 앉았다. 분노에 가득 찬 허리케인이 방문한 뒤, 지난 두 달 사이 모래밭에는 파도에 밀려온 통나무나 널빤지, 해초들이 너저분하게 널려 있었다. 또 조수 변화 때문에 해안가 위아래에는 더 많은 부유물이 떠 다녔다. 물수리 둥지가 있던 말라붙은 사이프러스 나무는 강물에 떠내려 가고 없었다. 헨리는 하늘을 향해 당당히 뻗어올랐던 나무의 실루엣이 그리워졌다. 하지만 그보다 궁금한 건 물수리 한 쌍의 행방이었다. 지난번 폭풍우 때 목숨을 잃은 짐승들이 많다는 것을 알았기 때문에, 하루 빨리 물수리들이 해안가로 돌아온 모습을 보고 싶었다.

느지막한 오후가 되면 모빌 만의 해지는 모습을 바라보는 것이, 어느덧 헨리의 하루 일과가 되어 버렸다. 톨스토이 공원을 나서서 록 강을 따라 만에 이르면, 쓰러진 통나무 오목한 곳에 앉아 서쪽 수평선이 온갖 색으로 물드는 광경을 지켜보았다. 어두운 푸른색을 배경으로 연자주색보다 약간 엷은 낙엽색과 불타는 듯한 황금색, 농익은 오렌지빛이 어우러진 10월의 저녁놀… 만일 화가가 이 풍경을 본다면 자신도 모르게 탄성을 질렀을 것이다. 듣자하니 레디의 수채화 강사는 노을만큼은 절대 그리지 말라고 주의를 주었다고 했다. 그것은 조물주에 대한 실례이며, 어떤 예술가도 실패할 수 밖에 없기 때문이라는 것이다. 사실 아무리 훌륭한 작품도 눈앞에 펼쳐진 이 풍경과 비교하면 낭패스러운 것이 당연했다.

1년간의 집짓기도 모두 끝났다. 어제 회반죽을 발라 마지막 벽돌을 쌓고, 현관 앞에 둥그렇게 파놓은 자리에 계단 세 개를 놓은 참이었다. 맨 먼저 아래 계단을, 그 후에 맨 위 계단을, 그리고 마지막으로 중간 계단을 놓았다. 그 계단에는 10-26-26이라고 새겨진 벽돌을 놓았다. 작년 11월 9일에 시작한 중대 결심이 351일 만에 끝난 셈이다.

헨리는 땅을 파고 벽돌을 올리고 회반죽을 바르며 생명을 되찾았다. 돌이켜보니 많은 생명을 앗아간 태풍이, 한편으로는 그의 병을 고친 셈이었다. 신비로운 일이었다. 부러지고 쪼개진 잔해를 뚫고 나아가려고 애쓰는 찰나 미지의 곳에서 도움을 청하는 외침이 들려왔을 때, 헨리는 눈으로 읽듯 또렷하게 톨스토이의 목소리를 들을 수 있었다. 언젠가 톨스토이의 글 중에 이런 글귀가 있었다. 만일 자신이 1분 안에 죽는다는 사실을 알게 된다면, 톨스토이 자신은 그 1분 동안 다친 사람을 위로하거나 노인을 일으켜 세우거나, 누군가의 상처에 붕대를 감아주거나, 아이들 장난감을 고쳐주겠다는 것이다.

헨리에게 더 이상 스스로를 걱정하지 않아도 된다는 건, 여름날 마시는 시원한 물 한 잔처럼 달가운 일이었다. 허리케인이 덮쳐오기 전에는 그저 사생활을 지키고, 고독을 변호하고, 타인이 내민 손을 물리치는 것만이 전부였다.

그러나 이제는 지난 50년을 허심탄회하게 회고하며, 스스로가 그간 타인들에게 얼마나 인색하게 굴었는가를 깨달았다. 그는 지금껏 아들들에게조차 시간과 애정을 넉넉히 나누어줘 본 적이 없었다. 하지만 지금은 달랐다. 이제 헨리는 사람들간의 친밀한 교류를, 무엇보다 인간은 누구나 죽음을 피할 수 없다는 공통의 운명을 뼈저리게 깨달았다. 만일 낯선 사람들과 가슴 깊이 우러나는 유대감이 있다면, 그 유대감은 바로, 인간은 누구나 언젠가는 죽을 수밖에 없는 존재라는 그 한 가지 공통점에서 비롯된 것이리라.

멀리 모빌 만에 뜬 태양이 사람들의 눈앞에서 장렬히 지고 있었다. 헨리처럼 이 장관을 지켜보는 사람들도, 이 순간 아마 그처럼 이승과 저승의 경계선을 넘을 것이다. 헨리의 죽음을 노래한 뒤, 그 자신들도 죽음을 담담하게 뛰어넘으리라.

지금 헨리의 보금자리는 톨스토이 공원 언덕이다. 살 날이 많지 않은 노인에게 해변과 공원을 오간다는 것은 사실 무리였다. 그러나 일몰을 본 뒤에는 그 정도 산책쯤은 해낼 수 있었다. 헨리는 통나무에서 일어나 늘 그랬듯 하늘을 보며 물고기를 사냥하는 물수리가 없는지 확인하고, 엉덩이에 묻은 모래를 털었다. 그리고 오두막에 도착할 쯤이면 어느덧 날이 컴컴해졌다. 하지만 두 눈이 어둠에 적응하는 것처럼, 헨리도 이제는 해질녘 길이 훨씬 편했다. 언젠가 부엉이는 달빛 없는 밤에도 조그만 촛불 정도의 빛만 있으면 3에이커의 숲을 볼 수 있다는 글을 읽은 적이 있었다. 헨리는 숲을 지나 록 강의 둑을 따라 집까지, 근 1마일 반이나 되는 길을 훤히 알고 있었고, 그런 스스로가 신기했다.

집으로 돌아가기 위해 강둑에서 언덕으로 오르다 보면, 가장 먼저 부서진 창고가 그를 맞이했다. 외벽과 지붕은 땅바닥에 내동댕이쳐진 그대로였다. 고약한 바람은 무엇이든 가리지 않고 위로 들어올린 뒤, 안의 것들을 토하듯 밖으로 내팽개쳤다. 하지만 이상하게 내벽 하나는 멀쩡했는데, 마치 어미 닭이 날개로 병아리를 품듯 지붕과 서까래가 품어준 덕이었다. 그래서 다행히 내벽 안쪽에 놓았던 옷 궤짝과 침대, 바깥쪽에 두었던 베틀도 무사할 수 있었다. 오래 전에 그 베틀로 짠 몰리의 부엌 깔개도.

헨리는 침대와 참나무로 만든 커다란 옷 궤짝, 그리고 자그마치 1에이커에 걸쳐 흩어진 잡다한 가재도구들을 모두 오두막으로 옮겼다. 몰리의 러그는 철사 줄에 매단 다음, 우묵한 콘크리트 벽에 못을 박아 걸었다. 그는 몇 걸음 뒤에서 러그를 바라보며 말했다.

"자, 몰리. 돼지우리 같은 이 돌집은 바람 한 점 안 들어오니 다시는 날아갈 일이 없을 거요."

얼마 전 피터는 짐 나르는 것을 도와주러 왔다가, 베틀을 오두막 한가운데 놓겠다고 고집하는 헨리와 가벼운 실랑이를 벌였다.

"아무리 러그 짜는 게 즐겁기로서니 이렇게 작은 방 가운데에 베틀을 놓아야겠소? 당장 작은 작업실을 따로 지어 주겠소. 널빤지와 문틀, 지붕 재료도 있지 않소? 어차피 창고 쓰레기도 조만간 정리해야 하는데"라고 피터가 말했다. 하지만 피터는 헨리가 공중에 매달 침대 틀을 만들고 해먹 비슷하게 틀 위에 범포 천을 깔자 엉덩이에 손을 얹고 혀를 내둘렀다.

"당신, 정말 폐결핵이 완전히 나았다고 믿는 것 같군요. 당신이 그렇다니 나도 믿겠소. 부디 나보다 오래 사시오. 그런데 이 오두막도 사람들이 들어와 쉴 수 있는 틈은 있어야 할 게 아니오! 친구가 놀러 와도 엉덩이 붙일 데도 없다니!"

"우린 밖에 앉으면 됩니다."

헨리가 대답했다.

"그래야 사람들이 너무 오래 머물려 들지 않을 게 아니오."

헨리는 싱긋 웃어 보였지만, 내심 자기 말처럼 손님이 와도 금방 왔다 가기를 바라는 마음이었다. 이웃의 일에 관심이 생겼다 해도 조용한 시간에 다시 독서와 글쓰기를 시작하고 싶다는 바람까지 방해받을 정도의 마음은 아니었다. 얼마 전 그는 웨슬리 잉글의 가게에서 새 타자기를 구입했다. 그토록 갖고 싶어하던 레밍턴 타자기로, 가게에 도착하자마자 케이트가 갖다 주었다.

베틀은 너비 1.5미터, 높이 1.2미터, 앞뒤 길이 1.5미터였다. 헨리는 창고에서 뜯어낸 소나무 널빤지로 작은 책상을 짜서 벽에 붙였다. 그리고 피터에게서 선물 받은 등받이 곧은 작은 마호가니 의자를 놓았더니 책상과 꼭 들어맞았다. 책상은 유리 등피 석유 램프 한 개와 타자기, 책 한 권을 올려놓으면 꽉 찼지만 글 쓰는 데는 부족함이 없었다.

문 왼쪽에는 허리케인에 날려 판자와 함석판 더미 아래 깔려 있던 배불뚝이 주철 난로를 손질해 들여앉았다. 연통은 대부분 찌그러지거나 아예 없어진 상태였다. 헨리는 맥킨의 가게에서 연통을 더 주문해 칼 블랙에게 배달 받았다. 또 창문과 창문 사이 좁은 벽에는 길고 늘씬한 책장을 짜 넣었다. 책장 옆에는 옷 궤짝을 놓았다. 책장에는 휘트먼의 시집 〈풀잎〉과 헨리가 가장 아끼는 막심 고리키의 《레오 니콜라예비치 톨스토이 회고록》, 톨스토이의 《사람은 무엇으로 사는가》, 《인간에게는 얼마만큼의 땅이 필요한가》, 그리고 러시아어판 톨스토이의 《지혜의 달력》을 꽂았다. 이 네 권은 궤짝에 보관해 다행히 폭풍우 피해를 입지 않았다. 헨리는 적당한 때가 오면 다른 책도 구입하리라 마음먹었다. 당장은 《지혜의 달력》에 실려 있는 그날의 짧은 글귀를 읽고 생각하는 데도 종일 걸렸다.

어두침침한 오두막으로 발길을 옮기는 순간, 지난주 이 책에서 읽은 중국 속담이 뇌리를 스쳤다. 새들 조차도 자신이 사는 목적을 알고 언제, 어디에, 어떻게 둥지를 지어야 할지 아는데 만물의 영장인 사람은 인생의 목적을 알지 못한다는 말이었다. 헨리는 아침에 일어나 윌리엄에게 편지를 쓸 때 그 속담을 인용하고 자신의 생각도 덧붙이리라 마음먹었다.

하비와 토머스에게도 편지를 보냈고, 윌리엄과 제레미아에게도 일년에 걸쳐 오두막을 완성한 이야기, 무시무시한 허리케인을 겪고 난 뒤 몸이 좋아졌고, 이제는 병도 다 나은 것 같다는 내용을 적어 보냈다.

희소식이 들리자, 역시나 아이다호로 돌아올지를 궁금해 하는 질문이 이어졌다. 헨리는 처음에는 대답을 아꼈지만, 사실 대충 넘기기에는 너무 중대한 일이었다. 그래서 윌리엄에게는 이렇게 대답했다.

앨라배마에는 내 집이 있다네. 나한테 이 톨스토이 공원 10에이커는 천국이지. 난 냄퍼로 돌아가지 않을 작정이네. 오고가는 데만 열흘이나 걸리고, 아무리 짧아도 보름은 걸릴 걸세. 그러니, 자네를 다시 보기는 힘들 것 같네. 하지만 자네도 언젠가는 모험을 떠나기 바라네. 자네에 대한 내 사랑은 변치 않을 것이며 나는 자네를 내 목숨처럼 생각하고 있다네.

그리고 얼마 안 있어 네 사람에게서 답장이 왔다. 오직 토머스만 잔뜩 화가 나 있었다. 헨리도 예상했던 바였다. 모두의 반응을 정리해보면, 윌리엄은 달관한 듯 침착한 태도를 보여주었고, 제레미아는 기쁨에 젖어 호들갑을 떨었고, 하비는 오직 사실만을 말했으며, 토머스는 흥분해서 날뛰었다. 하지만 헨리는 이중에서 자신의 오두막 문턱을 넘는 사람이 생긴다면 바로 토머스일 것이라고 생각했다. 하지만 냄퍼에서 이곳을 찾아올 사람은 아무도 없을 것이라 믿었기 때문에 동시에 슬프기도 했다. 아마 살아있는 동안, 이따금 이와 비슷한 상실감으로 슬픔에 젖는 날이 있을 것이다. 물론 대부분 날들은 진홍빛 환희겠지만 말이다.

헨리는 요즘처럼 잘자고 아침이면 날아갈 듯 몸이 가벼운 적이 없었다. 발가락을 꼼지락거리고 맨발의 따끔거리는 촉감을 느낄 때, 하얀 수염이 바다 바람에 날릴 때, 그는 톨스토이 공원에서 산다는 것이 마냥 행복했다. 집 일부나 다름없는 언덕을 오르다가 둥근 지붕 오두막이 시야에 들어오면 가슴이 터질 듯 벅차올랐다. 땅거미가 질 무렵 해변에서 돌아올 때는 사냥을 마치고 동굴로 돌아오는 원시인이 된 것 같았다.

 어떤 왕도 이만큼 성을 사랑하지는 않으리라! 서늘한 가을밤, 현관 문턱 애너 펄의 발자국을 밟고 집 안으로 들어갈 때, 완성 직전의 러그가 걸린 베틀 옆에 다가갈 때, 2미터 높이 사다리를 타고 천장에 매달린 침대로 조심스럽게 기어 들어갈 때마다 그런 생각이 들었다. 지붕도 둥글고 벽도 둥근 이 단순한 구조는 잠재의식 가장 깊은 곳에서 그의 행동을 지배하게 될 것이다. 이제 그는 자신의 인생 목표를 새 둥지처럼 둥글게 설계하고, 콘크리트처럼 견고하게 쌓아올렸다.

34장

The Poet of Tolstoy Park

추수감사절 날 헨리는 케이트가 만든 칠면조 요리를 먹고, 크리스마스에는 레디가 권하는 햄을 조금 먹었지만, 앞으로는 육식을 피하겠다고 결심했다. 어떤 책에선가 동물을 살육하고 먹는 일은, 죄악은 아니지만 야만적이고 가혹한 습관인 건 틀림없다는 글귀를 보고 고개를 끄덕인 적이 있었다.

케이트가 새로 사귄 변호사 친구는 전날만 해도 자신의 뒷마당에서 뽐내듯 날갯짓을 하던 칠면조를 잡아 가슴살을 칼로 저미더니, 자리에 모인 사람들에게 고기가 얼마나 연하고 촉촉한지 모른다며 게걸스럽게 먹어댔다.

동물의 지혜로움과 더불어 그들을 신비로운 존재로 여겨야 한다고 주장했던 헨리 베스톤[38]은 《세상 끝의 집》에서 "우리는 그들이 불완전하다고 생각해, 우리보다 한참 열등한 비극적 운명을 타고난 존재라고 생각해 그들을 보호하려 든다. 그러나 그것은 잘못이다. 그것도 대단히 큰 잘못… 그들은 우리 친구가 아니며, 부하도 아니다. 그들은 생명과 시간의 그물에서 우리와 동등하게 얽혀있는 다른 나라의 국민들이며, 대지가 산고를 겪어 잉태한 당당한 동료다"라고 말했다.

그러나 헨리는 연단 위에 올라 '나는 채식주의자요' 하고 일장 연설을 할 마음은 없었기 때문에 조용히 오두막으로 돌아왔다. 이번에는 집 짓기에 사용하고 남은, 엉성한 벽돌들을 허리 높이로 쌓아 밭을 만들 참이었다. 가게 진열대처럼 오두막 뒤 풀밭 경사면을 이용해 밭 네 개 정도를 만든 뒤, 채소를 직접 길러 먹을 생각이었다. 이제 아열대 기후에서 자라는 채소 중 먹고 싶은 건 뭐든지 심어서 기르고 수확하리라.

추운 1월, 케이트와 피터가 밭 가는 일을 도우러 왔다. 헨리는 그날 새벽이 오기도 전에 잠에서 깼다. 요즘은 매일 새벽 네 시 이전에 일어나 화덕에 불을 피우고 차를 끓이고 아침식사로 먹을 죽을 만드는 것이 습관이 되어 있었다. 해가 뜨고 두 시간도 채 안 되었을 무렵, 작업을 도와줄 사람들이 톨스토이 공원에 들이닥쳤다. 엄마를 따라온 애너 펄은 레디가 돌봐주기로 했다. 헨

---

38. 1888-1968, 자연에 관한 글을 많이 남긴 미국의 작가. 1954년 에머슨-소로우 메달을 수상

리는 내심 케이트의 변호사 친구가 오지 않은 것이 기뻤다.

피터는 작업용 가죽 장갑을 가지고 와서 회반죽을 바르고 벽돌 쌓는 일을 도왔다. 케이트는 몇 년째 창고 뒤에서 썩힌 소똥 거름을 섞은 기름진 검은 표토를 수레로 날라 높이 1미터, 너비 1.8미터의 밭에 쌓기 시작했다. 레디도 번잡스런 애너 펄에게서 잠시 눈을 돌릴 수 있게 되면 조금씩 작업을 도왔다.

"이 밭에서 딸기를 길러 수확하면 아주 멋지겠군요."

케이트가 말했다.

"물론 오늘 일당 대신, 딸기잼 만들 딸기 한 상자는 주셔야겠네요."

케이트의 말을 신호로 갑자기 시장기를 느낀 사람들은 일손을 중단하고 우물에서 시원한 물을 길어 과일과 빵, 치즈로 간단하게 점심을 먹었다. 눈부신 태양이 공기 중의 싸늘한 기운을 쫓아주었고, 덕분에 애너 펄과 레디는 오두막 안에서 책을 읽거나 그림을 그리거나 베틀 부품을 가지고 노는 대신 밖에서 시간을 보냈다. 헨리에게 아주 다행스러운 일이었다. 헨리는 이 작은 악마가 마술 도구 같은 베틀을 가만 두지 않을 것이라는 것을 알았기 때문이다. 그들은 오후 늦게까지 밭 두 개를 완성했고, 세 번째 작업에 들어가기 전에 일손을 멈추고 흙을 갈퀴질 해 잔가지와 나무 뿌리를 걸러냈다. 일을 마친 사람들이 집으로 돌아갈 준비를 할 무렵 케이트가 말했다.

"참, 잊을 뻔했어요, 헨리."

케이트는 커다란 드레스 주머니에서 신문 쪽지를 꺼냈다.

"존슨 부인이 변호사 클라렌스 대로우 씨를 초청했어요. 왜 제가 처음 만난 날 말씀드렸죠? 그분이 학교에 강연을 오세요. 정말 대단하죠?"

케이트는 약을 올리듯 깨끗하게 오린 신문을 손에 들고 흔들었다.

"그런데 그분 강연 주제가 뭔지 맞춰 보시겠어요?"

케이트가 얼굴 가득 장난기 어린 미소를 지었다.

"미국의 철도?"

헨리는 웃으며 말했지만 자신할 수 없다는 듯 어깨를 으쓱했다.

"틀렸어요. 이걸 보세요!"

케이트는 1926년 1월 28일 자 〈페어호프 쿠리어〉 지에서 오린 기사 쪽지를 건넸다. 기사를 받아든 헨리는 헤드라인만 보고 케이트가 그토록 짓궂은 얼굴을 한 이유를 알아차렸다. 기사 내용은 이랬다.

> 시카고의 저명한 변호사 클라렌스 대로우가 오는 2월 20일, 일요일 페어호프에서 '톨스토이'에 대한 강연을 갖습니다. 장소는 오거닉 학교의 커밍스 홀이며, 입장료 수익은 오거닉 교육의 창설자인 마리에타 존슨 여사가 세운 학교에 기부할 예정입니다. 강연에 관심 있는 페어호프 이외 지역 주민들께

서는 자동차로 오시기 바랍니다. 좌석은 여유 있게 마련했지만 앞자리 일부 좌석은 예매가 되었습니다.

헨리는 흥분한 표정을 감출 수가 없었다.
"나도 당연히 갈 거요. 이건 정말 대단한 소식이오, 케이트. 팬들을 몰고 다니는 저명한 변호사가 톨스토이의 추종자일지도 모른다니!"
"더 좋은 소식이 있어요."
케이트가 강연에 대한 정보를 찔끔찔끔 내놓자 레디는 빙그레 웃고 말았다.
"여기서 말한 예약석 중 하나가 바로 스튜어트 씨의 좌석이거든요."
"뭐가 그렇게 즐거운 거예요, 파피 스튜어트?"
그때 애너 펄이 사람들 가운데로 파고들며 헨리의 셔츠 앞섶을 툭툭 쳤다.
"엄마가 그러는데 할아버지가 거기 가면 좋아하실 거래요."
"그래, 엄마 말씀이 맞단다, 애너 펄."
헨리는 잠시 생각에 잠긴 표정으로 오두막 쪽을 바라보았다.
"대로우 씨를 위해 작은 러그를 짜야겠소. 3주면 하나쯤은 완성할 수 있을 거요."
헨리는 즉시 보관하고 있는 실 분량을 헤아려 보고 모자라면 좀더 주문해야 겠다고 생각했다. 그리곤 작은 러그를 짜고 있는 자신의 모습을 상상했다. 생각이 꼬리를 물고 이어지자, 가져온 돈은 생활비로 쓰고 부업으로 나바호 스타일의 러그를 만들어 팔면 어떨까 하는 생각도 들었다. 유산으로 남긴 돈과 부동산을 도로 거둘 수는 없는 노릇이었다. 돈이 필요할 때마다 러그를 조금씩 내다 팔면 어느 정도 생계에 도움이 될 것이다. 하지만 헨리에게 러그는 선물할 때 가장 행복한 물건이었다.

그가 이 베틀로 처음 짠 러그는, 애너 펄을 위한 것이었다. 실은 식물과 채소에서 추출한 천연 염료로 물들였는데, 섬뜩할 정도로 모빌 만의 노을빛을 닮아 있었다. 탁한 장밋빛은 야생 홀리벨리에서, 칙칙한 푸른색은 노간주나무 열매에서 얻었고, 풍부한 황금빛은 갈색 양파, 진황색은 황토를 끓인 염료였다. 떡갈나무 줄기를 긁어 채취한 이끼는 엷은 빨강색이 나왔다. 또 가시투성이 배 모양 선인장을 김이 오르는 그릇에 넣고 쪄 선명한 보라색 액체를 만들고, 심지어 레디가 병에 담아준 야생 블랙베리 잼에서도 염료를 얻었다. 설탕 때문에 희끄무레한 자주색이 나오긴 했지만 말이다.

어쨌든 이 모든 천연염료는 모두 부드러운 파스텔 색조로, 냄퍼 시절부터 몇 년째 해 온 간단한 염색 방법으로 추출한 것들이었다. 실을 염색하는 작업 또한 흥미로웠다. 먼저 물에 매염제인 명반과 털실을 넣고 끓이다가 곧장 염료 통에 옮겨 담는다. 가을과 봄에는 염료 통째 여러 날 햇볕을 쬐면 색깔이 더 진해지고 잘 바래지 않는다. 그 밖의 계절에는 명반과 털실을 끓기 직전 염료 통에 넣고 다시 한 번 끓인 다음, 그대로 하루 밤 식혔다가 이튿날 물에 헹구면 되었다. 애너 펄을 위한 러그를 만들 때는 무더운 여름, 허리케인이 오기 전에 따놓은 해바라기 꽃으로 염색을 해 무늬와 배경색으로 쓸 엷은 담갈색을 얻었다.

애너 펄은 러그를 선물 받았을 때 너무 기뻐 할 말을 잃고 말았다. 헨리가 가슴 앞에 러그를 펼치자, 아이의 눈은 마치 노래를 부르듯 기쁨으로 넘쳤다. 애너 펄은 작은 손가락으로 연신 러그 아래 달린 술을 만지작거렸다. 또 헨리는 러그의 영靈을 붙잡아 앞으로도 계속 좋은 러그를 만들게 해달라는 뜻에서, 러그 가장자리에 친데chinde라고 불리는, '영혼이 다니는 길'을 냈다. 러그 안쪽에서 바깥쪽 술이 있는 방향으로 실 한 올을 잡아 빼는 것이었다.

헨리는 러그를 짤 때면 정신과 시선을 집중하고, 온 마음과 정성을 다해 한 올 한 올 짰다. 수직으로 놓여있는 베틀 바로 옆, 고개만 돌리면 보이는 오목한 벽에는 영감을 불러일으키기 위해 조그만 글씨로 '그의 일을 통해 그를 알게 되리라.By their Works ye shall know them'라는 글귀를 써 넣었다. 폐결핵이 나은 것은 손을 놀려 일을 한 결과라는 믿음을 스스로 일깨우기 위해서였다. 그에게 일은 해방이고 치유였다. 따라서 앞으로 글을 쓰거나 타자를 칠 때 '일work'이라는 철자는 첫 글자 W만 쓰기로 했다.

케이트와 레디는 이것저것 챙기며 돌아갈 준비를 했다. 피터는 장갑을 벗어 바짓가랑이에 대고 툭툭 털었다.

"아이고, 오늘 황소처럼 일했는데, 영감님이 임금은커녕 점심도 주지 않고 부려먹었으니, 딸기 한 상자 준다는 약속 없이는 언덕을 못 내려가겠구먼."

피터는 짐짓 심통이 난 듯 말했다.

"그 노 변호사는 상 받을 일도 안 했건만 그토록 러그를 짜주겠다고 타령을 하다니. 만일 당신을 그렇게 너그럽게 만든 게 톨스토이라면, 나도 루스키[39] 이야기를 해주고 코작 댄스라도 출까요?"

"아이 참, 당신은 농담도…."

레디는 피터에게 가볍게 핀잔을 주더니 어깨에 맨 범포 가방 안에 손을 넣어 더듬더듬 무언가를 찾기 시작했다. 그녀는 애너펄을 즐겁게 해주기 위해 이것저것 준비해 온 참이었다. 하지만 이번은 달랐다.

"헨리, 이건 당신에게 드리는 선물이에요."

헨리는 물건을 찾을 때 가방에 손을 넣어 더듬는 건 여자들만의 방식이라 생각했다. 남자들은 대체로 가방을 활짝 열고 눈으로 찾거나, 뒤집어 내용물을 모두 쏟는다. 그러나 여자들의 방법도 충분히 효과적이었다.

레디는 가죽 표지에 끈으로 묶은 작은 책자를 꺼내더니, 눈을

---

39. 러시아인을 뜻하는 말

깜빡이며 헨리에게 건네주고 시선을 돌렸다. 헨리는 슬쩍 내용물이 백지라는 것을 알아채고, 수첩 고맙다며 인사를 했다. 레디는 손을 내저으며 얼른 덧붙였다.

"헨리, 이건 방명록이에요. 당신을 찾아오는 사람들한테 이름과 방문 날짜를 적게 하면, 두고 두고 기념도 되고 좋을 것 같아서요."

레디는 혹시 헨리가 방문자들을 반가워 하지 않을지도 모른다는 생각에 멋쩍어 하며 말했다. 그러자 헨리는 재빨리 고맙다고 말했다.

"지금도 매일 한두 명씩은 언덕을 기웃대며 내 집을 구경하고 있습니다. 물론 나를 제일 먼저 살피지만 말이오."

헨리는 맨발에 헐렁한 바지, 멜빵, 온통 하얀 머리카락과 수염 등 자신의 풍채가 사람들의 호기심을 자아내리라는 것을 잘 알고 있었다. 심지어 스스로도 눈처럼 흰 자신의 머리카락에 놀랄 때가 있었으니 말이다. 게다가 머리카락, 수염 모두 비단실처럼 가늘어 아무리 정돈해도 바람이 불면 금방 헝클어져 버렸다.

"책장에 올려놓고 누군가 방문할 때마다 서명을 해 달라고 부탁하겠소."

그는 두 손으로 방명록을 가슴에 안았다.

"덕분에 사람들에게 내가 전설 속의 심술궂은 노인이 아니라는 걸 알릴 수 있겠군요."

"하지만 그 방명록이 충분한 설득력을 발휘할지는 의문이군."

피터가 근엄한 표정으로 말했다.

"피터, 아직도 딸기 약속을 기다리는 거요?"

헨리가 손을 흔들며 말했다.

"두 사람 모두 오늘 이렇게 선물까지 주시고 정말 고맙소."

그때 피터가 어린 아이처럼 입을 삐죽 내밀었다. 항상 이런 식으로 헤어지는 게 불만이라는 표시였다. 그러면서 자기가 유일하게 줄 수 있는 건 테네시 산 최고급 위스키 한 잔뿐이라 말하며, 병이라도 꺼낼 듯 바지 뒷주머니에 손을 뻗었다. 순간 레디가 애너 펄의 표정을 흘끔 살피고 단호하게 남편을 나무랐다.

"여보!"

하지만 피터가 주머니에서 꺼낸 것은 주석에 붉은색과 황금색을 입힌 담배 파이프였다. 레디는 다시 남편을 꾸짖었다.

"피터 스테드먼 씨. 아이 앞에서 그런 농담은 삼가셔야죠!"

"당신 말이 맞소."

피터가 말했다.

"내 술병은 워낙 생각이 깊은 친구라, 집에 남아 있겠다더군."

헨리와 케이트가 킥킥대자 애너 펄은 왜 웃는지 모르겠다는 표정으로 한 명씩 번갈아 바라보더니 이내 어른들을 따라 웃음을 터뜨렸다. 레디는 졌다는 듯 손으로 이마를 짚었다.

피터가 파이프를 도로 주머니에 넣으며 말했다.

"술을 마시면 영혼을 빼앗긴다는 말이 나왔으니 말인데… 헨리, 일요일에 변호사 강연이 끝나면 함께 교회에 가지 않겠소?"

피터는 진작 헨리를 교회에 초대하지 않은 것을 사과했다.

"당신은 신학대학을 나왔으니 가끔씩 교회에 나와도 어색하지 않을 거요."

피터는 웃으며 덧붙였다.

"초대해 줘서 고맙소, 피터. 하지만 그날 시내에 볼 일이 좀 있습니다. 그 편이 머리도 맑아질 것 같고 말이오."

헨리는 잠깐 머뭇거리다가 말을 이었다.

"미안하지만, 초대를 거절하는 거요. 여러 해 전 아내가 죽은 뒤로는 교회에 나가본 일이 없소."

헨리는 밭에 수북하게 쌓아놓은 검은 양토 깊숙이 손을 넣었다 빼더니 손가락으로 벽돌 위를 툭툭 치며 문질렀다.

"헨리, 오늘은 정말 멋진 하루였어요."

케이트가 말했다.

"아침에 걱정했던 것보다 춥지도 않았고요. 먹거리를 얼마나 많이 수확하는가는 이제 당신에게 달렸어요."

헨리는 셋째, 넷째 밭을 완성하고 부활절쯤 씨앗을 뿌릴 것이라고 말했다. 이윽고 케이트는 헨리와 작별 포옹을 나누었다. 이어서 애너 펄도 헨리와 포옹을 했고, 레디는 악수를 나눈 뒤 트럭으로 돌아갔다. 트럭 좌석이 꽉 들어찼다.

"피터, 앞으로 나를 교회에 초대할 기회가 또 있을 거요. 고맙소만, 사실 내게는 고지식한 교회에 바칠 만한 시간이 없소. 내가 아는 하나님은 세상으로 내려오실 때 교회 서까래만 택하시진 않소. 난 첨탑 아래뿐만 아니라, 나무와 덤불, 그 모든 곳에 계신 하나님을 믿소."

"그렇게 말할 줄은 몰랐소, 헨리."

피터는 기분이 상한 투였지만, 표정을 잘 읽어보면 화내는 것이 아님을 알 수 있었다.

"아직 교회에 나갈 정도는 아니라고 생각했지만, 병이 낫고 좀 달라진 줄 알았소."

"만일 내가 다 나았다면 그건 신의 선물일 거요. 하지만 그게 날카로운 낚싯바늘을 감춘 미끼가 되어서는 안 된다고 생각하오."

"난 지금 낚시 얘기를 하는 게 아니오, 헨리. 월척을 하려고 여기저기 낚싯대를 던져 놓는 것과 비교 하고 있는데, 교회는 신을 만나려는 선량한 사람들이 모인 곳이오."

피터가 큰 소리로 웃으며 말하자, 헨리도 미소로 답했다.

"하지만 우리가 신을 낚을 필요는 없소. 그 분은 언제나 우리와 함께 계시오, 언제나."

"당신 같은 고집불통은 처음이오."

피터가 한숨을 내쉬었다.

"냄퍼에 있는 내 목사 친구 윌리엄도 말끝마다 그랬소. 그래요, 두 사람 모두 옳소."

35장

The Poet of Tolstoy Park

아침이 세상 이곳 저곳 고개를 내밀었지만, 톨스토이 공원은 아직 새벽 기운에 잠겨 있었다. 오두막 근처 굵은 삼나무 위 둥지에서는 방금 잠에서 깨어난 새들이 날갯짓을 하며 아이들처럼 요란스럽게 떠들고 있었다. 하루의 시작을 알리는 이 소리가 울려 퍼지면, 근처 나무에 있던 다른 동물들도 화답을 보내올 것이다.

헨리는 좁은 책상에 앉아 램프를 켜고, 이틀 전에 받은 토머스의 편지를 세 번째로 읽었다. 그는 여전히 잔뜩 화가 난 상태였다. 또 정말 병이 나았다면 냄퍼로 돌아올 수 있는지 알고 싶어 했다. 하비와 윌리엄도 지난주에 비슷한 내용의 편지를 보내왔다. 앨라배마에 머물기로 한 결정에는 수긍하지만, 도대체 왜 집에 돌아오지 않으려 하는지 궁금하다는 것이다.

헨리는 그들을 이해시키기 힘들다는 것을 알았다. 하지만 왜 이곳을 떠날 수 없는지를 명확하게 설명하자니 난감한 기분이었다. 죽었다가 다시 살아났으니 이곳이야말로 진정한 집이라 답할까했지만 너무 정 없는 대답처럼 느껴졌고, 괜스레 경솔하게 굴었다가 상황을 악화시킬지 모른다고 생각했다. 지금 할 수 있는 대답이라곤, 앞으로 냄퍼로 돌아갈 수 없을 것이며, 남은 날이 얼마든 톨스토이 공원과 오두막이 있는 이 동부 해안에서 여생을 보내겠다는 말을 되풀이하는 것뿐이었다.

토머스는 편지에서 비록 한 줄이지만 콘크리트 벽돌로 둥근 오두막을 쌓겠다는 헨리의 계획에 관심을 보인 반면, 윌리엄과 하비는 피상적으로 한 번 집에 대해 물었을 뿐이다.

하비는 같은 노력을 들일 거라면 전통적인 방식으로 짓는 게 낫지 않았겠냐며, 왜 아버지가 집을 지으셨는지 이해가 가지 않는다고 말했다. 한편 토머스는 편지 말미에 공손한 투로 결혼할 것이라는 소식을 알리고, 한동안 여행은 힘들 거라고 덧붙였다.

헨리는 어제 톨스토이에 관한 대로우의 강연을 들은 뒤 한결 마음이 편해졌다. 그래서 아이다호의 세 사람에게 답장을 쓸 때도 그들의 애정과 근심을 무시하지 않기로 결심하고, 이곳에 머물기로 한 선택을 설명할 때도 최대한 신중하게 어휘를 골랐다.

어제 강연에서 대로우는, 톨스토이가 82세에 아내와 자녀들을 두고 고향인 야스나야 폴리아나를 떠났다가 한 달도 못 되어 50마일 밖에 떨어지지 않은 철도 역장의 집에서 숨을 거둔 일을 이야기했다. 또 대로우는 50마일이건 5천 마일이건, 한 달이건 10년이건, 시간과 거리가 집을 떠나고 싶어했던 톨스토이의 욕망을 축소시키지 못했다고 역설했다. 헨리도 그 점에 동감했다. 헨리도 집을 떠나왔고, 다시 돌아갈 마음이 없었다.

대다수 동부 해안에서 온 3백 명의 청중들이 오거닉 교정 커밍스 홀을 꽉 채웠다. 강연 자가 진화론을 가르치게 해달라는 테네시 주 교사를 변호했던 시카고 출신 유명 변호사 클라렌스 대로우였으니 어찌 보면 당연한 일이었다. 하지만 헨리는 이 강연에서 톨스토이와 헨리 조지가 실제로 편지를 나눈 적이 있었다는 것 외에, 새로이 알게 된 사실은 없었다. 대로우의 강연은 톨스토이의 철학보다는 생애에 초점을 맞춰, 한 개인의 철학점인 신념이 인생 사건들과 역동적인 가정사, 대가족 일원 한 명 한 명과 어떤 연관이 있었는지를 살피고 있었다.

대로우는 톨스토이의 일기를 언급하면서, 톨스토이가 아내 소냐와 얼마나 불행한 결혼 생활을 보냈는지, 그 절망감이 세상에 대한 시선을 어떻게 바꿔놓았는지 엿볼 수 있다고 말했다. 그때 헨리는 아이다호의 세 사람을 떠올렸다. 만일 그들을 잃는다면 영원한 슬픔에 빠지겠지만, 지금처럼 단지 헤어져 있는 것은 슬프지 않았다.

그는 커다란 영적 감화를 안고 집으로 돌아왔다. 문득 집을 떠난 비둘기는 먼 거리를 헤매면서 느꼈던 두려움 속에서 오히려 평온함을 깨닫는다는 릴케의 시 한 구절이 떠올랐다. 릴케에 의

하면, 모험을 찾아 창가를 떠났던 비둘기는 거대한 심연을 위에서 굽어보다가 결국 모든 것을 포기함으로써 자유로워진다고 했다. 헨리는 자신도 생명을 포기함으로써 생명을 얻었다고 믿었다. 이제 가족과 과거라는 무거운 돌에 새 인생이 눌리지 않도록 하고 싶었다. 대신 바위로부터 훨훨 날아오르리라.

마침내 서서히 동이 터왔다. 헨리는 종이 한 장을 타자기에 넣고 하비와 토머스, 윌리엄에게 편지를 쓰기 시작했다. 자기는 그 어느 때보다 행복한 순간을 보내고 있으므로, 냄퍼로 돌아가지 않을 생각이라고 썼다. 또 언제라도 이 둥근 오두막을 방문해 준다면 반갑게 맞이하겠다는 말로 편지를 마쳤다.

헨리는 오전 중에 편지를 부치러 우체국까지 걸어갔다가 돌아오는 길에 산책 삼아 해안가 록 강 하구까지 내려갔다. 집으로 돌아와 보니 손님이 찾아와 있었다. 다름 아닌 클라렌스 대로우였다. 그는 밭 담장 위에 걸터앉아 헨리 반대쪽 언덕 아래를 내려다보며 한가하게 발로 땅을 차고 있었다.

헨리가 먼저 다가가 말을 걸었다.

"안녕하십니까, 대로우 씨."

"아, 오셨군요!"

클라렌스가 고개를 돌리며 말했다. 헨리는 그가 자신과 같은 연배, 또는 동갑일 것이라 추측했다. 대로우는 근엄하고 무뚝뚝한 표정에 목소리는 크고 퉁명스러워, 법정에 서 있으면 상대 변호사들조차 겁을 집어 먹을 것 같았다.

"방해한 게 아닌지 모르겠습니다. 스튜어트 씨. 차를 타고 가다가 문득 당신 집이 보고 싶었습니다. 지난번에 꼭 한 번 오라고 말씀하신 데다 러그까지 선물해 주셨으니 고맙다는 말씀도 전할 겸해서요. 그 예술 작품은 서재에 걸어둘 생각입니다."

"예술은요, 무슨."

헨리가 웃으며 말했다.

"대로우 선생께서는 우리의 친구 톨스토이가 한 말을 기억하고 계실 겁니다. 예술도 돈이 개입되면 더 이상 예술이 아니라고 했죠."

"이런, 놀랍군요! 그러니까 러그 값을 독촉하려고 절 부르신 게로군요. 혹시 다른 물건도 팔려는 것 아닙니까?"

변호사는 얼굴 가득 웃음을 지으며 밭에서 뛰어내렸다.

"선생께서 어느 정도를 생각하고 계신지 모르지만, 제가 견습생이 아니란 걸 확인시켜 드리려면 값을 두 배쯤은 불러야겠군요."

헨리는 웃으며 농담을 받고 손을 내밀어 악수를 청했다. 대로우와의 악수는 남에게 호통치는 위치에 있는 사람과 나눈 악수라고 믿을 수 없을 만큼 부드러웠다. 클라렌스 대로우는 따뜻하고, 넉넉하고, 호쾌한 사람 같았다.

두 남자는 곧장 헨리의 오두막으로 발걸음을 옮기며 오래 전부터 알았던 사이처럼 쉽게 말문을 열었다. 헨리는 클라렌스에게 이번 러그는 선물이지만, 조만간 팔아 생계에 보태어 볼까 생각 중이라고 털어놓았다.

변호사는 배울 만큼 배운 분이 어떻게 맨발로 이 앨라배마의 숲 속에 콘크리트 이글루를 짓고 혼자 살게 되었는지를 물었다. 헨리는 되도록 간단하게 답하려 했지만 자신의 처지를 설명하는 데만 10분이 걸렸고, 변호사가 열심히 들어주는 바람에 시간 가는 줄도 몰랐다.

"얼마 전 읽었던 아나톨 프랑스[40]의 글이 기억나는군요."

헨리가 먼저 들어가시라는 뜻으로 오두막 문을 열고 잠시 비켜서 있을 때 클라렌스가 말문을 열었다.

"아나톨은 '시간 죽이기'야말로 인생에서 가장 중대한 사업이라고 말했죠. 이렇게 경치 좋은 곳이라면 시간 죽이기도 훌륭하게 해낼 것 같은데요."

헨리는 얼른 부인하더니, 자신은 바쁘게 움직이며 해야 할 일이 있어 기쁘다며 말을 이었다.

"어렸을 때 아버지는 임마누엘 칸트[41]의 말을 자주 들려주셨소. '아이들에게 쾌락과 이상을 추구하는 생활은 가장 불행하다. 아이들은 어릴 때부터 어떻게 일하는지를 배우는 것이 중요하다.' 물론 나는 아나톨 프랑스의 말도 옳다고 생각했지만 어쨌든 내겐 선택권이 없었소. 아버지는 무조건 내가 일을 해야 한다고

---

40. 1844-1924, 프랑스의 소설가, 평론가, 1922년 《무희 타이스》로 노벨문학상 수상
41. 1724-1804, 독일의 철학자, 비판 철학을 완성, 저서에 《종교론》,《인간학》 등

생각하는 분이셨소. 나는 이 오두막을 지을 때도, 의사가, 곧 죽음을 불러올 거라 말했던 병과 싸울 때도 그 말씀을 잊을 수가 없었지요."

"세상에, 의사들이 어떻게 그걸 안답니까?"

클라렌스는 오두막으로 들어가며 격앙해서 외쳤다. 그리곤 잠시 방안을 둘러보다가, 밤마다 사다리를 타고 침대에 오른다는 헨리의 말에 안 믿어진다는 표정을 지었다. 그리고 자신은 류머티즘 때문에 그냥 침대도 오르내리기 힘들다고 털어놓았다.

"사람이란 거의 모든 상황에 익숙해질 수 있는 존재죠."

헨리가 답했다. 두 사람은 다시 햇살 속으로 돌아와 헨리가 의자처럼 나지막하게 만들어 놓은 시멘트 기둥에 걸터 앉았다.

"만일 일을 해야 하고, 그걸 피할 수 없다면,"

클라렌스가 말했다.

"게다가 일에 몰두할 수 있다면, 그야말로 가장 행복한 인생일 겁니다. 참, 저쪽에 채소밭도 만드셨더군요."

그는 목을 빼고 밭을 건너다 보았다.

"상자 식으로 만들어서 허리나 무릎을 구부릴 필요가 없겠더군요."

그는 여전히 상자 모양 밭을 바라보다가 이윽고 헨리에게 시선을 돌렸다.

"탈무드에는 먹거리를 스스로 길러 먹는 게 종교를 갖는 것보다 훨씬 숭고하다고 적혀 있죠. 성경 구절을 제외하고 제가 가장 좋아하는 말입니다."

클라렌스는 몸을 뒤로 젖히고 고개를 기울이며 2월의 햇살을 바라보았다. 그런 다음 가볍게 머리를 긁적이며 말을 이었다.

"전 그렇게 부지런한 편이 못 되죠. 사람들도 그 점을 인정합니다만. 그래서 지금까지 일을 하나 봅니다, 스튜어트 씨. 언제나 일이 저를 기다리고, 사람들도 언제나 저를 부르죠. 어떻게 하면 일을 피하고 사람들의 요청을 무시할 수 있을지 모르겠습니다. 그러면서 인생 칠십이 눈치 챌 틈도 없이 술술 빠져나가더군요."

"아마 우린 비슷한 나이일 것 같은데, 어떻소, 나는 세월이 어떻게 흘러가는지 매순간 의식하면서 사는데도 벌써 예순아홉이군요. 특히 지난 2년은…"

헨리가 말했다.

"왜 그렇게 오랜 시간을 질문들에 파묻혀 보냈는지 모르겠습니다. 물론 의심할 가치가 있는 질문들이기는 합니다만."

"의심할 가치가 있는 질문들이라! 스튜어트 씨, 당신은 그게 쓸데없는 짓이라는 걸 잘 아시지 않습니까?"

클라렌스는 손깍지를 끼며 무릎을 들어올렸다. 아까 처음 보았을 때처럼 발이 허공에서 흔들거렸다.

"사람이 이 우주 삼라만상을 머릿속에 쑤셔 넣으려 든다면, 먹을 것만 밝히는 벌레와 뭐가 다르겠습니까? 아마 벌레도 소화불량에 걸리겠죠."

헨리는 소나무 가지를 주워 흙 위에 낙서를 하면서 "그런 일이 나한테도 일어났소"라고 답했다.

"알고 있는 것을 생각하면 할수록 중요한 것을 더 파고들게 되더군요. 스스로의 영리함에 더욱 집착하게 되는 거죠. 언제, 어떻게 할 것인지 자기한테 자꾸 캐묻게 됩니다."

헨리는 나뭇가지를 풀밭으로 던졌다.

"게다가 중요하다고 생각하는 그 문제를 증명하고 싶다는 욕망에 시달리게 되죠."

"당신 말이 맞습니다. 스튜어트 씨."

클라렌스가 맞장구쳤다.

"가만히 앉아서 자신에 대해 생각하는 것보다 따분하고 쓸데없는 짓은 없소."

"특히 드리고 싶은 말씀은,"

헨리가 말을 이었다.

"자기를 잊을수록 머릿속을 남에 대한 생각으로 채울 수 있다는 겁니다. 그러면 사랑도 생겨나죠."

클라렌스는 별안간 안절부절못하는 것처럼 보였다. 헨리는 클라렌스가, 사랑 같은 모호하고 안개 낀 주제를 불편해 한다고 짐작했다. 헨리는 이 만남이 즐거웠다. 게다가 나누는 이야기도 깊이가 있어 내심 기뻤다. 따라서 대화를 저녁까지 이어가려면 화제를 현실적인 방향으로 바꾸어야 했다. 헨리는 한참 기다리다가 이렇게 물었다.

"소냐가 톨스토이가 쓴 작품의 저작권을 포기하지 않으려고 든다죠? 지적 재산권도 부동산처럼, 결혼생활 동안만 공동소유가 인정되는 것 아닙니까?"

"물론 맞습니다, 스튜어트 씨. 사실 실제 돈으로 환산하면 그 저작권은 로열티만 해도 엄청나죠."

클라렌스가 말했다.

"하지만 둥지를 지키고 새끼들을 품는 건 어미의 의무입니다. 소냐는 톨스토이의 아이를 열셋이나 낳았죠! 게다가 톨스토이는 부잣집 도련님이었고 말입니다. 물론 그가 일을 하지 않았다는 말은 아니니 오해 마십시오. 다만 우리 아버지가 늘 하셨던 말씀 중에, 쉽게 번 돈은 쉽게 쓴다는 말이 있죠."

"아마 톨스토이는 자신을 자극했던 영혼의 깊은 불안, 그리고 그 불안을 아내와 나누지 못했다는 것에 큰 고통을 받았을 겁니다."

헨리가 말했다.

두 남자는 한동안 말없이 앉아 있었다. 헨리는 흙 위에서 발가락을 꼼지락거리다가, 또 다시 소나무 가지를 주워 이번에는 등을 긁었다.

"대로우 씨, 당신은 어떻습니까? 신문에서 당신이 맡은 사건들에 대한 기사를 읽었습니다. 당신이 변호를 하는 건 돈 이상의 어떤 이유가 있는 것 같더군요."

"전 솔직히 사람들이 흔히 말하는 '성공'의 의미를 잘 모르겠습니다. 어떤 의미에서, 아니 대부분이 그렇듯이, 성공은 돈을 의미합니다. 하지만 나는 돈에는 별로 관심이 없고 많이 가지려고 애쓴 적도 없습니다. 아니, 사실은 꽤 많은 돈을 번 적도 있었죠."

클라렌스는 자리에서 일어나더니 바지 엉덩이를 툭툭 털었다.

"결국 나는 평생 필요로 했던 건 모두 가졌습니다."

클라렌스는 창고 근처로 가자고 제안하며, 그 쪽 우물에서 시원한 물 한 사발 마시고 싶다고 말했다. 두 사람은 땅거미가 어스름한 저녁이 다가올 때까지 허심탄회하게 마음을 나누었다. 그리고 마침내 2월의 밤하늘 아래에서 두 사람은 말없이 검은색 주단 위에 뿌려놓은 이슬 방울같은 별들을 바라보았다. 수를 세는지, 반짝임에 감탄하는 건지는 알 수 없었다. 클라렌스는 자리에서 일어나더니 이제 그만 돌아가야겠다고 말했다. 거처는 페어호프의 콜로니얼 여관이라고 했다.

"거기서 내일 아침 일찍 출발하려고 합니다. 시카고로요."

이어서 클라렌스는 톨스토이 공원에서 즐거운 시간을 보냈다고 말했다.

"환영만 해주신다면 다시 오고 싶군요."

"그래주신다면 저야말로 영광입니다. 정말 다시 한 번 와주십시오, 클라렌스."

헨리는 자동차에 올라타는 클라렌스와 작별인사를 나누며, 토머스와 하비, 윌리엄에게 이곳에 머물러야 할 이유 하나를 더 말해줄 수 있겠다는 생각에 뿌듯함을 느꼈다.

물론 한 번이 아닌 여러 차례 설득해야 하리라. 그 편지는 두 아들들을 다시는 만나지 못하리라는 증서와 같았지만, 그렇다고 임박한 죽음을 알리는 것도 아니었으며, 다시는 그들을 만나지 않고 살기로 했다는 선언서였을 뿐, 그들을 얼마나 사랑하는가와도 별개의 문제였다.

36장

The Poet of Tolstoy Park

헨리는 일하고 휴식하고, 어슬렁거리며 시내까지 갔다가 다시 해변으로 내려가 식물과 곤충, 바다 생물 따위를 스케치하고, 톨스토이 공원을 방문한 사람들과 오랜 시간 대화를 나누며 온종일을 흘려보냈다. 또 마을 사람들과 종교와 철학, 헨리 조지의 단일 조세 주의와 톨스토이에 대한 영적인 대화를 나누고, 이따금 마을 공회당에서 강연을 하고, 밭을 가꾸고, 적은 양으로도 충분한 영양을 섭취할 수 있는 음식을 스스로 준비하고, 오거닉 학교 학생들에게 러그 짜기를 가르치는 일을 달마다 해마다 반복했다.

톨스토이 공원 둥근 오두막에서 지낸 지 벌써 20년이 다 됐지만, 토머스와 하비는 아직까지도 헨리에게 아이다호로 돌아오라고 설득하고 있었다. 더군다나 작년부터는 부쩍 자주 편지를 보내

오고 있었다.

두 사람은 매주마다 책망과 애원, 설득과 걱정이 뒤섞인 편지를 번갈아 보내왔고, 헨리는 답장을 보낼 때마다 자기는 당신들이 생각하는 만큼 외롭지 않다고 썼다. 그의 대답은 한결 같았다.

난 건강하고 행복하단다. 그리고 여긴 내 집이 있는 곳이다.

헨리는 또 편지에서 해질녘이면 모빌 만으로 흘러드는 록 강 근처, 담요처럼 솔잎이 깔린 절벽 위, 꽃이 만발한 층층나무 사이에 앉아 서쪽 하늘에 신비한 노을이 번져가는 모습을 지켜본다고 쓰고, 때로는 둥근 배가 파도 끝에 닿을 듯 말듯 낮게 날면서 커다란 날개로 물보라를 일으키는 갈색 펠리컨의 모습을 써 보내기도 했다. 또 한때 눈여겨봤던 녀석들인지는 모르지만 물수리 한 쌍이 절벽 아래 오솔길, 말라 죽은 노간주나무에 새 둥지를 튼걸 발견했을때 느낀 기쁨도 설명했다.

"여든 여섯의 나이로 이 땅에 아직 살아 있다는 것 외에 무엇을 더 바라겠느냐?"

그 무렵 하비가 보낸 편지가 도착했다. 하지만 이상하게도 그 안에는 하비의 봉투와 똑같은 봉투 안에 꼬깃꼬깃 접힌 편지가 들어 있었다. 종이를 펼치자 꽃무늬 편지지에 둥글둥글한 글씨체가 보였다.

노환으로 떨리는 손으로 쓴 이 한 장의 편지는, 몰리와의 결혼식 때 주례를 서고, 나중에는 몰리의 장례식을 집전하고, 그를 톨스토이 공원으로 이끌어 준 윌리엄의 편지였다.

친애하는 헨리.

자네에게 마지막으로 편지를 부친 지도 10년이 넘었네. 그러면 자네가 앨라배마에서 산 세월이 20년이 다 됐단 말인가? 토머스와 하비에게 듣자니 자네는 여전히 맨발이라더군! 노인네 발가락이 2월 아침 싸늘한 서리에 움츠러들지는 않을까, 4월의 철벅대는 진흙에 흙투성이가 되지는 않을까 염려가 되네. 아마 자네 발바닥은 예수님과 요한, 야고보의 못 박힌 발만큼이나 많은 고통을 견뎠겠지. 하지만 지금 이렇게 편지를 쓰는 내 마음보다 고통스럽지는 않을 걸세. 헨리, 제발 나를 보러 아이다호로 와주게. 토머스와 하비도 똑같이 청했다는 걸 아네. 하지만 자네 아들 녀석들과 짜고 이러는 게 아니라, 순전히 이기적인 마음에서 하는 말이라네.

헨리, 죽기 전에 자네를 한 번만 더 보고 싶네. 지난 봄 이후로 줄곧 병상에 누워 있다네. 의사 말이 여름을 나기 힘들 거라고 하더군. 물론 자네도 몸이 안 좋거나, 그게 아니어도 쉽게 올 만한 거리가 아니라는 건 아네. 게다가 자네 결심을 잘 알면서도 뻔뻔스럽게 내 소원만 들어달라고 말하는 것도 미안하구먼. 하지만 마지막으로 자네가 보고 싶은 걸 어쩌겠는가.

만일 자네가 내 마지막 소원을 들어준다면, 그곳에 도착하자마자 다시 한 번 자네 영혼을 지옥 불에서 구해달라고 신께 부탁하겠네. 꼭 와줄 거라고 믿네.

자네를 사랑하는 친구 월

헨리는 채소밭 그루터기에 앉아 편지를 읽고 또 읽었다. 햇살이 목덜미를 따뜻하게 어루만지고, 양쪽 어깨 위 셔츠까지 훈훈하게 데워 주었다.

요즘은 일정한 체온을 유지하기가 힘들었다. 헨리는 오른손에는 편지를, 왼손에는 봉투를 들고, 펼쳐 든 편지 너머로 열려 있는 오두막 현관과 창문들, 낮고 둥근 벽을 바라보았다. 가까이 다가가지 않아도 오두막은 지난 20년 내내 겨울이 되면 난로를 피우고 새벽마다 찻물을 끓이느라, 매캐한 재 냄새와 장작 타는 냄새로 가득했다.

그 오두막 냄새가 솔잎 향 나는 봄바람에 실려 왔다. 아마 지금쯤 산들바람이 오두막 안을 둥둥 떠다니며 타자기 석유 냄새를 피워 올리고, 바닥의 먼지 냄새를 쓸어가고, 공중에 매달린 곰팡내 나는 침대의 범포 천을 통과해 쌍둥이 환기구를 찾고 있으리라.

헨리는 얼마 안 가 자신도, 이 6월 아침 바람처럼 집을 떠나게 되리라는 것을 알았다. 그리고 돌아오지 못하리라는 것도 알았다. 지난 세월 불현듯 유예되었던 죽음이, 이제 다시금 그를 부를 것이다. 하지만 그렇게도 놀라거나 후회하지 않고, 두려움에 빠져 손을 움켜쥐거나 울지 않고 응답할 생각이었다.

헨리는 어제, 물수리의 꾸룩꾸룩하는 울음 소리를 들었다. 눈을 들어 하늘을 보았지만 아무것도 보이지 않았다. 잠시 후 또다시 시선 너머에서 소리가 들렸지만, 역시 물수리는 보이지 않았다. 헨리는 물수리가 자신의 죽음을 예고하고 있다고 믿었다. 그렇다, 이제 아이다호로 돌아가야 한다. 그리고 윌리엄을 만나야 한다. 그리고 두 아들도.

또 필요하다면 토머스와 하비에게 왜 자기가 그들의 삶에서 오래 떠나 있었는지를 설명할 생각이었다. 장담할 수는 없지만 그들도 어느 정도는 아버지를 이해해 줄지 몰랐다. 그러면 그들 역시 마음의 평화를 되찾을 수 있으리라. 그 자신이 록 강에서 병을 떼어버린 뒤, 매일 그래왔던 것처럼 말이다. 그렇다. 적어도 가능성은 있었다.

헨리는 그날 밤을 하얗게 지새웠다. 우울한 기분에 무릎을 꿇자, 류머티즘까지 다시 고개를 드는 것 같았다. 적어도 최근 몇 년은 병마도 그를 제압하지 못했다.

그러나 이제 그의 불꽃도 사그라들어 바깥 어둠을 물리치지 못하는 것 같았다. 오두막은 베틀 하나만 없어졌을 뿐 모든 것이 그대로인데도 온 방 안이 텅 빈 것 같았다. 어제 학교 수위와 고학년 학생들이 찾아와 헨리의 베틀을 오거닉 학교로 실어갔다. 그것은 헨리가 마지막으로 물려주는 작은 선물이었다.

이제 학생들은 두 대의 베틀로 러그 짜는 법을 배우게 될 참이었다. 그동안 얼마나 많은 아이들이 맨발로 찾아와 러그 짜는 방법을 배우고, 직접 하나씩 만들어 가져갔던가? 셀 수도 없을 정도였다.

동이 트려면 먼 시간이었지만, 헨리는 평소보다 일찍 잠에서 깼다. 그리고 석유램프의 부드러운 노란 불빛 아래에서 주머니칼로 연필심을 뾰족하게 갈기 시작했다. 책상 위에 불그레한 삼나무 부스러기가 소복하게 쌓였다. 이어서 헨리는 칼과 연필을 한쪽에 내려놓고, 얇은 가죽 표지를 입힌 신약 성경을 들어 가장 좋아하는 요한복음을 펼쳤다. 이윽고 헨리는 그 구절을 천천히 읽기 시작했다.

"태초에 말씀이 계셨다…."

순간, 가장 성스러운 발산發散은 빛이 아닌 소리라는, 마운트 유니온 신학대학 시절 수 없이 곱씹었던 경구가 헨리의 마음을 파고들었다. 화가는 빛을 그리지만, 결코 소리만큼은 그릴 수 없다. 따라서 종교의 신비감을 표현하려고 위대한 인물 뒤에는 후광을 씌웠고, 그 빛은 이제껏 사람들에게 좋은 창조의 소재가 되어 주었다. 그러나 헨리는 정작 사람들의 마음을 파고 든 것은 빛이 아닌 소리라고 생각했다.

헨리는 푸르스름한 빛이 감도는 바깥에서 귀에 익은 소리가 들려오기를 기다렸다. 잠에서 깬 새들이 짹짹거리며 보금자리를 날아오르는 소리는 얼마나 사랑스러운가.

헨리는 신약 성경을 옆으로 치우고 다시 칼을 들고 연필을 깎기 시작했다. 대학 시절, 사생화를 가르쳤던 한 교수는 자동 연필 깎기는 연필 회사들이 연필을 더 많이 팔아먹으려고 만든 고약한 발명품이라고 독설을 퍼부었다. 헨리는 어느새 연필심이 필요 이상으로 도드라진 것을 보며 빙그레 웃었다. 그리고 못 박힌 손바닥으로 연필 깎은 부스러기를 싹싹 쓸어 철사로 매단 나무 못 통에 담았다.

헨리는 일기장을 펴고 백지 위에 연필로 이렇게 썼다.

> 1944년 6월 11일, 해가 뜨면 토머스가 호텔에서 나와 이리로 올 것이다. 앨라배마에서 보낸 세월이 19년. 오늘 나는 아이다호로 돌아간다. 오늘 내 집을 떠난다.

그는 제임스 러셀 로우웰[42]의 시가 적힌 액자만 덜렁 걸려있는 빈 벽을 올려다보았다. 케이트가 옮겨 적은 〈자유에 대한 시〉에는 이런 구절이 있었다.

---

42. 1819-1891, 미국의 시인이자 비평가이자 외교관. 하버드대학의 근대어 및 근대 문학 교수

쓰러지고 약한 자를 위해 항변하기를 두려워하는 사람은 노예다. 증오하고, 조롱하고, 욕설을 퍼붓지 못하고, 생각해야 할 진실로부터 몸을 사리고 입을 다무는 사람은 노예다. 둘 혹은 세 사람과 함께 정의의 편에 서지 못하는 사람은 노예다.

헨리는 지난 주 톨스토이 공원을 피터와 레디에게 양도한다는 증서에 서명하면서, 이 시를 적은 액자도 함께 넘기기로 했다. 또한 20년 전 손수 써서 못을 박고, 그 동안 무려 11번이나 글자를 고쳐 썼던 '톨스토이 공원' 표지판을 소나무에서 떼어 피터에게 건넸다.

만 아래쪽 35마일 떨어진 바다 어귀에서 날아온 바다 내음이 코를 간질이며 오두막 구석구석을 휩쓸고 지나갔다. 태양이 떠오른 지 두 시간쯤 지났을 무렵, 언덕을 올라오는 자동차 소리가 들렸다. 토머스가 분명했다. 토머스는 벌써 사흘째 페어호프에 있는 콜로니얼 여관에 묵으며 헨리의 이사 준비를 도왔다. 헨리는 밖으로 나가 갈색 상자를 들고 걸어오는 토머스를 맞이했다.

토머스는 신발 한 켤레가 든 아무 무늬도 없는 밋밋한 종이 상자를 헨리에게 내밀었고, 헨리는 그것을 받아 가슴에 안았다. 토머스는 눈치 채지 못했지만, 헨리의 손가락은 가늘게 떨고 있었다. 헨리는 신발 상자를 든 두 손을 앞으로 쭉 뻗어 보았다. 상자 위에는 황마 줄 매듭이 느슨하게 묶여 있었다. 그는 시선 가는대로 상자를 살펴보았다.

사실 창문을 통해 보고도 헨리는, 지금 자기가 든 이 상자 안에 무엇이 들어 있는지 몰랐다. 세월의 소용돌이가 어깨 너머로, 시한부 선고를 받고 진료실을 나와 냄퍼 레이니어 스트리트의 길고 지루한 진흙탕 길을 걷던 그 시절을 떠올리게 만들었다. 20여 년 전의 일이었다. 이제 그는 여든 여섯 살이었다.

헨리는 길게 자란 풀밭 위에 상자를 내려놓았다. 드문드문 갈색 솔잎이 흩어진 풀밭에는 마침 무당벌레가 빨간 등딱지 아래 보드라운 날개를 접고 내려앉아 무언가를 탐색하는 듯 맴을 돌다가 다시 산들바람을 타고 날아가고 있었다.

"윌리엄 목사님의 마지막 설교는 제가 들은 것 중 최고였어요."

토머스가 아이다호에서 가져온 가방 두 개를 손에 들고 오두막을 나서며 말했다. 몇 걸음 앞서 가던 토머스는 아버지를 뒤돌아보며 걸음을 멈췄다. 헨리는 풀밭을 내려다보며 서 있었다.

"목사님은 맨 처음, 의자에 앉아있는 신도들 중에 자식이 있는 사람들에게 질문을 던지셨죠. '만일 오늘 밤 죽어 예수님 품에 안기게 된다면, 여러분은 이 최후의 날 자녀에게 무엇을 가르치고 싶습니까? 아내나 남편에게는 무슨 말을 남기고 싶습니까? 친구에게 꼭 들려주고 싶은 덕담은 무엇입니까?' 라고요."

토머스는 아버지 옆으로 걸어와 어깨를 나란히 하고 서더니, 사람 머리보다 높고, 농장 울타리 문보다 넓은 팜파스 덩굴이 자리

잡은 대초원 쪽 야트막한 오르막길을 내려다보았다. 15년 전 케이트가 처음 선물했을 때만 해도 작은 주전자만 했던 것이 이만큼 자랐다. 풀밭 위에 쏟아지는 눈부신 햇살은 톨스토이 공원 나무들 사이로 희롱하듯 흘러가는 구름 그림자를 내쫓았다.

"만일 내가 오늘 밤 죽는다면 네게 무엇을 가르쳐 줄지, 그걸 알고 싶은 거로군. 만일 이 앨라배마 숲에서 보낸 세월에 대해 들려 준다면 괜찮겠느냐?"

토머스는 고개를 끄덕였다. 헨리는 아래를 내려다보며 오른쪽 발가락으로 신발 상자를 살짝 밀었다.

"넌 부디."

헨리는 고개를 들어 자신과 너무 닮은 푸른 눈동자를 바라봤다.

"평화롭게 죽는 법을 배우기 바란다. 난 그것이야말로 중요하다고 생각한다, 토머스. 물론 내가 사람들을 어떻게 대했고, 어떤 것을 가치 있게 생각했는지를 알아도 좋지만, 대부분의 교훈은 매 순간 닥쳐오는 두려움을 이해하면서 깨닫게 된단다. 바로 이게 네게 물려주고 싶은 유산이다."

토머스는 보일 듯 말 듯 고개를 끄덕였다. 헨리는 허리를 구부려 신발 상자를 줍더니, 오두막을 돌아보지도, 아들을 쳐다보지 않고, 저만치 기다리고 있는 자동차를 향해 걸어갔다.

37장

The Poet of Tolstoy Park

헨리가 탄 차는 멤피스 서쪽에서 북쪽으로 굽어졌다. 헨리는 멀리 오렌지빛 태양을 향해 두 팔을 벌린 지평선을 바라보며 유리창에 머리를 기댔다. 초여름인데도 창유리는 차가웠다. 냉기와 철로에 부딪치는 바퀴 진동에 이마가 얼얼했다.

비로 지금 이곳에, 트왈라이트 리미티드 호처럼 탄생과 죽음 사이를 왔다 갔다 한 존재가 있다. 정신적으로 다시 태어나고, 영적으로 새로운 생명을 얻은 인생이었다.

바울이 로마인들에게 보낸 서한에 이런 글귀가 적혀 있었다.

"네 마음을 새롭게 함으로써, 너 자신을 온전히 변화시켜라."

하지만 헨리는 바울같은 철학자, 현자, 성인들이 틀렸다는 것을 알았다. 그들은 꿈을 깨닫는 순간이 인간에게 올 수 있는 최악의 상황이며, 인간의 꿈이 영혼의 본질에서 먼 것이라고 믿게 만들었다. 어둠 속에 세운 자기만의 탑에 갇혀 그런 경구를 부르짖는 것은 잘못된 일이었다.

헨리는 모든 인간이 세상에 나오거나 하직할 때, 영혼에서 나와 영혼으로 돌아간다는 믿음을 갖고 있었다. 철길을 달리는 도중이라도, 심지어 부자이든 가난뱅이든, 몸이 약하든 건강하든, 기쁘든 슬프든, 혹은 지식이 많든 적든 모두가 그렇게 돌아가리라.

몇 년 전에 읽은 "명예와 수치심은 하나"라는 에머슨의 시구는, 헨리에게 창조주와 피조물 사이의 진정한 관계를 통찰할 수 있는 힘을 주었다. 브라민Brahmin[43]에 대한 찬가였는데, 처음 두 연이 이렇게 시작했다.

> 붉은 피에 젖은 살인자가 자신을 살인자라 생각하거나,
> 피살자가 자신을 피살자라고 생각한다면,
> 나 브라민이 만들고, 지나다니고,
> 다시 되돌리는 불가사의한 길을
> 그들은 잘 알지 못하는 것이라
> 멀거나 잊혀진 것도 내게는 가까이 있으니

---

43. 뉴잉글랜드 출신의 시인 혹은 지식인을 가리키는 말, 대표적인 인물로 헨리 워즈워드 롱펠로, 올리버 웬들 홈즈, 제임스 러셀 로웰 등을 들 수 있다.

빛과 그림자가 그와 같음이라

사라진 신들도 내게는 보이고

명예와 수치심도 내게는 하나이리라

헨리는 앞자리에 앉은, 역시 머리가 희끗희끗해진 토머스를 바라보았다. 갑자기 깊은 피로감이 몰려왔지만 기진맥진한 것이 아니라, 고된 노동 후의 단잠 같았다. 발은 차가웠다. 헨리는 자신의 발이 다시는 대지의 온기를 느낄 수 없으리라는 것을 깨달았다. 기차 바닥의 덜컹거리는 소리가 서서히 잦아들더니 멈췄다. 톨스토이도 기차역에서 숨을 거둘 때 멀리에서 들려오는 기차의 덜컹대는 소리를 느꼈을 것이다.

이 기차는 이제 헨리가 처음 기차에 올랐던 그곳, 아이다호에 도착할 것이며, 토머스는 창가 쪽 의자에서 그를 안아올릴 것이다. 그때 누군가, "뭐 도와드릴 일은 없습니까?"하고 물으면, "아, 아닙니다. 아버지신데, 지금 주무시고 계십니다" 하고 대답할 것이다.

그리곤 아버지를 집으로 데려와 어머니와 아버지가 함께 썼던 침대 위에 누이리라. 아마 하비가 깨끗한 시트를 깔아 두었을 것이며, 아버지가 침대 위에 몸을 펴면 살며시 이불을 덮어 줄 것이다.

누군가 곧 의사를, 그리고 윌리엄 아닌 다른 목사를 부를 것이다. 윌리엄은 헨리를 기다려주지 않았다. 도착하기 30마일 전쯤, 불현듯 헨리는 윌리엄이 떠났다는 것을 직감했다. 그리 오래 전은 아니었다.

헨리는 셔츠 주머니를 더듬어 작은 수첩을 꺼내고, 만년필을 쥐었다. 그리고 눈을 감으니 케이트의 아름다운 얼굴이 환하게 떠올랐다.

헨리가 곁에 앉아 작별 인사를 고하자, 케이트는 고통에 젖은 얼굴로 애원하는 표정을 지었다. 갈색 눈동자는 촉촉하게 젖어들었고, 뺨에는 눈물이 흘렀다. 헨리는 무슨 말을 해야 할지 알 수 없었다. 그저 마음 편하게 마지막 여행을 할 것이다, 내 죽음을 슬퍼하는 대신 단지 이 이별을 슬퍼하라고 말하고 싶었다.

케이트와 애너 펄 역시 언젠가는 죽을 것이다. 헨리는 두 사람이 그 마지막 순간을 차분하고 강하게 맞이할 수 있는 힘을 쌓기를 바랐다. 그 외에 줄 수 있는 교훈이 또 뭐가 있단 말인가? 꼭 감은 눈꺼풀 뒤로 헨리 자신의 목소리가 들렸다.

"한 가지만 알아라. 도움이 되지 않더라도 해만 끼치지 않는다면 남과 함께 걸어가는 삶을 살아라. 그렇게 살면 후회 없이 죽을 수 있으리라."

이윽고 눈을 뜬 헨리는 흐릿한 눈을 깜빡이다가 녹황색 속지 위에 "케이트와 애너 펄을 위한 시"라고 적었다. 더 깊이 잠들기 전에, 세월을 거슬러 어린 애너 펄에게 자주 들려 주었던 이야기를 떠올렸다. 그는 천천히 적어 내려갔다.

잠에서 깨어난 바람이

수면 위를 스쳐 지나면

물결보다 크지 않은 작은 파도가 태어난단다

바람이 바다를 더욱 세게 내리 눌러,

앞에 있는 물을 위로 밀어 올리면,

잔물결은 완전한 파도가 되지

점점 커진 파도는 머리를 한껏 위로 치켜들며

더욱 센 힘으로 앞으로 굽이쳐 나가지,

점점 더 높이 높이

그런데 저 멀리 자기 앞에 있는 파도들이

끊임없이 모래밭에 다가가 부서지며

비명을 지르고 죽어가는 모습을 본 파도는

그만 두려움에 떨었단다

그래서 파도는 바람에게 애원했지

제발 이대로 있게 해달라고

그러나 바람은 듣지 않았지

그래서 파도가 물었지. "도대체 왜 이러는 거야?"

바람이 물었어. "내가 뭘?"

"넌 나를 죽음으로 몰아가고 있어!" 파도가 소리쳤어

"만일 내가 그만둔다면?"

"바다가 날 다시 받아 줄 거야." 파도가 대답했지

"하지만 내가 계속해서 밀면?" 바람이 물었어

"난 부서지고 말거야." 그러고 나서 파도는 잠시 입을 다물었다가 말했단다

"그리고 바다가 날 다시 받아 줄 거야."

그래, 태어나기 전에 물이었던

파도는,

영원히 물일 뿐이지.

파도는 큰 소리로 웃으며 앞으로 힘차게 굽이쳐 나아갔단다

에필로그

 6월 말 일요일 오후, 페어호프 에브뉴와 처치 스트리트는 평소보다 훨씬 많은 자동차와 인파로 붐볐다. 2주일 전 노르망디 해안에 15만 명의 연합군이 상륙한 D-Day 작전이 성공하면서 종전이 빨라질 것이라는 확신이 번지자, 사람들 마음도 한껏 부풀어 있었다.

 도로 모퉁이 건재상 2층에 있는 커다란 시민 공회당에 피터 스테드먼이 앉아 있었다. 거리를 향해 난 커다란 창문은 환하게 열려 있고, 피터는 창가에 놓인 단순한 모양의 나무 의자에 앉아 있었다. 바람도 쐬고 싶었고, 무엇보다 지금 읽고 있는 글을 자세히 보려면 밝은 햇살이 필요했다. 그가 읽고 있는 것은, 15년 전인 1929년 3월 3일 자 〈버밍햄 농업 신문〉으로, 종이가 누렇게 바래 조심스럽게 다루지 않으면 금방 찢어질 것 같았다.

 다른 사람들보다 한 시간쯤 먼저 도착한 피터는 홀로 헨리를 회상하는 시간을 갖고 싶었다. 그 빛바랜 종이에 담긴 기사는 언젠가 톨스토이 공원을 방문했던 한 기자가 쓴 글이었다.

피터는 안경을 콧등에 꼭 맞게 걸치고, 무릎 위에 펼쳐놓은 신문 위로 고개를 숙였다.

"볼드윈 카운티에 사는 현대판 소로우를 발견하다"라는 헤드라인 기사였다. 피터는 기사를 대충 읽어 내려가다 눈에 들어오는 부분만 자세히 읽었다. 헨리의 러그를 사지 않을 수 없었다고 인정한 대목이라든지, 헨리의 책장에 놓여 있던 책 제목들, 헨리가 했던 말들… 왠지 그 말은 친구 헨리가 한 말이라고 느껴지지 않았지만, 기사 마지막 부분은 헨리에 대한 추억을 간절히 떠올리게 만들었다. 기자는 이렇게 썼다.

> 지금도 나는, 오래 전 땅거미가 질 무렵 아내와 그 집을 나설 때, 문가에 서 있던 헨리의 모습을 떠올리곤 한다. 그때마다 존 휘티어의 시 〈모드 멀러〉가 떠오른다. 막 걸어온 오솔길을 내려다보던 판사가 맨발로 건초 더미 위에 서서 자신을 바라보는 모드 멀러를 발견했을 때, 지금 내 심정이었으리라. 그리고 우리의 헨리는 지금도 우리 쪽을 바라보며 서 있다.

피터는 이 마지막 구절을 마음에 새기며 천천히 고개를 들어 창밖을 바라보았다. 거리는 신문을 읽기 시작했을 때보다 더 붐

벘다. 피터는 가느다란 잿빛 머리카락과 수염, 콧등에는 금테 안경이 걸려 있고, 빳빳하게 풀을 먹인 흰색 셔츠에 검정색 조끼 차림이었다.

허리가 아프고 오른 발이 저려오는 것을 느낀 피터는 강당 옆 도서관 신문철에 신문을 갖다 놓기 전에 다시금 발에 피가 돌기를 기다렸다. 피터는 이 기사 몇 줄을 찾기 위해 오래된 신문들을 모조리 훑어보았고, 발견한 뒤에는 대출을 해서 이곳 창가로 가져왔다. 잠시 후 피터가 허리를 구부리고 창밖으로 몸을 내밀어 큰 소리로 외쳤다.

"오시는 분들은 서둘러 주십시오!"

피터는 셔츠 소매 단추를 풀어 둘둘 말아 올리고는 다시 의자에 앉아 헨리가 레디를 위해 쓴 시를 꺼내 읽었다. 20년 전쯤인가… 헨리에게 결혼생활이 그리 만만치 않다고 털어놓은 적이 있었는데, 그때 헨리는 다시 만난 자리에서 이 시를 건네 주었다. 시 제목은 "더불어"였는데, 피터는 이 시를 읽을 때마다 한 구절 한 구절에 깊은 감화를 받았다.

피터는 이 단순한 시어들이 실제로 레디와의 결혼생활을 지탱하는 데 도움을 주었다고 믿었다.

헨리는 이렇게 썼다.

둘이 하나가 되어도/ 하나는 여전히 둘이다/ 소리와 침묵이 어우러져 현을 울리듯/ 음표는 저마다 제 음을 가지고 있고, 그렇지 않으면 그 멜로디는 감흥을 주지 못하리/ 감정에는 각자의 마음이 있고, 그렇지 않으면 그 관계는 견고하지 못하리/ 하나가 다른 하나를 바라 볼 때/–목소리는 그의 것이 아니며, 열정은 그녀의 것이 아니니–/ 그렇게 둘이 더불어 하나님의 품에서/ 한 장의 종이 위에서도 서로 닿지 않고 한 줄 한 줄 써내려 가리라/

피터는 사람들이 밀려 들어오기 시작하자 강당 안을 훑어보았다. 레디는 가운데 통로로 걸어 내려와 옆벽 책상에서 가장 가까운 의자 앞줄에 자리를 잡았다. 다른 사람들이 저마다 뒷벽, 옆벽을 따라 들어와 자리에 앉는 동안, 피터는 천천히 일어나 아내에게 다가갔다. 그리고 허리를 굽혀 레디의 뺨에 키스하고 방금 읽은 시를 건넸다.

"헨리가 이걸 주었지."

그는 아내를 바라보며 눈을 찡긋하며 웃음을 지었다.

"지금까지 당신에게는 비밀로 해왔지만 말이오."

그는 아내의 어깨를 가볍게 치며 말했다. 레디는 쪽지를 받아 슬쩍 훑어보더니 옆자리 남녀에게 눈길을 주었다. 그리곤 접은 자국을 따라 쪽지를 다시 접었다.

"나중에 다시 읽어볼게요. 헨리도 조금 더 기다리게 만든다고 투털대지는 않을 거예요."

피터는 연단 앞으로 나가기 전에, 다시 의자에 앉아 마지막으로 강당을 둘러보았다. 넷째 줄에 앉은 남자가 뒤따라 들어오는 두 사람을 향해 옆 빈자리를 가리키며 앉으라고 소리쳤다.

마침내 피터가 의자에서 일어나 연단을 마루 뒤쪽 열려진 창가 옆으로 옮겼다. 그리고 셔츠 칼라 맨 위 단추를 느슨하게 풀었다.

"여러분, 뒤쪽 창문 두 개도 마저 열까요?"

피터가 멀리 방안 귀퉁이를 가리키며 말했다. 천장의 묵직한 검정은색 선풍기가 미지근한 바람을 내뿜고, 청중들 손에는 종이 부채가 들려 있었다.

여기 저기 웅성거리는 소리, 의자 다리가 소나무 널빤지 바닥에 부딪치는 소리가 들려왔다. 피터는 바지 주머니에서 꺼낸 주머니칼로 연단을 톡톡 쳐 사람들의 주의를 환기시켰다. 그리고 조끼에서 시계를 꺼내 들여다보았다.

"무척 덥군요. 오래 걸리지 않을 겁니다. 약속하지요."

피터는 사람들이 조용해질 때쯤 입을 열었다.

"우리의 친구이자 이웃이었던 헨리 제임스 스튜어트 씨가 2주 전 아이다호 행 기차 안에서 세상을 떠났습니다. 올해로 86세였죠. 그는 22년 동안 둥근 오두막에서 살며, 기껏해야 1,2년 살 거라는 의사의 말이 거짓임을 증명해 보였습니다."

피터는 엄지손가락을 주머니에 넣어 조끼를 들뜨게 해, 바람이 통하도록 한 다음 안경 너머로 청중을 바라보았다.

"그간 저는 헨리에게 온갖 예언을 퍼부었습니다. 84세까지 살 거라고 말입니다. 하지만 본인은 '그저 죽을 때까지만 살자'라고 말했죠."

피터는 말을 멈추고 오른쪽 작은 테이블로 걸어가 부채를 집어 들더니 다시 연단 가운데로 걸어왔다.

"헨리 지금 제가 서 있는 이곳에서 다양한 주제로 많은 강연을 했습니다."

이어서 피터는 헨리의 톨스토이 강연을 듣기 위해 복도에 줄을 서 있던 한 멋쟁이 숙녀 이야기를 시작했다.

"그 숙녀는 맨발에 수염이 덥수룩하고 누더기 같은 옷을 입은 노인을 보고 콧등을 찡그렸습니다. 그러고는 당신처럼 누더기 차림으로 강연에 오면 쫓겨나기 십상일 테니 그냥 돌아가는 게 좋을 것이라 충고했지요. 그러다가, 얼마 뒤 강당 안쪽 계단으로 그 노인이 강연을 하러 올라오자 얼굴색이 황금빛 숭어처럼 질렸답니다."

피터는 장난기어린 웃음을 지었고, 이어 청중석에서도 웃음이 터져 나왔다. 피터는 웃음이 가라앉을 때까지 기다렸다가 다시 연설을 시작했다.

"헨리는 지난 20년 동안 신문에서, 자신을 둘러싼 수많은 소문들 속에서도, 언제나 '톨스토이 공원의 은자'라고 불렸습니다."

피터는 다시 작은 테이블로 걸어가 가방을 열더니 공책 여러 권을 꺼냈다.

"헨리가 제게 남긴 물건 일부입니다. 이 안에는…."

그는 손에 쥔 공책으로 얼굴에 부채를 부쳤다.

"번호와 날짜를 매긴 1139개의 서명이 들어있습니다. 이건 지난 20년간 헨리의 오두막을 실제로 방문한 사람들의 방명록입니다. 그는 결코 은둔자가 아니었던 겁니다."

웅성거림이 잦아들자 피터가 말을 이었다.

"그리고 여기에는 클라렌스 대로우라는 이름도 여섯 번이나 적혀 있죠!"

피터는 바지 뒷주머니에서 잘 접은 깨끗한 손수건을 꺼내 이마의 땀을 닦았다. 그때 케이트가 자리에서 일어났다.

"제가 한마디 해도 될까요?"

"물론이오."

피터는 한 마디 청한다는 듯 손을 들어 보였다. 케이트는 많은 아이들을 가르쳐 온 교사답게 서슴없이 몸을 돌려 청중들을 바라보았다. 그녀는 물결치는 곱슬머리에는 핀을 찌르고, 우아하면서도 단순한 검은 드레스를 입고 있었다. 케이트의 목소리는 차분했다.

"그분은 자신의 시간과 재능을 아낌없이 우리 학생들에게 쏟아 주셨어요. 아이들을 몹시 사랑하셨고, 러그 짜는 법과 시 감상도 가르쳐 주셨죠. 어떤 학생은 헨리 씨의 격려로 직접 시를 쓰게 되었답니다. 우리는 헨리 씨의 오두막으로 여러 번 현장학습을 갔습니다. 그때마다 그 분은 하루 종일 아이들과 시간을 보내셨죠. 우리는 그가 매일 밤 사다리를 타고 공중에 매달린 침대로 올라간다는 걸 알고 깜짝 놀라기도 했답니다."

케이트가 말했다. 그때 어머니 곁에 앉아 있던 애너 펄이 자리에서 일어났다.

"어렸을 때라 잘 기억은 안 나지만, 스튜어트 씨는 제게 '파피'라고 부르도록 허락해 주셨어요."

애너 펄은 개인적인 것을 말해도 되는지 확신이 서지 않는 듯 망설이는 투로 입을 열었다.

"아마 제 입에서 나오는 '파피'라는 발음이 재미있어서 그랬던 것 같아요."

애너 펄은 자신도 시 읽는 것을 좋아한다며, 14년 전 오거닉 학교 시절 신문에서 오린 시를 가지고 다녔던 이야기를 꺼냈다.

"저는 파피에게 은밀한 팬이 있다는 사실을 놀려 주려고, 그걸 들고 파피를 찾았어요. 그때 파피는 베틀 앞에 앉아 계시다가 그 시를 직접 읽어달라고 했는데… 전 그때 일을 지금도 잊지 못하고 있죠."

애너 펄이 말했다.

"'톨스토이 공원의 성자, HJS에게 바치는 시'라고 V.V 라는 여자 분이 쓴 글귀였죠. 완벽하게 기억하지는 못하지만 이런 내용이었어요.

내가 그의 눈을 들여다보았을 때

(다시는 당신 같은 눈동자를 볼 수 없을 거예요!)

난 놀라움과 경외심과 한없이 초라한 느낌이 들었어요.

(그들은 내게 이런 마음의 준비를 시키지 않았거든요-

그들은 당신의 눈에 대해 한 번도 말한 적이 없었거든요)

"전 우스꽝스런 목소리로 이 시를 낭송했죠. 파피에게 '여자친구'가 생겼다고 놀리려고요. 하지만 시를 다 읽고 났을 때, 파피는 말없이 다정하고 부드러운 눈길로 저를 바라보셨어요. 그때 마치 처음으로 그분의 눈을 본 것 같았어요. 그리고 지금은 우리들 중 누구도, 그리고 저 역시, 다시는 그런 눈동자를 볼 수 없을 거라고 생각합니다."

말을 마친 애너 펄은 의자에 앉으며 까딱하고 목례를 했다. 케이트는 옆에 앉은 딸의 어깨에 팔을 두르고 얼굴을 바라보았다. 후덥지근한 방안에 갑자기 서늘한 침묵이 내려앉았다.

그때 아내를 따라 마지못해 추모회에 온, 주름진 박직 린넨 양복을 입은 남자가 모자를 벗어 부채질을 하며 소리쳤다.

"오늘 아침 내내 연설을 듣느라 앉아 있었더니 더워서 돌아가실 지경이외다. 그 직조공 양반이 우릴 저승으로 데려가기 전에 그만 작별 인사를 하고 밖으로 나가면 안 되겠소? 젠장, 여긴 왜 이렇게 더운 거요?"

"당신 말이 맞습니다. 벤 형제. 여기보다는 시원한 밖으로 나갑시다."

사람들은 피터가 말을 마치자마자 시끄러운 소리를 내며 밖으로 나가기 시작했다. 오직 레디만이 자신의 자리를 지켰다. 피터는 헨리의 시를 읽고 있는 아내를 가만히 바라보았다.

"당신도 알겠지만, 헨리는 이 부분이 틀렸어요."

레디가 손가락으로 종이를 톡톡 치며 말했다.

"어디 말이오?"

피터가 물었다.

"여기, 서로 닿지 않고 한 줄 한 줄 써내려간다는 부분 말이에요."

잠시 후, 피터는 레디가 자리에서 일어나자 아내에게 손을 내밀었다. 레디는 쪽지를 접어 가방 안에 넣었다. 피터는 이제부터는 레디가 그 시를 간직하리라는 것을 알았다. 레디는 피터의 손에 자기 손을 얹고 이렇게 말했다.

"그 직조공 양반이 좀 더 정확히 알았다면 좋았을 텐데."

감사의 글

 가장 먼저 내게 원하기만 하면 글을 쓰지 못할 이유가 없다는 확신을 심어 준, 몇 년 전 만난 남 캘리포니아 출신 작가 토미 헤이스에게 감사한다. 그는 아내와 두 자녀, 하루 종일 매달려야 하는 직업이 있으면서도 소설을 두 권이나 낸 성실한 사람이었다. 실제로 그는 내게 희망 섞인 예언도 해주었는데, 내게도 선물해준 바 있는 자신의 소설 《The Family Way》에서 '자네도 멀지 않아 글을 쓸 시간을 갖게 될 것'이라고 격려해준 것이다. 나는 가족과 시간을 보내느라, 또 서점을 운영하느라, 책 한 권 쓸 시간이 부족하다고 한탄하기 일쑤였다. 아무리 이마에 손을 얹고 궁리해 봐도 '해야 할 일'을 하면서 '원하는 일'까지 하기에는 시간이 충분치 않을 것 같았다.

 물론 그렇다. 사실 저자의 약력을 죽 읽어보면, 그 책이 얼마나 열악한 환경과 시간적 쪼들림 속에서 씌어졌는지 쉽게 짐작할 수 있다. 그러나 어떤 작가는 그의 재능을 인정해 준 주변 사람들의 도움을 받기도 한다. 그리고 내게도 그런 일이 일어났다. 아내 다이애나와 아들 존 루크와 딜런, 그리고 딸 에밀리가 나를 위해 기꺼이 시간을 내주지 않았더라면 나는 이 《톨스토이 공원의 시인》을 완성할 수 없었을 것이다. 또 그중 누가 뭐라 해도 아내의 적극적인 지원이 가장 컸다.

서적상 마틴 라노는 내가 쓴 원고의 사본을 읽어보며 소설 진행이 잘 될 수 있도록 자상한 조언을 아끼지 않았다. 그는 직접 헨리 스튜어트의 옛 사진들과 일화를 수집해가며 이 작업을 지속할 수 있도록 자극을 주었고, 소설 속 사건의 발생 시점에 관한 정확한 자료를 제공해줌으로써 내가 제대로 가고 있다는 것을 믿게 해주었다. 짐 길버트는 나의 서점 〈Over the Transom Books〉을 떠맡아 적자가 나지 않도록 운영해 주었고, 서점과 카피 센터, 그 어느 것 하나도 소홀히 하지 않았다.

서점과 서적상에 관한 이야기를 더 하자면, 절친한 동료이자 미시시피 주 잭슨 시의 레무리아 서점Lemuria Books대표인 존 에반스를 빼놓을 수 없다. 그는 남부 문학을 지원하는 열성적인 대부이자 전설적인 인물이다.

맥 윌코트는 소매 서점 주인들의 고충 해결사이자 수호 성인답게 나와 내 서점을 도와주었고, 내가 글을 쓸 수 있는 공간을 마련해 주었다. 또 맥의 회사에 근무하는 신디는 밤새 메일로 보낸 원고를 아침이면 가장 먼저 출력해서 읽어준 독자였다. 실수를 꼼꼼하게 잡아내어 준 고속도로 순찰대원 데이비스도 이 책의 탄생에 큰 몫을 했다. 또 이 말고도 남아 있는 우리의 뒷이야기는 책을 만들면서 깨진 우정은 다시 되돌리기 힘들다는 속설을 여지없이 무너뜨렸다는 것을 증명해 줄 것이다.

메리 로이스 팀베스와 캐시 도넬슨, 버취 셀돈은 자료 조사를 도와 주었다. 웨이드 볼드윈은 사용하지 않아 오랫동안 닫아 놓았던 철물점 2층 문을 열어 주었다. 조각가 브루스 라슨은 톨스토이 공원에 세울 헨리의 조각상을 제작해 주었고, 그의 아들 브로크와 데인은 내 아들 존 루크와 딜런을 도와 헨리가 살았던 오두막을 깨끗이 청소했다. 예술가 넬은 오두막 주변 땅을 장식하도록 공들여 만든 철제 울타리를 보내 주었다. 그리고 고마운 킴 나이메이어는 헨리의 오두막 공사를 할 때 친절하게 불도저 조작 방법을 가르쳐 주었을 뿐만 아니라 복원에 걸릴 9년 동안 오두막을 임대해 주기로 약속했다. 마리아 로소는 내가 헨리의 오두막에 딸린 부속 건물에서 이 책을 완성하는 동안, 사생활을 보호받을 수 있도록 커튼을 만들어 주었다. 그녀의 남편 크리스 존은 책표지 뒷날개 안쪽에 실릴 내 사진을 찍어주었고 공사 진행 사항도 사진으로 기록해 주었다.

동료 작가 릭 브릭스, 윌리엄 가이, 톰 프랭클린, 베브 마셜, 조 포미첼라는 우정과 격려의 한마디를 아끼지 않았다. 덕분에 나는 컴퓨터 앞에서 한 글자, 한 페이지, 나아가 한 챕터를 완성할 수 있었다.

절친한 친구 카일 제닝스와 그의 상냥한 아내 질 코너 브라운은 내게, 뉴욕의 출판사를 찾는 모험을 감행할 용기를 달라고 기도해 주었다. 샌프란시스코의 맥애덤/케이지 출판사 친구들, 데이빗 포인덱스터 사장과 편집자 팻 월시는 내가 이 책을 들고 그 익숙한 해변을 떠나 발렌타인 북스라는 멋진 항구에 정박할 수 있도록 도와주었다. 나의 에이전트 항해사 에이미 레너트는 나를 위해 항해 계획을 세우고, 내 배가 좌초하거나 실종되지 않도록 구원해 주었다. 이 세상에서 가장 뛰어난 편집자인 모린 오닐과 그녀를 멋지게 보좌하고 있는 요한나 보우먼은 선장이 되어 이 소설을 브리스톨 식으로(브리스톨은 노예 매매로 유명한 항구인데, 그들의 조언으로 이 소설에 흑인 인권 운동 내용을 넣게 되었다는 뜻) 이끌어 주었다. 샌프란시스코의 도로시 스미스는 시적인 표지 디자인으로, 헨리의 이야기에 선명한 색을 입혀주었다.

글을 마치기 전에 브리튼 항해사의 기도 한 구절을 흉내 내어 보려고 한다.

"신이시여, 제게 자비를! 저의 책은 비록 작고 보잘것없지만 독자의 바다는 너르기를!(그러면서 내 눈은 지금 동료 스티브 월러스의 손길에 가 있다. 그는 내게 이 지역에 전해 내려오는 이야기를 직접 들려주고 이 글을 쓰게 된 동기를 마련해 준 은인이다)"

마지막으로 캐루악의 고양이처럼 책상 옆에 참을성 있게 누워, 결국 인간의 노력이나 실패 그 무엇도 우리의 휴식을 방해할 수 없다는 것을 일깨워 준 나의 충직한 친구인 개, 늙은 코맥에게 사랑을 보낸다.

❖ Review

〈톨스토이의 공원〉은 일상에 깃든 철학과 영적인 면을 찬양하고 노래하는 독특하고 아름다운 작품이다.

《My Losing Season》의 작가 팻 콘로이

소니 브루어는 사람들이 생각하고 말하는 방식을 글로 옮긴다. 물론 그들은 시인이다. 이 소설의 언어는 아름다워야 할 때는 아름답고, 거칠고 뜨거워야할 때는 또한 그렇다… 나는 책 읽기를 좋아하므로, 글쓰기를 좋아하므로 이 책을 사랑한다. 또 작가의 재능이 한껏 녹아든 이 책을 사랑하는 것만큼이나 그의 재능을 질투한다.

퓰리처 상 수상자이며 《All Over but the Shoutin》의 작가 릭 브릭스

소니 브루어는 문학적 가식 없이, 마치 현관에 서서 편안하게 이야기를 들려주는 듯하다. 그는 자신의 주인공들을 일으켜 세워, 독자들이 앞모습과 뒷모습을 두루 볼 수 있도록 빙그르르 한 바퀴 돌린다.

《포레스트 검프》의 작가 윈스턴 그룸

헨리 제임스 스튜어트라는 유별난 노인에게 바치는 흥미롭고 아름다운 소설. 그의 일생은 내가 지금까지 읽어본 어떤 모험 소설보다 흥미진진하다. 풍부하고도 명징한 언어로 씌어진 소니 브루어의 데뷔 소설은 우리의 이성과 감성 모두에 자양분이 된다. 나는 이 소설이 문학 작품의 보배가 될 것이며, 소니 브루어 역시 미국 문단의 주류가 될 것으로 믿는다.

《Walking Through Shadow》, 《Right as Rain》의 작가 베브 마셜

단순하고 소박한 삶과 노동의 위대함을 노래한 찬사. 소니 브루어는 다가오는 순간과 지나가는 순간을 놓치지 않고 단순함을 추구하고 발견하며, 그 속에서 지혜를 얻는 이야기를 들려준다. 아마 여러분은 책장을 펴는 순간, 이 책을 한시도 손에서 놓지 못하게 될 것이다.

《Gap Creek》, 《This Rock》의 작가 로버트 모건

브루어는 자신의 정신적 지도자의 미덕을 그린 이 산문에서, 내면의 풍경 속에 시간과 공간을 매끈하게 결합시켰다.

《Provinces of Night》의 작가 윌리엄 가이

나폴레옹 전기

666 인간 '나폴레옹'
그는 알면 알수록 점점 커져만 간다 (괴테)

역사상 그 누가 모스크바를 점령하여 아침 햇살에 빛나는 모스크바의 둥근 지붕들을 바라보았던가? 이 책은 너무나 잘 알려진 이름임에도 그 동안 감추어져 있었던 영웅 나폴레옹의 진면목을 강렬하고 빈틈없이 요약했다. - 동아일보

팰릭스 마크햄 지음 / 값 13,000원

성서 이야기

기쁨과 슬픔을 집대성한 인류역사 소설
왜 인간은 에덴의 동쪽으로 돌아갈 수 없는가

노벨문학상 수상 작가 펄벅 여사의 '성서 이야기'는 경건한 종교세계는 물론 인류역사의 시작과 그 과정을 특유의 유려한 필치로 흥미롭게 풀어낸다. - 조선일보

펄 S. 벅 지음 / 값 18,000원

베토벤 평전

진실한 삶 속에서 울리는 풍요로운 음악소리
베토벤, 자신을 버린 세상을 끊임없이 사랑하다

악성 베토벤의 인간적 삶에 초점을 맞춘 전기. 알콜중독자 아버지에게 혹독한 훈련을 받던 어린시절부터, 청각을 상실하는 말년에 이르기까지 베토벤의 삶과 예술을 풍성하게 되짚는다. - 조선일보

앤 핌로트 베이커 지음 / 값 8,000원

상형문자의 비밀

고대 이집트의 눈부신 현장이 펼쳐진다

고대 이집트의 멸망과 함께 영원히 비밀 속으로 사라질 뻔했던 상형문자. 어느 날 회색빛 돌 하나를 로제타라는 작은 마을에서 발견하고, 돌 위에 씌어진 상형문자의 해독을 위해 모든 것을 바쳤던 사람들, 바로 그 정열적인 사람들의 신비로운 이야기.

캐롤 도나휴 지음 / 값 12,000원

두개의 한국

**한국 현대사를 정평한 제 3의 객관적 시각
한반도 현대사는 진정한 핵의 현대사다**

전 워싱턴포스트지 기자 돈 오버더퍼의 눈을 통해 한반도 문제의 핵심인 청와대, 평양, 백악관 사이에서 비밀스럽게 진행됐던 수많은 사건들과 핵 협상의 숨막히는 담판 승부를 생생히 목도할 수 있다.

돈 오버더퍼 지음 / 값 22,000원

절대권력 (전 2권)

'돈 對 사상' 현대 중국의 고민

경제 발전에 따른 중국의 부패상을 담아낸 장편소설로 '사회주의적 인간의 건전성'을 찬미하는 데 목적을 두고 있다. 그러나 현대 중국의 갈등과 고민을 당성黨性과 자본주의적 배금주의와의 충돌로 이해하는 데 도움을 준다.
- 중앙일보

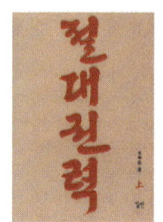

저우메이선 지음

Best Seller »

연인 서태후

꽃과 칼날의 여인, 서태후!

지금껏 수없이 오르내렸던 서태후란 이름은 각각의 입장에 따라 다른 해석이 나오게 마련이다. 환란의 청조 말기, 그녀의 이름은 어떤 사람에게는 시대를 밝히는 등불이었으며, 또 어떤 사람에게는 무시무시한 독재자의 이름이기도 했다.
중국에 대해 남다른 애정을 보였던 저자에게 '서태후'란 이름은 특히 매력적이었을 것이다. 이미 대작 〈대지〉로 친숙한 저자의 필치를 통해 '서태후'의 또 다른 모습을 볼 수 있다.
희대의 악녀로 불려왔던 그녀를 순수하고 열정적인 여인으로 재탄생시키고 있는 것이다.

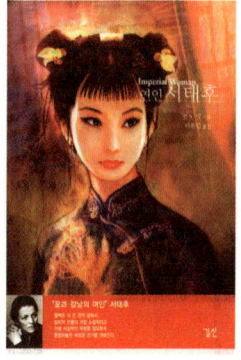

펄 S. 벅 지음 / 값 22,000원

양마담과 세딸

소리 없이 찾아드는 대반점의 밤

이 소설은 거대한 중국 본토에 피의 강을 범람케 했던 '문화대혁명'의 물결 속에서 영혼의 갈등을 겪는 한 가족의 이야기다. 상해 최고 대반점의 여주인으로 언제 무너질지 모르는 아슬아슬한 삶을 사는 어머니와, 조국의 부름과 자유 사이에서 번뇌하는 세 딸들… 온갖 영화의 시기를 구름처럼 흘려보내고 대혁명의 습격으로 인해 문을 닫게 되는 대반점과 양 마담의 비참한 최후는, 인간이 역사에게가 아니라, 역사가 인간에게 가져야 할 도의적 책임은 무엇인가라는 엄중한 물음을 던지고 있다.

펄 S. 벅 지음 / 값 14,000원

매독

매독, 그리고 어둠 속의 신사들

콜럼버스가 신대륙 학살 끝에 얻어온 '창백한 범죄자' 매독은 근 5백 년간 천재들의 영혼을 지배하며 복수의 칼날을 휘둘러 왔다. 링컨의 알 수 없는 광증, 베토벤의 청력 상실, 히틀러의 유태인 학살, 니체의 폭발적인 사유, 이 모두가 만일 매독이 불러일으킨 불가해한 현상이라면, 과연 유럽 역사는 어떻게 달라져야 하는가?

데버러 헤이든 지음 / 값 20,000원

해외 부동산투자 20국+영주권

해외투자는 새로운 미래다!

이 책은 투자 천국인 미국, EU 영주권을 제공하는 몰타, 최저 비용으로 고품격 삶을 누릴 수 있는 멕시코 등 20국가를 선별해, 금전적 이익과 생활적 자유를 한꺼번에 잡을 수 있는 새로운 차원의 투자 방법을 제시하고 있다. 새로운 경제 돌파구를 마련하고자 하는 소규모 투자자, 세계를 익히고자 하는 의욕적인 사업가, 새로운 문화 속에서 제2의 인생을 꿈꾸는 퇴직자라면, 이 책에서 해외투자에 대한 많은 정보를 얻을 수 있을 것이다.

헨리 G. 리브먼 지음 / 값 15,000원

누구를 위한 통일인가

'전직 주한미군 그린벨의 장교가 바라본 한국의 분단과 통일관'

한국 격변기 때 중요한 역사의 현장을 온 몸으로 체험한 주한 미군 장교가 수기형식으로 써 내려간 이 책에서 우리는 흔히 접할 수 있는 딱딱한 이론이나 주관주의에 매몰된 자기 주장 따위는 찾아볼 수 없다.
마치 한 편의 소설을 읽는 듯한 착각에 빠지게 만드는 저자 특유의 생동감 넘치는 대화체 등의 현장 묘사와 그 동안 배후에 가려져 왔던 숨겨진 일화들을 공개함으로써 읽는 재미를 배가시키며, 나무와 더불어 숲을 아우르는 객관적이고 심도 있는 분석을 통해 남북 분단의 근거와 실체, 주요 리더들의 특징과 그 역학적 관계에 대한 정확한 이해, 그에 따른 통일의 함정과 지향점 등을 설득력 있게 제시한 역작이다.

고든 쿠굴루 지음 / 값 17,000원

Dear Leader Mr. 김정일

김정일은 악마인가? 체제의 희생양인가?

2005년 타임지 선정 '세계에서 가장 영향력 있는 100인(지도자&혁명가 부문)' 중 한 사람. 세계 최초로 핵확산금지조약을 탈퇴한 지도자. 예술적 면모와 열정을 지닌 북한 최대의 영화 제작자. 개인 최대 코냑 수입자. 주민의 10%가 굶어 죽고 있는 나라의 지도자.
이 책에서는 이처럼 아이러니 그 자체인 김정일을 정확하고 심도 있게 분석하고 있다. 김정일을 둘러싼 분분한 소문보다는 그의 행동과 북한 체제, 과거부터 현재까지 북한의 역사와 한국과의 관계를 정확히 분석하여 가정을 세우고, 그 가정을 증명한 이 책은 그간 어디서도 찾아볼 수 없던 북한 정밀 보고서며, 김정일 정신 분석 보고서다. 북한의 핵문제가 전 세계적으로 파급되고 있는 이때, 북한과 김정일을 정확하게 파악하지 못한다면 세계의 미래 역시 예측 불가능할 것이다. 저자는 이 책을 통해, 김정일을 사악한 미치광이로 매도하는 것은 지나친 단순화의 오류며, 김정일 또한 냉전이라는 덫에 사로잡힌 역사의 제물이고, 북한 공산주의라는 체제의 피해자임을 지적한다.

마이클 브린 지음

2005년 출간 예정

통제 하의 북한 예술 (가제)

200여 점의 그림을 통해 보는 북한의 전체주의 예술사

사요나라 빠(소설)

톨스토이 공원의 시인 / 소니 브루어 지음 ; 이은정 옮김. - 고양 : 길산, 2005

464P. ; 132×193mm

원서명 : The Poet of Tolstoy Park
원저자명 : Brewer, Sonny
ISBN 89-91291-03-1 03800 : \15000

843-KDC4   813.6-DDC21   CIP2005001596